人性枷鎖

㊦

Of Human Bondage

William Somerset Maugham

威廉・薩默塞特・毛姆 ——著　王聖棻、魏婉琪 ——譯

61

在那之後，他天天都跟她見面。他開始連午餐都在那家店解決，但米爾芮德制止了他，說這會讓店裡其他女侍說閒話，於是他又只能在那裡喝下午茶了。但是他總是會等她一起走路去車站，每星期一起吃一兩次飯。他還送了她一些小禮物，像是一只金手鐲，還有手套手帕之類的東西。這些禮物的價格遠超過他所能負擔，但是他沒有辦法，只有送她一點什麼，她才會表現出一點溫柔的樣子。每樣東西的價格她都知道，她的感激之情是和禮物的價碼成正比的，但他不在乎，當她主動吻他的時候，他實在太快樂了，也不管這份感情是用什麼手段換來的。他發現米爾芮德覺得星期天待在家裡很無聊，於是他早上就跑到赫內希爾去，在路口跟她碰面，然後跟她一起去教堂。

「我曾經也很愛上教堂的，」她說，「這樣看起來乖，不是嗎？」

去過教堂之後她會回家吃飯，他就找家飯店隨便吃點東西，下午他們就在布洛克維爾公園散步。他們彼此都已經找不出多少話可以說了，菲利普極度怕她厭煩（她是個很容易厭煩的人），便絞盡腦汁拚命想聊天主題。他也明白這樣散步其實兩個人都覺得沒意思，但他太想跟她在一起，總是盡可能拉長散步距離，弄到她筋疲力盡發火爲止。他知道她根本不在乎他，理智上，他很明白她天性冷淡，但他卻想強求這份得不到的愛。他沒有權利要求她什麼，但他卻忍不住變得越來越嚴苛。現在他們越發親近了，他也發現自己的脾氣比之前更難控制，他動不動就火冒三丈，尖酸刻薄的話也跟著脫口而出。他們常常吵架，接著她會有一陣子不跟他說話，這種冷戰總是逼得他不得不低頭，卑微地在她面前求饒。他也很氣自己，居然連一點點男人的骨氣都沒有。看見她在店裡跟別的男人說話總是讓他強烈的妒意油然而生，他一旦嫉妒，整個人就失控，他會刻意當眾羞辱她，然後甩頭離開茶館，一整夜又氣又悔，在床上輾轉反側。到了隔天，又忙不迭地往店裡跑，求她原諒。

「不要生我的氣嘛，」他說，「我太喜歡你了，實在忍不住。」

「這麼下去，總有一天你會做過頭的。」她回答。

他急著想去她家，因爲這麼一來，和她在店裡認識的那些泛泛之交比起來，他就顯然占了上風。

但她不肯讓他去。

「我姑媽會覺得很怪。」她說。

他懷疑她不讓他去她家，只是因爲她不想讓他見到她姑媽。米爾芮德說過她是一位專業人士的遺孀（所以身分和其他人不一樣），然而她自己也不安地意識到，這位善良的女士可能很難被列入「有身分」的一群。按菲利普猜想，她先生實際上應該只是個小商人而已。他知道米爾芮德很勢利，但他又不知道該怎麼告訴她，不管她姑媽的身分多平凡，他都不在乎。

某天晚上吃飯的時候，他們爆發了最嚴重的一次爭吵，因爲米爾芮德告訴他，有個男人問她要不要跟他一起去看戲。菲利普臉都氣白了，表情也變得嚴肅而冷酷。

「你不會去的吧？」他說。

「爲什麼不去？他可是個很有紳士風度的男士呢。」

「你想去哪兒，我都可以帶你去啊。」

「但這是兩回事嘛。我也不能老是跟你出去，再說，他還要我自己訂日子，我只要找個不跟你出去的時間就行了，又不影響你。」

「如果你還知道什麼叫莊重，什麼叫感激，你就不會想著要去了。」

「我不知道你說感激是什麼意思，如果你說的是你送我的那些東西，我可以全部還給你，我才不要。」

她偶爾會有的潑婦口氣又出現了。

「跟你出去又沒什麼意思，老是『你愛我嗎？你愛我嗎』，都快膩死了。」

他知道一直問她這句話是有點瘋狂，但是他忍不住。

「噢，我還算喜歡你啦。」碰到他問，她就會這樣回答。

「就這樣？我可是全心全意地愛著你啊。」

「我不是那種人，不會在嘴上講那麼多愛不愛的話。」

「要是你知道，你的一個字能讓我有多快樂就好了。」

「這個嘛，我還是那句老話，我就是這個樣子，你得接受，不喜歡也得忍著點。」

但有時候她話講得更白，他問同樣問題的時候，她就直接回答：

「噢，不要再問了。」

然後他會惱怒地閉嘴，心裡恨透了她。

這會兒他問：

「噢，那好，如果你心裡眞的是這麼想的，我不知道你爲什麼還要委屈自己跟我出來。」

「又不是我想要的，你很清楚，是你硬要我跟你出來的。」

這下他的自尊被狠狠地傷害了，他瘋了似地回答：

「你以爲我就只配在沒人邀你的時候才能請你去吃飯看戲，要是有人邀你我就得自動滾到一邊去？謝謝你啊，我被人利用夠了。」

「我可不想被任何人說成這樣，我會讓你看看，誰希罕你的臭飯！」

她起身披上外套，迅速走出餐廳。菲利普坐在原位，這回他決定動也不動，但十分鐘後，他就跳上一部出租馬車去追她。他想她應該會搭公車到維多利亞車站，所以他們應該會同時到。他在月臺上看見她了，但是他避開她，然後搭上同一班火車去了赫內希爾。他打算等到她快到家時再跟她說話，那時候就算她想躲也躲不開了。

她一從明亮喧嚣的大街轉出來，菲利普就追上了她。

「米爾芮德。」他喊。

她繼續往前走，完全不看他也不說話。他又喊了她幾次，她停下腳步，轉過身面對著他。

「你到底想幹什麼？我剛剛就看到你在維多利亞車站晃來晃去，為什麼不肯放過我？」

「我眞的非常抱歉。你願意跟我和好嗎？」

「不願意，你的脾氣跟嫉妒心我已經受夠了。我不喜歡你，我從來就沒喜歡過你，而且我永遠也不會喜歡你。我一點都不想跟你扯上關係。」

她走得很快，他得拚命加速才趕得上她。

「你也不體諒體諒我，」他說，「要是你心裡沒有在意的人，當然可以整天嘻嘻哈哈高高興興的，但要是你跟我一樣深深愛上一個人，就很難控制了。原諒我吧，你不喜歡我，這我不在乎，畢竟我無能為力，只要你肯讓我愛你就好。」

她一句話也不肯說，繼續往前走，眼看距離她家只剩幾百公尺遠了，菲利普心痛難耐，也不顧丟不丟臉了，開始語無倫次地訴說自己的愛意和懺悔。

「只要你這次肯原諒我，我保證將來絕對不再讓你不高興。你想跟誰出去就跟誰出去，你什麼時候沒事做，願意來陪我一下，我就很快樂了。」

她又停住了腳步，他們已經到了平常道別的那個路口。

「現在你可以走了，我不想讓你靠近我家門。」

「如果你不原諒我，我就不走。」

「這一切我眞是煩透了。」

他遲疑了一下，他直覺自己可以說出一句打動她的話，只是要說出這句話來，連他自己都覺得噁心。

「太殘忍了，我要承受多少痛苦啊，你不懂一個瘸子過的是什麼樣的日子。你當然不會喜歡我，我也不能期望你喜歡我。」

「菲利普，我不是這個意思，」她急急地回答，口氣裡突然有了幾分憐憫。「你知道事情不是這樣的。」

他開始演起戲來了，他用嘶啞而低沉的聲音說：

「噢，我可是感覺得到的。」

她握住他的手看著他，眼裡充滿了淚水。

「我保證這對我毫無差別，認識你的頭一兩天之後，我就再也沒想過這件事。」

他沉默不語，表情沉鬱而悲慘，刻意想讓她覺得，他已經被情感的浪濤沖垮了。

「你知道我很喜歡你的，菲利普，你就是有時候太煩人。我們和好吧。」

她把嘴唇湊近他，他放鬆地嘆了口氣，吻了她。

「現在你高興了？」她問。

「欣喜若狂。」

她跟他道了晚安，便順著路匆匆走了。隔天，他給她帶了一個小小的懷錶，附胸針的，可以別在晚禮服上。她一直很想要這個懷錶。

但三四天後，她在店裡給他送茶來的時候，又跟他說：

「你還記得你前些天晚上保證過的事嗎？你說你會遵守承諾的，對吧？」

「是的。」

他知道她指的是什麼，對於她接下來要說的話也有了心理準備。

「今天晚上，我要跟上回我跟你提過的那位先生出去。」

「好的，祝你玩得愉快。」

「你不介意，對嗎？」

他這回控制得非常好。

「我不喜歡，」他微笑著說，「但是我盡量不讓自己變得更惹人厭。」

她對晚上的約會很興奮，一直興致勃勃地說著。

菲利普在想，她究竟是故意要說來傷害他，還是純粹因爲她眞的毫無感覺？他已經習慣寬恕她的殘忍，總想著那是因爲她太愚蠢，腦子不夠用，所以就算傷了他，她也看不出來。

「愛上一個既沒想像力又沒幽默感的女孩，實在沒什麼樂趣啊。」他一邊聽著她說，一邊這麼想。但是缺乏這些東西也正成了她能被寬恕的理由。他覺得，如果不是意識到這一點，她對他造成的痛苦，他絕對沒有辦法原諒。

「他訂了蒂沃利劇場的位子，」她說，「他讓我自己選，我就選了那裡。我們還會去皇家咖啡館吃飯，他說那是全倫敦最貴的地方。」

「可眞是個道道地地的紳士啊。」菲利普想，但他咬緊牙關，沒讓自己說一個字。

菲利普也去了蒂沃利劇場，看見了米爾芮德跟她的男伴，那是個油頭粉面的年輕人，整齊漂亮的打扮看起來像個商業推銷員，他們坐在正廳前面第二排。米爾芮德戴著一頂黑色寬邊帽，上頭綴著一根鴕鳥羽毛，倒是非常適合她。她聽著那位請客的東道主說話，臉上帶著平靜的微笑，那笑容菲利普再熟悉不過了。她的表情向來缺少活力，只有淺白粗俗的滑稽戲可以逗得她哈哈大笑，但菲利普看得出來，她對他講的話很感興趣，聽得樂在其中。他心酸地想，那個虛有其表、嘻嘻哈哈的男人跟她還眞搭，她懶洋洋的個性讓她特別欣賞愛喧鬧的人。菲利普雖然很愛跟別人討論問題，卻不擅長閒聊。他的一些朋友在這方面簡直是大師，信手拈來便妙語如珠，勞森就是其中一個，讓他佩服得不得了，而他的自卑感卻總是讓他害羞又尷尬。他感興趣的東西，米爾芮德覺得無聊。她希望男人談的是足球和賽馬，但菲利普對這兩樣都一無所知。引人發笑不可或缺的流行用語，他也一句都不知道。

印著字的東西總是能讓菲利普沉迷其中，所以現在呢，爲了讓自己說話更有意思一點，他開始勤奮地讀起《體育時報》來了。

62

菲利普並不願意沉溺在這份幾乎把他整個人消耗殆盡的激情裡。他知道世事無常，這份愛情總有一天也會消逝。他急切地渴望著這一天到來。愛情就像他心裡的一隻寄生蟲，靠吸取他的生命之血滋養這可厭的存在，它吞噬了他的生活，除了愛情之外，其他的一切都沒有辦法爲他帶來樂趣。他以前老是去聖詹姆斯公園，常常坐在那兒看著樹木鑲嵌在天幕上的枝葉輪廓，彷彿一幅日本版畫，景色令他心醉。他也發現美麗的泰晤士河上的彩船和碼頭具有無窮的魔力，倫敦變幻不定的天空更讓他充滿了各種愉悅的遐想。但如今，美景對他都失去了意義。只要沒跟米爾芮德在一起，他就覺得無聊煩躁。有時候他也會想去看看畫，覺得說不定可以平撫一下心裡的憂傷，但他卻只像個遊客一樣走馬看花地穿過國家美術館，沒有一幅畫能引起他的情緒波動。他懷疑，過去他酷愛的那些東西，是不是再也勾不起他的興趣了？他曾經那麼沉迷於閱讀，現在書本卻變得索然無味。要是有空，他就待在醫學院交誼廳的吸菸室裡亂翻期刊雜誌。這份愛情是種折磨，他痛恨這種身不由己的感覺，他成了囚犯，他渴望自由。

偶爾他早上醒來，會覺得什麼事都沒有了，他靈魂雀躍，覺得被完全釋放，他終於不再戀愛了。但是不一會兒，等到他更清醒一點，才發現痛苦還是死死地釘在心裡，根本沒有痊癒。雖然他瘋狂地迷戀著米爾芮德，但又看不起她。他心想，這世上大概沒有比同時愛著又鄙視著一個人更折磨的事了。

菲利普向來有挖掘自己感情狀態的習慣，他反覆思索自己的情況之後得到了一個結論——唯一能把他從這種墮落式愛情中解救出來的方法，就是讓米爾芮德當他的情婦。他的痛苦源自於對肉慾的渴望，如果這方面得到了滿足，也許他就能斬斷捆綁他的沉重鎖鍊。他知道米爾芮德在這方面一點也沒有喜歡過他，當他熱情如火地吻她的時候，她總是本能而厭惡地躲開他。她沒有這方面的慾望。有時候他會刻意說起在巴黎時的種種豔遇，想藉此激起她的嫉妒，但她對這些故事完全不感興趣。有一兩次在茶館，他故意去坐別人服務的桌子，還跟招待他的女侍調情，她也完全不在乎。他看得出來，她這反應並不是裝出來的。

「今天下午我沒坐你的桌，你不在意吧？」有一次，他們一起走到車站去的時候他問，「因爲你的桌看起來都坐滿了。」

這話並不是事實，但她也沒有反駁。就算她其實根本就不在乎他拋棄她去坐別桌，如果她能假裝她在乎，他會感激涕零的。就算痛罵他一頓，也會成爲撫慰他心靈的良藥。

「我覺得你每天都坐同一桌本來就是很蠢的事，確實該偶爾去別人的桌坐坐。」

但他越想就越確信，唯有讓她完全臣服於他，他才能得到解脫。他就像個中了魔法變形術的古代騎士，苦苦尋找著能讓他恢復優美原形的魔藥。菲利普只剩下最後一線希望——米爾芮德非常想去巴黎。對於她和大部分英國人而言，巴黎是娛樂和時尚的中心。她聽說過羅浮宮百貨公司，那裡可以買到最新的商品，而且價格只有倫敦的一半。她有個朋友去巴黎度蜜月，就整天泡在那家百貨公司裡，而且，老天哪，那對夫妻待在巴黎的時候還天天玩通宵，不到早上六點鐘不上床睡覺，什麼紅磨坊還有各式各樣好玩的地方說也說不清。就算她順從他的慾望只是為了實現去巴黎的心願，菲利普也不在乎，只要他的情慾獲得滿足，基於什麼關係而發生他是不計較的。他甚至曾經有過想下藥放倒她的瘋狂誇張念頭，也曾經不斷勸她酒，希望她能酒後亂性，但她偏偏不喜歡喝酒。雖然她喜歡他點香檳，因為看起來氣派，但她從來沒喝超過半杯。她喜歡倒一大杯香檳，滿得幾乎要溢出來，然後就這麼原封不動地放在桌上。

「讓那些侍者看看我們是什麼樣的人物。」她說。

菲利普挑了個時機提這件事，當時她看起來比平常和善些。他三月底有個解剖學考試，接下來一週後就是復活節，可以給米爾芮德整整三天的假期。

「我說，既然有這個機會，為什麼不去趟巴黎呢？」他提議，「我們可以痛痛快快玩上一場。」

「那怎麼行？去巴黎可是要砸上好大一筆錢的。」

錢的事菲利普也考慮過。去這麼一趟，至少也要花上二十五鎊，對他來說確實是一筆很大的花費。但就算為她花盡身上的最後一毛錢，他也願意。

「那有什麼關係？答應我吧，親愛的。」

「我還真想知道接下來你能說出什麼荒唐的點子來。我可不能還沒結婚就跟男人出去過夜啊，你怎麼能提這種餿主意？」

「有什麼關係？」

他細細描述了和平街的繁華和女神遊樂廳的富麗堂皇，還提到羅浮宮和樂蓬馬歇百貨公司，還有「虛無」夜總會[2]、修道院、和各個讓外國遊客流連忘返的景點。他把他在巴黎最鄙視的那些地方都加油添醋地美化了一遍，想慫恿她跟他一起去。

「欸，你總是說你愛我，如果你眞的愛，就會想娶我。但是你從來沒說過希望我嫁給你這種話。」

「你知道我現在還擔不起婚姻。畢竟我現在才一年級，六年內我可是一點進帳都沒有。」

「好啦，我也不是在責備你。而且就算你眞的跪下來跟我求婚，我也不會嫁給你的。」

其實結婚這件事，他想過好幾次，但怎麼樣也踏不出這一步。在巴黎的時候他的想法就已經成形了，覺得婚姻這種事是屬於平庸大眾的可笑習俗。他也知道結婚肯定會毀了他一輩子。他擁有中產階級的直覺，跟一個女侍結婚

---

1 羅浮宮百貨公司（Grands Magasins du Louvre）：法國巴黎的一家百貨公司，位於第一區。一八五五年開幕，一九七四年關閉，是巴黎最早的百貨公司之一。

2 和平街（Rue de la Paix）：法國巴黎的一條街道，位於巴黎第二區，具有濃厚歷史風情，卻是世界上最時尚的購物街之一，尤以珠寶店著稱，為首的是一八九八年開設在和平街十三號的「卡地亞」。在法國版的大富翁遊戲中，和平街是最昂貴的街道。

女神遊樂廳（Folies Bergères）：巴黎一家咖啡館兼音樂廳（Cabaret），位於第九區。一八六九年以「Folies Trévise」為名開張，三年後改為現名，演出以華麗的服裝、堂皇的排場及異域風情著名，並時有裸體表演。在一八九〇至一九二〇年代達到鼎盛，與黑貓夜總會（Le Chat noir）齊名。

樂蓬馬歇百貨公司（Le Bon Marché，意為「好市場」，或「好交易」）：法國巴黎著名的百貨公司，創始人是阿里斯蒂德・布西科（Aristide Boucicaut）。

虛無夜總會（cabaret du néant）：一八九〇年左右，位於蒙馬特的一家夜總會，以死亡和人體解體為特色，侍者扮成護柩人，以棺材當餐桌。

對他來說並不光彩，想拿到一個體面的職位，一個平庸的妻子必然有影響。再說，在他取得醫師資格之前，他的財力只養得活自己，就算不打算生孩子，要多養一個妻子也不夠。他想起克朗蕭被一個庸俗邋遢的女人綁死的一生，突然覺得不寒而慄。他完全可以預見，思想假作風雅、心靈卻粗魯非常的米爾芮德將來會變成什麼樣子，他是不可能跟她結婚的。但他只有在理智上能這麼決定，情感上卻覺得，不管會發生什麼不可想像的事他都要得到她，如果唯一的辦法是結婚，那就結婚好了，未來的事未來再說，就算結局以災難告終，他也不在乎。他腦子裡一有了什麼想法就擺脫不掉，完全思考不了別的事，而且他有種不尋常的本事，能把自己每件想做的事都想得合情合理。後來他發現，自己已經把之前他想的那些不適合結婚的合理論點全部推翻了，他覺得自己對她的愛一天比一天更熾熱，而他沒能滿足的愛情也開始轉成了憤怒和怨恨。

「蒼天在上，我要是眞的跟她結了婚，一定也要她嘗嘗我受過的苦。」他對自己說。

他終於受不了這種折磨了。有天晚上，他們在蘇荷區那家小餐廳吃過飯（他們現在已經是常客了），他對她說：

「喂，前些天你是不是說，就算我跟你求婚，你也不會嫁給我？」

「是啊，爲什麼要嫁？」

「因爲沒有你，我活不下去，我要你永遠跟我在一起。我也試過要離開你，但是我做不到，今後我再也不這麼做了。我希望你能嫁給我。」

她讀過太多小說了，已經很清楚怎麼應對。

「我眞的非常感激，菲利普，您的求婚令我受寵若驚。」

「噢，別說這些廢話了。你會嫁給我的，對吧？」

「你覺得我們將來會幸福嗎？」

「不會。但是這有什麼關係?」

他非常不情願地擠出這句話,把她嚇了一跳。

「你這人也好笑,那爲什麼還要跟我結婚呢?那天你還說你沒錢結婚。」

「我想我現在還有一千四百鎊。兩個人過日子,也可以跟一個人過得一樣省,這樣的話,這筆錢就可以撐到我取得醫生資格,等醫院實習結束,我就可以當助理醫生了。」

「意思是,接下來六年你一毛錢也賺不到,我們每星期只有四鎊可以過日子,要這樣過六年,是嗎?」

「三鎊多一點點。我還得付學費。」

「你當了助理醫生能賺多少?」

「一星期三鎊。」

「你的意思是說,你必須一直拚命苦讀,花光你那一小筆財產,最後換來的是你一星期只能賺三鎊?我看不出到那個時候,我的生活會比現在好過多少。」

他好一陣子說不出話來。

「你的意思是,你不願意嫁給我?」他聲音有點嘶啞地問,「難道我愛你愛得這麼深,對你也毫無意義?」

「在這些事情上頭,人不能不爲自己想,不是嗎?結婚我無所謂,但如果結了婚,生活卻沒辦法過得比現在好,那我寧可不結。我看不出結這種婚有什麼用。」

「如果你在乎我,你就不會這麼想了。」

「說不定不會。」

他無話可說。他喝了一杯酒,想把喉頭哽住的感覺吞下去。

「你看看剛走出來的那個女孩，」米爾芮德說，「她身上的皮衣，是在布里克斯頓[3]的樂蓬馬歇百貨買的，上次我去那裡的時候，在它們的櫥窗裡看到過。」

菲利普陰鬱地笑了笑。

「你笑什麼？」她問，「是眞的。那時候我還跟我姑媽說，我絕對不會買那種擺在櫥窗裡的東西，因爲每個人都知道你買那樣東西花了多少錢。」

「我眞搞不懂你。你才剛狠狠地傷了我的心，轉頭又扯這些跟我們談的內容毫不相干的廢話。」

「你專門找我麻煩，」她忿忿不平，「我沒辦法不注意那件皮衣，因爲我跟我姑媽說……」

「我他媽的一點都不在乎你跟你姑媽說了什麼。」他不耐地打斷她。

「我希望你跟我說話的時候不要講粗話，菲利普，你知道我不喜歡。」

菲利普臉上帶著淺笑，眼睛裡卻燃燒著怒火。

他靜默了一會兒，慍怒地看著她。他恨她，瞧不起她，卻又好愛她。

「如果我還有那麼一丁點理智，我就不會再見你了，」他終於開口，「但願你能知道，因爲愛上了你，我有多鄙視我自己！」

「這可不是什麼該說給我聽的好話。」她氣沖沖地回答。

「確實不是，」他大笑，「我們去帕維龍劇場吧。」

「你這人就是這麼怪，在人家想不到的時候突然笑起來。如果我讓你這麼難過，爲什麼你又要帶我去帕維龍劇場？我都準備要回家了。」

「只不過是因爲離開你比跟你在一起更讓我傷心而已。」

「我眞想知道你究竟是怎麼想我的。」

他冷不防地大笑起來，說：「親愛的，如果你眞的知道，那你永遠都不會再跟我說話了。」

63

菲利普沒有通過三月底的解剖學考試。考前他和唐斯佛德一起用菲利普準備的人體骨架複習，彼此問問題，直到兩人把人體骨骼上的每個附屬物，以及每個結節和溝槽的功用都記得爛熟爲止。但是一進考場，菲利普整個人就慌了，他突然很怕自己的答案是錯的，越是這樣，他就越答不出正確的答案。他很清楚自己不會及格，隔天甚至也懶得再到考試大樓去看名單上有沒有他的號碼。在第二次考試失敗之後，這個年級裡無能又懶散的一群人裡，已經確定有他一份了。

他也不怎麼在乎，他還有別的事要想。他對自己說，米爾芮德一定也和其他人一樣有七情六慾，唯一的問題就是要怎麼喚醒它。他對女人有一套理論，他認爲女人心裡總有攻陷得了的地方，只要能堅持到底，有朝一日對方必定會俯首順從。重點是要看準機會，克制自己的脾氣，不時來點小小的體貼感動她，利用她身體疲勞的時候開啓她溫柔的心扉，成爲她的避風港，不讓她爲工作上的瑣碎小事心煩。他跟她談在巴黎時那些朋友和他們愛慕的女子之

---

3 布里克斯頓（Brixton）：一個多元文化地區，黑人人口比例很高，此區在行政區劃方面，屬英國大倫敦轄下，一個叫做「蘭貝斯」（Lambeth）的倫敦自治市。

間的風流韻事，把當時的生活描述得迷人、歡樂、又毫無一絲粗俗氣。他把咪咪和魯道夫、還有穆賽塔和其他人的浪漫情節跟自己的回憶編在一起，給米爾芮德說了個故事，在這個故事裡，歌聲和歡笑讓貧困顯得別有韻味，美麗和青春讓放蕩的愛情變得浪漫非常。他從不正面攻擊她的偏見，而採取暗示的方式，讓她自己聯想到那些偏見實在太古板了。他不再讓自己被她的漫不經心干擾，也不再因爲她的冷淡而憤怒。他感到她已經覺得他煩了，現在就是要努力讓自己變得親切有趣，他不再隨便發脾氣，不再要求任何東西，不再抱怨，也不再責備她。即使她明明跟他約好了卻失約，隔天見面他還是微笑以對，要是她主動道歉，他就會寬容地說這沒什麼。不管她傷他有多深，他都忍著不讓她發現。他知道之前他濃烈的相思之苦已經讓她不勝其煩，所以他小心地隱藏自己的情緒，免得引起她的反感。他這種種努力，幾乎稱得上艱苦卓絕，可歌可泣。

雖然她從來沒提到過這些改變，因爲她並不是會注意這些事的人，但菲利普的努力還是對她產生了影響，她跟他更親近了，開始把心裡的不滿說給他聽。她對店裡的女經理、女侍、還有她姑媽一直都是滿肚子牢騷，一說起來就沒完沒了，雖然說的都是瑣碎小事，但菲利普還是不厭其煩地聽著。

「要是你不拚命追我，有時候我還滿喜歡你的。」有一次她這麼跟他說。

「那還眞是我的榮幸。」他大笑。

她一點也沒有意識到這些話讓他多傷心，也不知道他需要用多大力氣才能把這句話說得雲淡風輕。

「噢，要是你偶爾想吻我，我無所謂，反正我也不會少塊肉，又可以讓你高興。」

偶爾她甚至會主動要他帶她去吃飯，這種出自她口中的邀約，總是讓菲利普狂喜非常。

「對別人我不會這麼說，」她有點辯解似地說，「但是我知道，要你帶我去吃飯是沒關係的。」

「聽你這樣講，我眞是太高興了。」他微笑。

四月底的一個晚上，她要他帶她去吃點東西。

「沒問題，」他說，「吃完飯以後想去哪兒？」

「噢，哪兒都別去，就在餐廳裡坐著聊聊，你不介意吧？」

「當然不介意。」

他覺得她一定開始對他有點好感了。三個月前要是想跟她聊一晚上天，可是會讓她厭煩透頂的。這天天氣很好，春天的氣息更增添了菲利普的好心情。他現在非常容易滿足。

「我說啊，等夏天來了，那就更棒了。」他說。這時候他們正坐在往蘇荷區的公車頂層上，因爲她主動說他們不應該這麼浪費，每次都坐出租馬車。「每個星期天我們都可以到河邊去，還可以自己用野餐籃帶午飯。」

她輕輕地笑了笑，這一笑激起了菲利普的勇氣，他握住了她的手，她沒有抗拒。

「我眞的覺得你開始有一點喜歡我了。」他微笑著說。

「你眞傻，你知道我喜歡你，不然我也不會來這裡了，不是嗎？」

現在他們已經是蘇荷區這家小餐廳的老顧客了，他們一進門，老闆娘就對他們微笑，侍者也對他們百般殷勤。

「今晚我來點菜吧。」米爾芮德說。

菲利普覺得她今晚分外迷人，他把菜單交給她，她點了幾道自己喜歡的菜。菜單上菜色不多，那些菜他們都已經吃過好幾輪了。菲利普非常高興。他看著她的眼睛，仔細端詳她蒼白面頰上每一寸完美的肌膚。吃完晚飯，米爾芮德破例點起一根菸，她平常很少抽菸的。

「我不喜歡看見女士抽菸。」她之前總是這樣說。

她抽著菸，沉吟了一會兒，才說：

「我開口要你今晚帶我出來吃飯，你很驚訝嗎？」

「我很高興。」

「我有話要跟你說，菲利普。」

他眼神迅速轉向她，心整個沉了下去，但他不動聲色的功夫現在已經練得相當好了。

「好，你說吧。」他微笑。

「我說了你不會嚇傻掉吧？其實，我快要結婚了。」

「你？」菲利普說。

他完全想不出別的話來。他常常思考這種事發生的可能性，也常常想像自己在這種情況下會做什麼或說什麼，一想到自己早晚難逃這種絕望，他就痛苦得不知道該怎麼好。他也想過自殺，因爲他知道自己會陷入瘋狂的憤怒中難以逃脫。但也許是把這些情緒衝擊想得太透徹了，事情眞正來臨的這一刻，他反而只有一種身心耗盡的疲憊感。他覺得自己就像一個病入膏肓的人，氣息奄奄，已經對一切都漠不關心，只希望再也不要有人來打擾他。

「你看，我都已經快要……」她說，「我都二十四了，我想，也是安定下來的時候了。」

他沉默著，茫然地看著坐在櫃臺後面的老闆娘，接著視線又落在一個客人帽子的紅色羽毛上。

米爾芮德生氣了。

「你應該恭喜我的。」她說。

「我應該恭喜你，是嗎？我簡直沒辦法相信這是眞的。我常常夢到這件事，夢到你要我帶你出來吃飯，讓我高興得不得了。你要跟誰結婚？」

「米勒。」她回答，臉上泛起淡淡的紅暈。

「米勒？」菲利普驚訝地喊出來，「但是你已經好幾個月沒見到他了啊。」

「上星期他來找我吃午飯，就跟我求婚了。他錢賺得多，現在一星期就賺七鎊，將來前景還會更好。」

菲利普又沉默了。他想起米爾芮德從以前就一直喜歡米勒，他能讓她開心，他的外國出身更讓她不知不覺地感

64

受到一股異國的魅力。

「我想這是不可避免的，」最後他說，「價高者得嘛，你會接受也很自然。你什麼時候要結婚？」

「下星期六，我已經通知大家了。」

菲利普的心猛地一痛。

「這麼快？」

「我們就只是去登記結婚，埃米爾喜歡這樣。」

菲利普覺得自己累壞了，他好想立刻離開她，然後直接上床昏睡。他要求結帳。

「我會幫你叫一部出租馬車，送你去維多利亞車站。我想你不用等太久就可以搭上火車。」

「你不陪我去了？」

「要是你不介意，我想我最好是別去了。」

「那就隨便你了，」她高傲地回答，「我想明天下午茶時間還會見到你吧？」

「不，我想我們最好就此一刀兩斷，我看不出爲什麼我還要讓自己繼續難過下去。馬車錢我已經付了。」

他向她點點頭，嘴角硬擠出一絲微笑，接著便跳上一部公車回家。上床前他抽了一斗菸，但他累得連眼睛都睜不開了。他完全感覺不到痛苦，頭才一沾枕，便陷入了沉沉的睡夢中。

但菲利普凌晨三點就醒了，接著就再也睡不著。他開始想起關於米爾芮德的一切，他努力不去想，但控制不住。他反覆地想著同樣的事，一次又一次，想得頭都昏了。她結婚是必然的，對一個自謀生計的女孩子來說，生活太艱難了，如果有人能給她一個舒適的家，她會接受，也是無可厚非的事。菲利普也承認，從她的觀點來看，選擇嫁給他那才眞是瘋了。只有愛情才能容忍貧窮，而她一點也不愛他。她沒有錯，這只是他不得不接受的另一個事實。他努力分析自己，他對自己說，深藏在他心底的其實是他受辱的自尊，他之所以會有這樣強烈的激情，是因爲他的虛榮心受到了傷害，而這也正是現在造成他痛苦最根本的原因。他有多看不起她，就有多看不起自己。接著他開始打算未來，同樣的計畫在腦子裡反覆地轉著，卻又一次一次地被回憶打斷，他想起他吻著她蒼白柔軟的臉頰，想起她習慣性拖著尾音的說話聲。他還有好多事情要做，夏天開始他就要修化學了，還有兩門沒過關的考試等著他。他在醫學院裡一直刻意疏離人群，這時候卻好希望有朋友可以陪陪他。說起來也巧，兩星期前海沃德寫信給他，說他正途經倫敦，想邀他出來吃飯，但那時菲利普不想被打擾，委婉拒絕了。現在海沃德正要回倫敦過社交季節，菲利普便決定寫信給他。

鐘敲了八點鐘，這時候還爬得起來，就已經很讓他欣慰了。他臉色蒼白，人也很虛弱，但等到梳洗完換好衣服，吃過早餐之後，他覺得自己彷彿又回到了這個世界，心上的疼痛也稍微可以忍受了。早上他不想去上課，而是去了「陸軍與海軍」百貨公司爲米爾芮德買結婚禮物，舉棋不定了好一陣子之後，他買下了一個晚宴包。這個禮物花了他二十鎊，遠遠超過他所能負擔，但這個包的樣子既招搖又俗氣。他知道她一定清楚這個晚宴包值多少錢，這份禮物既能讓她高興，又能表現他對她的鄙視，他從挑選這份禮物之中得到了一種哀傷的滿足。

菲利普惶惶不安地等待著米爾芮德結婚的那一天，他期待著難忍的痛苦降臨。只有一件事情讓他稍微放鬆了點，星期六早上他收到海沃德的信，說他當天會抵達倫敦，請菲利普幫他找個住處。菲利普正急著想分散注意力，便去查了列車時刻表，找出海沃德唯一可能搭的那班車之後，就到車站去接他。老友重逢，彼此都很興奮。他們把行李寄放在車站，興高采烈地走了。海沃德個性不改，首先就提議去國家美術館逛一小時，他已經好一段時間沒有看畫了，他說他需要稍微欣賞一下，好讓自己和生活的腳步合拍。菲利普也有好幾個月沒碰上能談藝術和書籍的人了。海沃德自從那次去巴黎之後，就一直和一些現代派法國詩人混在一起，在法國，這種詩人簡直滿地都是，他還跟菲利普提到了幾個新進天才詩人。他們走在展覽廳裡，指著自己喜歡的畫給對方看，興奮地聊著各種話題。外面陽光燦爛，微風和暖。

「我們去公園坐坐吧，」海沃德說，「吃過午飯再去找房子。」

公園裡春色宜人，這樣美麗的日子，讓人覺得光是活著就已經是一種幸福。新葉襯在天幕上分外嫩綠，淡藍的天空浮著小小的白雲，裝飾用的湖水盡頭，就是灰色的皇家騎兵衛隊閱兵場[1]。這種井然有序的優美景色，有種十八世紀畫作的迷人氣息。想到的並不是華鐸，他的風景畫太有田園詩風味，只能讓人聯想到夢中的森林幽谷；這裡的景色讓人想起的是平淡無奇的讓·巴蒂斯特·佩特[2]。菲利普的心情突然變得輕鬆了。過去他在書上讀到的那句——「藝術（也就是他觀察大自然的方式），可以讓靈魂從痛苦中釋放」，現在他懂得這句話的意義了。

他們去了一家義大利餐廳吃午飯，點了瓶奇揚第紅酒，慢慢地邊吃邊聊。他們聊起在海德堡認識的那些人，還有菲利普在巴黎時的朋友；他們聊書，聊畫，也聊道德和人生。突然菲利普聽見時鐘敲了三點，他想起來，就在這

1皇家騎兵衛隊閱兵場（Horse Guards）：位於倫敦的一座帕拉底歐式（Palladianism）建築，修建於一七五〇年至一七五五年。這裡曾是英國陸軍參謀本部、最高司令官司令部，如今則是皇家騎兵衛隊的司令官本部。在皇家騎兵衛隊閱兵場舉行的衛兵交班儀式，深受觀光遊客的喜愛。

2讓·巴蒂斯特·佩特（Jean-Baptiste Pater, 1695～1736）：法國洛可可時代畫家，是華鐸唯一記錄在冊的弟子，多以身穿舞會禮服的户外派對（Fête galante）為作畫主題。

一刻，米爾芮德結婚了。他倏然感到一陣椎心的痛楚，有一兩分鐘時間，他根本聽不見海沃德在說什麼，卻拿起酒瓶給自己倒滿了酒。他不習慣喝酒，這時候已經覺得酒力直衝腦門。無論如何，現在他已經沒有什麼需要掛心的事了。他敏捷的腦子停頓了好幾個月，如今終於重新甦醒過來，他陶醉在這些對話之中，有人能和他聊這些他感興趣的東西，他真是萬分感激。

「我說，這麼好的天氣，拿來找房子實在太浪費了。今晚住我那兒吧，你明天或星期一再找房子也行。」

「也好，那我們再來要做什麼？」海沃德說。

「我們搭小汽船去格林威治吧。」

海沃德對這個點子非常感興趣，他們跳上一部出租馬車去了西敏橋，在船正要開動時及時上了船。過了一會兒，菲利普嘴角露出一絲笑容，對海沃德說：

「我還記得我剛到巴黎的時候，克勞頓，我想是他沒錯，他長篇大論地說，事物的美，是畫家和詩人賦予的，是這些人創造了美。在他們心裡，喬托鐘樓[3]和工廠煙囪是一樣的美，難分軒輊。美麗的事物勾起了一代又一代人的情感，積累之後，讓它的美醞釀得更加豐富璀璨，這也是古老的東西會比現代事物顯得更美的原因。就連〈希臘古甕頌〉[4]也比它剛寫出來時更美，因為百年來，有無數的有情人讀過它，心靈的創痛在字裡行間得到了撫慰。」

菲利普讓海沃德自己從眼前掠過的一幕幕景象去領悟他說的這些話，而海沃德也順利地得到了和他一樣的結論，讓他欣喜非常。他這麼久以來的生活經驗，突然在這時候激發了強烈反應，他深深地感動了。倫敦天空變化萬千的微妙色彩，讓灰暗的石頭建築都顯得柔和起來，一座座的碼頭和倉庫又帶有日本版畫般的質樸之美。他們繼續前進，這條壯麗的河是大英帝國的象徵，越往下游越寬闊，河面上船隻川流不息。菲利普想起把這些景象描繪得美不勝收的畫家和詩人，心中充滿了感激。汽船進入了倫敦池[5]一帶，這恢弘的氣勢誰描寫得出來？眼前的景象令他浮想聯翩，天曉得人們是怎麼讓這條廣闊的大河變得波平如鏡的。他彷彿看見鮑斯威爾站在詹森博士身邊，老佩皮斯正要登上戰神艦[6]，這是英國的輝煌歷史，是浪漫，更是一場大膽的冒險。菲利普轉向海沃德，眼睛閃閃發光。

「親愛的狄更斯先生啊[7]。」他一邊喃喃自語，一邊又對自己的情感激盪不禁莞爾。

「你放棄了畫畫，不覺得遺憾嗎？」海沃德問。

「不遺憾。」

「想來你喜歡當醫生？」

---

3 喬托鐘樓（Campanile di Giotto）：位於義大利佛羅倫斯的主教座堂廣場，建築師、畫家喬托（Giotto di Bondone, 1266～1337）所設計，由此得名。

4〈希臘古甕頌〉（Ode on a Grecian Urn）：英國詩人濟慈（John Keats, 1795～1821）於一八一九年的作品，尤以詩末的「Beauty is truth, truth beauty」（美即是真，真即是美），最為人所知。

5 倫敦池（Pool of London）：由於倫敦橋（London Bridge）是泰晤士河東段與西段的分界，倫敦橋以東，直到倫敦城市末端的倫敦塔這一帶，一般稱為倫敦池。

6 鮑斯威爾（James Boswell, 1740～1795）：英國傳記作家，最有名的作品是《詹森傳》，這是他為英國辭典家暨詩人塞繆爾・詹森（Samuel Johnson, 1709～1784）寫的傳記。

佩皮斯（Samuel Pepys, 1633～1703）：又譯皮普斯。一六六〇年到一六六九年，他寫下了生動翔實的日記，這些日記出版於十九世紀，為英國復辟時期的社會景況與重大歷史事件（如倫敦大瘟疫、第二次英荷戰爭、倫敦大火）提供了第一手資料及研究素材。

戰神艦（Man O'War）：十六至十九世紀，英國軍艦中，威力強大的一型戰艦。

7 狄更斯（Charles John Huffam Dickens, 1812～1870）幼年時，父親因負債入獄，小狄更斯不得不到鞋油廠當童工，當年的監獄及鞋油廠都位於泰晤士河畔，泰晤士河由此成了他小說中經常出現的重要場景。

「不，我討厭當醫生，但我沒別的事可做了。醫學院前兩年的功課既乏味又難熬，最糟的是我一點科學氣質都沒有。」

「這個嘛，你可不能再繼續改行了。」

「噢，不會的，我會堅持下去。我想等我到了病房應該會更喜歡這行。我覺得，我對人的興趣遠超過世界上的其他東西。就我所知，這是唯一能保有個人自由的職業。只要你腦子裡有了知識，帶上一箱醫療器械和一點藥，到哪兒都活得下去。」

「你不打算開業嗎？」

「無論如何，至少在一段很長的時間內不想，」菲利普回答，「我一拿到醫師資格，就上船去。我想去東方——像馬來群島、暹羅、中國這一類的地方，順便找點工作做。事情總是有得做的，比如說在印度治療霍亂，諸如此類。我想周遊各地，想看遍這個世界，一個窮人想達成這個目的，唯一的辦法就是行醫。」

這時他們抵達了格林威治，英尼格・瓊斯[8]設計的雄偉建築莊嚴地面對著泰晤士河。

「喂，你看，那一定是可憐的傑克[9]跳進爛泥撿硬幣的地方。」菲利普說。

他們在公園裡信步閒逛，衣衫襤褸的孩子們也在裡頭玩耍，到處都聽得到他們的呼喊嬉鬧；到處都有上了年紀的水手在公園裡曬太陽，氣氛和百年前毫無二致。

「你在巴黎浪費了兩年，好像有點可惜啊。」

「浪費？你看看那個孩子的動作，看看太陽穿透樹間在地上映出的光影，看看那天空——啊，要不是我去了巴黎，我絕對看不見這樣的天空。」

海沃德發覺菲利普的聲音裡帶著哽咽，他驚訝地看著他。

「你怎麼了？」

「沒什麼。我很抱歉，我他媽的太情緒化了。但是這六個月來，我一點美的東西也沒看到過。」

「你以前一直都是講實際的，現在聽你這麼說，還眞有意思。」

「他媽的，我才不想讓人覺得有意思，」菲利普大笑，「我們走吧，好好喝一頓下午茶去。」

65

海沃德來訪，對菲利普幫助非常大，他每天都覺得對米爾芮德的思念又淡了一點。現在他再回頭看之前的那些日子，就只剩下厭惡。他也不懂自己爲什麼會陷入那種丟臉的愛情裡，一想到米爾芮德，他就又氣又恨，都是因爲她，他才蒙受了這麼大的恥辱。現在他想像中的她，充滿了被誇大的個人缺陷和不當舉止，想到自己曾經跟這個女人扯上關係，他就覺得不寒而慄。

「這正說明了我他媽的有多脆弱。」他喃喃自語。這段際遇就像一個人在社交派對眾目睽睽之下犯的大錯，實

8 英尼格・瓊斯（Inigo Jones, 1573～1652）：英國畫家、建築師和設計師。一六一五年至一六四二年，擔任國王詹姆斯一世（James I）的工程總監。他的第一項重要任務是建造皇后安娜（Anne）在格林威治的居所，這是英國第一座帕拉底歐風格（Palladianism）的建築。

9《可憐的傑克》（Poor Jack）：英國作家弗雷德里克・馬里亞特（Frederick Marryat, 1792～1848）出版於一八四〇年的小說。敘述水手之子湯瑪斯・桑德斯（Thomas Saunders）在十九世紀初的倫敦格林威治掙扎求生的故事。

在太可怕了，讓這人覺得毫無補救的可能，唯一的解決方法就是忘了它。對那段墮落日子的憎恨幫了他的忙，他就像一條蛻了皮的蛇，厭惡地回頭看著自己的舊軀殼。重新找回掌控自己的力量，他滿心雀躍，也意識到，當自己沉湎於人們稱之爲愛情的瘋狂狀態時，他失去了多少人世間的歡樂。他受夠了，如果那就是愛情，那麼他絕對不願意再愛了。菲利普把自己經歷過的一些事情告訴了海沃德。

「索福克勒斯不也祈求過，希望能擺脫吞噬他心靈的情慾野獸嗎？」

菲利普看起來彷彿眞的重生了，他呼吸著周遭的空氣，像是從來沒有呼吸過一樣，他像個孩子似的，世間萬物樣樣都令他驚喜。他把那段近乎精神錯亂的日子當作服了半年勞役。

海沃德在倫敦待了沒幾天，菲利普就接到一份來自布萊克斯泰伯的邀請函，請他去參觀一家畫廊的私人展覽。他帶了海沃德一起去，翻看展品目錄的時候，發現勞森的作品也名列其中。

「我想邀請函是他寄的，」菲利普說，「我們去找他吧，他肯定站在他那幅畫前面。」

那幅露絲・查萊斯的側面像掛在展廳的角落，勞森就站在附近。他戴著一頂又大又軟的帽子，穿著寬鬆的淺色罩衫，在前來看畫展的時髦男女中顯得有些不知所措。他熱情地跟菲利普打招呼，又跟以前一樣滔滔不絕地告訴菲利普——他搬到倫敦了、露絲・查萊斯是個蕩婦、他租了間畫室、巴黎已經不時興了、他接了個畫肖像的委託、還有他們最好一起吃頓飯，痛痛快快話當年。菲利普提醒他，海沃德也是他在巴黎見過的老朋友，他看見勞森對海沃德優雅的穿著和高貴的舉止有點敬畏的神色，覺得很有意思。他們現在對海沃德的接待，可是比當初在勞森和菲利普分租的那間破落小畫室那時候，好得太多了。

吃晚餐的時候，勞森繼續講他的新聞——福拉納根回美國了、克勞頓不見了。克勞頓得出了一個結論，說一個人一旦跟藝術和藝術家扯上關係，就什麼事都做不成，唯一的解決方法就是立刻脫離。爲了讓這一步進行得更容易點，他和所有巴黎的朋友全都吵翻了，他培養出一種專講逆耳忠言的才能，弄到最後，大家終於忍耐著聽他宣布，他和巴黎這個城市緣分已盡，他要去赫羅納[2]定居，那是西班牙北部的一個小鎮，他搭火車去巴塞隆納時途經此處，一看就被這個地方吸引住了。現在他一個人住在那兒。

「我很懷疑他會有什麼成就。」菲利普說。

對於藝術的掙扎，克勞頓喜歡從人的角度出發，去表達人心中極度幽微難解的東西，也因此整個人變得病態而易怒。菲利普隱隱覺得自己其實也是同一種人，但是對他而言，整體上，讓他困惑的還是生活行爲問題。他的行爲就是他表現自我的方式，但究竟該怎麼做卻又不清楚。但他沒有時間順著這條思路繼續往下想，因爲勞森又坦蕩蕩地把他和露絲．查萊斯之間的事一古腦兒地細細講給他聽。她爲了一個剛來英國的年輕學生跟他分手，鬧出許多不堪的醜聞。勞森眞的覺得應該有個人介入，把那個年輕人救出來，否則他一定會被她毀了。菲利普推測，勞森最難受的一點，應該是他們鬧翻當時，他幫她畫的肖像才畫到一半。

「女人對藝術一點都沒有眞感情，」他說，「她們只是假裝自己有。」不過他最後還是豁達地說，「不管怎樣，畢竟我還是從她那兒創作出四幅肖像畫，只是最後一幅還在畫的，我不確定能不能成功就是了。」

這位畫家處理自己的感情事如此輕鬆寫意，菲利普羨慕得不得了。他過了十八個月的快活日子，不費分文地得到了一個優秀的模特兒，最後分手也沒太大的痛苦。

「克朗蕭怎麼樣了？」菲利普問。

「噢，他已經完了，」勞森說，愉快的口氣裡帶著年輕人特有的麻木不仁。「他撐不過半年了。去年冬天他得

1索福克勒斯（Sophocles, 496 b.c.～405 b.c.）：古希臘劇作家，古希臘悲劇的代表人物之一，一生共寫過一百廿三個劇本，如今只有七部完整流傳下來，其中以《伊底帕斯王》（Oedipus the King）最有名。

2赫羅納（Girona）：位於西班牙加泰隆尼亞自治區特爾河畔，是赫羅納省的首府。

了肺炎，在英國醫院裡住了七個星期，出院的時候醫生跟他說，他唯一的活命機會就是戒酒。」

「可憐的傢伙。」向來飲食節制的菲利普微笑著說。

「他戒了一小陣子。他還是照舊去丁香園，他沒辦法不去，但是一直都喝熱牛奶，裡頭還加了橙花，簡直快把他悶死了。」

「我想你沒對他隱瞞實情吧。」

「噢，他自己知道。之前沒多久他又開始喝威士忌了。他說他太老，沒辦法再重新開始了。他寧願痛痛快快活完半年赴死，也不願意苟延殘喘活五年。我想他最近生活非常困難。你知道的，他病的時候一毛錢也沒賺，跟他一起住的那個婊子就一直作賤他。」

「我記得，第一次見到他的時候，對他簡直欽佩得不得了，」菲利普說，「我覺得他太了不起了。庸俗的中產階級美德到頭來是這樣下場，實在讓人難以接受。」

「當然了，他是個廢物，遲早是要死在那個貧民窟裡的。」勞森說。

菲利普覺得心裡很難受，因爲勞森一點也不覺得這當中有什麼令人同情之處。當然有因必有果，在這因果相隨的必然規律之中，生命的所有悲劇便由此而生。

「噢，我差點忘了，」勞森說，「你剛離開巴黎不久，他給你帶了個禮物。我以爲你還會回來，所以也沒特別去管那個東西，接下來又覺得不值得花錢寄給你，但是那個東西會跟著我其他家當一起寄到倫敦，改天如果你想要的話，可以到我畫室來拿。」

「你還沒告訴我那是什麼呢。」

「噢，只是一小塊爛地毯，我想是一文不值。有天我問他，爲什麼要送這種骯髒東西，他說他是在雷恩大街的一家店裡看見的，花了他十五塊法郎。這顯然是塊波斯地毯。他說你問過他生命的意義，而這就是答案。不過那時候他已經醉得很厲害了。」

菲利普大笑。

「是的，我知道了，我會去拿的，這是他最喜歡的俏皮話。他說我必須自己找出答案，否則答案就毫無意義。」

66

菲利普讀書讀得很勤奮，也很順利。有一大堆事情等著他做，七月他有三門科目要考第一次聯合考試，還有之前不及格的兩科要準備，但是他覺得生活充滿了樂趣。他還交了新朋友，勞森在找模特兒的時候發現了一個在劇場當替補演員的女孩子，為了邀請她當模特兒，他挑了個星期天安排了一場小小的午餐派對。她帶了一位年長些的女伴，菲利普也被勞森找去了，湊足了四個人，他的任務是專門招呼那位女伴。他發現這個任務並不困難，因為她很健談，讓人很有好感，說起話來也很風趣。她邀請菲利普去她家，她在文森廣場租了幾個房間，向來在五點鐘喝下午茶。他依約去了，受到了熱情的款待，感到非常愉快，之後又再度拜訪。內斯比特太太年紀不超過二十五歲，個頭小小的，長著一張不漂亮卻看起來很舒服的臉，眼睛很亮，顴骨很高，還有一張大嘴。臉上各部位的色調對比過分懸殊，讓人想起某位法國現代派畫家筆下的人物肖像——皮膚非常白皙，臉頰又太紅，兩道粗眉，頭髮濃黑，感覺很古怪，有點不自然，但絕不會讓人覺得反感。她跟丈夫離了婚，靠寫廉價小說養活自己和孩子。有一兩家出版社專門出版這類小說，所以她有足夠的工作可接，能寫多少就寫多少。這種小說稿費很低，三萬字的故事只能賺十五鎊，不過她已經很滿意了。

「畢竟讀者也只花兩便士買小說啊，」她說，「而且他們喜歡不斷重複的類似情節，我只要把裡頭的人名換一下就行了。我要是寫煩了，想想要付的洗衣費、房租、給孩子買衣服的錢，就會再繼續寫下去。」

除此之外，只要有劇院需要跑龍套的角色她就會去，這種工作一星期可以賺十六先令到一畿尼，一天下來把她累得七葷八素，晚上睡得死死的。她盡最大的努力去面對坎坷的命運，她強大的幽默感讓她即使身處困厄也依然自得其樂。有時候時運不濟，發現自己一毛錢也挖不出來，那麼她那點微不足道的家當就要進沃克斯豪爾橋路的當鋪了，接著她就靠麵包抹奶油過日子，一直撐到景況變好為止。但她始終沒有失去她樂觀的本性。

菲利普對她這種胸無大志的生活很感興趣，她把自己在生活裡的困苦掙扎用奇妙的口吻說給他聽，逗得他哈哈大笑。他問她為什麼不試著寫一些高水準的文學作品，但她自知沒有那種天分，她寫的那些幾千字粗劣小說不僅稿費尚可接受，也是她所能寫出來最好的東西了。她對未來沒什麼奢望，只求能活下去。她似乎沒有親戚，交的朋友也都跟她一樣窮。

「我不去想未來，」她說，「只要我手裡有點錢，夠付三個星期的房租，再加上一兩鎊買食物，我就不想太多了。如果老是操心今天，又擔憂明天，生活還有什麼意思？就算事情壞到無可再壞，我也總有路可走的。」

菲利普很快就養成了每天跟她一起喝茶的習慣，去的時候總會帶一塊蛋糕、一磅奶油或者一些茶葉，這樣他的拜訪就不會太讓她為難。他們開始以教名互相稱呼¹。女性的同情心對他來說是很新鮮的東西，能有個人願意傾聽他所有的煩惱，他也覺得很高興，時間一下子就過去了。他從不掩飾對她的讚賞，她是個討人喜歡的伙伴，他忍不住把她拿來跟米爾芮德做比較——一個是既頑固又愚蠢，對不知道的事物一概不感興趣，另一個卻擁有敏銳的鑑賞力和靈活的才思。想到自己差點就跟米爾芮德這種女人綁死一輩子，心就不禁往下沉。一天傍晚，他把自己這整個戀愛故事告訴了諾拉，並不是因為想炫耀，而是這麼做能夠得到令人愉悅的同情，會讓他非常快樂。

「我想你已經完全走出來了。」聽他說完之後，她說。

她有時候會出現把頭歪向一邊的滑稽動作，就像一隻亞伯丁㹴犬。她坐在椅子上做針線，因爲她實在沒有時間閒下來，菲利普就舒舒服服地坐在她腳邊。

「這一切終於結束了，我眞不知道該怎麼跟你形容那種謝天謝地的感覺。」他嘆了口氣。

「可憐的孩子，你一定受了不少罪。」她一邊把手放在他肩上表示同情，一邊低聲地說。

他突然握住她的手吻了起來，但是她猛地抽回去了。

「爲什麼要這樣？」她問，臉紅了起來。

「你不願意嗎？」

她用那雙亮亮的眼睛看了他一會兒，然後笑了。

「沒這回事。」她說。

他跪著挺直了身子，面對著她。她直直地凝視著他的眼睛，大大的嘴有點顫抖，但仍然帶著微笑。

「所以呢？」她說。

「你知道，你棒極了。你對我這麼好，我好感激。我太喜歡你了。」

「別說傻話。」她說。

菲利普抓住她的手肘，把她拉向自己，她沒有反抗，反而微微地迎向他，他吻了她豔紅的嘴唇。

「爲什麼要這樣？」她又問了一次。

---

1 英語姓名的一般結構為：教名＋自取名＋姓，如William Jafferson Clinton。但在很多場合，中間名往往略去不寫，如George Bush，而且許多人更喜歡用暱稱取代正式教名，如Bill Clinton。以教名相稱，代表彼此已有一定親暱程度。

「因爲這樣很舒服。」

她沒有接話，但眼神中流露出一股溫柔，她伸出手，輕輕地撫著他的頭髮。

「你知道，你這樣做眞的太傻了，我們是這麼好的朋友。我們就這樣一直下去不好嗎？」

「如果你眞的希望我規矩一點。」菲利普回答，「那你最好不要這樣摸我的臉頰。」

她輕笑一聲，但手上的動作並沒有停下來。

「我這樣很不應該，是嗎？」她說。

菲利普看著她的眼睛，發現她的眼神變得柔和、清澈，脈脈含情的神色令他迷醉，他又驚又喜，心裡突然激動起來，眼眶溢滿淚水。

「諾拉，其實你不喜歡我，對嗎？」他懷疑地問。

「你這個聰明人，怎麼會問出這麼笨的問題？」

「噢，親愛的，我眞沒想到你也喜歡我。」

他張開手臂把她摟進懷裡，拚命地吻她，她臉紅紅地又笑又叫，順從地讓他擁抱。

過了一會兒，他鬆開手，恢復原來跪坐的姿勢，好奇地看著她。

「哇，我好像炸掉了一樣！」他說。

「爲什麼？」

「我太驚訝了。」

「不覺得快樂嗎？」

「太高興了，」他發自內心地大喊，「我好榮幸，好快樂，我眞是太感激了。」

他又執起她的手，把那雙手吻了個遍。對菲利普來說，一段堅實而長遠的幸福就此開始，他們成了戀人，卻也依然是朋友。諾拉具有母性本能，這種本能讓她在愛菲利普時也同時獲得了滿足，她需要有人讓她疼、讓她罵、讓她嘮叨。她有一種家庭氣質，能夠從照料他的健康和打理他的服裝當中找到樂趣。她對他的殘疾深深憐憫，他對自己的畸形非常敏感，於是她本能地以溫柔的方式表達她的憐憫。她年輕、強壯又健康，對她來說，奉獻自己的愛似乎是再自然不過的一件事。她總是生氣勃勃，心境樂觀。她喜歡菲利普，是因為她不管在生活中碰到什麼讓她覺得很有意思的事，他都能很有共鳴地跟她一起哈哈大笑。而更重要的是，她喜歡他，是因為他就是他。

她把這些話告訴他，他快活地回答：

「胡說。你喜歡我，是因為我安安靜靜，從不插嘴。」

菲利普一點也不愛她，他只是非常喜歡她，喜歡跟她在一起，覺得她的言談很有意思，讓他很感興趣。她讓他找回了自信，撫平了他心靈的傷痕。她喜歡他，讓他感到非常榮幸。他欽佩她的勇氣、她的樂觀、還有她對命運不顧一切的反抗。她也有一點點屬於自己的人生哲學，就是坦白，講究實際。

「你知道，教堂和牧師這一類的東西我都不信，」她說，「但是我相信上帝，只要你面對困難的時候堅持不懈，有餘力的時候幫助別人，我不相信上帝會在乎那麼多枝微末節的事。我認為人大體上來說都是好人，對那些不好的人，我只覺得可惜。」

「你對以後有什麼想法？」菲利普問。

「噢，這個嘛，其實我心裡也沒個底，你知道，」她微笑，「但我總會往最好的方向想。不管怎樣，總有一天我可以不必再付房租，也不必再寫小說。」

她擁有女性特有的天賦，能用細緻的語言把人奉承到心裡去。她覺得菲利普意識到自己成不了大畫家而離開巴黎，其實是一件非常勇敢的事。她這麼熱烈地讚賞他，聽得他如癡如醉，因為他一直不確定自己當初的行動究竟該算是有勇氣還是意志不堅，知道她覺得這樣很英勇真是讓他太高興了。她還大膽地碰觸了一個連他朋友都會本能地避開的問題。

「你對自己的跛腳這麼敏感，實在是太傻了。」她說。她看見他的臉漲得通紅，卻還是繼續說下去。「你知道，人們根本不像你那樣把那隻腳看得那麼重。他們剛見到你的時候確實會注意一下，之後就會把它忘了。」

他不想回話。

「你沒生我的氣，對吧？」

「沒有。」

她用手臂環住他的脖子。

「你知道，我會說這些，是因爲我愛你。我不希望這件事一直讓你不快樂。」

「我覺得，你想跟我說什麼都行，」他回答，臉上帶著笑容。「我希望自己能做些什麼，好讓你知道我有多麼感激你。」

她試著用別的方式來改變他，不讓他頹廢悲觀，要是他又鬧脾氣了，她就笑他。她讓他變得文雅多了。

「不管你要我做什麼，我都會去做。」有一次他這麼跟她說。

「你不在意嗎？」

「一點都不在意，我想做你喜歡的事。」

他明白自己的幸福。似乎對他來說，一個妻子所能給的，她全都給了他，而他卻仍然保有自己的自由。她是他交過最迷人的一個朋友，她擁有的同理心他從來沒在男性身上看見過。性關係是他們友誼中最強的一道聯繫，讓他們的關係更加完滿，卻不是最重要的。而菲利普因爲慾求得到了滿足，他變得更溫和，也更好相處。他覺得可以完全掌控自己了。有時候他會想起那個冬天，那時他還被可怕的情慾糾纏著難以脫身，每想起這件事，他心裡就充滿了對米爾芮德的憎惡，和對自己的痛恨。

考試日期逼近了，諾拉對這件事的關心絲毫不下於他。她急切的心情讓他覺得飄飄然，也深受感動。她要他答應她，知道結果之後要立刻跟她說。這次他順利地通過了三門考試，他把及格消息告訴她的時候，她眼淚迸了出來。

「噢，我太高興了，我眞的好擔心啊。」

「你這小傻瓜。」他笑了，卻又不禁哽咽。

她這樣的反應，任誰看了都覺得欣慰。

「那接下來你打算做什麼？」她問。

「接下來我可以問心無愧地度假去了，直到十月冬季學期開始之前我都沒事做。」

「我想你會回布萊克斯泰伯看你伯父吧？」

「你完全猜錯了。我會待在倫敦跟你一起玩。」

「我比較希望你離開這裡。」

「爲什麼？你厭倦我了？」

她笑了起來，把手搭在他肩上。

「因爲你讀書讀得太拚命，看起來都累垮了。你需要新鮮空氣，需要休息，還是去吧。」

他好一陣子沒有說話，只充滿愛意地看著她。

「你知道，我相信除了你之外，沒有人會說這樣的話。你是唯一會爲我想的人。我眞不知道你到底看上我什麼。」

「我這個月這樣照顧你，能不能換來你幾句讚賞呢？」她快活地笑著說。

「那我會說，你既體貼又厚道，而且不苛求人；你從不擔憂，不惹人討厭，還很容易滿足。」

「全是胡說八道，」她說，「不過我要告訴你一點——我碰過的人裡，能從經驗裡學到東西的人寥寥無幾，而我自己就是其中一個。」

67

菲利普急不可待地期盼著回倫敦的日子。待在布萊克斯泰伯的兩個月裡，諾拉常常來信，信總是寫得很長，筆跡又大又粗放，用快活的幽默口吻描述著日常瑣事，像是房東太太的家庭糾紛、令人捧腹的笑話、她在排戲時碰到的滑稽小煩惱（她目前正在倫敦的劇場參演一部重要作品），還有她跟小說出版商交手的奇遇。菲利普在布萊克斯泰伯讀了很多書，去游泳，打網球，還去玩帆船。十月初他回到倫敦安頓下來，專心準備第二次聯合考試。他很想及格，因爲一旦過了，就意味著單調繁重的課程從此結束，之後他就是門診實習醫生了，可以帶著教科書接觸那些男女病人。菲利普天天都會跟諾拉見面。

勞森整個夏天都待在普爾[1]，畫了不少港灣和海灘的素描，還接了幾幅肖像畫的委託，他打算待在倫敦，直到季節過去，光線變得不適合作畫爲止。海沃德也是一直待在倫敦，他想出國過冬，又下不了決定，就這麼一星期一星期地拖了下來。海沃德這兩三年發了福（菲利普第一次在海德堡見到他是五年前），也過早地開始禿頂，他對這點非常敏感，所以特別把頭髮留長了，好遮掩頭頂心那塊不雅觀的空白。唯一令他安慰的是他的眉毛現在仍然很有貴氣。他的藍眼睛已經有些褪色，無精打采地下垂著，嘴唇也不復年輕時的飽滿，顯得蒼白無力。他還是像從前一樣模模糊糊地談著他未來想做的事，但少了些當年的堅定，他自己也明白朋友們已經不再相信他了。只要兩三杯威士忌下肚，他就滿懷悲戚。

「我是個失敗者，」他喃喃地說，「這麼殘酷的人生搏鬥，我承受不住啊，我能做的，就只是站到一邊去，把路讓給庸俗之輩，讓他們成群地往前擠，去爭名奪利。」

他這話給人的印象就是，比起成功，失敗反而是一件更微妙、更高雅的事。他暗示自己之所以不合於世，是因爲厭惡一切平庸低下的事物。

接著他又嫻熟地談起柏拉圖。

「我還以爲你現在已經不再研究柏拉圖了。」菲利普不耐煩地說。

「你眞這麼想？」他問，揚了揚眉毛。

他並不想繼續談這個話題，最近他發現，想維持自尊，沉默是很有效的。

「我看不出翻來覆去讀同樣的東西有什麼用，」菲利普說，「這只不過是種披著勤勞外衣的懶惰而已。」

「難道你眞覺得自己的腦子那麼好，只讀一次就能了解這位博學作者的深厚內涵？」

「我不想了解他，我又不是評論家。我不是爲了他才對他感興趣，我是爲了我自己。」

「那你爲什麼讀書呢？」

「部分是爲了樂趣，因爲讀書已經成了我的習慣，要我不讀書，就像要我不抽菸一樣難過；另一部分是爲了了解自己。我讀書的時候，看起來像是只用眼睛在讀，但偶爾會碰上一段文字，或許只是一個詞，對我產生了意義，從此它就成了我的一部分。書裡凡是對我有用的，我都吸收了，就算我再重複讀十幾次，也不會得到更多東西。你

1 普爾（Poole）：英國多塞特郡沿海的一座大型市鎮，位於多爾切斯特（Dorchester）以東三十三公里，與東部的伯恩茅斯（Bournemouth）毗鄰。

看，對我來說，人就像一朵未開的花苞，大部分讀的書和做的事對他都完全不起作用，但某些特定的東西卻對這人有特殊意義，這些東西催開了第一片花瓣，接著花瓣就一片又一片綻開，終於成了一朵盛開的花。」

菲利普並不滿意這個比喻，但他也想不出別的方式去解釋這個他已經感覺到了、卻又不太清晰的東西。

「你很想做出一番事業，很想成個大人物嘛，」海沃德聳聳肩，說，「眞夠庸俗。」

菲利普現在已經很清楚海沃德這個人了。他既脆弱又虛榮，虛榮到你必須時時當心，以免不小心傷害了他的感情。他把疏懶和理想主義混爲一談，連他自己都沒辦法把這兩者區分開來。有一天，他在勞森的畫室碰到一個記者，這位記者和他交談之後大爲傾倒，一星期後，報社編輯寫了信來，邀他爲報紙寫評論文章。接下來整整四十八小時，海沃德坐立不安，飽受猶豫折磨。長期以來，他總是說自己要找這方面的職業，所以也沒臉坦白拒絕，但想到眞的要動手做，他又恐慌得不得了。最後他回絕了這份工作，也終於鬆了一口氣。

「要是不拒絕，我自己的工作就會受到干擾了。」他這麼對菲利普說。

「什麼工作？」菲利普直截了當地問。

「我的精神生活。」他答道。

接著他又繼續說起日內瓦那位埃米爾教授[2]的種種軼事，他明明擁有卓越的才華，卻沒有達到相應的成就。他過世之後，他失敗的理由和他對自己的辯解，立刻在他詳盡精妙的日記中得到了答案，這本日記是從他的文件堆裡找出來的。海沃德微笑著，表情莫測高深。

但海沃德居然又興致勃勃地談起書來了。他品味精緻，擁有高雅的鑑別力，對思想一直很有興趣，這讓他成了一個很有意思的伙伴。但是這些思想其實對他一點意義也沒有，因爲對他沒有產生過任何影響。他對待這些思想，就像對待從拍賣公司買來的瓷器一樣，他摩娑把玩這些瓷器，欣賞它們的形狀和釉彩，心裡暗暗估計價錢，然後就把它們放回盒子裡，從此不再想它們了。

然而有了重大發現的人正是海沃德。有天傍晚，做了充分準備之後，他帶菲利普和勞森去了一家位於畢克街的小酒館，這家酒館不僅因爲本身的歷史悠久而聞名（它仍然保有十八世紀時激起人們浪漫想像的種種回憶），它們的鼻煙也是遠近皆知，這家酒館的鼻煙是全倫敦最好的，它們的潘趣酒[3]更是精彩。海沃德領著他們走進一個又大又狹長的房間，房間裡光線昏暗，但裝飾富麗堂皇，牆上掛著巨幅裸女像，這些畫都是海登畫派[4]的大幅寓言畫，但在瀰漫的煙霧、煤氣燈和倫敦特有的氣氛之下，它們也顯得豐富濃豔起來，看上去倒眞的像是出自古代大師手筆。那深色的鑲板，輝煌不再的粗大金色飛簷，紅木桌子，讓這個房間充滿了華麗宜人的感覺，沿牆擺放的皮面座椅也十分柔軟舒適。正對房門的桌上放著一只公羊頭，裡面裝著它們大名鼎鼎的鼻煙。

他們還點了潘趣酒來喝，是蘭姆酒調的熱潘趣酒，這酒的妙處筆墨難以形容，所有描述酒的詞彙都太黯淡，形容詞也太貧乏，完全無法勝任；而浮誇的詞藻、珠光寶氣的異國風用詞，一向是用來形容激動的想像力的。這酒能溫暖你全身的血液，卻又使你的頭腦清明；它讓你心曠神怡，啓發你的智慧，讓你瞬間字字珠璣，也能領略別人的珠玉之言；它像音樂一樣難以捉摸，又像數學一樣精確嚴謹。它只有一種特性可以拿來跟其他東西相比——它有一種好心腸般的溫暖。而除此之外，它的滋味、它的香氣，還有它給人的感覺，都無法形諸文字。

---

2 埃米爾（Henri Frederic Amiel, 1821～1881）：瑞士哲學家與批評家，過世後，著作《埃米爾日記》才出版，在歐洲反應熱烈，還被韓福瑞・瓦德夫人（Mrs Humphry Ward, 1851～1920）翻譯成英文。

3 潘趣酒（Punch）：一種軟性飲品或微酒精飲品，主要成分是果汁。

4 班傑明・海登（Benjamin Haydon, 1786～1846）：十九世紀英國歷史畫畫家，代表作包括〈耶穌入耶路撒冷〉、〈拉撒路的復活〉以及〈所羅門王的審判〉等。他與著名詩人濟慈等人交好，所作《自傳》更談及不少藝術界與政界知名人物，極為精彩，重要性不下其畫作。一八四六年，因負債累累而自殺。

它讓你覺得，要是查爾斯・蘭姆再努力一點，他可能會以他過人的機智，把當時迷人的生活景象描繪出來；要是拜倫勛爵寫〈唐璜〉的某個詩節時，在不可能做到的地方痛下苦功，也可能達到更高一級的成就；還有奧斯卡・王爾德，要是他能把伊斯法罕[5]的寶石堆在拜占庭的錦緞上，說不定就能創造出動人心魄的美。想到這兒，埃拉伽巴路斯[6]觥籌交錯的奢華盛宴彷彿出現在眼前，德布西精細微妙的和聲裡，混進了一只揉雜了霉味和馨香傳奇故事的老箱子，裡頭裝著被遺忘的一代人留下的舊衣服、輪狀縐領、長統襪和緊身馬甲；山谷裡百合花的清香，切達起司濃烈的氣味同時撲面而來，令人頭暈目眩。

海沃德能發現販賣這種無價飲品的小酒館，是因爲他在路上遇見了以前劍橋的同學，一個名叫馬卡利斯特的人。他是個證券經紀人，也是個哲學家。這家酒館他每星期都會去一次，很快地，菲利普、勞森和海沃德也養成了每週二晚上在那兒聚會的習慣。社會風俗改變之後，這裡的人流也少了，這麼一來，對以談話爲樂的人來說反倒是好事一樁。馬卡利斯特這人骨架很大，和他寬闊的身體一比，身高就顯得太矮了。他有張肉墩墩的大臉，聲音很柔和。他是康德的學生，向來以純粹理性的觀點看待每件事。他很喜歡闡述自己的學說，菲利普也總是興味盎然地聽著。他很早就斷定形上學是他覺得最有意思的一門學問，但是他也不確定它對生活有什麼用處。之前在布萊克斯泰伯，他經過好一番深思才推導出的那個簡潔小巧的思想體系，在他爲米爾芮德神魂顛倒的時候也沒有明顯的作用。他沒有辦法確定理性對引導生活有多大幫助，在他看來，生活似乎有它自己的運作軌道。他清楚地記得那令他著魔的情感力量有多猛烈，他完全無力反抗，就像整個人被繩子捆住扔在地上一樣。他在書上讀到很多睿智的道理，但卻只能用個人經驗去判斷它（他不知道其他人是不是也一樣）；他行動時從不權衡利弊，不去想做了之後會有什麼好處，或者不做會有什麼壞處，但他始終感覺有股力量驅使著自己全力向前，不只是部分的自己而已，而是全心全意地整個人投入。這股附身似的力量似乎和理性毫無關係，理性所扮演的唯一角色，只是爲他指出一條路，讓他達成心靈追求的目標而已。

馬卡利斯特提醒他，注意「絕對命令」這個論點。

「你應如此行動——彷彿你每個行爲都將成爲全人類的行爲準則一般。」

「這話對我來說完全是胡說八道。」菲利普說。

「你眞是太狂妄了，竟敢對康德的理論說三道四。」馬卡利斯特反唇相譏。

「爲什麼不行？會崇拜一個人說的話，是一種愚蠢的特性，這世上的盲目崇拜實在是太多了。康德思考了這些事，並不表示這些事就一定是對的，只是因爲他是康德而已。」

「那麼，你對『絕對命令』究竟有什麼反對意見？」（他們說話的口氣，彷彿帝國存亡全在此一談似的。）

「它說一個人可以用意志力選擇自己的道路，還說理性是最穩當的嚮導。爲什麼理性的驅使就一定比情感要強

---

5 查爾斯・蘭姆（Charles Lamb, 1775~1834）：英國作家。在校時期成績優良，本打算進入劍橋大學深造，因口吃未能通過大學先修班之考試，十五歲即輟學工作。查爾斯與姊姊瑪麗合寫兒童文學作品，一八〇六年，蘭姆姊弟開始從莎士比亞戲劇中挑選廿個最為人熟知的故事，改寫成敘事體散文，這部書即為後來著名的《莎士比亞戲劇故事集》。

唐璜（Don Juan）：西班牙家喻戶曉的一名傳說人物，以英俊瀟灑及風流著稱，一生周旋在無數貴族婦女之間，在文學作品中多被用來當作「情聖」的代名詞。

伊斯法罕（Isfahan或Ispahan）：伊朗第三大城市，一〇五一年至一一一八年曾為塞爾柱帝國的都城。一三八七年，被當時的帖木兒攻占及蹂躪，共有七萬人遭到屠殺。一四五三年，伊斯法罕被重新建立，二度成為伊朗的國都。

6 埃拉伽巴路斯（Elagabalus,約203~222）：羅馬帝國塞維魯王朝皇帝，二一八年至二二二年在位。他是羅馬帝國建立以來，第一位出身敘利亞的皇帝。即位後，大力提倡個人所信仰的太陽神崇拜，並將帝國東方華靡奢侈的宮廷風味帶入羅馬。

呢？它們根本是完全不同的兩回事，就是這樣。」

「你似乎很甘於被情感奴役啊。」

「之所以被情感奴役，是因爲我身不由己，但我並不是個心甘情願的奴隸。」菲利普笑著說。

他一邊說著，一邊想起自己追求米爾芮德時陷入的瘋狂狀態。他也想起當時自己對這種瘋狂有多憤怒，覺得它有多墮落。

「感謝上帝，我現在已經從這一切解脫了。」他想。

但即使在心裡說著這句話的同時，他也不敢確定自己是不是眞心這麼想。當他被情慾擺布的時候，他總覺得自己格外有活力，腦子在一股不尋常的力量驅使下異常活躍。他更加生氣勃勃，有純粹因爲存在而產生的興奮，也有心靈熱烈的渴望，相形之下，眼前的生活就顯得有些失色。他受過的一切苦難，彷彿都在那急流翻湧、壓倒一切的存在感中得到了補償。

但討論到自由意志的時候，菲利普就顯得有些詞窮了。而馬卡利斯特卻以他過人的記憶力，一個又一個地提出論證。他有個好辯證的頭腦，把菲利普逼得開始自相矛盾，進入死角，最後不得不做出讓步以求脫身。馬卡利斯特用邏輯駁倒他，還引用各種權威學說對他重砲轟擊。

最後菲利普對他說：

「嗯，對於別人的事，我無法置評，我只能說我自己。在我腦子裡，自由意志的幻想強烈到我無法擺脫，但我相信，它也只是個幻想而已。但這種幻想正是我行動最強烈的動機。我做任何事之前，我都覺得自己擁有選擇權，我在這種影響之下做出行動。然而做過這件事之後，我卻相信，會這樣做是絕對無法避免的。」

「你從這裡頭得到什麼結論呢？」海沃德問。

「哎，不過是『後悔無用』四字而已。打翻了牛奶，怎麼哭都無濟於事，宇宙的一切力量本來就是處心積慮要把它打翻的啊。」

68

有天早上，菲利普起床的時候覺得頭有點暈，於是又躺回床上去，這時他突然意識到自己病了。他四肢疼痛，一直在打寒顫。房東太太送早餐來的時候，他朝開著的門對她喊了幾句話，說他不太舒服，請她送一杯茶和一片土司來。過了幾分鐘傳來敲門聲，進來的卻是格里菲斯。他們住在同棟房子一年多了，除了路上碰見了彼此點個頭之外，一直沒有更深的交情。

「嘿，我聽說你人不舒服，」格里菲斯說，「我想我應該來看看你怎麼了。」

菲利普的臉莫名地紅了，他沒太在意自己的狀況，覺得過個一兩小時應該就會好了。

「這個嘛，你最好讓我量量你的體溫。」格里菲斯說。

「沒有這個必要。」菲利普煩躁地應了一句。

「量一下嘛。」

菲利普嘴裡含著體溫計，格里菲斯坐在床邊，興致勃勃地說了一陣子話，接著他拿出體溫計看了看。

「嘿，你看看，老兄啊，你得臥床休息了，我會帶老迪肯來看看你。」

「胡說八道，」菲利普說，「沒什麼問題的，我不希望你太爲我操心。」

「這也談不上什麼操心。你發燒了，必須臥床。你會聽話的，對吧？」

他的舉止神態有種特殊的魅力，既莊重又親切，非常有吸引力。

「你的臨床態度眞是無懈可擊。」菲利普咕噥了一句，微笑著閉上眼睛。

格里菲斯爲他拍鬆了枕頭，熟練地拉平床單，把他周圍的被子塞好。他去菲利普的客廳找給病人餵水的虹吸瓶找不到，就從自己房間拿了一個來。他拉上了窗簾。

「現在好好睡一下吧，等老迪肯巡完病房，我就會帶他過來。」

之後過了好幾個小時都沒有人來看他。他的頭痛得好像要裂了，四肢也疼得像要被撕開，他很怕自己會忍不住叫出來。接著他聽見敲門聲，健康強壯的格里菲斯心情愉悅地進了房間。

「迪肯醫師來了。」他說。

那位醫生走上前來，他是位態度溫和的長者，菲利普對他僅只於認識。他問了他幾個問題，做了些簡單的檢查，就做出了診斷。

「你覺得是什麼？」他微笑著問格里菲斯。

「流行性感冒。」

「完全正確。」

迪肯醫師打量了一下這個陰暗的出租公寓房間。

「你願意住院嗎？他們會把你安置在私人病房，也能好好照顧你，比待在這兒好得多。」

「我比較想待在這兒。」菲利普說。

他不想被打擾，而且他待在新環境裡總是很不自在。他不喜歡護士爲他忙這忙那，也不喜歡醫院裡的清潔感，讓他覺得沉悶乏味。

「我可以照顧他，先生。」格里菲斯立刻說。

「噢，那很好。」

他開了處方，交代了一些需要注意的地方，就走了。

「現在，你得乖乖照我說的做，」格里菲斯說，「我是你的日班兼夜班護士。」

「你人眞好，但是我什麼都不需要。」菲利普說。

格里菲斯把手放在菲利普的前額上，是隻涼涼乾乾的大手，他覺得觸感很不錯。

「我拿處方箋去藥房配藥，配好就回來。」

不一會兒他就帶了藥來，讓菲利普服下一劑。接著他上樓拿了自己的書。

「下午我就在你房裡讀書，你不介意吧？」他下樓的時候說，「我會讓門開著，如果你需要什麼的話，喊我一聲就行。」

那天稍晚，菲利普不太安穩地打了個盹，醒來時聽見客廳有人說話的聲音。是格里菲斯的朋友來找他。

「喂，你今晚還是別來了。」他聽見格里菲斯這麼說。

過了一兩分鐘，又進來另外一個人，說很驚訝會在這裡找到格里菲斯。菲利普聽見他對那人解釋：

「我在照顧一個二年級的學生，他住在這裡，那個可憐的傢伙因爲流感病倒了。所以今晚沒牌打了，老兄。」

沒多久，外頭只剩格里菲斯一個人，於是菲利普喊了他。

「我說，你要把今晚的派對取消嗎？不會吧？」他問。

「才不是因爲你，我今晚得好好念我的外科。」

「別取消，我會好起來的。你不需要太費心。」

「沒關係的。」

菲利普病況越來越糟，到了夜裡已經有點神智不清，但天快亮的時候，他從輾轉不安的睡眠中醒來，卻看見格里菲斯從扶手椅上站起身，走到火爐前跪下，用手指拿起煤一塊一塊地往火裡丟，身上還穿著睡衣和睡袍。

「你在這裡幹嘛？」他問。

「吵醒你了？我本來打算不聲不響地把火生起來的。」

「你爲什麼不上床睡覺？現在幾點了？」

「五點左右吧。我想我今晚還是陪著你比較好，我搬了一張扶手椅進來，因爲我想，如果我放床墊的話可能會睡得太熟，如果你需要什麼，我就聽不見了。」

「我希望你不要對我這麼好，」菲利普呻吟著說，「假如你被我傳染了怎麼辦？」

「那就換你照顧我啦，老兄。」格里菲斯大笑著說。

到了早上，格里菲斯拉開窗簾。經過一整夜的守護，他臉色蒼白而疲累，不過精神倒是不錯。

「現在，我要幫你洗身了。」他興高采烈地對菲利普說。

「我可以自己洗。」菲利普害羞地說。

「胡說八道。如果你現在在病房裡，護士也會幫你洗的，我可以洗得跟護士一樣好。」

菲利普實在太虛弱也太難受，沒力氣跟他堅持，只得讓格里菲斯幫他洗了手、臉、腳，還洗了前胸和後背。他的動作非常溫柔，一邊洗，一邊還友善地跟他閒聊。最後他按照醫院流程替他換了床單，拍鬆枕頭，還把棉被整理好。

「眞希望雅瑟護士長能看看我的表現，她一定會很驚訝的。迪肯醫師等等就會來看你。」

「我眞弄不懂，爲什麼你要對我這麼好。」菲利普說。

「這對我是很棒的練習啊，有個病人照顧是很好玩的事。」

格里菲斯把自己的早餐給了菲利普，自己換了衣服出門吃東西。快十點鐘的時候他回來了，還帶了一串葡萄和一些鮮花。

「你眞是太好了。」菲利普說。

他整整躺了五天。

這段時間，諾拉和格里菲斯輪流照顧他。雖然格里菲斯和菲利普同年，但他對待菲利普的態度，就像個幽默的媽媽一樣。他凡事考慮周到，溫和又能鼓勵人，但他最強大的一點，是他擁有一種生命力，任何人彷彿只要跟他接觸就能恢復健康。一般人覺得享受的那種母親或姊妹的撫慰他很不習慣，但這個健壯的年輕人女性般的溫柔卻讓他深深地感動。菲利普漸漸好轉了，後來格里菲斯就閒散地待在菲利普房間裡，講些愉快的風流韻事讓菲利普開心。他是個情場高手，可以同時處理三四段感情，他把爲了甩開麻煩不得不使出來的手段描述得令人拍案叫絕。無論發生什麼事，他都能展現他浪漫的魅力，這是他特有的天賦。其實他生活困頓，欠了不少債，有點價值的東西都拿去當了，但他過起日子來始終樂觀、恣意而慷慨。他是天生的冒險家，特別喜歡和從事可疑工作、行爲狡猾的人交往，也認識不少混跡於倫敦酒吧的地痞流氓。放蕩的女人把他當朋友，把生活上碰到的麻煩、困境和成功的事都跟他說；靠詐賭爲生的人體諒他窮，不但請他吃飯，還會順便借他一張五鎊鈔票。他考試一次又一次不及格，他也笑嘻嘻的不太放在心上。他的父親是一位在里茲開業的醫生，每次規勸他，他都擺出一副乖巧的樣子事事順服，他父親也對他生不起氣來。

「讀書我是個大笨蛋，」他愉快地說，「但我就是讀不下去嘛。」生活實在太有趣了。但是有一點是很清楚的，當他度過活力十足的青春時期，取得醫師資格之後，他一定會成爲一個成就非凡的開業醫師。他光靠舉止儀態，就有治癒病人的魔力。

菲利普很崇拜他，就像以前他在學校裡崇拜那些高大、正直、活力十足的男孩們一樣。他病好之後，兩個人很快地成了好朋友。格里菲斯似乎很享受待在他的小客廳裡，講好笑的話題、抽數不清的菸打發時間，菲利普對此感到莫名的滿足。偶爾菲利普會帶他去攝政街那家小酒館[1]，海沃德覺得他很蠢，但勞森卻意識到他的魅力，急著想爲他畫像。他的長相很有個性，藍色的眼睛、白皙的膚色，還有一頭鬈髮。他們討論的東西他常常聽不懂，這時候他就靜靜地坐著，俊秀的臉上帶著溫和的笑容，非常理所當然地覺得，自己的存在就是爲同伴們的娛樂做出的最大貢獻。當他發現馬卡利斯特是證券經紀人的時候，就急著想跟他要點內線消息，馬卡利斯特帶著莊重的笑容告訴他，如果他在某某時候曾經買下某支股票，未來就等著發大財了。這話聽得菲利普豔羨不已，無論如何，他也屬於入不敷出的一群，如果能用馬卡利斯特建議的簡單方法賺上一小筆錢，對他來講再適合不過的了。

「下次我要是聽到什麼確定的好消息，一定通知你，」這位證券經紀人說，「好消息總會來的，只是要等時機。」

菲利普忍不住想，要是他能賺上五十鎊，那該有多快樂啊，這樣一來，他就可以給諾拉買一件過冬急需的毛皮大衣了。他看著攝政街上的商店，心裡挑選著有了這筆錢之後可以買的東西。諾拉値得一切，因爲她讓他的生活充滿了幸福。

69

一天下午，他從醫院回到住處，打算梳洗整理一下，像往常一樣去跟諾拉喝下午茶。他掏出鑰匙，房東太太卻先一步開了門。

「有位夫人等著要見你。」她說。

「我？」菲利普驚訝地說。

他很詫異。會來這裡的只可能是諾拉，但他實在不知道她爲什麼要來。

「照說我不應該讓她進來，不過她已經來找你三次了，而且因爲沒找到你，她看起來好傷心，所以我跟她說她可以在這裡等你。」

他撇開正在解釋的房東太太，衝進房間，卻覺得胸中一陣滯鬱，原來是米爾芮德。她本來坐著，見他進屋便立刻站了起來。她沒朝他走過來，也沒有開口說話。他太驚訝了，連自己在說什麼都不知道。

「你到底想幹什麼？」他問。

她沒回答，卻抽抽噎噎地哭了起來。她沒有用手蒙住眼睛，只是任憑兩隻手臂垂在身側，看起來像個求人雇用她的女傭，行爲態度有種令人討厭的謙恭。菲利普說不清現在心裡是什麼感覺，他突然有種衝動，想立刻轉身逃出這個房間。

「眞沒想到還會再見到你。」他終於開口。

「我要是死了就好了。」她嗚咽著說。

菲利普就這樣任她站在原地，現在他唯一能想的就是讓自己鎮定下來。他的雙膝在發抖，他看著她，絕望地發出呻吟。

「怎麼了？」他說。

「埃米爾他，拋棄我了。」

1在第六十七章，作者曾提到這家小酒館位於畢克街，但這裡說是攝政街，可未必是寫錯，因為這兩條路是相交的，很可能位於交叉口。

菲利普心怦怦地狂跳，他這才知道自己還是像之前一樣熱烈地愛著她，這份愛從未減少一絲一毫。她站在他面前，那麼卑微，那麼順服，他眞想立刻把她擁進懷裡，吻乾她的淚痕。噢，這次分離眞是太久了！他簡直不知道自己是怎麼熬過來的。

「你還是坐下吧，我弄點東西給你喝。」

他把椅子移近火爐，她坐了下來。他爲她調了杯威士忌蘇打，她一邊喝著酒，一邊繼續啜泣。她看著他，一對大眼睛充滿哀戚，底下有兩道黑眼圈。比起他最後一次見到她時，她瘦了些，人也顯得更蒼白了。

「當初你跟我求婚，我眞該嫁給你的。」她說。

這話讓他心裡湧起一陣滿足感，他自己也說不出爲什麼。之前他一直強迫自己跟她保持距離，現在他再也忍不住了，他把手放在她肩上。

「你碰到這種不幸的事，我眞的很難過。」

她把頭往他胸膛上一靠，突然爆出歇斯底里的大哭。她的帽子有點礙事，所以她拿掉了。他作夢也沒想到她能哭成這樣。他一次又一次地吻著她，這似乎讓她稍微平靜了一點。

「你一直都對我這麼好，菲利普，」她說，「這就是我知道可以來找你的理由。」

「告訴我發生了什麼事。」

「噢，不行，我說不出口。」她大叫，從他懷裡掙脫出來。

他在她身邊跪下，把臉貼在她的頰上。

「難道你不明白，沒有什麼事是不能跟我說的嗎？不管是什麼，我都不會責怪你的。」

她一點一點地把事情經過告訴他，有時候她抽泣得實在太厲害，他幾乎聽不懂她在說什麼。

「上星期一，他去了伯明罕，說他星期四會回來，但那天沒回來，到了星期五也沒有，所以我寫了封信問他怎麼回事，但他也沒回信。我又寫了一封信，說我要是再等不到他的回音，我就親自去伯明罕找他。今天早上，我接到律師的信，說我沒有權利要求他，要是我再繼續騷擾他的話，他就會尋求法律保護。」

「但是這太荒唐了，」菲利普大叫，「男人可不能這樣對待自己的妻子。你們吵架了？」

「噢，沒錯，我們星期天吵了一架，他說他討厭我，但是這種話他以前也說過，後來都沒事回來了，我沒想到這次他是認眞的。他嚇壞了吧，因爲我跟他說我懷孕了，這件事我一直瞞著他，一直到瞞不下去了，才不得不告訴他。他說懷孕是我不對，我早該知道他會這麼說。你眞該聽聽那時候他跟我說了什麼話！我很快就發現他根本不是什麼紳士，他一毛錢也沒給過我，也沒付房租，房租我也沒錢付啊，那個房東太太就對我說——算了，那種口氣，把我說得像個賊似的。」

「我還以爲你們要租一整層公寓呢。」

「他是說過，但我們只租了一個帶家具的房間，他就是這麼小氣。他說我花錢太浪費，可是他一毛錢也沒給過我，我要怎麼浪費？」

她有種過人的本事，就是能把瑣碎小事跟重點混在一起講，菲利普聽糊塗了，覺得整件事都很難理解。

「一個人怎麼能壞成這個樣子啊。」

「你不了解他。現在就算他跪著求我，我也不會回去了。我眞傻，竟然沒想到他是這種人。而且他也不像他說的賺那麼多，他跟我說的全是謊話！」

菲利普思考了一兩分鐘，她的悲慘遭遇深深撼動了他，他也顧不得自己了。

「你希望我去一趟伯明罕嗎？我可以去找他，想辦法把事情圓滿解決。」

「噢，不可能，他絕對不會回來的，我了解他。」

「但是他必須養你，不能這樣一走了之。這部分我不懂，你最好找律師談談。」

「我要怎麼找律師？我一點錢都沒有。」

「錢我來付。我會寫信給我的律師，他是我父親的遺囑執行人，也是個運動員。你要我現在就過去嗎？我想他現在還在辦公室。」

「不，你把要給他的信交給我，我自己去。」

她現在平靜一點了。菲利普坐下寫了一封短箋，又想起她身上沒錢，幸好他前一天剛兌現一張支票，還拿得出五鎊給她。

「你對我眞好，菲利普。」她說。

「能爲你做些事，我很高興。」

「你還喜歡我嗎？」

「跟以前一樣喜歡。」

她嘴唇迎向他，他吻了她。她姿態中的順服是他之前從來沒看過的，光是這一點，就讓他覺得所有受過的苦楚都值得了。

她離開之後，他才發現她在這裡整整待了兩個小時，他覺得非常幸福。

「小可憐，小可憐哪。」他自言自語，心裡湧起了比以前更濃烈的愛意。

他一直沒想起諾拉，直到晚上八點，來了封電報，他還沒拆開就知道是諾拉發的。

出了什麼事？諾拉。

他不知道怎麼辦好，也不知道該怎麼回答。這幾天她有演出，他可以等她下戲之後去接她，然後跟她一起回家，以前他偶爾也會這麼做，但今天晚上他卻非常抗拒跟她見面。他想給她回信，卻沒有辦法像往常一樣用「最親愛的諾拉」稱呼她。他決定回電報給她。

抱歉，走不開，菲利普。

他眼前浮現出她的樣子。她那張難看的小臉，高高的顴骨和不均勻的膚色都讓他有點反感，皮膚那麼粗糙，他一想到就起雞皮疙瘩。他知道發了電報之後自己還有必須做的事，但至少這封電報讓急迫性稍微緩下了一點。

隔天他又發了一封電報。

遺憾，不克前往。會寫信。

米爾芮德說下午四點鐘要來，他也不願意跟她說這個時間不方便，畢竟她會先來，他心急難耐地等著她。他從窗戶往外望，一看見她來，就親自跑去開了前門。

「怎麼樣？你見到尼克森了嗎？」

「見到了，」她回答，「他說這沒用，無法可想，我只能盡量想開，把事情吞下去。」

「但是這不可能啊。」菲利普喊了出來。

她疲憊地坐下。

「他有說是什麼理由嗎？」他問。

她把一封捏皺了的信交給他。

「這是你寫的信，菲利普，我沒拿給他。昨天我沒告訴你實情，我眞的說不出口。埃米爾沒有跟我結婚，他沒辦法結，他已經有太太了，還有三個孩子。」

菲利普突然感到一陣嫉妒和激烈的痛楚，幾乎承受不住。

「這就是我不能回我姑媽那兒的原因，除了你之外我沒有別人可找了。」

「你究竟爲什麼會跟他走？」菲利普問，爲了強自克制，他壓低了聲音。

「我也不知道。一開始我不知道他已婚，他跟我說的時候，我還罵了他一頓。接下來我好幾個月沒見到他，他再到店裡來的時候，就跟我求婚了，我也不知道那時候我在想什麼，只覺得我沒有辦法，非跟他走不可。」

「你愛他嗎？」

「我不知道，他說話總是能讓我忍不住笑。而且，他確實也有他的魅力——他說我絕對不會後悔，他答應一星期給我七鎊——他說他一週賺十五鎊，全是騙人的，他根本沒賺那麼多。那時候，我已經很討厭天天去店裡上班了，跟我姑媽又處不好，她簡直沒把我當親戚，根本是當傭人，說我應該要整理自己的房間，要是我不整理，是不會有人幫我整理的。噢，我眞希望我當初沒有答應他，但是他到店裡來求我的時候，我又覺得我不能不答應。」

菲利普從她身邊走開，在桌邊坐下，把臉埋在雙手裡。他覺得自己被嚴重侮辱了。

「你沒生我的氣對吧？菲利普？」她可憐兮兮地問。

「沒有，」他回答，抬起了頭卻不看她，「我只是非常非常傷心。」

「爲什麼？」

「你看，那時候我那麼愛你，所有能做的事我都做盡了，只求你也能愛我。我以爲你根本不會愛上任何人。知道你居然爲了那個敗類犧牲了一切，簡直太可怕了，我眞不知道你究竟看上他什麼。」

「我眞的很抱歉，菲利普。後來我眞的後悔得不得了，我跟你保證。」

他想起了埃米爾．米勒，想起他蒼白帶病容的臉，他那對狡詐的藍眼睛，和他俗氣的精明相。他老是穿著亮紅色的編織背心。菲利普嘆了一口氣。她站起來走向他，用手臂環住他的脖子。

「你跟我求過婚，這我永遠不會忘記，菲利普。」

他握住她的手，抬起頭看著她。她彎下腰吻了他。

「菲利普，如果你還愛我，現在你想怎麼樣我都願意。我知道你是個道道地地的紳士。」

他的心跳彷彿瞬間停了，她的話讓他覺得有點噁心。

「你人眞是太好了，但是我做不到。」

「你不喜歡我了嗎？」

「喜歡，我全心全意地愛著你。」

「那麼，既然有這個機會，我們何不痛痛快快玩上一場？你知道，現在已經沒關係了。」

他掙脫了她。

「你不懂。我一見到你，就愛上你了，但現在，那個男人……。不幸的是，我有過人的想像力，想起那件事，只會讓我想吐。」

「你眞有趣。」她說。

他握住她的手，微笑看著她。

「不要認爲我拒絕你是不知感恩，我再感謝你不過了，但你要知道，這一點我無法控制。」

「你是很好的朋友，菲利普。」

他們繼續聊，很快就找回了昔日親密同伴的感覺。天色已晚，菲利普提議他們可以一起吃晚餐，飯後再去雜耍劇場。她希望菲利普能多勸說她幾句，讓她有理由答應，因爲她覺得自己的行爲應該跟當下的處境一致，而照她的直覺，在這種痛苦的狀況下去娛樂場所是很不適當的。最後菲利普說，請她去純粹是要讓他開心，在自我犧牲的名義之下，她接受了他的邀約。她很體貼，這是以前從未有過的，讓菲利普覺得很高興。她要求他帶她去以前他們常去的那家蘇荷區小餐廳，讓他感激莫名，因爲她之所以這樣提議，表示這家小餐廳和過往的幸福回憶是相連的。吃著晚餐，她的心情漸漸變好了，從街角酒舖買來的勃根地紅酒溫暖了她的心，甚至讓她忘了自己應該保持一副憂傷的表情。菲利普覺得，這時候應該可以跟她談談未來的事了。

「我想你現在一點錢也沒有了吧，是嗎？」他抓住機會開口問她。

「就只有你昨天給我的那些，我還得拿三鎊給房東太太。」

「那，我再給你十鎊好了。我會去見我的律師，要他寫一封信給米勒，我們是有辦法要他付點錢出來的，這我很確定。如果我們可以從他那兒拿到一百鎊，就可以讓你平安過到孩子出生了。」

「我才不拿他一毛錢，我寧願餓死。」

「但是他這樣把你丟下，不聞不問，也太可惡了。」

「我得顧我的尊嚴。」

菲利普有點尷尬。在他取得醫師資格之前，自己都得縮衣節食才能過日子，而且他還得留一點錢，以備接下來在這家或別家醫院裡當住院醫師或住院外科醫師時生活所需。但是米爾芮德跟他說了那麼多埃米爾的吝嗇事蹟，他也不敢跟她爭，怕她指責他一樣不夠大方。

「我才不拿他一毛錢，我寧願立刻去討飯。我很早就一直在找工作，只是我現在這種身體狀況實在不適合工作，人總得考量自己的健康，是吧？」

「目前你還不需要擔心，」菲利普說，「我可以負擔你的生活所需，直到你再度工作爲止。」

「我就知道我可以依賴你。我跟埃米爾講，他不要以爲我沒人可以靠。我跟他說你是個道道地地的紳士。」

菲利普漸漸拼湊出他們分手的來龍去脈。顯然是那傢伙的太太發現了他在倫敦定期出差期間幹的風流韻事，於是她去找了他公司老闆，威脅說她要跟他離婚，公司表示，要是她跟他離婚，公司也會解雇他。他很愛孩子，沒辦法忍受跟他們分開。在妻子和情婦這種二選一的情況下，他選擇了妻子。他一直很擔心，萬一他們有了孩子，情勢就會變得更複雜，所以當米爾芮德再也瞞不下去，告訴他實情的時候，他整個人慌了手腳，跟她大吵一架之後，就二話不說，一走了之了。

「你什麼時候要生產？」菲利普問。

「三月初。」

「那還剩三個月。」

這時候已經需要計畫一下了。米爾芮德說她不想繼續住海布里那個房間，菲利普也覺得她應該住得離他近一點，這樣比較方便。他答應隔天就去幫她找房子，她提出建議，說沃克斯豪爾橋路是這附近很適合的地點。

「而且離之後我要住的地方也近。」她說。

「什麼意思？」

「這個嘛，我只打算在那裡待兩個月，或者再久一點兒，然後我就得找間獨棟房屋搬進去。我知道一個很體面的地方，住的都是上流人士，那兒一星期只收四畿尼，沒有別的附加費用。當然醫師費要另外付，但也就是這樣了。我有個朋友去住了那裡，那個房東太太才眞是道道地地的夫人。我打算告訴她，我先生是駐印度的軍官，我是回倫敦來生孩子的，因爲這樣對我的健康比較好。」

菲利普聽她這麼說，感到非常驚奇。她精緻小巧的五官和她蒼白的臉，看起來那麼冷淡，像個不知世事的少女。而在這樣的外表底下，卻意外蘊藏著熊熊燃燒的強烈情感，他莫名地擔憂起來，脈搏也加快了。

70

菲利普回到自己住處，以爲會收到諾拉的信，然而卻什麼也沒有，到隔天早上還是一點也沒有動靜。諾拉毫無反應讓他生氣，同時也有點警覺。從去年六月他回到倫敦開始，他們天天都見面，他突然兩天不見人影，也沒給個理由，在她看來一定很奇怪。他在想會不會那麼不湊巧，他和米爾芮德在一起的時候被她看見了，一想到她有多傷心難過，他就難以忍受。於是他決定下午去找她。因爲是他放任自己讓這段關係發展到這麼親密的地步的，他反而想把一切責任都往她身上推，想到要繼續下去，就覺得心裡充滿了厭惡。

他在沃克斯豪爾橋路一間獨棟屋二樓幫米爾芮德找了兩個房間。那裡有點吵，但是他知道她喜歡窗外車流的嘈雜聲。

「我不喜歡死氣沉沉的街道，整天一個鬼影子也見不著，」她說，「給我點生活的味道吧。」

接著他逼自己去了文森廣場，拉門鈴的那一刻擔憂得要命。他這樣對待諾拉實在太糟糕了，覺得很不安，很怕她會責怪他。他知道她很容易生氣，而他討厭吵架。也許最好的方法就是坦白告訴她，米爾芮德回來找他了，而他跟以前一樣愛她愛得發狂，他很抱歉，但他再也沒有什麼能給諾拉了。然後他想到她痛苦的樣子，他知道她愛他，這曾經讓他覺得飄飄然，也非常感激，但現在卻只覺得可怕。她不該承受他強加在她身上的痛苦，他暗想，不知道現在她會怎麼招呼他，他走上樓梯，腦子裡閃過千百種她可能做的行爲動作。他終於敲了門，覺得自己臉色發白，一直想著該怎麼掩飾自己的緊張才好。

她正在振筆疾書，但他一進門，她立刻跳了起來。

「我認得你的腳步聲，」她大喊，「你躲到哪兒去啦?你這個小淘氣。」

她快樂地迎向他，雙臂環上他的脖子，見到他她非常高興。他吻了她一下，接著，爲了讓自己鎭定一點，他說他好想喝茶。她立刻忙亂地生起火，把茶壺裡的水煮沸。

「我最近眞是忙壞了。」他毫無說服力地說了一句。

她開始滔滔不絕，口吻還是一樣的快活。她告訴他她接了一本新小說的委託，是一家以前沒有雇用過她的出版社，可以拿到十五鎊尼。

「這是筆天上掉下來的錢，我告訴你我們要拿它來做什麼，我們可以來一趟短程旅行，去牛津玩一天，怎麼樣?我最愛參觀大學了。」

他看著她，想看清楚她眼神裡有沒有責備他的意思，但那對眼睛那麼坦白愉悅，一如往常。能見到他，她實在太快樂了。他心情沉重，沒有辦法告訴她這個殘酷的事實。她替他烤了土司，還幫他切成小塊才送上來，當他是小孩似的。

「小混蛋吃飽了嗎?」她問。

他微笑點頭，她替他點了一支菸，接著就像往常她最愛的那樣坐在他膝上。她很輕，她往後一靠，躺進他臂彎裡，發出一聲幸福無比的嘆息。

「說點好聽的話來聽聽。」她呢喃著說。

「要說什麼?」

「你可以運用一下想像力，說你眞的好喜歡我。」

「你知道我是眞的喜歡你。」

他不忍心對她開口，無論如何，他希望她能平靜地度過這一天。也許他會寫信給她，寫信總是比較容易點。想到她痛哭的樣子他就覺得受不了。她要他吻她，他照做了，那個當下，他想起了米爾芮德，想起她蒼白、細薄的嘴唇。屬於米爾芮德的回憶一直纏繞不去，像一個虛無的形體，但又比影子實在，不斷地分散著他的注意力。

「你今天很安靜啊。」諾拉說。

她的饒舌一直是他們之間取笑的話題，他回答：

「你又沒給我機會開口，我連說話的習慣都改掉了。」

「但是你也沒在聽啊，這樣很沒禮貌。」

他有點臉紅，想她是不是約略猜中了他的祕密，他不安地移開了視線。這天下午，她壓在他身上的重量特別讓他心煩，他一點也不想讓她碰。

「我的腿都麻了。」他說。

「眞對不起，」她喊，猛地跳了下來。「我要是改不掉這個坐在紳士腿上的習慣，就得減肥了。」

他刻意地跺了跺腳，又在房間裡走了幾步，接著在火爐前站定，這樣她就沒有辦法再坐到他腿上去了。她說話的時候，他想，其實她比米爾芮德要強十倍——她更能讓她開心，跟她聊天也很愉快；她很聰明，個性也好得多，是個善良、勇敢又誠實的小女人。而米爾芮德呢，他苦澀地想，這些形容她沒有一個配得上。如果他還有一點理智，他就應該跟諾拉一起走下去，比起米爾芮德，她更能讓他幸福。畢竟她愛他，而米爾芮德只是感激他的幫助而已。但說到底，重要的是愛，而不是被愛，他全心渴望著米爾芮德。比起和諾拉待一個下午，他寧願和米爾芮德共處十分鐘；就算諾拉整個人都獻給了他，在他眼中，也沒有米爾芮德冰冷嘴唇的一個吻那麼值得珍惜。

「我沒有辦法，」他想，「米爾芮德已經深深刻在我心裡了。」

不管她是不是無情、惡毒且庸俗，而且還愚蠢貪婪，他就是愛她。他寧願跟這個人過著痛苦的日子，也不願意跟另一個人幸福地生活下去。

他起身要走的時候，諾拉漫不經心地說：

「那，你明天會來，對吧？」

「對。」他回答。

他知道自己沒有辦法過來，因爲要去幫米爾芮德搬家，但是他沒有勇氣說出口，決定到時候再打電報通知她。米爾芮德隔天早上去看了房間，覺得很滿意。午飯之後，菲利普就去海伯里找她，她有一箱衣服，另外一只箱子裝滿了各種零星雜物、靠墊、燈罩和相框，她打算用這些東西把租來的房間布置出家庭氣氛來。除此之外，她還有兩三個大紙箱，但就算全塞進一部四輪馬車裡也碰不到車頂。車駛過維多利亞街，菲利普整個人縮在馬車後座，以防諾拉碰巧經過看見他。之前他沒有機會打電報，這電報又不能從沃克斯豪爾橋路的郵局發，因爲這樣會讓她納悶他到那附近去幹嘛。而且既然他都在那裡了，就沒有不到旁邊她住處去的理由。他決定還是去她那兒待半小時比較好，但這種不得不做的感覺讓他很惱火，他生諾拉的氣，因爲是她逼他使出這種庸俗卑劣的手段。但是跟米爾芮德在一起卻讓他快樂得不得了，連幫她拆箱都讓他打心裡高興，把她安頓在自己找到、而且還由自己付房租的屋子裡，更讓他體驗到一種令人陶醉的占有感。他不讓她動手，替她做事是一種樂趣，她自己也不怎麼想做那些別人渴望替她代勞的事。他開了她的衣箱，把衣服都拿出來。她再沒提議出門，所以他替她拿了拖鞋來，還幫她把靴子脫了。做這些僕人的工作，讓他覺得欣喜非常。

「你把我寵壞了。」她一邊說，一邊愛憐地用手指撩著他的頭髮，那時他正跪在地上幫她脫靴子。

他握住她的手，吻了它。

「這裡有你在，眞是太好了。」

他把靠墊和相框擺好。她還有幾個綠色的陶罐。

「我會給這些罐子帶點鮮花來。」他說。

他自豪地打量著自己布置的成果。

「我不打算再出門了，我想換上家裡穿的午茶服，」她說，「你可以幫我把背後的鉤子解開嗎？」

她毫不在意地轉過身，好像當他是同性似的，他的性別對她無關緊要。但她這個要求中顯露的親密感，讓他心中充滿了感激。他用笨拙的手指替她解開了衣服的背鉤。

「我第一次踏進你們那家店的時候，從沒想到今天會為你做這種事。」他說著，勉強笑了笑。

「這事總得有人來做。」她答道。

她進了臥房，換上一件裝飾著大量廉價蕾絲的淺藍色午茶服，接著菲利普把她在沙發上安頓好，就去替她泡茶。

「恐怕我不能待在這裡跟你一起喝茶了，」他遺憾地說，「我有個討厭的約要赴，但我應該半小時後就會回來。」

他考慮著要是她問是什麼樣的約會自己該怎麼回答，但是她一點都沒有好奇的表示。他租下這個房間時就已經訂了兩人份的晚餐，打算跟她一起安靜地過這一晚。因為急著趕回來，所以他搭了有軌電車，順著沃克豪斯橋路一直走。他想，最好一見面就跟諾拉講明自己只能待幾分鐘。

「嘿，我只有跟你問聲好的時間，」他一踏進她住處就立刻開口，「我忙得要死。」

她的臉垮了下來。

「為什麼？怎麼了？」

他被激怒了，她居然逼得他不得不說謊。他說醫院裡有場示威，非去不可，他說著這些話，自己也知道自己臉紅了。他想像著，覺得她臉上的表情看起來就是不相信他，又讓他更覺得惱火。

「噢，這樣啊，那沒關係，」她說，「反正明天你整天都會陪我。」

他表情木然地看著她。隔天是星期天，他滿心期盼著要跟米爾芮德一起過。他對自己說，就算是基於一般禮儀，他也必須這麼做，他不能把她一個人留在陌生的房子裡。

「我眞的很抱歉，我明天已經有約了。」

他知道這話說出來，就是爭吵的開始，雖然這是他極力想避免的。諾拉的臉漸漸漲紅了。

「但是我已經邀請戈登夫妻來吃午飯了，」戈登是個演員，和他太太一起巡迴演出，這週日正好在倫敦。「我一星期前就告訴你了。」

「眞的非常抱歉，我忘了。」他遲疑了一下。「恐怕我是不能來了，你有別人可以邀嗎？」

「你明天到底要幹什麼？」

「我希望你不要逼問我。」

「你不想告訴我？」

「告訴你我倒是不介意，不過逼著一個人鉅細靡遺地交代自己的行蹤，感覺實在太討厭了。」

諾拉臉色突然變了，她努力控制住自己的怒氣，接著她走向他，握住他的手。

「明天別讓我失望，菲利普，我眞的很期待明天能跟你在一起。戈登夫婦也想見見你，我們一定會很愉快的。」

「如果可以，我也很想來。」

「我要求並不苛刻，對吧？我也不常給你找麻煩。你可以把那個討厭的約取消嗎？就這一次。」

「我眞的很抱歉，我想是不能取消了。」他一臉不高興地答道。

「告訴我，那到底是什麼約？」她哄小孩似地說。

他已經編好了藉口。「格里菲斯的兩個妹妹這週末要來，我們要帶她們出去玩。」

1午茶服（Tea-gown）：來自英國，大多在家中穿著，這樣的輕便服裝一般是接待女性友人來訪時所穿。

「就這樣？」她快活地說，「格里菲斯要找到另一個人很簡單啊。」

要是他能想出比這更急迫的理由就好了，這個謊太拙劣了。

「不，我眞的很抱歉，我不能這麼做。我答應人家了，我必須信守諾言。」

「但是你也答應我了呀，而且我很確定，是我先說的。」

「我希望你不要再固執了。」他說。

她火大了。

「你不來，是因爲你不想來。我不知道你這幾天到底在幹什麼，你完全變了。」

他看了看錶。

「恐怕我得走了。」他說。

「你明天不來？」

「不來。」

「既然這樣，以後也不用勞駕您再來了。」她怒氣沖天地喊。

「隨便你。」他回答。

「別再讓我耽誤你了。」她諷刺地加了一句。

他聳了聳肩，就走出門了。事情沒弄得更糟，他覺得鬆了口氣，至少沒到嚎啕大哭的地步。他一邊走，一邊慶幸自己這麼輕鬆就把這件事了結了。他轉進維多利亞街，幫米爾芮德買了一些鮮花。

那頓小小的晚餐非常圓滿。菲利普知道她很喜歡魚子醬，給她帶了一小罐，房東太太爲他們送來肉排配蔬菜，還有一份甜點。菲利普又點了她喜歡的勃根地紅酒。窗簾拉上了，爐火暖暖，燈上套著米爾芮德的燈罩，屋裡感覺非常舒適。

「真的像家一樣。」菲利普微笑著說。

「說不定以後有得我潦倒的呢，對嗎？」她回答。

吃完晚餐之後，菲利普搬了兩張扶手椅放在火爐前，兩人在椅子上坐下。他舒服地抽起菸斗，覺得好幸福，真是心滿意足。

「你明天想做什麼？」他問。

「噢，我要去圖爾斯山[2]。你還記得店裡那個女經理吧，她也結婚了，要我去她那兒玩一天。當然，她也以爲我結婚了。」

菲利普心一沉。

「但是我拒絕了一個邀請，就是爲了要跟你一起過星期天啊。」

他覺得如果她愛他，就會說，如果是這樣，她就留下來陪他。他很清楚，如果是諾拉，一定毫不遲疑。

「噯，你這麼做也太傻了。我三個多星期前就答應她了。」

「但你怎麼能自己一個人去呢？」

「噢，我會說埃米爾出差了。她先生是做手套生意的，是個很有教養的人。」

菲利普沉默了，心裡一陣痛楚。她斜斜瞥了他一眼。

「你不會連這一點樂趣都捨不得給我吧，菲利普？你看，這是我最後一次自由行動的機會了，下一次不知道要等多久，而且我已經答應人家了啊。」

2圖爾斯山（Tulse Hill）：一個位於英國大倫敦「蘭貝斯」倫敦自治市的地區。這裡原本是農村，一八六八年火車開通後開始有所發展。

他微笑握住她的手。

「不，親愛的，我希望你盡可能玩得痛快，我只希望你快樂。」

一本包著藍封面的小書翻開反扣在沙發上，菲利普隨手拿了起來。那是本廉價小說，作者是柯特尼・帕吉特。那是諾拉寫書時的筆名。

「我眞的很喜歡他寫的書，」米爾芮德說，「他寫的書我全都看過，寫得好雅致。」

他想起諾拉是這樣說自己的：

「我在廚房女傭圈子裡的名氣可大了，她們都覺得我好上流，好高雅呢。」

71

菲利普爲了報答格里菲斯對他的信任，早就把自己難解的戀愛故事鉅細靡遺地告訴過他，星期天早上吃過早飯，他們穿著晨褸坐在火爐前抽菸，他說起了前一天的爭吵。格里菲斯因爲他輕易地解決了這樁麻煩事，還特地恭喜了他。

「這世界上最簡單的事，就是跟女人來場戀愛，」他擺出一副說教的樣子，「但是想擺脫她們，那可是麻煩得要死。」

對於自己處理這件事的手腕，菲利普還眞有點想誇獎自己。無論如何，他現在覺得非常輕鬆。想到米爾芮德正在圖爾斯山享受這一天，他也因爲她很快樂而由衷地感到滿足。即使她的快樂是用他的失望換來的，他也沒有因此怨恨她，對他來說，這是一種自我犧牲的行爲，讓他心裡充滿了寬慰的喜悅。

但到了星期一早上，他卻發現桌上有封諾拉來的信。她寫著——

最親愛的：

我很抱歉星期六那樣大發脾氣，請原諒我，下午還是和以前一樣過來喝茶吧。我愛你。

你的諾拉

他很沮喪，不知道該怎麼辦好。他拿著那封信去找格里菲斯，把信拿給他看。

「你最好別回信。」他說。

「噢，我不能這麼做，」菲利普喊道，「我一想到她苦苦等待的樣子，就覺得好可憐。你不知道等郵差敲門是多煎熬的事，可是我知道，所以我不能讓別人承受這種折磨。」

「親愛的老兄，一個人想幹這種斷絕關係的事，就不可能不傷害人。你得咬緊牙關，果斷一點。有件事是很確定的，痛苦不會持續太久。」

菲利普覺得諾拉不應該承受他加諸在她身上的痛苦，而且她的痛苦程度，格里菲斯又怎麼會知道？當米爾芮德告訴他她要結婚的時候，那種痛苦他記得一清二楚，他不希望任何人經歷他當時經歷過的一切。

「如果你那麼擔心會傷害她，就回她身邊去算了。」格里菲斯說。

「我做不到。」

他站起來，在房間裡不安地踱步。他很氣諾拉，因爲她不肯讓這件事就此了結。她應該知道他對她已經沒有愛了，人們都說女人對這種事很敏感的。

「你說不定能幫我。」他對格里菲斯說。

「親愛的老兄啊，別這麼大驚小怪。你知道，這種事總是有辦法對付的，搞不好她也不像你想的那麼愛你呢。人總是會誇大自己在別人心裡的情感影響力。」

他停了一下，覺得好笑似地看著菲利普。

「聽著，你現在唯一能做的，就是寫信給她，告訴她一切都結束了。把話講清楚，不要引起誤解。這封信會傷害她，但如果你做得決絕，反倒比你假意敷衍傷害性要小。」

菲利普坐下寫了信——

親愛的諾拉：

我很抱歉，讓你不高興。但我想，我們還是讓事情停留在上週六那個狀態吧。既然已經沒意思了，我想再拖下去也沒有什麼用。你要我走，我就走，我也沒有再回去的打算。再見了。

菲利普・凱利

他把信拿給格里菲斯看，問他的想法。格里菲斯讀完信，用閃亮的眼睛看著菲利普，並沒有說他有什麼感想。

「我想這封信會管用。」他說。

菲利普出門寄信。因爲不斷想像著諾拉收到信之後種種可能的情況，他整個上午都很不舒服。想到她落淚的樣子，就讓他覺得痛苦，但同時又鬆了口氣。想像的痛苦總比親眼目睹要來得容易忍受，而且，現在他可以自由自在、全心全意地去愛米爾芮德了。一想到醫院的工作結束之後，下午就能去跟米爾芮德見面，他的心就怦怦狂跳。

醫院工作結束，他按照慣例回到自己住處梳洗一下。剛把鑰匙插進鎖孔，他就聽見背後有人說話的聲音。

「我可以進去嗎？我已經等了你半個小時。」

是諾拉。他覺得自己的臉突然紅到了髮際。她口氣很愉快，聲音裡聽不出一絲怨恨，完全不覺得他們之間有什麼嫌隙。他很尷尬，而且怕得要死，但他還是努力擠出笑容。

「可以，請進。」他說。

他開了門，她在他前面走進了客廳。他很緊張，爲了讓自己冷靜下來，他給諾拉點了菸，也給自己點了一支。

她表情歡快地看著他。

「你這個小淘氣，爲什麼要寫那麼可怕的信給我？如果我把信當眞的話，可眞的要傷心死了。」

「我是認眞的。」他嚴肅地回答。

「別發傻了，那天我確實是發了脾氣，也寫信道歉了。你不滿意，所以我親自來這裡再跟你說一次對不起。不管怎樣，你可以自己做決定，我無權要求你。我不希望逼你做你不願意做的事。」

她從坐的那張椅子上起身，伸出雙手，衝動地朝他走過來。

「我們和好吧，菲利普。要是我什麼地方冒犯了你，我眞的很抱歉。」

她握住了他的手，他沒有辦法拒絕，但是他沒有辦法正眼看她。

「怕是太遲了。」他說。

她跌坐在地板上，抱住他的腿。

「菲利普，不要這麼傻。我也知道自己性子急，我明白自己傷害了你，但是爲了這個生悶氣就太笨了。讓兩個人都不快樂有什麼好處呢？我們的友誼一直都很愉快的。」她用手指緩緩地撫摸他的手。「我愛你，菲利普。」

他站起來抽出了手，走到房間另一頭。

「我非常抱歉，我無能爲力。一切都結束了。」

「你是說，你不愛我了？」

「恐怕是的。」

「其實你一直想甩掉我，只不過是抓住了這個機會而已，對嗎？」

他沒回答。她定定地看了他一會兒，這一小段時間彷彿長得令人難以忍受。她坐在原地，靠著扶手椅，開始無聲地哭了起來，她並沒有遮住臉的打算，就任眼淚大滴大滴地從臉頰上滾下來，也沒有抽泣。看她這樣，菲利普心痛得不得了，他別過身去。

「傷害了你，我很抱歉。但如果我不愛你，那也不是我的錯。」

她沒有應聲，只是坐在那兒，好像整個人垮掉了，淚流不止。如果她罵他幾句，他還會覺得好過點。他原本以爲她會忍不住大發脾氣，也準備好等著這一幕上演。他心裡暗暗覺得，要是兩個人眞的唇槍舌劍大吵一架，彼此惡言相向，某種程度上，也算是爲他的行爲找了個正當理由。時間一分一秒地過去，她始終靜靜地掉著眼淚，最後他漸漸害怕起來，他進自己臥房倒了一杯水，朝她彎下身去。

「要喝點水嗎？會讓你舒服一點。」

她表情木然地把嘴唇湊近杯子，喝了兩三口水，然後疲憊地低聲跟他要了一條手帕，擦乾了眼淚。

「當然，你並不像我愛你那麼愛我，這我知道。」她呻吟著說。

「恐怕事情向來都是這樣，」他說，「總是有一個是愛人，而另一個人是被愛的。」

他想起米爾芮德，心裡一陣痛楚。諾拉沉默了很久。

「我一直這麼悲慘不幸，我的生活又是這麼可恨。」她終於開了口。

她並不是在對他說話，而是說給自己聽的。在這之前，他從來沒聽過她對和前夫在一起時的生活或貧困有過任何怨言。他向來很欽佩她面對這個世界時勇敢無畏的表現。

「然後，你出現了，對我那麼好。我好欣賞你，因爲你聰明，有個人可以全心信任，眞是世界上最幸福的事了。我愛你，我從來沒想到這段感情會有結束的一天。我根本什麼錯都沒有啊。」

她又淌下了眼淚，不過現在她比較能控制了，她用菲利普的手帕遮住臉，努力讓自己平靜下來。

「再給我一點水。」她說。

她擦乾了淚水。

「很抱歉弄成這副蠢樣，我實在沒有心理準備。」

「我眞的很抱歉，諾拉。我希望你知道，我眞的非常感激你爲我做的一切。」

他眞不知道她究竟看上他什麼。

「唉，事情都是這樣的，」她嘆了口氣，「你要是希望男人對你好，就得對他們狠一點；要是你對他們太好了，他們就會反過來折磨你。」

她從地板上站起來，說她得走了。她定定地凝視了菲利普很久，然後發出一聲嘆息。

「眞搞不懂，這一切到底怎麼回事？」

菲利普突然下定了決心。

「我想我還是告訴你吧，我不希望你把我想得太壞，希望你懂得，我也是身不由己。米爾芮德回來了。」

她的臉突然漲紅了。

「爲什麼你不馬上告訴我？我確實理所當然該知道的啊。」

「我不敢說。」

72

她照了照鏡子，把頭上的帽子戴正。

「可以幫我叫一部馬車嗎？」她說，「我走不動了。」

他到門外攔了一部雙人座馬車，她跟在他背後走到街上時，那張慘白的臉讓他嚇了一跳，她行動那麼沉重遲緩，好像瞬間老了。她看起來情況太糟，他實在不忍心讓她一個人回去。

「如果你不介意，我陪你回去吧。」

她沒有應聲，於是他坐進了馬車。車子靜靜地過了橋，經過破落的街道，孩子們在路上尖叫嬉戲。車子到了她家門口，她並沒有立刻起身，好像她連動一下腿的力氣都沒有了。

「希望你能原諒我，諾拉。」他說。

她視線轉向他，他看見她眼裡晶瑩的淚光，但是她唇上仍然擠出了笑容。

「可憐的孩子，你太擔心我了。不必這樣，我不怪你，我會好起來的。」

她很快地在他臉上輕輕摸了摸，表示她並不怨他，那動作那麼輕，幾乎只是比劃了一下。接著她就跳下馬車，進屋去了。

菲利普付了馬車錢，然後走路到米爾芮德住處去，心裡有股古怪的沉重感。他很想好好痛罵自己一頓，但是，為什麼呢？他也不知道除了這樣之外，他還能怎麼做。他經過水果攤，想起米爾芮德喜歡葡萄。他眞感激自己記得她每一個喜好，這樣他就能藉此表達他對她的愛。

接下來的三個月，菲利普每天都去見米爾芮德。他把自己要念的書帶去，喝過下午茶就開始用功，米爾芮德就躺在沙發上看小說。偶爾他會抬起眼，盯著米爾芮德看一陣子，嘴邊泛起幸福的微笑。她也感覺到他在看她。

「不要浪費時間看我，傻瓜，讀你的書。」她說。

「暴君。」他快活地回答。

房東太太進來鋪桌巾準備上晚餐，他把書放在一邊，興高采烈地跟房東太太開起玩笑來。她是個矮小的中年倫敦佬，說話幽默風趣，伶牙俐齒。米爾芮德跟她成了好朋友，鉅細靡遺地跟她說了個自己爲什麼會落到這種悲慘境地的虛構故事。這位善良的小婦人被她編的故事打動了，只希望讓米爾芮德過得舒適，一點也不怕麻煩。米爾芮德爲了怕人講話，建議菲利普以她哥哥的身分出現。他們一起吃晚餐，米爾芮德的食慾變化無常，要是他點的菜勾起了她的食慾，他就覺得欣喜非常。看著她坐在自己對面，他簡直爲之陶醉。他克制不住內心的喜悅，動不動就抓起她的手，緊緊地握著。晚餐之後，她坐在火爐邊的一張扶手椅上，他就往她腳邊的地板上一坐，靠在她膝蓋上抽菸。他們常常一句話也不說，偶爾菲利普注意到的時候，她已經打起盹來了。他也不敢移動，生怕吵醒了她，就只是靜靜地坐著，懶洋洋地看著爐裡的火，享受著他的幸福。

「睡得好嗎？」她醒來的時候，他笑著對她說。

「我沒睡著，」她回答，「只是眼睛閉著瞇一下而已。」

她絕不會承認自己睡著。她有種冷淡的氣質，外在環境並不會讓她感覺什麼不方便。她非常擔心自己的健康，任何人對她提出健康方面的建議，她一概照單全收。每天早上她都要做「保健活動」，也就是天氣好的時候在外頭待一定的時間，如果那天不太冷，她就會在聖詹姆斯公園裡坐一陣子。但一天裡剩下的時間她都愉快地躺在沙發上，一本又一本地看小說，不然就是跟房東太太閒聊。她對聊人八卦有無窮的興趣，會把關於房東太太、住在客廳那層的房客、還有隔壁棟鄰居們的過往事蹟仔仔細細地講給菲利普聽。偶爾她會陷入恐慌，對菲利普訴說她對產痛的害怕，也恐懼自己會因爲生產死去。她對菲利普詳細描述房東太太和客廳那層樓某位太太的生產情況（米爾芮德並不認識她，她說，「我喜歡清靜，我不隨便跟人打交道的。」）她敘述著那些細節，口吻混雜了恐懼和興奮。但大部分時候，對於未來要發生的這件事，她倒是頗爲鎭定。

「畢竟我也不是第一個生孩子的女人，是吧？而且醫生也說我不會有問題，瞧，看來我體質還不錯。」

眼看生產的時間快到了，她去找了房東歐文太太，房東太太給她推薦了一位醫生，米爾芮德每星期去見他一次，收費十五幾尼。

「當然我也可以找個便宜點的，但是歐文太太強力推薦他，我想，要是因小失大，那也太不值得。」

「只要你覺得高興舒適，我不在乎那一點錢。」菲利普說。

菲利普爲她做的一切，她都全盤接受，好像這是世界上最自然不過的事。而在他這方面，他也喜歡在她身上花錢，每次掏出一張五鎊鈔票給她，他都因爲快樂和驕傲興奮得微微顫抖。她不懂得節儉度日，他給她的錢金額相當大。

「我也不知道錢花到哪裡去了，」她自言自語，「它像是從指縫間流掉了似的，跟水一樣。」

「沒關係，」菲利普說，「能夠爲你做點我能力所及的事，我再高興不過了。」

她不擅長針線，所以也沒爲嬰兒縫製需要的衣物，她對菲利普說，其實終歸還是用買的便宜得多。菲利普最近剛賣掉一張之前投資的抵押債券，目前銀行裡有五百鎊正等著作更容易獲利的投資，所以他覺得自己現在很有錢。他們常常談到將來，菲利普很希望米爾芮德能把孩子帶在身邊，但她拒絕了。她必須工作謀生，如果不必帶孩子會輕鬆得多。她打算回以前那家連鎖店工作，孩子可以在鄉下找個正派的女人幫忙帶。

「我可以找到很會照顧孩子的人，一星期只要七先令六便士。這樣做，對孩子對我都好。」

菲利普覺得這樣太無情，但只要他想勸她，她就假裝覺得他是在意錢。

「這你不用擔心，」她說，「我不會要你付這筆錢的。」

「我不在乎付多少錢，這你很清楚。」

其實她心裡暗自希望這孩子是死胎，雖然只是暗示，但菲利普知道她確實有這種想法。一開始他很震驚，但自己考慮之後，也不得不承認，萬一眞是這樣，從各方面來說，倒也是符合期待的結果。

「外人講這講那的，說得輕鬆，」米爾芮德抱怨，「但對一個需要自謀生計的女孩子來講，生活太難了，要是再多個孩子，就更不容易了。」

「幸好你還有我當你的後盾。」菲利普微笑著握起她的手。

「你對我眞好，菲利普。」

「噢，說這什麼傻話！」

「你爲我做的這一切，可不能說我沒打算報答你喔。」

「老天在上，我不要你報答。如果我眞的爲你做了什麼，也是因爲我愛你才做的。你什麼都不欠我，我什麼都不要你做，只求你愛我。」

他覺得有點可怕，她居然覺得自己的身體是一份商品，可以毫不在意地拿來酬謝幫助過她的人。

「但我眞的很想這樣做啊，菲利普，你一直對我這麼好。」

「呃，再等一陣子也不會怎麼樣吧。等你恢復了，我們再去度個小蜜月。」

「你這個淘氣鬼。」她微笑著說。

米爾芮德預計三月初生產，等身體稍微恢復，就會到海邊去住半個月，這樣菲利普就能專心讀書，準備考試。接下來是復活節假期，他們已經計畫好一起去巴黎。菲利普沒完沒了地說著去了之後要做的事。那個時候的巴黎相當宜人，他們會在拉丁區他知道的一家小旅館裡租個房間，吃遍各式各樣迷人的小餐廳，還會去看戲，他要帶她去巴黎的雜耍劇場。跟他的朋友們見面一定會讓她很高興的，他跟她提過克朗蕭，這次她也會見到他；還有勞森，他已經去巴黎待了好幾個月。他們會去布里耶舞廳，還會去幾趟短程旅行，去凡爾賽宮、沙特爾和楓丹白露[1]。

「這樣要花很多錢耶。」她說。

「噢，管他要花多少錢。你想想，我有多期待這次旅行啊，你不懂這對我的意義嗎？除了你之外，我沒有愛過任何人，也不會再愛上任何人。」

她眼裡帶著笑意，聽著他滿懷熱情地絮絮叨叨。他覺得她眼神中的溫柔是以前從沒見過的，他很感激。她比從前親切多了，當初激怒他的那份傲慢也不復見。現在她對他太熟悉了，也就不再刻意在他面前故做姿態。她不再像以前那樣精心打理自己的髮型，就只是盤一個髻，厚厚的瀏海也不留了，這種隨意的風格反而更適合她。她的臉很瘦，看起來眼睛特別大，底下兩道黑眼圈，被她蒼白的臉頰一襯，顏色顯得更深了。她神色鬱鬱，讓人見而生憐，在菲利普眼裡，彷彿有幾分聖母瑪利亞的影子。他希望他們能永遠這樣下去，現在是他一生最幸福的時刻。

他向來都在晚上十點鐘離開她那兒，因爲她喜歡早睡，而且他還得多用功幾小時，把晚上沒讀書的時間補回來。離開之前，他總要幫她梳頭，跟她說晚安時，還自創了一套親吻儀式——先吻她的兩隻手心（她的手指多麼纖細啊，指甲也漂亮，因爲她花了好多時間打理它們），然後吻她閉上的雙眼，先右邊再左邊，最後才吻她的唇。他帶著一顆愛情氾濫的心回家。他渴望有個機會，能滿足他自我犧牲的慾望，這份慾望幾乎把他消耗殆盡。

過了不久，她搬進待產醫院的時間到了，接下來菲利普只有下午見得到她。米爾芮德的故事又變了，這次她說她丈夫是去印度加入軍團的士兵，她向這家醫院的女院長介紹菲利普，說他是自己的小叔。

「我說話可得特別當心。」她跟他說，「因爲這裡有另一位太太，她先生在印度政府裡頭工作。」

「如果我是你，才不會去擔心這種事，」菲利普說，「我很確定，她先生跟你先生是搭同一條船出去的。」

「什麼船？」她天真地問。

「『飛翔的荷蘭人』幽靈船[2]啊。」

米爾芮德平安生下一個女兒，菲利普獲准進去看她的時候，孩子躺在她身邊。米爾芮德非常虛弱，但令人欣慰的是一切都結束了。她讓他看嬰兒，自己也用一種好奇的表情看著她。

「這小東西的樣子可眞滑稽，對吧？眞不敢相信這是我生的。」

她紅通通，皺巴巴的，看起來很古怪。菲利普看著她，忍不住微笑起來。他不知道自己究竟該說什麼好，因爲負責這間房的護士正站在他身邊，讓他很尷尬。從她看他的眼神看來，她一點也不相信米爾芮德編的那套複雜故事，她覺得他就是孩子的爸爸。

「你打算給她取什麼名字？」菲利普問。

「我還沒決定是要叫她瑪德蓮，還是叫西西莉亞。」

護士暫時離開了幾分鐘，菲利普彎下腰，在米爾芮德的唇上一吻。

「我眞高興一切平安結束了，親愛的。」

她伸出細瘦的雙臂摟住他的脖子。

---

1 沙特爾（Chartres）：法國中北部的一座城市，也是厄爾—羅亞爾省的首府。這座城市有一定坡度，市區最高點有座舉世聞名的沙特爾大教堂，它被認為是法國哥德式教堂建築最經典之作。楓丹白露（Fontainebleau）：法國巴黎大都會地區內的一個市鎮，位於巴黎市中心東南偏南五十五公里處。是法蘭西島最大的市鎮，也是該地區僅有的比巴黎市還大的市鎮。著名的楓丹白露宮正位於此。

2 飛翔的荷蘭人（The Flying Dutchman）：又譯作漂泊的荷蘭人、徬徨的荷蘭人。傳說中，一艘永遠無法返鄉的幽靈船，注定在海上漂泊航行。

「你真是個大好人，親愛的菲爾。」

「現在我終於覺得你屬於我了，我等你等了好久，親愛的。」

他們聽見護士走近門的聲音，菲利普趕緊起身。護士進來了，唇上帶著一絲微微的笑意。

73

三週後，米爾芮德帶著孩子前往布萊頓[1]，菲利普去送行。她恢復得相當快，氣色看起來比以前還好。她打算去住的那家寄宿公寓，之前她和埃米爾．米勒在那兒待過幾個週末，她給公寓的人寫了信，說她丈夫必須去德國出差，所以這次只有她帶著孩子去。她編故事已經編出樂趣來了，從各種細節的建構上更可以看出她豐富的創造力。米爾芮德想在布萊頓找個願意受雇照顧寶寶的女人，她這麼快就堅決擺脫掉這個孩子，這種無情讓菲利普很驚訝。但她搬出一般常識來跟他爭辯，說在這個可憐的孩子習慣她之前就把她送到別處去，對她來說反而好得多。孩子出生之後兩三週，菲利普還期待這個寶寶能喚醒她的母性本能，指望這一點能幫他說服她留下孩子，但是這種本能並沒有在她身上出現。米爾芮德對寶寶也不是不好，所有該做的事她都做了。偶爾這孩子也會讓她開心，她嘴上也常常掛著她，但她心裡其實並不關心這個孩子。她沒辦法把她當成自己的骨肉，她已經可以想像這孩子會有多像她的生父。她一直在想，不知道孩子長大了該怎麼辦才好，也很氣自己太蠢，居然就有了這麼一個孩子。

「如果我當初跟現在一樣清醒就好了。」她說。

菲利普對寶寶的幸福這麼擔憂，倒引得米爾芮德恥笑他。

「就算你是她父親，也不至於大驚小怪到這種地步，」她說，「我還眞想看看埃米爾爲她擔心的樣子。」

菲利普腦子裡裝滿了「嬰兒農場[2]」裡駭人聽聞的故事，自私殘忍的父母把可憐的孩子送到那裡去，以虐人爲樂的保母們就使勁折磨這些孩子。

「別傻了，」米爾芮德說，「那是因爲你請個女人照顧孩子，錢付少了。但是你每星期打算付這麼多錢，爲了利益，她們自然會把孩子照顧得妥妥當當的。」

菲利普堅持要米爾芮德找個自己沒孩子的人家照顧寶寶，而且還要她們保證不會再收別的孩子。

「別跟人家討價還價，」他說，「我寧願一星期付半鎊尼，也不要讓孩子擔餓肚子或挨打的風險。」

「你這古板的傢伙還眞有趣，菲利普。」她大笑。

那孩子無助的樣子牽動了他的心。她那麼小，那麼醜，脾氣還那麼大。她在混雜了羞恥和痛苦的期待中誕生，沒有人要她，全仰仗他這個陌生人給她食物，讓她有地方住，還爲她提供衣物，遮蔽那赤裸的小身軀。

1布萊頓（Brighton）：英國英格蘭東南部的海濱市鎮。十八世紀，某位博士曾有一次在此演講，當時布萊頓還是個小漁村，他在演講中提到「布萊頓海濱的海水和空氣有益健康」，結果這句話傳開之後，布萊頓迅速發展成「英國上流人士」療養度假的海濱城市，連英王喬治四世也在此興建皇宮。

2後維多利亞時期的英國，有些婦女為賺錢而受託照顧嬰兒或孩童，這種服務稱為嬰兒農業（Baby Farming），提供服務的人稱為嬰兒農夫（Baby Farmer）。如果受照顧的是嬰兒，則通常附帶哺乳。有的嬰兒農夫會付一筆為數不小的金額「收養」孩童，有的則是定期收取一筆費用。「嬰兒農夫」這個詞本身帶有侮辱含義，通常暗示他們會虐待孩童。但在英國立法規範之前，嬰兒農業是一個領養或代養兒童的管道。許多嬰兒農夫收取費用「收養」兒童，之後予以謀殺，但仍藉此賺取領養費，因而受審被判絞刑（一九〇七年，英國最後一個嬰兒農夫蘿達威利斯在威爾斯受絞刑處死）。

火車要開了，他吻了米爾芮德。他也很想吻一下寶寶，但他怕她會笑他。

「親愛的，你會寫信給我的，對吧？我會盼著你回來的，噢，等待眞是難熬。」

「注意你的考試，要及格啊。」

他努力用功準備考試，距離考試只剩十天了，他正在做最後衝刺。他急著想過關，這樣一方面可以節省自己的時間和開支，因爲這四個月來他花錢如流水，速度快得不可思議；另一方面，通過這次考試，等於宣告沉悶無聊的生活告一段落，在此之後，醫學生就要開始念藥學、產科和外科，這些科目可比他之前讀的解剖學和生理學要有趣多了，菲利普興趣滿滿地期待著剩下的課程。他不希望到最後要跟米爾芮德承認他沒有過關，雖然這次考試確實很難，大部分考生都沒有辦法一次就及格，但他知道，要是他失敗了，她就會小看他。她表達自己的想法時，可是自有一套特殊羞辱方式的。

米爾芮德寄了明信片，說自己平安抵達，而他每天都擠出半小時給她寫長信。要他開口訴說自己的心情他總覺得害羞，但他發現，不管是多荒謬可笑的話，只要形諸筆墨，他就能說給她聽。拜這個發現之賜，他向她傾訴了自己所有的心聲。他之前從來沒能告訴她，對她的愛慕是如何浸透了他的四肢百骸，所以他的每一個行爲，每一個思想，都和這份愛慕息息相關。他在信裡跟她談到未來，談到他眼前的幸福，還有對她的感激。他問自己米爾芮德究竟有什麼魔力（以前他也常常這樣問，但從來沒有說出來過），能讓他這樣充滿無限的喜悅。他不知道，他只知道，有她在身邊的時候他好快樂，一旦她離開，世界就立刻陷入一片冰冷灰暗；他只知道，當他想起她的時候，一顆心彷彿在他的身體裡不斷膨脹，脹得他呼吸困難（彷彿那顆心擠壓到他的肺一樣），而且還怦怦狂跳，這麼一來，因她而產生的喜悅幾乎成了痛苦；他雙膝發抖，覺得異常虛弱，像是餓了好久沒吃東西似的。他狂熱地盼著她回信，他並不期待她常來信，因爲他知道寫信對她太難，他寫去四封信，能換來一張字跡歪七扭八的短箋他就滿足了。她談自己租房間的那家寄宿公寓，談天氣和寶寶；她還告訴他，她剛剛跟一位女性朋友去海邊散步，她們是在公寓裡認識的，她很喜歡寶寶；星期六晚上她打算去看戲，還有布萊頓現在到處都是人。這些短箋感動了菲利普，因爲都非常實際，有什麼說什麼。那潦草難認的字體，形式化的內容，都讓他莫名其妙地想笑，很想把她摟進懷裡親親她。

他信心滿滿，愉快地參加了考試。兩張試卷都沒什麼讓他頭痛的題目，他知道這次考得不錯。雖然第二部分考試是口試，他比較緊張，還是盡可能地把題目答到令考官滿意。一等考試結果公布，他就立刻給米爾芮德發了封告捷電報。

一回到住處，菲利普就發現她來信了，信裡說她想在布萊頓再多待一星期，覺得這樣對她的身體比較好。她也找到一個願意以每週七先令價格帶孩子的女人，但她想稍微打聽一下她的情況。海邊的空氣對她大有裨益，她很確定，要是能再多留幾天絕對好處無窮。她不喜歡跟菲利普開口要錢，但要是他回信時給她寄一點，她就可以給自己買一頂新帽子了，她跟那位女性朋友出門的時候總不能老是戴同一頂帽子，再說，那位朋友可是很講究打扮的人。菲利普有好一陣子覺得非常失望，這種失望的感覺把他考試及格的喜悅都沖散了。

「如果她愛我的程度有我愛她的四分之一，就算再多待一天她也受不了啊。」

但他很快就把這個想法丟到一邊去，這樣想實在太自私了。她的健康凌駕一切，這是理所當然的。但他現在完全沒事可做，說不定他可以去布萊頓跟她過一星期，這一星期內他們整天都可以在一起。這個想法讓他心跳加速。要是他突然出現在米爾芮德面前，還告訴她他也在那間出租公寓訂了房，那就太有趣了。他查著火車時刻表，但又停下了動作。他不確定她是不是真的高興見到他，她在布萊頓已經交了朋友；他好靜，而她喜歡歡樂的喧鬧，他知道她跟別人在一起，比跟他在一起更愉快。要是他覺得自己妨礙了她，哪怕只有一瞬間，也讓他覺得很不堪。他不敢冒這個險，甚至不敢在信裡提到自己在城裡很閒，很想去跟她待一星期好能天天見她之類的話。她很清楚他現在沒事，要是她希望他去早就說了。萬一他提出來，她又找藉口阻止他，這種痛苦的風險，他擔不起。

隔天他給她寫了信，附上一張五鎊鈔票，還在信末說，如果她大發慈悲週末願意見他，他很樂意前往布萊頓，但她不需要爲他改變預定行程。他心急地等待她的回音。回信來了，她說要是她早點知道，就能安排一下了，但是她週末已經跟人約好要去雜耍劇場。再說，要是他待在那兒，公寓的人可是會說閒話的。何不在星期天早上過來呢？他們可以去大都會飯店吃午餐，接著她再帶他去見那位彷彿上流貴婦的女人，她會照顧她的寶寶。

週日那天天氣很好，他覺得非常幸運。火車到達布萊頓時，陽光照進車窗，米爾芮德已經在月臺上等他了。

「你能來接我，我眞是太高興了！」他抓住她的手喊了出來。

「你很期待我來不是嗎？」

「我是希望你會來。嘿，你看起來氣色眞好。」

「我身體確實大有起色，我想我盡可能在這裡待久一點是明智的。寄宿公寓裡住的都是上流階級的人，我幾個月沒見人了，需要振奮一下。那段日子，有時候還眞是悶死人。」

她戴著新帽子，看起來很時髦，那是頂寬大的黑色草帽，上頭綴著一大堆廉價花朵，脖子上繞著一條長長的仿天鵝絨圍巾，迎風輕輕地飄著。她還是很瘦，走起路來微微地彎著腰（她走路向來如此），但眼睛看起來沒有之前那麼大了，雖然臉上還是沒什麼血色，但肌膚已經不再蠟黃。他們往海邊走去，菲利普想起自己好幾個月沒跟她一起散步了，這時卻突然意識到自己的跛腳，於是他力圖掩飾，步伐僵硬地一步步往前走。

「見到我，你高興嗎？」他問，狂熱的愛在他心中蕩漾。

「當然高興，這不用問吧。」

「說到這個，格里菲斯也託我向你致意。」

「眞不要臉！」

他跟她說過很多關於格里菲斯的事，說他有多愛拈花惹草，也常常提他的風流韻事逗她開心，那可是他發誓保密他才告訴他的。米爾芮德偶爾會裝出一副厭惡的表情，但多半都好奇地專心聽著。菲利普則是用讚嘆的口吻，把他這位朋友的外貌和魅力加油添醋地誇大了一番。

「我確定你會跟我一樣喜歡他，他很討人喜歡，很有意思，而且心地好極了。」

菲利普還告訴她，在他們還完全不熟的時候，格里菲斯是如何在他生病的時候細心照顧他，格里菲斯自我犧牲的精神，在他的敘述裡表現得淋漓盡致。

「你一定會忍不住喜歡上他的。」菲利普說。

「我不喜歡長得太好看的男人，」米爾芮德說，「我覺得他們太自大了。」

「他很想認識你，我跟他說了好多關於你的事。」

「你跟他說了什麼？」米爾芮德問。

除了格里菲斯之外，菲利普沒有對象可以讓他傾訴對米爾芮德的愛，他一點一點地把他和米爾芮德之間的故事都說給他聽，光是形容她的樣子就說了不下五十次。他愛意滿滿地說著，她外表的每個細節都不放過，所以格里菲斯對她纖細的小手有多美，臉有多白皙都一清二楚。當他說到她那蒼白的薄唇有多迷人時，他嘲笑起他來。

「啊，還好我對事情沒像你認眞成那樣，」他說，「不然我活著還有什麼意思。」

菲利普笑了。格里菲斯完全不懂陷入熱戀的喜悅，它就像肉，像酒，像一個人呼吸的空氣，以及其他生存所需的基本要素一樣。格里菲斯知道菲利普在這個女孩生產時悉心照顧她，也知道現在他離開倫敦去找她了。

「這個嘛，我得說，你理當得到某種回報了，」他說，「你一定花了很多錢，幸虧你花得起，」

「我花不起，」菲利普說，「但是我完全不在乎！」

因爲現在吃午飯還太早，菲利普和米爾芮德在廣場上找了個避風的地方，一邊曬太陽，一邊看著往來行人。布萊頓的男店員們三三兩兩，邊走邊揮著手杖；女店員成群結隊，一邊閒逛，一邊格格輕笑著。他們一眼就認得出哪些人是從倫敦到這裡來度假的，布萊頓清新的空氣，讓這些人困乏的身體突然振奮起來。路上有很多猶太人，身材粗壯的女士們穿著緊繃的仿緞連身裙，全身上下珠光寶氣，矮胖的男士們說起話來手勢豐富。還有些來住大飯店度週末的中年紳士，服裝考究，在一頓豐盛過頭的早餐之後努力地散步，好讓自己有迎接下一頓豐盛午餐的胃口。這些人和朋友們互相寒暄，聊著「布萊頓博士酒館」或「倫敦海洋酒店」之類的話題。偶爾會有一位名演員走過，引起眾人矚目，他自己倒是刻意裝出一副沒意識到旁人眼光的樣子；有時候他腳穿漆皮靴，身著阿斯特拉罕羔羊皮領外套，手裡握著一支銀把手杖；還有些時候，他穿著一條短燈籠褲，哈里斯毛呢質料的阿爾斯特大衣[3]，後腦杓掛著一頂花呢帽四處閒逛，看起來像是打了一天獵剛回來。陽光灑在蔚藍的海上，海面波瀾不興，清澄如鏡。

吃過午飯，他們去霍夫[4]見那位要照顧寶寶的女士。她住在後街的一棟小房子裡，地方雖然小，卻非常乾淨整齊。她叫做哈丁太太，有點年紀了，身材粗壯，一頭花白的頭髮，還有張紅潤的胖臉。她戴著一頂便帽，看起來很慈愛，菲利普覺得她應該是個好人。

「你不覺得帶孩子是件很討厭的事嗎？」他問她。

她對他解釋，她丈夫是個助理牧師，年紀比她大很多。因爲教區牧師都想找年輕人當助手，所以她先生很難找到固定工作，只能靠偶爾有人休假或病倒的時候，才能去代班賺一點點錢，另外還有些善心機構會給他們一點資助。但她的生活太寂寞了，照顧孩子會讓她有點事做，每週幾先令的收入對生活也不無小補。她向他保證會把寶寶照顧得妥妥當當的。

「很像個貴婦，對吧？」他們出來的時候，米爾芮德這麼說。

他們回到大都會飯店喝下午茶，米爾芮德喜歡那兒的人群和樂隊。菲利普懶得說話，只盯著她的臉看，而米爾芮德就用她犀利的眼光，觀察每一位進來的女士身上的行頭。她在估價方面特別敏銳，偶爾會往他身邊一靠，低聲把她思考出來的結論告訴他。

「看到那鷺鷥羽毛沒有?那一根可要七鐡尼呢。」

或者是:「看那張貂皮,菲利普。那其實是兔皮,絕對是,根本不是貂皮。」她得意洋洋地笑著。「我在一公里半以外就看得出來。」

菲利普愉快地微笑著。看見她這麼高興,他也很快樂。她言語中的天眞無邪讓他覺得有趣而動人。這時樂隊正奏著感傷的音樂。

吃過晚餐之後,他們走到車站,菲利普攬著她的手臂。他把決定好的法國之旅行程告訴她。本來這星期結束時她就要回倫敦,但她卻告訴他,她要到下週六才能走。他已經在巴黎的旅館預定了房間,急切地盼著要訂車票。

「坐二等車廂你不介意吧?我們不能太浪費,只要我們到了那兒能玩得過癮就行了。」

他跟她講拉丁區講了有上百次了。他們會在舒適宜人的老街上漫步,在迷人的盧森堡花園裡閒坐。要是天氣好,他們在巴黎又玩夠了,說不定還可以去楓丹白露,那裡的樹木應該剛吐新芽。春天翠綠的森林是他所知最美的景象了,就像一首悠揚的歌,像愛情那種充滿了幸福的疼。米爾芮德靜靜地聽著。他轉向她,凝視著她的眼睛,彷彿想看進她的心裡去。

「你是眞的想去,對吧?」他說。

「當然是眞的。」她微笑。

---

3 阿爾斯特大衣(ulster coat):大衣形式的一種,一八六六年由愛爾蘭的麥基(McGee)家族發明。長度接近小腿肚,甚至可到腳踝,單排或雙排扣均可,最大特徵是有一個可拆卸的披肩。

4 霍夫(Hove):布萊頓與霍夫原為兩個鎮,布萊頓在左,霍夫在右。一九九七年四月一日,布萊頓、霍夫兩鎮合併成「布萊頓—霍夫」,地位升格為單一管理區。

「你不知道我有多期待這次旅行，接下來這幾天我都不知道該怎麼過了，我好怕又出什麼事讓我們去不成。我沒辦法說清楚我到底有多愛你，有時候這會讓我感覺要發瘋。但現在終於，終於……」

他的話突然中斷。他們到車站了，但因爲路上浪費太多時間，菲利普幾乎連跟她道別說聲晚安的時間都沒有。他很快地吻了她一下，接著就拚命往售票口跑。她站在原地沒有動。他跑起來的樣子眞是怪到不能再怪了。

74

到了下個星期六，米爾芮德回來了，那天傍晚，菲利普一直跟她在一起。他買了戲票，晚餐時他們又喝了香檳。她待在倫敦這麼多年，還是第一次能這樣開心地盡情享受這一切。菲利普幫她在皮姆利科訂了個房間，他們從戲院回去的時候，米爾芮德緊緊依偎在他身上。

「現在我眞的相信，你確實很高興見到我。」他說。

她沒有回答，只是溫柔地握了握他的手。這種眞情流露對她來說是很罕見的，菲利普覺得整個人都陶醉了。

「明天我邀了格里菲斯來吃晚餐。」他對她說。

「噢，你邀了他我很高興，我也很想見見他。」

星期天晚上沒什麼娛樂場所可以帶米爾芮德去玩，菲利普擔心她跟他待一整天會覺得無聊，格里菲斯這個人很有意思，要是有他在，應該可以讓他們輕鬆打發這一夜。而且他們都是菲利普非常喜歡的人，很希望他們也能認識一下，彼此互相欣賞。那晚離開之前，他對米爾芮德說：

「只剩下六天了。」

他們在羅曼諾斯酒店的頂層樓座訂了星期天晚餐的位置，因爲那裡的餐點非常好，看起來又氣派，物超所值。菲利普和米爾芮德先到了，必須等格里菲斯一陣子。

「他這人向來不守時，」菲利普說，「搞不好正在跟眾多愛人裡的哪一位談情說愛呢。」

但是沒過多久他就來了。他是個英俊的人，身材高瘦，頭和身材的比例完美，有種君臨天下的味道，非常吸引人。還有他那一頭鬈髮，又大又友善的藍眼睛，紅潤的嘴唇，樣樣都散發出迷人的魅力。菲利普看見米爾芮德用欣賞的眼光看著他，自己也莫名地感到滿足。格里菲斯微笑著跟他們打招呼。

「我聽了好多關於你的事。」他一邊和她握手，一邊說。

「我想，你的事我聽得比較多吧。」她回答。

「也沒講得那麼壞。」菲利普說。

「他一直都在說我壞話是吧？」

格里菲斯大笑，菲利普看見米爾芮德注意到他的牙齒有多白多整齊，笑容又有多讓人愉快。

「你們應該早覺得彼此是老朋友了，」菲利普說，「你們兩個的事，我實在講過太多了。」

格里菲斯心情好得不得了，因爲他終於通過了最後一場考試，取得了醫生資格，也得到倫敦北邊一家醫院的聘書，要在那兒擔任住院外科醫生，五月初就要開始上班了，同時他還打算回家度一次假。現在是他待在倫敦的最後一星期，他決定在這段時間裡盡可能地玩個痛快。他開始說起歡樂的無聊笑話，這是菲利普非常佩服的一件事，因

---

1 皮姆利科（Pimlico）：英國大倫敦市中心的一個地區，隸屬於「西敏市」這個倫敦自治市。皮姆利科以花園廣場和攝政時期的建築著稱，許多名人如邱吉爾都曾住過這裡。

爲他學不起來。格里菲斯的話沒什麼內容，但他的活潑表現卻讓它大大加分。他有一股能影響身邊所有人的生命力，幾乎像體溫一樣可以感覺到。菲利普從來沒看過米爾芮德這麼活潑的樣子，看見這場小派對這麼成功，他也很高興。米爾芮德非常開心，笑聲越來越響亮，把她做慣了的文雅舉止都忘到九霄雲外去了。

過了一會兒，格里菲斯說：

「嘿，要我喊你米勒太太實在太難了，菲利普都只稱呼你米爾芮德。」

「你要是也這樣稱呼她，我敢說，她應該還不至於把你的眼睛挖出來。」菲利普大笑。

「那她也得叫我哈利。」

他們倆興奮地喋喋不休，菲利普靜靜地坐在一旁，覺得能看見別人這麼快樂眞是太好了。格里菲斯不時友善地揶揄他兩句，因爲他平常實在太嚴肅了。

「我相信他是眞的很喜歡你，菲利普。」米爾芮德微笑著說。

「他這小子確實不壞。」格里菲斯幫著回答，還一邊愉快地抓起菲利普的手，跟他握起手來。

格里菲斯喜歡菲利普，這一點彷彿又爲他增添了幾分魅力。他們平時都是不喝酒的人，幾杯紅酒之後便覺得有些醉意，格里菲斯變得越發饒舌，吵得要命，菲利普雖然覺得有趣，也不得不求他稍微安靜一點。他很有說故事的天分，在他的敘述之下，那些戀愛故事裡的浪漫氣息和歡笑表現得淋漓盡致，而他就是故事中那個有騎士精神又有幽默感的主角。米爾芮德眼裡閃著興奮的光芒，不斷央求他繼續講下去。他故事一個接著一個講，直到餐廳開始熄燈她才嚇了一跳。

「唉呀，今晚過得太快了，我以爲現在還不到九點半呢。」

他們站起來準備要走。她道了再見，接著又加上一句：

「明天我會去菲利普房間喝下午茶，如果可以，你也不妨來坐坐。」

「沒問題。」他微笑著說。

回皮姆利科的路上，米爾芮德一直都在談格里菲斯。他俊帥的外貌，剪裁合宜的服裝，他的聲音，他愉快的個性，樣樣都把米爾芮德迷住了。

「我真的很高興你喜歡他，」菲利普說，「你還記得嗎？當初要你見他，你還很不屑呢。」

「我覺得他這麼喜歡你真是太好了，菲利普。你有這麼一個好朋友真是不錯。」

她主動把臉迎向菲利普，讓他吻她，這對她來說是很難得的事。

「今晚我真的很盡興，菲利普。非常謝謝你。」

「別說這種傻話。」他笑著說，但她的感謝讓他感動得眼中泛淚。

她開了門準備進去，突然又轉向菲利普。

「跟哈利說，我瘋狂地愛上他了。」她說。

「沒問題，」他大笑，「晚安。」

隔天他們一起喝下午茶的時候，格里菲斯進來了，他懶懶地往扶手椅裡一坐，那修長的四肢和慢騰騰的動作裡有種奇特的性感。他們天南地北瞎聊的時候，菲利普還是沒說話，但他很自得其樂。眼前這兩位都是他非常欣賞的人，要是他們彼此欣賞，似乎也是再自然不過的事。他並不在乎格里菲斯奪去了米爾芮德所有的注意力，反正到了晚上，米爾芮德就屬於他一個人了。他的態度像個深情的丈夫，對妻子的忠貞信心滿滿，於是他饒富興味地看著她跟陌生人無傷大雅地打情罵俏。但到了七點半，他看了看錶，說：

「時間差不多了，米爾芮德，我們去吃晚飯吧。」

房裡突然一陣沉默，格里菲斯彷彿若有所思。

「呃，那我得走了，」最後他終於開口，「我不知道已經這麼晚了。」

「你今晚有什麼事嗎？」米爾芮德問。
「倒是沒有。」
又是一陣沉默。菲利普有點火大了。
「我去梳洗一下，」他說，然後他轉向米爾芮德，加了一句：「你要不要去洗手間？」
她沒有回答他。
「爲什麼不和我們一起去吃飯呢？」她對格里菲斯說。
他望向菲利普，卻發現菲利普正表情陰沉地盯著他看。
「我昨晚就跟你們吃過飯了，」他笑了起來，「我去了會很礙事的。」
「噢，沒關係的，」米爾芮德堅持，「叫他來嘛，菲利普。他一點都不礙事，對不對？」
「他願意的話，就來吧。」
「那好，」格里菲斯毫不遲疑，「我上樓去梳洗一下。」
他一離開房間，菲利普就憤怒地轉向米爾芮德。
「到底爲什麼非要他跟我們一起吃飯不可？」
「我忍不住嘛。他都說了他沒事，我們要是一句話都不講，看起來不是太奇怪了嗎？」
「噢，胡說八道！爲什麼你一定要問他有沒有事？」
米爾芮德抿了抿蒼白的嘴唇。
「有時候我也需要一點小樂趣。老是跟你在一起實在很膩。」
他們聽見格里菲斯下樓時沉重的腳步聲，菲利普便回自己的臥房去梳洗。他們去了附近的一家義大利餐廳。菲利普生著悶氣，一句話也不說，但他很快就意識到，和格里菲斯一比，他這種表現會讓自己居於劣勢，於是他硬是把自己的不痛快克制下來。他喝了不少酒，想藉酒精麻醉一下心裡折磨人的痛楚，還盡量逼自己說話。米爾芮德好像對自己剛才衝口而出的話有點後悔，也想盡一切辦法要讓他開心。她那麼溫順，那麼多情，沒多久菲利普就覺得，自己這樣任嫉妒心擺布實在太蠢了。晚餐後，他們搭上一部雙座馬車往雜耍劇場去，米爾芮德坐在兩個男人中間，還主動把手伸出來讓他握，這一瞬間，他的怒氣全都煙消雲散了。但不知道爲什麼，他突然意識到格里菲斯也握著她另一隻手。劇烈的痛楚再次襲來，是真真切切、連肉體都能感覺到的痛。他驚慌失措地問了一個也許之前就問過自己的問題，米爾芮德和格里菲斯會不會愛上了對方？眼前彷彿漂浮著一團懷疑、憤怒、驚愕和悲哀的迷霧，完全看不見臺上演了什麼，但他還是逼自己裝得若無其事，繼續談笑風生。接著，他突然出現一股自我折磨的奇怪慾望，他站了起來，說要去找點東西喝。米爾芮德和格里菲斯還沒有過單獨在一起的機會，他要讓他們獨處一會兒。

「我也去，」格里菲斯說，「我也很渴。」

「噢，別胡說了，你留下來跟米爾芮德說說話吧。」

菲利普也不知道自己爲什麼要這麼說，他把他們推到一塊兒，爲自己製造更難以承受的痛苦。他沒去酒吧，而是去了二樓陽臺席位，他可以從那兒看見他們而不被發現。他們的眼光從舞臺上移開了，只微笑地注視著彼此的眼睛。格里菲斯和平常一樣快活地滔滔不絕，米爾芮德聽得全神貫注。菲利普覺得頭痛欲裂。他動也不動地站著，他知道如果他回去，會礙他們的事。沒有他在，他們兩個人好愉快，而他卻好痛，痛得受不了。時間一分一秒地過去，現在要回到他們那兒，他覺得非常不好意思。他知道他們完全沒有想到他，他苦澀地想起今晚的晚餐、雜耍劇場的戲票錢全是他付的，他們把他當成了什麼樣的傻子啊！受辱的感覺讓他全身發燙。他看得出來，沒有他在，他們有多麼快樂。他本能地想離開，讓他們兩個在一起，自己回家去，但他沒拿帽子和外套，接下來要解釋這件事可是沒完沒了。他還是回去了，他覺得米爾芮德看見他的時候，眼神中出現一抹惱怒，他的心整個沉了下去。

「你去了好久啊。」格里菲斯臉上帶著歡迎的笑容。

「我碰上了幾個認識的人，跟他們聊開了，脫不了身。我想你們倆在一起應該沒問題。」

「我是很愉快啦，」格里菲斯說，「米爾芮德怎麼樣我就不知道了。」

她發出一小陣心滿意足的笑聲，那笑聲之鄙俗，讓菲利普覺得毛骨悚然。他提議他們該走了。

「來吧，」格里菲斯說，「我們一起送你回家。」

菲利普心想這一定是她的主意，這樣她就不必跟他一起單獨回去。坐在計程車裡，他不握她的手，她也沒把手伸出來，但他一直都知道她握著格里菲斯的手。他唯一的想法是，這一切都太可恥、太下流了。一路上他都在想，不知道他們是不是背著他訂下了什麼幽會的計畫。他詛咒自己不該讓他們獨處，就是剛才他那一走，才給了他們安排事情的機會。

「讓計程車等我們一下吧，」他們抵達米爾芮德住處時，菲利普說，「我太累了，沒辦法走路回去。」

回程路上，格里菲斯還是愉快地說個不停，菲利普對他愛理不理，他好像一點也不在意。菲利普覺得他一定注意到事有蹊蹺。菲利普的沉默變得越來越難以忽視，格里菲斯突然緊張起來，不再說話了。菲利普很想說些什麼，又因為太害羞說不出來，然而時間一旦過去，就再也沒有這個機會了，最好還是立刻就把事情問清楚。他逼自己開了口。

「你愛上米爾芮德了嗎？」他突然問。

「我？」格里菲斯大笑，「這就是你一整晚陰陽怪氣的原因？當然沒有，親愛的老兄。」

他伸手來挽菲利普的手臂，菲利普閃開了。他知道格里菲斯在說謊。他沒有辦法逼格里菲斯說他根本沒有握她的手。他突然覺得好虛弱，好絕望。

「哈利，這對你來說沒什麼，」他說，「你有那麼多女人，不要從我身邊奪走她，你奪走了她，就像奪走了我的命。我已經夠悲慘了。」

他聲音嘶啞，忍不住嗚咽起來。他覺得自己丟臉極了。

「親愛的老兄，你知道，我絕對不會做出任何傷害你的事。我太喜歡你了，這種事我不會做。我只是在胡鬧而已。要是我知道你會這麼在意，我就會更小心一點了。」

「眞的嗎？」菲利普問。

「我對她一點意思都沒有，我以名譽保證。」

菲利普鬆了一口氣。計程車在他們住處的門口停了下來。

75

隔天菲利普心情已經平復了。他很擔心米爾芮德一直跟他在一起會覺得無聊，所以他決定晚餐前都不去見她。等到他去接她時她已經準備好了，她罕見的守時倒招來他一陣取笑。她穿了件新衣服，是他送的，他稱讚這件衣服很時髦。

「還得送回去改，」她說，「裙襬整個縫錯了。」

「如果你想帶這件衣服去巴黎，就得催裁縫動作快一點。」

「應該趕得上的。」

「只剩下三天了。我們搭十一點鐘的火車，好嗎？」

「隨你的意思吧。」

接下來將近一個月時間，她會一直跟他在一起。他看著她，眼中充滿飢渴的愛意，對自己這種熱情，他自己都覺得有點好笑。

「我眞不知道自己看上你哪一點。」他笑著說。

「你可眞說出好話來了啊。」她回答。

她太瘦了，瘦得幾乎見骨，胸部平得像個男孩，嘴唇太薄太蒼白，顯得很醜，皮膚也微微泛著青色。

「我們出發的時候，我要給你帶一大堆布洛丸[1]，」菲利普邊笑邊說，「等到我帶你回來那天，保證你變得又胖又紅潤。」

「我才不要發胖。」她說。

她沒有提格里菲斯。過了一會兒，在吃晚餐的時候，菲利普深信自己制得住她，便半帶怨氣地對米爾芮德說：

「看來昨天你跟哈利好好談情說愛了一番？」

「就跟你說我愛上他了嘛。」她大笑。

「但我很高興知道他並不愛你。」

「你怎麼知道？」

「我問過他了。」

她遲疑了一下，看著菲利普，眼睛突然發出奇異的光芒。

「你願意看看他今天早上來的信嗎？」

她交給他一個信封，他認出了格里菲斯粗大清晰的筆跡。信總共有八頁，寫得很好，口吻坦率而迷人，是封情場老手寫出來的信。他告訴米爾芮德他瘋狂地愛著她，對她一見鍾情，他並不想這樣，因爲他知道菲利普有多喜歡她，但他情難自禁。菲利普是個可愛的人，他也爲自己的行爲感到羞愧，但這並不是他的錯，他只是被她迷住了。他寫了一大堆讓她高興的恭維話，最後謝謝她答應隔天和他共進午餐，還說他已經等不及要見她了。菲利普注意到信上的日期是前一天夜裡，格里菲斯一定是和菲利普分開之後就寫了這封信，然後在菲利普以爲他已經就寢的時候，特地費心出門把這封信寄出去的。

他讀著那封信，心臟跳得想吐，但他不動聲色地讀完了，他把信還給米爾芮德，臉上帶著平靜的微笑。

「午餐吃得高興嗎？」

「非常高興。」她加重了語氣說。

他覺得雙手不停地在發抖，便把手藏到桌子下面去。

「你不能對格里菲斯太認眞，你知道，他是個花花公子。」

她拿起那封信，又看了看。

「我也沒有辦法呀，」她裝做若無其事地說，「我也不知道自己怎麼了。」

「這樣對我來說有點尷尬，不是嗎？」菲利普說。

她很快地看了他一眼。

「我得說，這次你倒是眞的很冷靜。」

「不然你希望我怎麼做？要我把你的頭髮一把一把地揪下來？」

「我知道你一定會生我的氣。」

「有趣的是，我完全沒生氣。我早該知道會發生這種事。是我太傻，才會硬要你們兩個人認識。我很清楚，他

1 布洛丸（blaud's pills）：一種補血劑，成分為碳酸亞鐵，由法國醫生布洛（P. Blaud of Beaucaire）發明。

樣樣都比我強，他比我開朗，又帥又風趣，還會講你感興趣的話題。」

「我不知道你提這些是什麼意思。如果我不聰明，那我也沒辦法，但是我絕對沒有你想的那麼蠢，我要跟你說，才不是這樣。你把你自己看得太高了一點兒，小老弟。」

「你想跟我吵架？」他溫和地問。

「不，我只是不知道爲什麼你要用這種態度對我，好像當我什麼都不懂似的。」

「抱歉，我不是有意要冒犯你，我只是想平靜地把事情談清楚，如果可以，我們都不想把事情弄得一團糟。我看得出來，你被他吸引住了，對我來說，這是很自然的事。唯一眞正讓我傷心的是，他居然鼓勵你這麼做。他知道我有多愛你。在他寫信給你的五分鐘前，他才告訴我他對你一點意思都沒有，我覺得他實在太卑鄙了。」

「如果你覺得這樣說他壞話就能讓我不愛他，那你就錯了。」

菲利普沉默了一會兒，他不知道該用什麼話才能讓她懂得他的意思。他很想冷靜愼重地談這件事，但他自己也陷在一團混亂的感情裡，一時理不清思緒。

「爲了一段明知不能長久的迷戀犧牲一切是很不值得的。說到底，他不管愛誰都撐不過十天，你對愛情又那麼冷淡，這種事對你沒什麼意義。」

「那是你的想法。」

她這種態度，倒讓他想發火也發不出來了。

「你愛上了他，這種事情你也控制不了，我只能盡力忍耐。我們兩個人一直都處得不錯，我也沒對你做過什麼過分的事，對吧？我也知道你一直都不愛我，但你確實是喜歡我的，等我們到了巴黎，你就會把格里菲斯忘了。要是你下定決心忘掉他，你會發現這一點都不難，你也該爲我做點什麼了。」

她沒有回答，兩人繼續吃飯。沉默的氣氛讓人越來越難忍受，菲利普開始說起無關痛癢的話題。米爾芮德心不在焉，他裝作沒注意到。她敷衍地應和著，也不主動開口。最後她突然打斷了他的話。

「菲利普，恐怕我星期六不能去了，醫生說我不應該去。」

他知道她在說謊，但他還是回答：

「那麼你什麼時候可以去呢？」

她瞄了他一眼，看見他臉色死白，表情嚴峻，又不安地把眼光移開。這時候她有點怕他。

「我還是直說了吧，把這事了結了也好。我根本不可能跟你去。」

「我早知道你有這個意思，但是現在改變主意太晚了，車票住宿什麼的我都已經安排好了。」

「你說過除非我自己願意，否則你不會逼我的，我現在就是不想去。」

「我改變主意了。我不想再讓別人要我，你非去不可。」

「菲利普，我很喜歡你，這種喜歡是朋友的喜歡，要超過這個限度我就受不了了，我不是像情人那樣喜歡你，我沒有辦法，菲利普。」

「一星期前你還非常願意的。」

「那時候不一樣。」

「因爲那時候還沒碰上格里菲斯？」

「你自己說的，要是我愛上了他，也不是我可以控制的事。」

她板起臉，眼睛死盯著餐盤。菲利普臉氣得發白，他很想掄起拳頭往她臉上揮幾拳，想像她掛著一個黑眼圈會是什麼樣子。隔壁桌有兩個十八歲左右的小伙子在吃飯，不時會瞄瞄米爾芮德。他在想，不知道他們是不是嫉妒她跟這麼一個漂亮女孩子一起用餐，說不定他們也很想取代他呢。想到這兒，米爾芮德突然打破了沉默。

「我們一起去巴黎究竟有什麼好處？我會全程一直想著他的，這樣你也不會有什麼樂趣。」

「樂趣什麼的，那就是我的事了。」他回答。

她細細想了他回答中的暗示，臉突然紅了起來。

「這樣太下流了。」

「哪裡下流？」

「我還以爲你是個道道地地的紳士。」

「你錯了。」

他覺得自己的回答眞是太妙了，所以他一邊說著，一邊哈哈大笑。

「看在上帝份上，別再笑了，」她喊，「我不能跟你一起去，菲利普。我眞的很抱歉。我知道我一直對你不好，但是人總不能逼自己去做不願意做的事啊。」

「在你陷入困境的時候，什麼都是我做的，這些你都忘了嗎？我付錢照顧你，直到你的孩子生下來，所有醫師費用和雜支都是我付的，我還掏錢讓你去布萊頓，雇人照顧你的寶寶，我還買衣服給你，你身上每一條線都是我付的錢。」

「如果你眞是個紳士，就不該把爲我做過的事情一條條拿出來講。」

「噢，老天爺，你還是住嘴吧。你眞以爲我還在乎自己是不是個紳士？我要眞是個紳士，就不會把時間浪費在像你這樣的庸俗婊子身上。我他媽的一點都不在乎你喜不喜歡我。老是被當成大傻瓜耍，我他媽的已經受夠了。你星期六最好高高興興地跟我去巴黎，不然就等著承擔後果。」

她的臉氣得漲紅了，回話的聲音也變得非常粗俗，不再是她平常裝慣了的文雅語調。

「我從來沒喜歡過你，從一開始就沒有，都是你逼我的，每次你親我我都討厭得要命。以後就算我餓死，也不會再讓你碰我一下。」

菲利普想把盤裡的食物呑下肚，但喉嚨的肌肉就是不聽使喚。他一口喝乾了酒，點上菸，覺得全身都在發抖。他沒說話，等著她起身，但她只是沉默地坐著，眼睛盯著白色的桌布。假若這裡只有他們兩個人在，他就會一把把她摟進懷裡，激烈地吻她，他想像著自己的嘴唇壓上她的薄唇時，她修長白皙的頸子向後仰的樣子。他們無言地過了一個小時，最後連菲利普都覺得侍者開始好奇地盯著他們看了，他才叫人來結帳。

「我們走吧？」他口氣平靜。

她沒有應聲，但收拾了自己的包包和手套，也穿上了大衣。

「你什麼時候要再跟格里菲斯見面？」

「明天。」她冷淡地回答。

「你最好把這件事跟他談清楚。」

她機械式地打開包包，看見裡面有張小紙片，她拿了出來。

「這是我身上這件衣服的帳單。」她有點遲疑地說。

「那又怎麼樣？」

「我答應明天給她錢的。」

「是嗎？」

「你意思是說，你答應我可以買這件衣服，可是你現在不付錢？」

「沒錯。」

「那我去找哈利幫我付。」她說，臉立刻紅了。

「他會很樂意幫你的。目前他還欠我七鎊，而且因爲窮得叮噹響，上星期才剛把他的顯微鏡送進當鋪。」

「你不要以爲講這些話就能嚇著我，我完全可以賺錢養活自己。」

「你能這樣再好不過，我也不打算再給你錢了。」

她想起星期六要付的房租和保母費，但她一句話也沒說。他們離開了餐廳，到了街上，菲利普問她：

「需要幫你叫部車嗎？我打算散一會兒步。」

「我一毛錢也沒有，下午還有一筆帳單要付。」

「走幾步路對你沒有壞處。如果你想找我的話，明天下午茶時間我會在。」

他拿下帽子對她致意，然後就走了。過了一會兒，他往四周打量了一下，看見她還無助地站在原地看著來往的車流。他笑著走回去，在她手裡放了一個硬幣。

「這是兩先令，讓你回家用的。」

她還沒來得及說話，他就快步離開了。

76

隔天下午，菲利普待在自己房間裡，想著米爾芮德不知道會不會來。他前一天晚上睡得很不好，接下來一整個上午都待在醫學院的俱樂部裡，一份又一份地讀報紙。現在是假期中，他認識的同學裡沒有幾個還待在倫敦，但是他找到了一兩個說得上話的人，下了一盤棋，就這樣把無聊的幾個小時打發掉了。午餐之後他覺得好累，頭也痛得要命，於是他回到住處躺下，想讀一點小說。他沒看見格里菲斯。菲利普前一天夜裡回來的時候他不在，後來他聽見他回來的聲音，但是他並沒有像往常一樣探頭瞄瞄菲利普的房間，看他睡了沒有。今天早上，菲利普聽見他早早就出門了，顯然是在躲他。這時門上突然傳來輕輕的敲門聲，菲利普跳下床去開門。米爾芮德站在門檻外，一動也不動。

「進來吧。」菲利普說。

他在她背後關上門。她坐了下來，吞吞吐吐地開了口。

「謝謝你昨天晚上給了我兩先令。」她說。

「噢，那沒什麼。」

她對他怯怯地一笑，讓菲利普想起一條小狗因爲淘氣挨打之後，跑來跟主人示好時那種膽小怕事又逢迎諂媚的樣子。

「我跟哈利吃過午飯了。」她說。

「是嗎？」

「如果你還希望我星期六跟你一起去巴黎，菲利普，我會去的。」

一陣勝利的快感瞬間竄進他心裡，但這種感覺只持續了一會兒，猜疑便隨之而來。

「是因爲錢？」他問。

「有部分是，」她簡單地回答，「哈利什麼事都做不了。這裡的房租他已經欠了五星期了，還欠你七鎊，另外裁縫也催著他要錢。他把能當的東西都拿去當，但現在也當光了。爲了我那件新衣服，我花了好大功夫才把那個女裁縫打發走，星期六房租又到期了，我也不可能五分鐘之內就找到工作，要等人家有缺總是得花點時間。」

她說完一大串話，平靜口氣裡帶著抱怨，彷彿在細細訴說著命運的種種不公，但因爲天命如此，也就不得不忍受下來。菲利普沒有應聲，這些說詞他實在太熟悉了。

「你說『有部分是』。」最後他說。

「這個嘛，哈利說，你對我們兩個人一直很好。他說你是他眞正的好朋友，而你爲我做的一切，這世上可能再也沒有別的男人做得到。他說，我們做人必須誠實。他還說了你說他的那些話，說他天性善變，跟你不一樣，我是笨蛋才會爲了他拋棄你。他的愛不長久，而你會，他自己這麼說的。」

「你眞的想跟我一起去嗎？」菲利普問。

「我無所謂。」

他看著她，下垂的嘴角透露出他內心的痛苦。他確實勝利了，他就要隨心所欲了。對他遭受的屈辱，他發出一聲輕輕的嘲笑。她很快地看了他一眼，沒有說話。

「我全心全意期待著跟你一起去巴黎，我以爲，終於，在經過這麼多苦難之後，我終於得到了幸福……」

他話還沒來得及說完，突然，米爾芮德毫無預警地大哭起來。她就坐在當初諾拉坐著掉眼淚那張椅子上，也和諾拉一樣把臉靠在椅背上，椅背的中心是凹陷的，四周因此顯得有些突起，她就把頭放在突起的地方。

「我在女人這方面實在沒什麼好運氣。」菲利普想。

她削瘦的身軀因爲抽泣而顫抖著，菲利普從來沒見過女人哭得這麼放肆。這實在太令人痛苦，他的心都要碎了。他走向她，伸出雙臂把她摟在懷裡，自己也不明白自己在做什麼。她沒有反抗，只是在悲傷中順從地接受他的撫慰。他在她耳邊輕聲地說著安慰她的話，但說了什麼連他自己也不清楚，他彎下腰不斷地親吻她。

「很傷心嗎？」最後他說。

「我死了就好了，」她呻吟著說，「眞希望我生孩子的時候就死掉。」

她的帽子有點礙事，菲利普幫她把帽子拿了下來，把她的頭調整到椅子上舒服點的位置，接著自己到桌邊坐下，看著她。

「愛眞可怕，是不是？」他說，「想想，居然還人人都那麼想戀愛。」

過了一會兒，米爾芮德的抽泣漸漸停了，她精疲力盡地癱在椅子上，頭軟軟地靠著椅背，雙手無力地垂在身側，樣子很古怪，就像一具畫家用來披掛布料畫素描用的假人模型。

「我不知道你愛他愛得這麼深。」菲利普說。

他太清楚格里菲斯的愛是怎麼回事了，因爲他可以把自己代換成他，用他的眼光去看，用他的雙手去感覺，他能在格里菲斯的身體裡思考，當他用他的唇親吻她時，還能用他的藍眼睛對她微笑。令他訝異的反而是她的感情，他從來沒想過她也能迸發出熱烈的愛，而這就是了，確切無疑。他心裡彷彿有什麼東西正在消失，他確實感覺到了，好像有什麼碎成了一片一片，他莫名地覺得虛弱起來。

「我不想讓你難過，如果你不願意，就不需要跟我一起去巴黎。我還是會跟以前一樣給你錢的。」

她搖了搖頭。

「不，我說了會去，我就會去。」

「如果你一顆心都在他身上，這麼做又有什麼好處呢？」

「對，就是這樣，我一顆心都在他身上。我知道不會長久，就跟他一樣清楚，但現在……」

她突然停住，閉上了眼睛，好像快要暈過去似的。菲利普腦子裡突然冒出一個奇怪的念頭，而且想也不想便脫口而出。

「你爲什麼不跟他一起去巴黎呢？」

「我怎麼去？你知道我們一點錢都沒有。」

「錢我給。」

「你？」

她坐直了身子看著他，眼睛開始發亮，雙頰也有了血色。

「也許最好的方式是，先了結這件事，然後你再回到我身邊來。」

提出這樣的建議，他心裡痛苦得不得了，然而這種痛苦卻又給他一種奇特而微妙的感覺。她睜大了眼睛看著他。

「噢，我們怎麼能做這種事？用你的錢？哈利根本連考慮一下都不會。」

「他會答應的，只要你去說服他。」

因爲她反對，他反而更堅持了，但他又衷心渴望她能斷然拒絕。

「我會給你們一張五鎊鈔票，你們可以拿這筆錢出去玩，從週六待到週一，應該很夠用了。星期一他就要回家，會在家裡一直待到去北倫敦的醫院上班爲止。」

「噢，菲利普，你是認眞的嗎？」她大叫，興奮地拍起手來。「如果你可以讓我們兩個去，以後我會愛你愛得不得了，什麼事我都願意爲你做。如果你這麼做了，我確定我會把一切都做個了斷的。你眞的會給我們錢？」

「是的。」他說。

她完全變了一個人，開始哈哈大笑，他看得出來，她高興得快瘋了。她站起來走到菲利普身邊跪下，握起他的手。

「你是個大好人，菲利普，你是我見過最好的人。以後你不會生我的氣吧？」

他搖搖頭，微笑著，但他心裡是多麼痛苦啊！

「我可以現在去告訴哈利嗎？還有，我可以跟他說你一點都不介意嗎？除非你說沒關係，否則他不會答應的。噢，你不知道我有多愛他！以後你喜歡我做什麼我都做，星期一你要我去巴黎，或者去任何地方都沒問題。」

她站起來，戴上了帽子。

「你要去哪裡？」

「我去問他願不願意帶我去。」

「這麼急嗎?」

「你要我留在這裡嗎?你喜歡的話,我會留下來。」

她又坐下了,但他輕輕地笑了笑。

「不,沒關係,你最好現在立刻就去。只有一件事,目前我沒有辦法見格里菲斯,這太傷我了。跟他說,我對他沒有什麼敵意或類似的意思,但請他離我遠一點。」

「沒問題。」她一躍而起,戴上手套。「他要是說了什麼我再跟你說。」

「你今晚還是跟我一起吃飯吧。」

「好的。」

她仰起頭讓他吻她,他嘴唇貼上去的時候,她伸出手臂環住他的脖子。

「你眞可愛,菲利普。」

幾小時後,她託人送了一張便箋來,說她頭痛,不能跟他一起吃飯了。菲利普幾乎早料到會這樣。他知道她一定正和格里菲斯共進晚餐。他妒火中燒,但是那股突然席捲了這兩人的猛烈愛情彷彿某種不可抗拒的外力,像是天神賜予他們的,所以他也無能爲力。他們彼此相愛,似乎是再自然不過的一件事。他看見格里菲斯勝過自己的種種長處,也承認,如果他是米爾芮德,也會做出和她一樣的事來。傷害他最深的還是格里菲斯的背叛,他們曾經是那麼好的朋友,格里菲斯也清楚他愛米爾芮德愛得有多熱烈——格里菲斯實在應該高抬貴手的。

直到星期五他才見到米爾芮德。這段期間,他想見她想得不得了,但是她來了之後,他才意識到她完全沒有想到過他,她整個心思都纏繞在格里菲斯身上,他突然恨起她來。他現在明白爲什麼她和格里菲斯會相愛了,格里菲斯是個愚蠢的傢伙,蠢到極點!他明明很清楚這一點,卻始終蒙著眼睛不肯承認,他不但蠢,頭腦又簡單,他的魅力表象底下是極端的自私,爲了自己的慾望,他可以犧牲任何人。他的生活多麼空虛啊,不是在酒吧裡流連,就是在雜耍劇場喝酒，輕佻的戀情一場接一場！他從不讀書，除了輕浮庸俗的東西，別的他一概不感興趣，腦子裡沒有一絲高尚的念頭。他最常掛在他嘴上的形容詞就是「炫」，這也是他對男人或女人最極致的稱讚了，夠炫！難怪米爾芮德會這麼喜歡他，他們實在太配了。

菲利普故意跟米爾芮德聊些無關緊要的事，他知道她很想談格里菲斯，但是他不給她這個機會。他也沒提兩天前她隨便找了個藉口就把晚餐搪塞掉的事，對她擺出漫不經心的樣子，想讓她覺得他突然變得什麼都不在意了。他用了點特別的技巧，說了些明知會刺傷她的話，但又講得隱諱圓滑，綿裡藏針，讓她想反駁也駁不了。最後她站起身來。

「我想我得走了。」她說。

「我敢說你有好多事情要忙。」他回答。

她伸出手，他和她握手道別，接著替她開了門。他知道她想說什麼，也知道自己這副冰冷嘲諷的態度嚇得她開不了口。他的羞怯常常讓他看起來拒人千里，無意中嚇跑不少人，而他發現這一點之後，碰到需要的場合，就裝出這種樣子來應對。

「你忘了答應過我的事嗎？」他幫她扶著門的時候，她終於說了。

「什麼事？」

「關於錢的事。」

「要多少？」

他口氣冰冷而慎重，聽起來分外有攻擊性。米爾芮德的臉漲紅了，他知道這一刻她恨透了他，他很訝異她居然能克制住自己不對他破口大罵。他想讓她受點罪。

「就是那件衣服和明天要付的房租，就這兩樣。哈利不去巴黎，所以我們不需要這筆錢了。」

菲利普的心臟猛烈地跳了一下，他放開扶著的門，門關上了。

「爲什麼不去？」

「他說我們不能這樣，不能用你的錢。」

一隻惡魔突然冒出來，抓住了菲利普，那是隻始終潛藏在他體內，自我折磨的惡魔，雖然他根本就不希望格里菲斯和米爾芮德一起去玩，卻沒有辦法控制自己，他想透過米爾芮德說服格里菲斯。

「如果我都願意了，我看不出爲什麼不行。」他說。

「我也是這樣跟他說。」

「我在想，說不定他是眞的不想去，如果他眞想，應該完全不會遲疑才是。」

「噢，不是這樣的，他確實想去。如果他有錢，立刻就會動身。」

「如果他對這一點這麼放不開，那我把錢給你好了。」

「我說了，只要他願意，你會借錢給我們的，我們只要盡快把錢還你就好了。」

「跪著求一個男人帶你去度週末，你可眞變了不少啊。」

「變得眞不少，是吧？」她說，還伴隨著幾聲不知羞恥的輕笑。這笑聲讓菲利普打了個寒顫。

「那你接下來打算做什麼？」他問。

「什麼也不做。他明天就要回家了，非回去不可。」

這簡直拯救了菲利普。沒有格里菲斯礙事，他就能夠把米爾芮德搶回來。她在倫敦沒有認識的人，一定會跟他待在一起，要是他們能一直獨處，他很快就能讓她忘記這一段短暫的迷戀。要是他就此不再多說，也許就沒事了。但是他有一股殘忍的慾望，他想徹底摧毀他們的顧忌，想知道他們能對他做出多可惡的事。他只要再稍微引誘一下，他們就會就範了，想到他們即將自取其辱，顏面掃地，他就覺得非常愉快。雖然現在他說出口的每一個字對他都是折磨，他卻在這種折磨中發現了一種恐怖的快感。

「看來機不可失啊。」

「我也是這樣跟他說的。」她說。

她聲音裡熱情的味道擊中了菲利普，他不安地咬著指甲。

「你想去哪兒？」

「噢，去牛津。你知道，他大學在那裡念的。他說過要帶我參觀那些學院。」

菲利普想起他也曾經提議去牛津玩一天，但她堅決地表示，她光想到那裡的風景都覺得無聊透頂。

「看起來你們應該會碰上好天氣，這陣子那裡的景致最宜人了。」

「爲了說服他去，我可是什麼方法都用盡了。」

「你爲什麼不再試一次呢？」

「要不要說是你希望我們去的？」

「我想你不需要說得這麼明白。」菲利普說。

她一兩分鐘沒說話，只是看著他。菲利普努力用友善的眼光注視她。他恨她，鄙視她，但又全心全意地愛著她。

「我跟你說我會怎麼做吧。我會去找他，看看他能不能安排一下。如果接下來他說可以，我明天就來找你拿錢。你什麼時候會在？」

「我午餐之後就會回來這裡等你。」

「那好。」

「我先把你的衣服錢和房租給你吧。」

他走向書桌，拿出他所有的錢。那件衣服是六畿尼，另外還有她的房租和食物費，再加上寶寶一星期的保母費，他給了她八鎊十先令。

「非常謝謝你。」她說。

她離開他走了。

77

在醫學院地下室吃過午餐之後，菲利普回到自己房間。現在是週六下午，房東太太正在掃樓梯。

「格里菲斯先生在嗎？」他問。

「不在，先生。今天早上你出門之後沒多久他就走了。」

「他不回來了嗎？」

「我想是的，先生。他把行李都帶走了。」

菲利普不知道這究竟是什麼意思。他拿下一本書開始讀，是伯頓寫的《麥加之旅》[1]，這本書是他剛從西敏公共圖書館借回來的。他讀了第一頁，但是根本不知道自己讀了什麼，因爲他的心思完全不在書上。他一直在注意門鈴有沒有響。他不敢期待格里菲斯撇下米爾芮德，自己回了坎伯蘭老家。米爾芮德等一下就會來拿錢的。他咬緊牙

1 理察・弗朗西斯・伯頓（Richard Francis Burton, 1821～1890）：英國軍官、探險家，翻譯家。他與約翰・漢寧・斯皮克（John Hanning Speke, 1827～1864）是最早抵達中部非洲坦干依喀湖的歐洲人。據稱，伯頓能說廿九種語言，曾經翻譯《一千零一夜》。

關繼續讀下去，拚命集中注意力，在這種逼迫之下，句子是灌進腦子裡去了，意義卻都因爲他同時承受著心理折磨而失了眞。他眞希望當初自己沒有做出給他們錢的可怕建議，但話說出了口，他又沒有勇氣收回，並不是爲了米爾芮德，而是爲了他自己。他有種病態的頑固，迫使他完成每一件決定過的事。他已經讀了三頁，但腦子裡一點印象都沒有，於是他又翻回去從頭讀起。他發現自己一直在反覆讀著同一個句子，而這個句子已經可怕地跟他的思緒糾纏在一起，像某個在惡夢中不斷出現的公式。他唯一能做的就是出門，在外頭待到半夜再回來，這樣一來，他們就走不了了。他會看見他們每小時來探問一次他在不在家的樣子，想到他們失望的表情讓他覺得很痛快。他嘴裡機械式地重複著書上那個句子。但是，他不能這樣做，還是讓他們來拿錢吧，那樣他就能看見人究竟能墮落到什麼地步。現在他再也讀不下去了，連字都幾乎看不見。他往椅子上一靠，閉上眼睛，痛苦得要麻痺了，就這樣等著米爾芮德。

房東太太進來了。

「先生，你願意見米勒太太嗎？」

「請她進來。」

菲利普打起精神接待她，臉上不露聲色。他簡直想衝動地跪倒在地，抓住她的手求她不要走，但他很清楚現在無論做什麼都打動不了她，而且她還會把他說過做過的每件事都一五一十地告訴格里菲斯。這太丟人了。

「嗨，你們的小旅行怎麼樣了？」他故做快活地說。

「我們決定要去了。哈利在外面，我跟他說了你不想見他，所以他避開了。但他還是想知道，能不能讓他進來一下，跟你說聲再見。」

「不，我不想見他。」菲利普說。

他看得出她根本不在乎他見不見格里菲斯。現在她既然來了，他只希望她快點離開。

「喏，這是五鎊鈔票，我希望你現在就走。」

她收下錢，對他說了謝謝，就轉身準備離開房間。

「你什麼時候回來？」他問。

「噢，星期一回來。那時候哈利得回家。」

他知道自己接下來的話一旦出口就是自取其辱，但他被猛烈的嫉妒和渴望擊垮了，已經顧不得這麼多。

「到時候我去見你，可以嗎？」

他實在忍不住，聲音裡還是流露出了懇求。

「當然可以啊，我回來的時候會跟你說的。」

他跟她握手道別。從窗簾縫隙，他看見她跳上了一部等在門外的四輪馬車。車走了。他撲到床上去，雙手蒙住臉，感覺淚水就要奔流而出。他好氣自己，他握緊了拳頭，蜷縮起身體想忍住眼淚，但他做不到，終於忍不住發出痛徹心肺的嗚咽。

最後他爬起來，整個人筋疲力盡，也覺得很丟臉。他去洗了臉，給自己調了杯濃一點的威士忌蘇打，喝下之後總算覺得好了點。接著他看見壁爐臺上那兩張去巴黎的票，一時怒氣難遏，抓起票就衝動地往火爐裡扔。他知道票是可以退的，但是把票燒了反倒能解他心頭之恨。然後他出了門，想找個人一起消磨時間。學校俱樂部裡空蕩蕩的。他覺得他不找個人聊聊一定會瘋掉，但是勞森出國了；他去了海沃德住處，幫他開門的女僕說海沃德去布萊頓度週末了。於是他去了畫廊，結果到的時候人家正好關門。他不知道還能做什麼，整個人心煩意亂。他想到格里菲斯和米爾芮德這時候應該正在往牛津的路上，在火車上開心地面對面地坐著。他回到住處，但這個房間現在讓他充滿了恐懼，因爲他在這裡發生過那麼悲慘的事。他試著再次讀伯頓那本書，但他一讀，心裡就忍不住反覆念叨自己是個大傻瓜，是他提議說他們應該出去玩的，是他給的錢，而且還是他硬塞給他們的。當他把格里菲斯介紹給米爾芮德認識的時候，早該知道會發生什麼事，光是他熾烈的愛情就足以引起別人的慾望。這時候他們應該已經抵達牛津了，應該會住在約翰街的一間寄宿公寓裡。菲利普從來沒去過牛津，但是格里菲斯跟他說過太多那裡的事了，他對他們會去哪裡一清二楚。他們會去克拉倫登吃晚飯，格里菲斯以前狂歡作樂的時候總是習慣去那裡用餐。菲利普在查令十字路的一家餐廳裡給自己找了點東西吃，接著他決定去看戲，他擠進一家劇院的正廳後座，那裡正在演出奧斯卡・王爾德的一齣戲。他想，不知道米爾芮德和格里菲斯晚上會不會去看戲，不管怎麼樣，他們總得想辦法消磨時間。他們都太蠢了，光聊天是滿足不了這兩個人的。他想起他們庸俗的腦子，也就是這個共通點，才讓他們這麼臭味相投，這個想法讓他非常愉快。他心不在焉地看著戲，每次換幕休息他都跑去喝威士忌輕鬆一下；他不習慣喝酒，酒力很快就發作了，但他雖然醉得厲害，心裡還是鬱悶難解。散戲的時候他又去喝了一次。他不能去睡，他知道自己睡不著，而且也害怕自己生動的想像力在夢裡呈現出來的種種畫面。他努力不去想，他知道自己喝得太多了。他突然被一種慾望抓住了，他好想幹一些可怕的、骯髒齷齪的事，好想在臭水溝裡打滾，他整個人、整個靈魂都渴望化為一頭獸，他好想在地上爬。

他拖著那條跛腳，醉醺醺地走到皮卡迪利圓環[2]，憤怒和痛苦侵蝕著他的心。他在一個濃妝豔抹的妓女旁邊停了下來，那女人伸出手搭在他的手臂上，他一邊罵粗話一邊猛地把她推開。往前走了幾步之後，他又停住了。她跟別的女人做的事有什麼不一樣呢？剛才那樣對她口出惡言，他覺得很抱歉。他走向她。

「嗨。」他先開了口。

「你去死吧。」她說。

菲利普笑了起來。

「我只是想問一下，不知道今晚我有沒有這個榮幸請你一起吃個飯。」

她驚奇地看著他，遲疑了一會兒。她看得出來，他醉了。

「我無所謂。」

她居然說了一句他常常在米爾芮德嘴裡聽到的話，讓他覺得很有意思。他帶她去了一家常和米爾芮德一起去的餐廳。他們走路的時候，他注意到她在看他的跛腳。

「我有一隻腳是跛的，」他說，「你有什麼意見嗎？」

「你是個怪人。」她笑了。

他回到家的時候，四肢百骸都痛得不得了，頭也像打鼓似的疼得他幾乎要尖叫。他又喝了一杯威士忌蘇打讓自己鎮定下來，然後爬上床，就這樣沉沉睡去，直睡到隔天中午，一夜無夢。

78

星期一終於來臨，菲利普以爲漫長的折磨總算結束了。他看了火車時刻表，發現當天格里菲斯能趕回家的最後一班車，是一點多鐘從牛津出發，他想米爾芮德應該會搭幾分鐘後的另一班車回倫敦。他非常想去見她，但是他覺得米爾芮德應該比較想自己清靜過一天；說不定傍晚她就會給他來信，說她回來了，要是沒有，他明天早上就去她住處找她。他不敢貿然行事。他恨透了格里菲斯，但是對米爾芮德依然只有心碎的渴望，儘管一切都已經過去了。

---

2 皮卡迪利圓環（Piccadilly Circus）：倫敦最有名的圓形廣場，興建於一八一九年，早期是英國零售商店所在地，今日為英國倫敦市中心購物街道的圓心點，有五條主要道路交錯於此。

他很高興海沃德週末下午不在倫敦，那時他整個人幾乎要發狂，急著想找人安慰，要是那時他在，他可能會忍不住把所有事情全都告訴他，海沃德一定會很驚訝他居然這麼脆弱。他會看不起他，或許還會因爲米爾芮德委身別的男人之後，菲利普竟還期待她當自己的情婦而感到震驚噁心。他何必在乎別人震不震驚噁不噁心？只要能夠滿足他的渴望，所有的妥協條件他都準備接受，也準備好承受更殘酷的侮辱。

但到了傍晚，他的腳步卻違背了他的意願，帶著他走到米爾芮德住的那棟房子，他抬頭看她的窗戶，窗戶是暗的。他不敢冒險去問她回來了沒有，他相信她的承諾。但是到了早上，她還是沒寫信來，而且，中午左右他去找她，女僕告訴他她還沒有回來。他搞不清楚這究竟是怎麼回事。他知道格里菲斯昨天一定得回家，因爲他要在一場婚禮上擔任伴郎，而米爾芮德身上又沒有錢。他腦子裡轉著千百種可能發生的情況。下午他又去了一次，還留了字條，問她晚上願不願意和他共進晚餐，口氣平靜得彷彿這兩星期來的事都沒有發生過。他留了見面的地點和時間，儘管心裡知道可能性不大，但還是殷殷期待她會赴約，等了一個小時，她還是沒來。星期三早上，他不好意思再到她住處去了，於是他派了個帶信小童拿著信過去，還交代他要帶回信；但一小時後他原封不動地帶回菲利普的信，說那位女士還沒從鄉間回來。菲利普簡直要氣瘋了，這最後一次欺騙他實在受不了。他反覆跟自己說他厭惡米爾芮德，接著就把這剛發生的失望歸咎到格里菲斯頭上，他對他恨之入骨，連謀殺的快感他都體會到了——他一邊踱步一邊想，要是他能在漆黑的夜裡撲向他，用一把尖刀戳進他的喉嚨，恰恰好戳在頸動脈上，然後就把他扔著不管，讓他像條狗一樣死在街頭，這該有多痛快啊！菲利普悲憤得失去了理智。他並不喜歡威士忌，但他卻拚命喝酒麻醉自己。星期二和星期三，他都是醉醺醺地上床的。

星期四早上他很晚才起身，他雙眼困倦，臉色灰敗地拖著腳步走到客廳想看看有沒有信，當他認出格里菲斯的筆跡時，心上突然湧起一股難以形容的奇特感受。

親愛的老兄：

我眞不知道該怎麼下筆寫這封信，但是我知道我非寫不可。我希望你不要太生我的氣。我知道我不應該跟米麗出去，但是我實在不能控制，我完全被她迷住了，爲了得到她，我什麼事都願意做。當她告訴我你願意給我們錢的時候，我眞的拒絕不了。但現在一切都結束了，我覺得自己很丟臉，眞希望當初沒那麼蠢。我希望你能寫信給我，說你不氣我了，願意讓我去看看你。你告訴米麗說你不想見我，我眞的很難過。請務必給我寫信，好朋友，告訴我你原諒我，這會讓我稍微不那麼愧疚。我想你不會介意的，不然你就不會給我們錢了，但我知道我是不該收下的。我星期一回家，米麗還想在牛津自己多待幾天。她星期三會回倫敦，所以當你收到這封信的時候應該已經見到她了，我希望一切都無事地過去了。務必來信，說你寬恕我了，請立刻回信。

你永遠的好朋友　哈利

菲利普憤怒地把信撕了，他根本不打算回信。格里菲斯的道歉讓他對這個人更加鄙視，對他的良心發現也感到不耐——一個人大可做出卑劣的事來，但做了之後又後悔，那就是卑劣中的卑劣。他覺得那封信既懦弱又僞善，信裡的傷感口吻讓他覺得噁心至極。

「你幹下這種豬狗不如的事，」他喃喃自語，「然後說聲對不起，就一切雲淡風輕，這也太便宜你了。」

他打心裡希望，哪天有了機會，一定要狠狠地報復格里菲斯。

但無論如何，他算是知道米爾芮德回來了。他急急換好衣服，連鬍子都顧不得刮，喝了杯茶，就搭了出租馬車往她住處去。馬車慢騰騰地跑著，他心急火燎地想見她，竟無意識地求起他早已不信的上帝，希望祂能讓她溫和地接待他。他只希望把過往的一切都忘記。他拉了門鈴，心臟狂跳，所有的痛苦他都忘了，只熱切地渴望能再次把她緊緊地擁進懷裡。

「米勒太太在嗎？」他口氣快活地問。

「她走了。」女僕回答。

他茫然地看著她。

「她大約一小時前回來的，把她的東西都帶走了。」

他好一陣子說不出話來。

「你把我的信交給她了嗎？她有沒有說要去哪兒？」

他這下懂了，米爾芮德再一次欺騙了他，她根本沒打算回到他身邊。他努力想挽回自己的顏面。

「噢，這樣啊，我應該收得到她的信，她說不定是寄到另一個地址去了。」

他轉過身，絕望地回到自己住處。他早該知道她會這麼做的。她從來沒有愛過他，從一開始就把他當笨蛋耍。她沒有憐憫，沒有仁慈，也沒有良心。如今他唯一能做的，就是接受這場命定的苦難，但這痛苦實在太可怕，要忍受它，還不如死了算了。他腦子裡閃過了結一切的念頭——他可以投河，也可以臥軌，但這想法還沒完全成形就被他駁回了。理智告訴他，時間會淡化他的不幸，只要他拚命努力，他是可以忘記她的，為了一個俗氣的蕩婦自殺實在是太荒唐了。他只有一條命，這麼輕易就拋棄根本就是瘋狂。他覺得他永遠跨不過感情這一關了，但他也明白，說到底，這也只是時間問題。

他不想繼續待在倫敦了，這裡的一切都勾起他悲慘的記憶。他發了電報給他伯父，說要回布萊克斯泰伯，接著迅速打包行李，搭上他能坐的第一班車。他想離開這個骯髒的房間，這個他忍受了這麼多痛苦的地方。他想呼吸新鮮空氣，他厭惡自己。他覺得自己有點瘋了。

從菲利普長大之後，牧師宅邸裡最好的空房就一直是他的。那是個在角落的房間，一扇窗戶的正前方有棵擋住視線的老樹，但從另一扇窗戶看出去，就可以眺望花園和宅邸草地外的那片廣闊原野。菲利普還記得他小時候就有的那面壁紙，上頭是古雅的維多利亞早期風格水彩畫，是伯父年輕時的一個朋友畫的，雖然褪了色，卻仍然很有韻味。梳妝臺上鋪著硬挺的平紋細布，還有個可以放衣服的老高腳櫃。菲利普愉快地嘆了口氣，過去他從來沒有意識到這一切對他有什麼意義。在牧師宅邸裡，生活一如往常，沒有哪件家具移動過位置，伯父也吃著同樣的東西，說著同樣的話，每天散同樣的步。他稍微胖了點，靜了點，生活也更狹隘了點。他已經習慣了沒有妻子的日子，也不太想念她。他還是一直跟喬西亞・葛拉夫斯吵架，菲利普去看這位教區委員，他更瘦了，頭髮更白了，人也更嚴肅了；他還是那麼霸道，也還是不贊成在祭壇上放蠟燭。店鋪依舊跟過去一樣親切古樸，菲利普站在專賣航海用具的店前面，那兒擺著航海靴、防水帆布和船帆繩索，讓他想起童年時，他就是在那兒感受到海洋的震撼，以及探索未知世界的魔力。

聽見郵差敲兩次門的聲音總會讓他忍不住心臟狂跳，覺得說不定是房東太太把米爾芮德的信轉寄過來了，但他也知道不會有信。現在他總算能稍微冷靜地去想這件事，也明白他企圖逼米爾芮德愛他，這種目標其實是完全不可能達到的。他不知道在男女之間互相傳遞，並且使其中一個人成為奴隸的那個東西是什麼，不妨稱它為性本能吧；但如果只是性本能，他就不懂為什麼它會在某個人身上造成比別人更猛烈的吸引力。性本能是不可抗拒的，理智難以抵擋，友誼、恩情和利益和它一比都顯得軟弱無力。因為他引不起米爾芮德的性趣，所以不管他做什麼，對她都產生不了作用。這個想法讓他反感，因為這把人類天性變成了獸性，他突然覺得人類的心靈中充滿了黑暗。因為米爾芮德對他冷淡，他就以為她是性冷感；她貧血的外表，她的薄唇，她窄臀平胸的身材，還有她有氣無力的動作，樣樣都支持他的假設；然而她卻能突然情慾爆發，讓她甘冒一切風險只為求得滿足。他一直不能理解她和埃米爾・米勒之間的風流韻事是怎麼回事，那看起來完全不像她，她自己也無法解釋；但如今他看見她和格里菲斯的情況在他眼前上演，他明白，當時發生的就是一樣的事——她被一種無法控制的慾望迷住了。他很想弄清楚這兩個男人究竟對她有什麼奇特的吸引力。他們都很會開俗氣輕浮的玩笑，能挑動她簡單的幽默感，也都有一種粗野的天性，但也許正是這種露骨的性感抓住了她，這是他們最明顯的特徵。她面對生活裡的事情總是要故做高雅地擺出一付害怕模樣，碰到跟身體功能有關的事都覺得下流，再平常不過的東西她都有各種委婉的說法，總要挑選精雕細琢的字眼，覺得會比簡單的用詞更適當。這些男人的粗魯蠻橫就像根鞭子，一下一下抽在她瘦削蒼白的肩膀上，她不禁因爲這疼痛的快感而顫抖起來。

菲利普決定不再回那間承受了太多痛苦回憶的房子了。他寫了封信給房東太太，說他要把東西都帶走。他決定要找一間不附家具的房子，住起來舒服，房租也會便宜一點。現在這是個迫切需要考慮的問題，因爲過去這一年半，他花掉了將近七百鎊，現在他必須厲行節約，把這筆虧空彌補過來。偶爾他想到未來，也感到恐慌，他像個傻子一樣在米爾芮德身上砸了那麼多錢，但他知道，要是再重來一次，他也還是會這麼做的。有時候他想起自己的朋友，會覺得好笑，他們認爲他很有主見，做事深思熟慮又冷靜，只因爲他有一張不太表露感情的臉和遲緩的行動方式。他們認爲他很理智，稱讚他常識豐富，但他知道，他平靜的表情只是自己不自覺戴上的一張假面具，作用和蝴蝶的保護色一樣。他很訝異自己的意志力竟然如此脆弱，好像再小的感情衝擊都能讓他搖擺不定，就像風裡的一片葉子，感情風暴來襲時他根本無力抵抗。他一點自我控制的能力都沒有，之所以看起來有，只不過是因爲他對其他人動心的事物無動於衷而已。

他思索著他爲自己建立的那套哲學，覺得有點諷刺，因爲在他經歷緊要關頭時，這套哲學並沒有發揮什麼作用；他不知道在人生的危難時刻，思想是不是眞能幫人的忙。在他看來，他反而是被某種外來的力量擺布著，然而這股力量同時也存在他的體內，驅使他堅持下去，就像地獄的狂風讓保羅和法蘭西斯卡更爲堅決一樣[1]。他想到了自己要做的事，然而當行動的時候到來，他卻在莫名的本能和情感的掌握之下毫無行爲能力。他覺得自己就像一部機器，兩股力量操縱著他的行動，一是他所在的環境，另一個是他的個性；他的理智是個旁觀者，觀察著一切，卻無力干預，就像伊比鳩魯學派中的眾神[2]，他們在九天之上看著人們的所作所爲，對於發生的事情卻無力改變一絲一毫。

1保羅與法蘭西斯卡（Paolo and Francesca）：但丁《神曲》中的人物。他們原為叔嫂，但因相愛而通姦，落入地獄第二層，永遠受狂風之苦。但無論狂風再強，也吹不散他們的擁抱。

2伊比鳩魯學派不否認眾神的存在，但認為眾神不理凡間俗務，與人毫不相干。

79

菲利普爲了找房子，在學期開始前幾天就先回到倫敦。他找遍了西敏橋路附近的大街小巷，但那些房子都髒得讓他卻步；最後他在肯寧頓找到一棟安靜又古樸的房子，有點讓人想起薩克萊所熟悉的、泰晤士河另一側的倫敦；至於肯寧頓路，當初紐卡姆一家[1]乘著豪華四輪大馬車往倫敦西區去的時候肯定經過這裡，那時路邊的法國梧桐剛冒出嫩葉。菲利普看見這條街上都是兩層樓的房子，大部分窗戶上都貼著招租告示。有一家的告示上寫著不附家具，他去

1薩克萊（William Makepeace Thackeray, 1811~1863）：一位與狄更斯齊名的維多利亞時代英國小說家，最著名的作品是《浮華世界》。

《紐卡姆一家》（The Newcomes）：此書出版於一八五五年，是薩克萊自己年輕時的生活寫照。男主角克里夫是個天資聰穎的年輕人，一直夢想成為一名藝術家，但由於自身的侷限而在生活中遭受挫折。男主角的第一次婚姻，也是薩克萊對早期不幸婚姻的追憶。

敲了門，一個樸素安靜的女人帶他看了一套公寓，是四個很小的房間，其中一間還有廚房和水槽，房租是一星期九先令。菲利普並不需要這麼多房間，但房租實在便宜，他又希望能立刻安頓下來。他問房東太太能不能替他打掃房間兼做早飯，但她回答她不做這些都已經夠忙的了。這答案比什麼都讓他高興，因爲這暗示她除了收房租之外完全不想跟他有什麼往來。她告訴他，如果他去街角那家雜貨店兼郵局打聽一下，說不定可以問到願意受雇做這些事的女人。

菲利普的家具不多，都是以前幾次搬家累積下來的，有一張在巴黎買的扶手椅、一張桌子、幾幅畫，還有克朗蕭送他的那張小小波斯地毯。他伯父現在已經不在八月出租房間，折疊床用不著了，就給了他。菲利普又買了些其他必需品，總共花了十鎊。他花了十先令買了捲玉米黃色的牆紙，把其中一個房間布置成客廳；他把勞森送他的一幅叫〈奧古斯丁碼頭〉的素描掛在牆上，另外還掛了安格斯的〈大宮女〉和馬奈的〈奧林匹亞〉照片，這是他在巴黎期間，每天刮鬍子的時候都要盯著沉思的作品。另外，爲了提醒自己曾經從事過的藝術修習，他把那幅西班牙青年米格爾．阿胡里亞的炭筆肖像畫也掛了起來，那是他畫得最好的一幅畫，畫中人裸體握拳，雙腳異常有力地踩在地板上，臉上堅決的神情令人印象深刻。雖然在這麼久之後，菲利普已經可以清楚看出這幅畫的缺點，但是和這幅畫相關的各種聯想，卻讓他能以寬容的眼光看待它。他很想知道米格爾後來發生了什麼事。再沒有比缺乏才華的人去追求藝術更可怕的了。他也許挨餓受凍，疾病纏身，最後在醫院裡結束一生；也許因爲太過絕望，跳進了渾濁的塞納河尋死；但也說不定他那南方人的善變個性早就讓他放棄了努力，現在已經安分地在馬德里當了小職員，把他對辭藻的熱情轉移到政治和鬥牛上去了。

菲利普請勞森和海沃德來參觀他的新居，他們依約來了，一個帶了瓶威士忌，另一個帶了罐鵝肝醬；他們稱讚他的布置品味，讓他很高興。他本來也想邀那位蘇格蘭證券經紀人，但是他這裡只有三張椅子，能招待的客人有限。勞森知道菲利普因爲他的緣故，和諾拉．內斯比特成了非常好的朋友，便提起前幾天碰巧遇見她的事。

「她還問起你呢。」

一說到她的名字，菲利普的臉立刻就紅了（他還是沒有辦法擺脫這個令人尷尬的習慣，一不好意思就臉紅），勞森不解地看著他。現在勞森一年中大部分時間都待在倫敦，也屈服於社會環境剪短了頭髮，穿上整齊的斜紋西裝，也戴起了硬禮帽。

「我想你們之間的事應該已經結束了吧。」他說。

「我好幾個月沒見到她了。」

「她看起來很好。我見到她的時候，她戴著一頂很時髦的帽子，上頭有好多白色鴕鳥羽毛。她最近肯定事事順利。」

菲利普岔開了話題，但心裡還是一直想著她的事，過了一會兒，三個人正聊著別的事，他卻突然開口問：

「你覺得諾拉生我的氣嗎？」

「完全沒有。她說了你不少好話呢。」

「我有點想去找她。」

「她不會吃了你的。」

菲利普常常想起諾拉。米爾芮德離開的時候，他第一個想到的人就是她，他苦澀地對自己說，如果是諾拉，是絕不會對他做出這種事的。他衝動地想去找她，也相信她一定會同情他的遭遇，但是他覺得很羞恥——她一直對他那麼好，而他待她卻是那樣可惡透頂。

勞森和海沃德告辭之後，他抽著睡前最後一斗菸，自言自語地說：「要是我當初有點理智，不離開她就好了！」

他想起他們在文森廣場那間舒適的客廳裡度過的歡樂時光，他們去逛畫廊，去看戲，以及充滿了親密對話的那些迷人夜晚。他想起她對他健康幸福方面的擔憂，只要和他相關的事，她樣樣都感興趣。她以一種仁慈而永恆的愛情愛著他，那種愛已經不只是情慾，而幾乎是母愛了；他一直都明白，這種愛有多珍貴，為了這份愛，他應該要衷心感謝天上的諸神才是。他決定去求諾拉寬恕他，當時她一定傷得很深，但他覺得她心胸寬大，一定會原諒他的，她向來是個不記仇的人。他應該寫信給她嗎？不，他要突然出現，然後直接跪倒在她面前（他知道自己到時候一定會因爲太害羞，演不出這個戲劇性的動作，不過他就是喜歡這樣想像），跟她說，如果她願意再次接納他，她可以依靠他一輩子。過去他那些惹人厭的毛病已經全都治好了，他明白了她有多重要，現在她可以信任他了。他浮想聯翩，想像力飛到了未來，腦子裡描繪著自己和她星期天在河上乘船的場景；他會帶她去格林威治，自從跟海沃德快樂地旅行過之後，他對那裡一直念念不忘，倫敦港的美景始終留在他的記憶裡。溫暖的夏日午後，他們會一起坐在公園裡聊天，他想起諾拉快活的絮絮叨叨，就像一灣溪水咕嚕咕嚕流過小石頭的聲音，是那麼有趣輕鬆，又充滿了個性。到了那個時候，他受過的所有折磨都會從他心裡完全抹去，恍如一場惡夢。

到了隔天下午茶時間，他有把握這個時候諾拉一定在家，但準備敲門時卻突然失去了勇氣。她會原諒他嗎？這樣不管她願不願意硬要見她，也太可惡了。一個女僕開了門，是新來的，之前他天天來這兒的時候沒見過她。他問她內斯比特太太在不在。

「你可以問一下她，願不願意見凱利先生嗎？」他說，「我會在這裡等。」

女僕跑上樓，不一會兒又咚咚咚地跑下樓來。

「請您上去，先生。在二樓正面那間。」

「我知道。」菲利普說，臉上帶著淺淺的微笑。

他心緒不寧地上了樓，敲了敲門。

「請進。」裡頭那熟悉的快活聲音說。

這聲音彷彿召喚他走進了寧靜幸福的新生活。他進門的時候，諾拉上前來迎接，跟他握手，好像他們才分別沒幾天。一位男士站了起來。

「這位是凱利先生，這位是金斯福德先生。」

菲利普發現屋裡不只她一個人，覺得相當失望，他坐了下來，開始打量那個陌生人。他從來沒聽她提過這個名字，但菲利普看他坐在椅子上的樣子一派自在。這人四十歲上下，鬍子刮得很乾淨，金色長髮梳得整整齊齊，皮膚蒼白裡帶著微紅，有一對青春不再的美男子特有的、帶著倦意的眼睛。大鼻子大嘴，臉部骨架突出，身形厚實，身高比一般人高些，還有副寬寬的肩膀。

「我還在想你怎麼了呢，」諾拉還是那麼活潑地說，「我前幾天碰到勞森先生了，他跟你說了嗎？我還跟他說，也該是你再來找我的時候了。」

菲利普從她臉上看不出一絲尷尬，對他來說極度棘手的場面，她卻能應付得這麼好，讓他覺得很佩服。她幫他倒茶，就在她準備放糖的時候，他制止了她。

「我眞笨啊！」她叫出來，「我完全忘了你不放糖的。」

他不相信她的話，他喝茶不放糖這件事她一定記得一清二楚。他把這當成她若無其事的表象底下情緒開始動搖的徵兆。

被菲利普打斷的對話又繼續下去，不一會兒，菲利普就感覺到自己有點礙事。金斯福德並不特別注意他，他說話流暢而優雅，不時穿插著小幽默，但稍微有點武斷。他顯然是個記者，每個他接觸過的話題都能說得非常有趣，但菲利普發現自己被排除在談話之外，覺得很生氣。他決定了，這個訪客不走，他也不走。他在想這個人是不是愛慕諾拉。以前他們常常聊到那些想跟她調情的男人，還一起嘲笑他們。菲利普努力把話題引到只有他和諾拉知道的事情上頭去，但每次都被那個記者插話，成功地轉向菲利普不得不閉嘴的主題。他隱隱地對諾拉生起氣來，因爲諾拉一定看得出來他被整了，但也許她是故意以此來懲罰他的，想到這裡，他的心情又好了起來。最後，終於鐘敲了六點，金斯福德站起來。

「我得走了。」他說。

諾拉和他握手道別，送他到樓梯間。她出去之後就帶上了門，在外面站了幾分鐘，菲利普很想知道他們究竟說了什麼。

「金斯福德先生是做什麼的啊？」她回來的時候，菲利普口氣愉快地問。

「噢，他是哈姆斯沃思[2]旗下一份雜誌的編輯，最近刊了我不少作品。」

「我還以爲他不走了呢。」

「我很高興你留下來了，我很想跟你聊聊。」她整個人蜷在一張扶手椅裡，連腳也縮在裡頭，也只有她那麼小的身材才能這樣做，接著點了支菸。看見她做出以前總是讓菲利普笑出來的動作，他不覺莞爾。

「你看起來跟隻貓一樣。」

她用那雙漆黑美麗的眼睛看了他一眼。

「我眞該改掉這個習慣。都這個年紀了動作還跟小孩子一樣實在有點好笑，不過把腿藏在身體底下眞的很舒服啊。」

「能夠再一次坐在這個房間裡眞是太愉快了，」菲利普高興地說，「你不知道我有多想念這裡。」

「那你之前到底爲什麼不來？」她快活地問。

「我害怕。」他一邊說，一邊紅了臉。

她眼神慈愛地看著她，唇邊泛著迷人的微笑。

「你不需要這樣。」

他遲疑了一下，心跳不自覺地加速了。

「你還記得我們最後一次見面的情況嗎？我那樣對你，簡直可惡透頂，我眞是太羞愧了。」

她直直地看著他，什麼也沒有說。他慌了起來，覺得自己像是來辦一件差事，而現在才意識到這件事有多荒謬。諾拉沒有替他解圍的意思，他只能笨拙地脫口而出：

「你可以原諒我嗎？」

接著他衝動地告訴她，米爾芮德離開他了，他悲傷得幾乎要自殺。他還把他們之間發生的事一古腦兒全都說了，包括孩子出生，米爾芮德結識格里菲斯，以及自己的愚蠢、盲目信任，和後來的嚴重欺騙。他告訴她，他有多麼常想起她的溫柔和她的愛，又有多麼後悔自己拋棄了這一切。他只有跟她在一起的時候才幸福，現在他完全明白她的價值了。他的聲音激動得嘶啞，有時還因爲太羞慚，說話時只能盯著地上。他的臉因爲痛苦而扭曲，但是能把這些話說出來，卻讓他感到異常放鬆。最後他終於說完了，精疲力盡地靠在椅子上，等待著她的回應。他什麼也沒有隱瞞，甚至還自我作賤，把自己描述得比實際上更可鄙。她一句話也沒說，他很訝異，終於抬起眼睛。她並沒有看他，只是臉色蒼白，彷彿若有所思。

「你沒有什麼話想對我說嗎？」

她嚇了一跳，臉突然紅了。

「看來你這段日子過得很不好，」她說，「我非常遺憾。」

她像是要往下說，卻欲言又止，他又等了一會兒。最後她像是逼自己開了口。

「我已經和金斯福德先生訂婚了。」

2 哈姆斯沃思（Alfred Harmsworth, 1st Viscount Northcliffe, 1865~1922）：英國現代新聞事業奠基人，因性格與巨大的影響力，被稱作「艦隊街的拿破崙」。主要貢獻有：創辦《回答》週刊、《每日郵報》，改組《新聞晚報》、《泰晤士報》等。

「你爲什麼不馬上告訴我？」他叫出來，「你不需要讓我在你面前這樣羞辱自己啊。」

「我很抱歉，我沒辦法打斷你……我遇到他，是在你……」她像是在找一個不傷害他的字眼，「告訴我你朋友回來之後。我難過了好一陣子，他對我非常溫柔。他知道有人讓我痛苦，當然他並不知道是你，我不知道那段時間要是沒有他我該怎麼辦。然後，我突然覺得自己不能這樣繼續工作、工作、工作，我好累，身體也弄壞了。我把我丈夫的事告訴他，他說，只要我願意盡快跟他結婚，他願意出錢讓我處理離婚的事。他有一份相當不錯的工作，除非我想，否則我是不需要工作的。他很喜歡我，急著想照顧我，我深受感動，現在我也非常、非常喜歡他。」

「那你離婚了嗎？」菲利普問。

「我已經拿到了暫時判決，要到七月才正式生效，一生效我們就立刻結婚。」

菲利普好一陣子沒有說話。

「要是我沒把自己弄得那麼蠢就好了。」他終於低聲說。

他想著剛才那段又長又羞辱的自白。她眼神古怪地看著他。

「你從來沒眞的愛過我。」她說。

「戀愛並不是那麼愉快的事啊。」

但是他總能很快地讓自己鎭定下來，他站起身，伸出了手，說：

「我希望你能非常幸福，畢竟，能有這樣的事，對你再好不過了。」

她有些依依不捨地看著他，道別的時候，她握住了他的手。

「你還會來看我的，對吧？」她問。

「不會了，」他搖搖頭說，「看到你幸福的樣子，我會嫉妒。」

他慢慢踱步離開她家。畢竟，她說他從來沒有愛過她，這話確實是對的。他很失望，甚至有點惱怒，但比起傷心，這件事傷害他虛榮的成分要大得多，這點他自己很明白。不一會兒，他開始意識到眾神對他來了個精彩的惡作劇，他陰鬱地嘲笑自己。能夠把自己的荒唐行爲當成笑話來看，這樣的本事實在讓人不太舒服啊。

80

接下來的三個月，菲利普學的科目都是從前沒有學過的。兩年前湧進醫學院那一大群人如今已經消失了不少——有人發現考試及格這件事比想像要困難得多，於是離開了醫學院；有人的父母沒料到倫敦生活費那麼貴，把孩子帶回去了；也有人轉換了跑道。有個菲利普認識的年輕人想了個點子賺錢，他趁拍賣時買便宜的東西拿去當，但沒多久之後又發現，倘若賒帳買東西去典當獲利會更豐厚。當他的名字在違警法庭上被人供出來時，還在醫學院裡引起了一場小小的騷動。他被還押之後，他那憂心忡忡的父親提出擔保，接著這位年輕人就被送到海外承擔「白人的使命」[1]去了。

1〈白人的使命〉（The White Man's Burden）：或譯〈白人的負擔〉，是英國詩人魯德亞德・吉卜林（Joseph Rudyard Kipling, 1865～1936）的作品。這首詩最初於一八九九年刊登在流行雜誌《麥克盧爾》（McClure's）上，標題為〈美國與菲律賓群島〉（The United States and the Philippine Islands）。吉卜林藉著作品含蓄地警告英國人，進行擴張將帶來代價。但是，左派以及後起的第三世界反殖民理論家，卻認為吉卜林描述的是帝國主義的特徵，將向外擴張稱為高貴舉措。

另一個引人注意的是個從來沒進過城的小伙子，一來就被雜耍劇場和酒吧給迷住。他整天在馬術師、賽馬情報提供者和馴馬師之間團團轉，現在已經是個賭馬經紀人的助手了。菲利普在皮卡迪利圓環附近的酒吧裡見過他一次，他穿著緊身外套，頭上戴著一頂棕色帽子，帽沿又大又寬。第三個，是個非常有歌唱和模仿天賦的人，他模仿當時出名的喜劇演員，在醫學院的不禁菸音樂會上大獲成功，現在已經放棄醫學，加入了一個音樂喜劇合唱團。另外還有一個人，菲利普對他很感興趣，因為他舉止粗魯，說話吵吵嚷嚷，看起來就不是個有情感深度的人，他覺得倫敦密密層層的房子快把他憋死了。他在逼仄的空間裡變得越來越憔悴，那連他自己也不知道是否存在的靈魂就像一隻被抓在手裡的麻雀，不斷細細地喘著氣，心臟撲撲狂跳——他萬分思念童年時那片廣袤的天空，和荒涼無盡的原野。有一天，他沒有通知任何人，就趁著兩堂課中間的空檔走了，等到他的朋友知道消息時，他已經放棄習醫，在一家農場裡工作了。

菲利普現在在上藥學和外科的課，一週會有幾天去幫門診病人包紮，一方面練習，一方面也樂於賺幾個小錢。他學聽診和怎麼用聽診器，另外還學配藥，七月會有一場藥物學考試。玩藥、調藥、混藥、壓製藥片、製作軟膏對他來說都很有意思。只要能從當中汲取出一絲與人相關的樂趣，不管是什麼，他都熱切地抓住不放。

有一次他曾經遠遠地看見了格里菲斯，但是他躲開了，因為不想讓自己承受那種椎心的痛苦。格里菲斯的朋友中，有些現在也是菲利普的朋友，他意識到這些人都知道他和格里菲斯反目的事，也猜想他們都清楚事情的原委，便覺得跟這些朋友在一起有些不自在。這裡面有個年輕人個子很高，頭小小的，一副無精打采的樣子，名叫蘭斯登，是格里菲斯最忠實的崇拜者之一。他跟格里菲斯打一樣的領帶，穿一樣的靴子，還模仿他說話的方式和動作。他告訴菲利普，格里菲斯因為他沒有回信的事非常難過，很想跟他和好。

「是他要你來傳話的嗎？」菲利普問。

「噢，不是的，完全是我自己的主意，」蘭斯登說，「他對自己做過的事非常內疚，還說你一直對他很好。我知道他很希望跟你重修舊好，他不到醫學院來是因爲他害怕見你，覺得你會不理他。」

「我不理他是理所當然。」

「他因爲這個痛苦得要命，你知道的。」

「他感覺到的這一點小小的不便，我可是要花好大毅力才能忍受呢。」菲利普說。

「只要可以彌補，他什麼事都願意做。」

「多幼稚，多歇斯底里啊！他幹嘛這麼在乎？我這麼個無足輕重的人，他不跟我交朋友也可以過得很好啊。我對他可是再也沒有興趣了。」

蘭斯登覺得菲利普既嚴厲又冷酷，他停了一會兒，爲難地看著他。

「哈利眞的希望自己跟那個女人從來沒扯上過關係。」

「是嗎？」菲利普問。

他很滿意自己說這句話時漠不關心的口氣。沒有人知道他的心現在跳得有多劇烈，他簡直等不及蘭斯登繼續說下去。

「我想你現在應該已經完全走出來了，對吧？」

「我？」菲利普說，「完全走出來了。」

他一點一點地知道了米爾芮德和格里菲斯之間的事情始末。他嘴上掛著微笑仔細聽他講，那副鎭定自若的樣子，完全騙倒了跟他說話的那個笨男孩。她和格里菲斯在牛津共度的那個週末，不但沒有撲滅她突來的激烈情感，反而讓它更熾熱了。格里菲斯回家的時候，她突然心血來潮，決定獨自在牛津多待幾天，因爲她在那裡過得太愉快了。她覺得自己說什麼都不可能再回到菲利普身邊去，她對他太反感了。格里菲斯對自己撩起的這把火很吃驚，因爲他發現跟她在鄉下度過的這兩天有點乏味，也不希望把一段有趣的小插曲轉變成令人生厭的戀愛關係。她要他答應寫信給她，身為一個誠實體面的人，加上生性有禮（希望自己能跟每個人都保持友好關係），所以他一到家就給她寫了一封又長又動人的信。她的回信熱情洋溢卻拙劣不堪，因為她實在沒有表達情感的天分，字寫得難看不說，用詞又粗俗，令他心生厭煩。隔天又來了一封信，接著隔天又是一封，他開始覺得她的愛不再是一種恭維，而令人驚恐。他沒回信，她就發電報轟炸他，問他是不是病了，還是沒收到她的信，說他的沉默讓她焦慮得不得了。他不得不回信，但他盡可能地把回信寫得輕鬆不冒犯人。他拜託她不要再發電報了，因為他很難跟他媽媽解釋這是怎麼一回事，對他媽媽這種老派的人來說，電報就代表出事，是會讓她恐慌的。郵差送來她的回信，信上說她一定要見他，還說她準備要典當一些東西（她手上的晚宴包是菲利普送她的結婚禮物，可以當八鎊），當作來見他的路費，她會住在距離他父親開業的那個村莊六公里半以外的市鎮上。這可把格里菲斯嚇壞了，這次換他用了電報告訴她千萬不能這樣做，他答應只要一回倫敦就立刻通知她。而當他回到倫敦，才發現她已經到他即將任職的那家醫院找過他了。他實在不喜歡這樣，之後跟她見面的時候，他就告訴米爾芮德，不要再用任何藉口去醫院找他。而這時，和她分別三週之後，他發現她已經讓他徹底厭煩；他不知道當初是怎麼招惹上她的，決定儘快斬斷這段關係。他害怕吵架，也不想傷害別人，但是這會兒他還有別的事要做，他打定主意不讓米爾芮德來打擾他。跟她見面的時候他總是很友善、很愉快，態度風趣而且深情款款。從最後一次見面之後，他捏造了各種有說服力的藉口，想盡辦法避開她。要是她逼他約會，他就在最後一刻發電報推掉；假如她找上門來，房東太太就會按他的吩咐說他出去了（他剛就職的前三個月一直都待在租屋處）。她會在路上堵他，有次他被攔到的時候，才知道她在醫院外頭等他等了好幾個小時。這時候他會跟她說幾句友善迷人的好聽話，然後推說有公事待辦匆匆離開。他練就了偷偷溜出醫院而不被人發現的好技術。有一次，當他半夜回到宿舍，看見一個女人站在欄杆旁，他立刻知道那是誰，便轉往蘭斯登住處打了一夜地舖。隔天，房東太太告訴他，米爾芮德坐在門口臺階上哭了好幾個小時，最後她不得不告訴她，要是她再不走，她就要叫警察了。

「我告訴你，老兄，」蘭斯登說，「你已經跟這一切沒關係了，應該覺得很高興。哈利說，如果他當初有半秒鐘懷疑她會搞出這種煩死人的事來，他天殺的絕不會跟她有任何瓜葛。」

菲利普想到她坐在臺階上，在深夜裡度過好幾個小時的樣子。他彷彿看見了房東太太要她離開時，她茫然抬起頭的表情。

「不知道她現在在做什麼。」

「噢，她找了個工作，感謝上帝，可讓她一整天都有事忙了。」

夏季學期結束之前，他最後聽到的消息是，格里菲斯終於不堪騷擾，被徹底激怒了，再也保持不了文雅的態度。他告訴米爾芮德，他受不了被人一再糾纏，她最好自己走開，別再來打擾他。

「他也只能這麼做了，」蘭斯登說，「不過做的確實是有點過分啦。」

「事情就這麼結束了嗎？」菲利普問。

「噢，他已經有十天沒見到她了。你知道，哈利在甩人方面很拿手的。這是他到現在爲止碰過最棘手的一件，不過他還是漂亮地解決了。」

接下來，菲利普再也沒聽說過她的消息。她就這麼消失在倫敦的茫茫人海裡。

18

冬季學期開始，菲利普成了門診見習醫師。門診有三個助理醫師負責處理病患，每個人一週輪班兩天。菲利普報名在泰瑞爾醫師門下，他很受學生歡迎，要成爲他名下的見習醫生還得經過一番競爭。泰瑞爾醫生三十五歲，身材高瘦，頭非常小，火紅的頭髮剪得短短的，有對突出的藍眼睛，紅光滿面。他口才很好，聲音又悅耳，喜歡說些小笑話，有點玩世不恭的味道。他是個很有成就的人，有豐富的臨床經驗，獲得騎士頭銜是指日可待的事。因爲他老是和學生以及窮人打交道，所以總有種上對下的味道；又因爲一直和病人相處，有種健康之人愉快的施恩姿態，這是某些高級顧問醫生具備的職業態度。他讓病人覺得自己像個面對風趣校長的小男孩，自己的病只是場荒謬的惡作劇，比起惱人，也許可笑的成分要更多些。

學生每天都要到門診部觀察病例，盡可能地學習相關知識，但到了輪值時，責任就比較明確了。當時聖路加醫院的門診部有三個相連的診間，還有個又大又陰暗的候診室，裡頭有幾根粗大的石柱和長凳，病人中午掛了號之後就在這裡等候。他們排成好幾列長隊，手裡拿著藥瓶和藥罐，有些衣衫襤褸，有些服裝還算體面，各種年紀的男女老幼都有，他們坐在昏暗的大廳裡，有種怪異恐怖的感覺，讓人想起杜米埃[1]油畫裡陰鬱的景象。每個診間的油漆方式都很類似，鮭魚紅的牆面，高處的護牆板是紅褐色，裡頭瀰漫著消毒水的氣味，到了下午，消毒水氣味裡就混雜了人的體臭味。第一診間是最大的，中間放著桌椅讓醫生診療用，兩邊各放著一張矮些的小桌，一邊坐著住院醫師，另一邊坐著負責記錄的見習醫師。記錄用的本子很大，上頭記著病患的姓名、性別、職業，以及他的診斷結果。

下午一點半，住院醫師先進診間，按一下鈴，告訴雜工把複診病人帶進來。複診病人總是很多，在兩點鐘泰瑞爾醫師進來之前，必須盡量把這些病人解決掉。菲利普跟的那位住院醫師是個精幹的小個子，相當自命不凡，總對見習醫師擺出紆尊降貴的架子，要是有和他年紀差不多的學生對他過分親暱，沒有表現出他認爲對他目前地位應有的尊重，他就會明顯地不滿。他開始看診，另一位見習醫師協助他，病人魚貫而入。男病人先進來，主要的症狀大都是慢性支氣管炎和嚴重的乾咳；當一個人給住院醫師看診的時候，另一個人就到見習醫師那兒，把掛號證交上去；要是進行得順利，掛號證上就會寫上「同配方續服十四天」之類的字樣，接著他們就拿著瓶罐去藥房再領十四天的藥。有些經驗豐富的老病號會盡可能往後面排，因為這樣說不定就能讓泰瑞爾醫師親自看診，但這麼做能成功的人不多，頂多只有三四個，那也是因為病情需要，才能被留下來。

泰瑞爾醫師腳步輕快，一陣風似地進了診間，讓人隱約聯想到跳上馬戲團舞臺，向觀眾大喊「我們又來了」的小丑，神情總像是在說：「生病這種事眞是太沒道理了，看我妙手回春吧。」他坐下來，先問有沒有複診病人要讓他看，接著便迅速地檢查病人，眼光銳利地審視他們，同時和住院醫師討論症狀，不時還插上一兩個笑話，在場的見習醫師全都開懷大笑，住院醫師也笑得很開心，但表情卻帶著一絲覺得見習醫師這麼笑太不知分寸的味道；接著住院醫師會說一兩句天氣眞好或眞熱之類的話，然後就按鈴要雜工把初診病人帶進來。

病人一個個進診間，走到泰瑞爾醫師桌前，有老有少也有中年人，大部分是勞工階層，像是碼頭工人、運貨車夫、工人和酒吧侍者；但也有一些人衣著整潔，顯然身分比較高級，是屬於商店助手或職員那一類的人，泰瑞爾醫師用懷疑的眼光看著他們。有時候他們會刻意穿上破爛衣服裝窮，但泰瑞爾醫師眼光犀利，凡是他覺得有欺騙嫌疑的人一律擋駕，偶爾也直接拒絕替他認為付得起醫療費的人看病。女人是最糟糕的闖關者，手法也比一般人更笨拙。她們會穿上幾乎成了破布的披風和裙子，卻忘了把手上的戒指拿掉。

「如果你買得起珠寶，你就請得起私人醫生。醫院可是慈善機構。」泰瑞爾醫師說。

他把掛號證退回去，喊下一個病人。

「但是我已經掛上號了。」

1杜米埃（Honoré Daumier, 1808～1879）：法國畫家、諷刺漫畫家、雕塑家和版畫家，是當時最多產的藝術家。筆觸大膽有力，具高度獨創性，描繪三等車廂、洗衣婦疲倦地爬上樓梯、小酒店的酒徒等底層人民的平凡生活。

「我不管你有沒有掛上號，你出去。你沒有權利到這裡來，偷走屬於眞正窮人的診療時間。」

那病人滿臉怒容，氣呼呼地走了。

「她說不定會給報紙投書，說倫敦醫院有嚴重的管理缺失。」泰瑞爾醫師拿起另一份病歷，用敏銳的眼光看了病患一眼，微笑著說。

這些人大多數都以爲醫院是個國家機構，他們既然已經付了稅，也就把上門看病當成自己應有的權利。在他們的想像中，給他們看病這些醫生薪水都是非常優厚的。

泰瑞爾醫師會給每位見習醫師一個病人去檢查。見習醫師把病人帶進裡頭的房間，這些房間比較小，房裡有一張黑色馬毛布面的臥榻。他會問病人各式各樣的問題，檢查他的肺、心臟和肝，把結果記在病歷上，歸納出自己對診斷的想法，接著就等待泰瑞爾醫師進來。他看完男病人之後就來了，後面跟著一群學生。接著見習醫師讀出他發現的東西，泰瑞爾醫師會問他一兩個問題，然後親自檢查病人。如果有什麼有趣的東西要聽，學生們就會使用聽診器——你會看到一個病人，前胸有兩三個聽診器，後背說不定也有兩個，另外還有好幾個人等不及要來聽。病人被圍在這群人中間，顯得有點不好意思，但發現自己成了被關注的中心，倒也沒什麼不高興的反應。泰瑞爾醫師滔滔不絕地講著病況，病人懵懵懂懂地聽著，有兩三個學生爲了分辨醫師描述的心臟雜音和碎裂音，又上來再聽一遍。接著就叫病人穿上衣服。

各個病人都檢查完之後，泰瑞爾醫師回到大診間，在自己桌前坐下，隨意問一個正巧站在他旁邊的學生，剛才看的那個病人他會開什麼藥。學生提出了一兩種藥物。

「你會這麼開啊？」泰瑞爾醫師說，「這個嘛，這樣開確實很有創意，不過我覺得我們還是不要太魯莽比較好。」

這種話總是可以讓學生們大笑起來，泰瑞爾醫師一邊被自己的妙語如珠逗得眼睛閃亮亮，一邊開出和學生建議不同的另一種藥物。要是有兩個病人患上一樣的病，而學生打算依照泰瑞爾醫師給第一個病人開的處方開藥，他卻又別出心裁地想出別的藥方來。有時候，他知道藥房的人忙得焦頭爛額，所以偏愛給病人現成的藥，也就是多年經驗之下知道會有效的「本院驗方」，但他為了開心，就偏要寫一些複雜的處方來。

「我們得給藥房一點事情做。如果我們老是開『合劑——白色』，他們的腦子會鈍掉的。」

學生們都笑了，醫師環視了他們一圈，像是很享受自己說的笑話似的。接著他按了鈴，雜工探進頭來，他說：

「請帶複診女病人進來。」

雜工去叫複診病患的時候，他背往椅子上一靠，跟住院醫師聊起天來。女病患排成一列走進來，有梳著厚瀏海，嘴唇蒼白的貧血症女子，她們沒辦法消化那些粗劣又分量不足的食物；老女人們有胖有瘦，因為生育太多次而早衰，一到冬天就咳個不停；另外還有這病那病的女人，泰瑞爾醫師和住院醫師很快地把她們都處理完。時間不斷過去，小房間裡生病的氣味也越來越濃厚。最後醫師看了看錶。

「今天的初診女病患多嗎？」他問。

「不少，我想。」住院醫師說。

「我們最好讓她們進來，你可以繼續看這些複診病人。」

病人進來了。在男人身上，最常見的毛病都是因為喝酒過度引起，但對女人來說，最主要的原因卻是營養不良。到了六點左右，病人終於全都看完了。菲利普全程站著，空氣實在太差，他又一直全神貫注，這時也精疲力盡，結束之後，他就跟幾個見習醫師一起散步去醫學院喝茶。他發現這是個非常吸引人的行業，在苦難中蘊含著人情味，彷彿藝術家手中待塑造的素材。當菲利普想到目前他就站在藝術家的位置上，而病人們就像他手裡的陶土時，心裡突然感到一陣奇特的激動。他想起在巴黎那段日子，為了創造出美的事物，他整個人沉浸在色彩、色調、明暗、以及天曉得是什麼的東西裡頭，他愉快地聳了聳肩。直接接觸這些男女病患令他心情激動，這種力量是他以前從未體驗過的。他發現看著他們的臉，傾聽他們說話是件無比興奮的事，他們走進診間的樣子各有各的特色，有些粗野地拖著腳步，有些步履輕捷，有的沉重緩慢，也有的羞澀遲疑。你常常可以從他們的樣子猜出他們的職業。你會學到怎麼問問題他們才聽得懂，會發現他們在哪些問題上幾乎都在說謊，但儘管如此，你也會知道怎麼樣才能問出眞話來。你會看見人們對於同樣的事有著截然不同的反應，面對重病的診斷，有人會一笑置之，再加個玩笑，另一個人卻絕望得說不出話來。他發現，比起以前和別人相處，和這些人在一起的時候他反而不那麼害羞；他覺得這不完全是同情心的問題，同情總帶著點上對下的味道，他就是覺得和病人在一起很自在。他發現自己能解除這些人的不安，當一個病人交到他手裡，讓他看看能找出什麼病來的時候，他也彷彿感覺到那個病人帶著某種特殊的信任，把自己完全託付給他。

「說不定啊，」他微笑地想著，「說不定我還眞的適合當醫生，要是我誤打誤撞地找到了自己的天職，那可就太好玩了。」

在菲利普看來，所有見習醫師中唯有他體會到午後門診中的戲劇性趣味。對其他人來說，那些男女不過是病例，要是病情複雜，他們就精神百倍；病況顯而易見，他們就態度厭煩。聽見心雜音或發現肝臟異常，他們就大驚小怪；肺部出現什麼意外的聲音，就會成爲他們談論的話題，但對菲利普來說卻遠不只如此。他發現，光是觀察他們，看他們頭部和雙手的形狀，眼睛和鼻子的長度，就是一件非常有趣的事。在這個診間裡，你會看見人性在遭受突襲之後，世俗的假面具被粗暴地撕掉，露出了赤裸裸、毫無防備的靈魂。有的時候會碰到與生俱來的禁慾主義者，這讓菲利普非常感動。有一次，菲利普爲一個粗魯不識字的男病患看診，他告訴菲利普，這病已經沒有希望了，說話時情緒控制得滴水不漏，菲利普對於這位病人在陌生人面前依舊保持堅毅的奇妙本能驚歎不已。但當他一個人獨處，面對自己的靈魂時，他還可能這麼勇敢嗎？還是說，那時的他，就會向絕望屈服呢？有時候也有悲劇出現。比如有一次，一個年輕女子帶自己的妹妹來檢查，那女孩十八歲，五官美麗細緻，還有對藍色的大眼睛，一頭金髮，在秋陽映照下閃著金光，肌膚也美得驚人。每個醫學院學生眼光都聚在她身上，臉上帶著微笑，在昏暗骯髒的診療室裡，這麼漂亮的女孩子是很少見的。年紀大些的女子說明了家族病史，她們的父母都死於肺結核，原本有一個弟弟和一個妹妹，現在只剩這個妹妹在了。這個女孩子最近一直在咳，體重也一直掉。她脫下上衣，那白皙細膩的頸項彷彿牛奶一般。泰瑞爾醫師以一貫的俐落手法靜靜地檢查她，接著叫了兩三個見習醫師用聽診器聽他手指指示的位置，然後就讓她穿上衣服。姊姊站在離她稍微遠一點的地方，低聲和醫生說話，不讓妹妹聽見他們的談話內容，她的聲音因爲恐懼而發顫。

「她沒得病吧，醫生？是不是？」

「恐怕是得了，毫無疑問。」

「她是我最後一個親人，她要是走了，我在這世上就無依無靠了。」

她哭了起來，醫生神情凝重地看著她。他認爲，其實她也得了同樣的病，一樣是活不久的。女孩轉過頭，看見姊姊掉眼淚，心下也明白了是怎麼回事，她的臉瞬間變得慘白，淚水從臉頰滾下來。有一兩分鐘，她們兩人就站在原地，靜靜地哭著，接著姊姊彷彿忘了旁觀的眾人眼光，走向妹妹，伸出手把她攬在懷裡，溫柔地來回搖晃，彷彿懷裡的她還是個嬰兒似的。

她們離開之後，有個學生問：

「先生，您覺得她能活多久？」

泰瑞爾醫師聳了聳肩。

「她的哥哥姊姊都在第一個症狀出現之後三個月內就死了，她也會是一樣的命運。如果他們是有錢人，也許還能想點辦法，你總不能叫這些人去瑞士聖莫里茲[2]調養身體吧？對他們來說，是什麼也做不了。」

有一次，有個身強力壯，正值盛年的男人來求醫，他被持續的疼痛困擾已久，廠裡的醫生看來完全無法減緩他的痛苦，最後的診斷是無藥可醫。這並不是那種不可避免的死亡，雖然可怕，卻情有可原，因爲科學對它無能爲力。他的死亡之所以無可避免，是因爲他不過是複雜文明社會這部巨大機器裡的一顆小齒輪，他無力改變自己的環境，就像個機器人。他唯一的活命機會是徹底休息，但醫師並沒有對他做出這個不可能做到的要求。

「你應該換個輕鬆點的工作。」

「我這行沒有輕鬆工作做。」

「但是，如果你繼續這樣工作下去，你會沒命的。你病得很嚴重。」

「你是說，我要死了？」

「我不想這麼說，不過你確實不能再做粗重的工作了。」

「如果我不工作，我的老婆孩子誰養？」

泰瑞爾醫師聳聳肩。這種兩難的情況他碰過上百次了。時間緊迫，還有好多病人等著看呢。

「這樣吧，我給你開點藥，一星期後你再回來跟我說情況怎麼樣。」

男人拿著上面寫著無用處方的病歷走了。醫生說不定只是隨口胡說，他自己一點也不覺得身體情況有那麼糟，糟到不能繼續工作的地步。他有個好工作，輕易丟了他可受不了。

「我想他還能活一年吧。」泰瑞爾醫師說。

有時候也會有喜劇，偶爾出現倫敦式的幽默，不時會有狄更斯筆下人物似的老女人喋喋不休地講著奇怪的話，把醫生們逗得很開心。有一次，有個女人來看病，她是某個著名雜耍劇場的芭蕾舞者，看起來有五十歲了，但她自稱芳齡二十八。臉上濃妝豔抹，還不知羞恥地用她黑色的大眼睛跟醫學生們拋媚眼，露出粗俗誘惑的笑容。她總是自信滿滿，最有意思的是她對泰瑞爾醫師那股輕佻的親熱態度，這招說不定以前她就在某個拜倒石榴裙下的愛慕者身上用過。她有慢性支氣管炎，她還跟醫生說，這個毛病對她目前從事的工作妨礙太大了。

「我不知道爲什麼我會得這種病，我敢保證，我這輩子從來沒病過一天，這點你們看我的樣子就知道。」

她眼睛滴溜溜地在年輕人們身上轉了一圈，慢慢地眨了眨那塗得漆黑的長睫毛，對他們露出一口黃牙。她說話帶著倫敦土腔，但那故作文雅的說話方式反倒讓她說出來的每個字都顯得妙趣橫生。

「這就是所謂的冬季咳，」泰瑞爾醫師嚴肅地回答，「很多中年婦女都有這個毛病。」

「嗳，我不是啊！你居然對一位女士說出這種話來，以前可從來沒人說我是中年婦女。」

她眼睛睜得大大的，頭往一邊揚著，以一種難以形容的詼諧表情看著醫師。

「這就是我們這行最不利的地方了，」他說，「有時候我們說話就是沒辦法太婉轉。」

她拿了處方，最後又對他挑逗地一笑。

「親愛的，你會來看我跳舞的，對嗎？」

「我一定去。」

他按鈴叫了下一個病人。

「我眞高興有你們這些紳士一直在這裡保護我。」

但整體來說，門診處給人的印象不是悲劇也不是喜劇，難以形容。它有許多面向，個個不同；有淚有笑，有幸福也有悲哀；它很乏味，很有趣，也很平淡無奇；它就像你看見的那樣，既喧囂又熱烈；它嚴肅凝重，悲傷而滑稽，它平凡無奇，簡單卻複雜；它有喜悅，也有絕望；這裡有母親對孩子的愛，也有男人對女人的愛；貪慾拖著沉

---

2 聖莫里茲（St. Moritz）：瑞士恩加丁山谷的一個度假小鎮，位於阿爾卑斯山脈，是著名滑雪勝地。

重的腳步穿過這些診間，懲罰著罪人，也懲罰無辜、無助的妻子和不幸的孩子；男人和女人都酗酒，爲此付出了無法逃避的代價；死亡在這些房間裡嘆息，而讓窮苦女孩們充滿了恐懼和羞恥的生命之始，也在這些房間裡診斷出來。這裡沒有所謂的好，也無所謂壞，只有赤裸裸的事實。這就是人生。

82

時間接近年底，菲利普在門診部的見習醫師生涯也快結束了，這時他收到了一封信，是在巴黎的勞森寄來的。

親愛的菲利普：

克朗蕭現在人在倫敦，很希望見你。他住在蘇荷區海德街四十三號，我不知道這地方在哪兒，不過我想你一定找得到。發發善心，照顧他一下吧，他眞的倒楣透了。至於他現在在做什麼，他會告訴你的。這裡一切如常，好像你走了之後也沒有任何改變。克勞頓回來了，但是他變得讓人很受不了，跟每個人都吵架。據我所知，目前他一點收入也沒有，住在植物園附近的一間小畫室裡，但是他不讓任何人看他的畫，也不露面，所以根本沒人知道現在他在做什麼。也許他眞的是個天才，但從另一方面來講，他也可能是瘋了。順帶告訴你，前些天我碰到福拉納根了，那時候他正帶著他太太在拉丁區閒逛。他已經放棄畫畫，現在在做爆玉米花機器的生意，看上去挺有錢的。福拉納根夫人非常漂亮，我打算替她畫一幅肖像畫。如果是你，這幅畫你會收多少錢？我不想嚇著他們，但如果他們願意付三百鎊，我也不至於傻到只收一百五十鎊。

你永遠的朋友　弗瑞德瑞克・勞森

菲利普寫了信給克朗蕭，收到了下面這封回信。信寫在半張普通便條紙上，信封之薄之髒居然還收得到。

親愛的凱利：

我當然記得你。我在想，當初我助你一臂之力，把你從「絕望的泥沼中」救了出來，現在換我深陷在這裡頭了。要是能見到你，我會很高興的。在這個陌生的城市裡，我是個陌生人，整天跟庸俗之輩搏鬥，要是能聊聊巴黎的事，一定很愉快。我不請你到舍下來看我，是因爲我住的地方實在不夠堂皇，不足以接待和布恭醫生[1]同職業的出色人物。不過，每天晚上七點到八點，我都會在迪恩街一家叫「樂園」的餐廳隨便吃點東西。

你忠實的朋友　克朗蕭

菲利普收到信當天就去了。那家餐廳只有一個小房間，是等級最糟糕的那種餐廳，看起來克朗蕭也是它唯一的客人。他坐在餐廳離風口最遠的角落，穿著菲利普從沒見他脫下過的那件破大衣，頭上戴著一頂舊禮帽。

「我在這兒吃飯是圖個清靜，」他說，「他們生意不好，只有幾個妓女和失業的侍者會來。他們很快就要關門

1 布恭醫生（Mr. Purgon）：莫里哀（Molière, 1622～1673）《無病呻吟》（Le malade imaginaire）戲劇中，醫生一角。

了，食物也做得很糟。但是他們快垮了，對我倒是有好處。」

克朗蕭面前放著一杯苦艾酒。這是他們闊別近三年後第一次見面，菲利普很驚訝他居然變了這麼多。他一直很肥胖，但現在整個人都乾癟掉了，面色蠟黃；脖子上的皮膚鬆弛發皺，衣服鬆鬆地掛在身上，好像這件衣服本來是買給別人穿的，領圈大了三四個尺寸，這一切加起來，讓他的外表更顯邋遢。他的手不住地顫抖，菲利普想起那封信的筆跡，半張紙上塗著歪七扭八幾乎不成形的字。克朗蕭顯然病得很重了。

「這幾天我吃得很少，」他說，「我早上很不舒服，就只喝點湯當一餐，之後會吃一點起司。」

菲利普無意識地瞥了那杯苦艾酒一眼，克朗蕭看見了，對他這儼如常識的斥責警告，回了個嘲弄的表情。

「你已經對我的病下診斷了，而且認為我喝苦艾酒是非常不應該的事。」

「你很顯然是肝硬化。」菲利普說。

「顯然是。」

他看著菲利普，之前就是這眼神的力量，讓菲利普覺得自己非常狹隘。他的眼神彷彿在說，他腦子裡正在想的那件事很悲慘，這再明顯不過，既然你也同意這是明顯的事實，那還有什麼好說的？菲利普換了話題。

「你什麼時候回巴黎？」

「我不打算回巴黎了，我快死了。」

他說這句話的口氣那麼自然，讓菲利普吃了一驚。他還有好多話想對他說，但現在看來都是徒然。他知道，克朗蕭已經是個垂死之人了。

「所以你就打算在倫敦安頓下來了？」他很沒有信服力地問。

「倫敦對我有什麼意義？我就像一條離開了水的魚。我走在人潮擁擠的街道上，被人群推來擠去，就像走在一座死城裡。但我就是覺得我不能死在巴黎，我想死在我的同胞之間。最後到底是什麼祕密本能把我拉回來的，我自己也不知道。」

菲利普認識和克朗蕭同居的那個女人，還有那兩個邋遢的孩子，但克朗蕭從來沒提起過他們，他也不喜歡談他們的事。他很想知道他們後來怎麼樣了。

「我不知道你為什麼要一直提到死。」他說。

「幾年前的冬天，我得過一次肺炎，他們跟我說，我熬得過去簡直是奇蹟。顯然我跟死亡只有一線之隔，再病個一次，就會要了我的命。」

「噢，胡說八道！你的情況根本沒壞到這種程度，只要當心點就好。你為什麼不戒酒呢？」

「因為我不想戒。如果一個人都準備好承擔後果了，他做什麼又有什麼關係呢？所以，我已經準備要承擔後果了。你想盡辦法想叫我戒酒，但是我現在只有這件事好做了。要是沒有酒，你覺得我的生活會變成什麼樣子？你能理解我從苦艾酒裡獲得的幸福嗎？我渴望酒，我喝酒的時候，每一滴我都細細品味，醉了以後，我的靈魂就像在無以名狀的幸福中泅泳。酒精讓你反感，因為你是個清教徒，你內心深處鄙視所有的感官享樂。感官享樂是最暴烈的，也是最細緻的。我生而有幸，是個各種感官都很敏銳的人，我已經全心全力地放縱過了，現在我必須為此付出代價，我也準備好了。」

菲利普凝視了他一會兒。

「你不害怕嗎？」

克朗蕭沉吟片刻，像是在思考該怎麼回答。

「一個人的時候，偶爾會。」他看著菲利普，「你覺得這是一種譴責嗎？你錯了。我並不會被自己的恐懼嚇著，那太愚蠢了。基督徒說，你活著的時候總要想著死，但是要想活，唯一的方法就是忘記死。死亡是微不足道的事，對死亡的恐懼不應該影響聰明人的任何一個行動。我知道我死的時候也會掙扎著想再吸一口氣，會陷入恐怖的懼怕之中，我也知道自己會忍不住痛悔，居然讓自己落到這步田地；但那一刻的痛悔我絕不承認是眞的。現在的我，弱、老、病、窮，行將就木，但我還掌握著自己的靈魂，我一點也不後悔。」

「你還記得你送我的那塊波斯地毯嗎？」菲利普問。

克朗蕭幽幽一笑，那笑容一如往昔。

「當初你問我人生的意義是什麼，我說過它可以給你解答。那麼，你找到答案了嗎？」

「沒有，」菲利普微笑，「你願意告訴我嗎？」

「不，不，我不能這麼做。除非你自己找出答案，否則這答案就毫無意義。」

83

克朗蕭準備出版詩集。這件事他的朋友們已經催了他好幾年，但是因爲他懶，事情也就不可能有什麼重大進展。面對朋友的苦口婆心，他總是說，在英國，對詩的愛好早就死了。你花費好幾年心血和勞力寫出一本書，在一大批類似的著作中換來兩三行瞧不起人的書評，最後賣出二三十本，剩下的都進了紙漿廠。他早就不奢望成名了，名聲這種事跟其他一切沒什麼不同，都是虛幻的假象。但他一個朋友把這件事攬了下來，這人也是個文人，名叫李奧納德·厄普強，菲利普和克朗蕭在拉丁區的咖啡館見過他一兩次。他在英國以批評家身分獲得卓著聲名，也是英國對法國現代文學領域公認的詮釋者。他長期在法國生活，平常來往的朋友就是把《法蘭西信使報》打造成當時最活躍的評論刊物的那批人，他只不過把這些人的觀點用英文表達出來，就在英國獲得了眼光獨到的聲譽。菲利普也讀過他一些文章，他逼眞地模仿托馬斯・布朗爵士[2]，從而形成了自己的風格；他使用精雕細琢、四平八穩的句子，和一些過時卻華麗的辭藻，讓他的文章呈現出獨特的風貌。李奧納德・厄普強要克朗蕭把所有詩作都交給他，發現分量已經足以成冊。他承諾會發揮自己在出版界的影響力。克朗蕭正需要錢，因爲生病，他發現持續寫作比以前更困難了，他賺的那一點錢只夠他喝酒。但是當厄普強寫信告訴他，哪家或哪家出版社雖然很讚賞他的詩，卻覺得那些詩不值得出版時，他反倒開始感興趣了。他寫信給厄普強，強調自己的迫切需要，敦促他做更積極的嘗試。既然他就快要死了，那麼他希望在過世之後能有本書留下，而且在內心深處，他總覺得自己寫下了偉大的詩篇，也期待自己成爲突然出現的文壇新星。他把這些美的寶藏在身邊留了一輩子，等到他要和這個世界告別時，再輕蔑地把它送給世人，反正這寶藏對他也沒有用了，這樣倒也挺不錯。

他決定回英國，就是因爲李奧納德・厄普強通知他，有個出版商願意出他的詩集，而且厄普強還奇蹟似地說服對方答應預付十鎊的版稅。

「提醒你一下，是預付版稅，」克朗蕭對菲利普說，「彌爾頓也才拿到十鎊現金[3]。」

1《法蘭西信使報》（Mercure de France）：最初名為《文雅信使報》（Mercure galant），一六七二年由多諾・維澤（Jean Donneau de Visé, 1638~1710）創刊於法國里昂。創刊之初，是一份具有鄉土氣息、風格多樣的報紙，後來很快成為一份以刊載文藝作品為主、為社交場合提供談資的雜誌。它豐富多彩的格式深具獨特風格，在歐洲不乏模仿者。一七二四年更名為《法蘭西信使報》，由外交部贊助，成為巴黎最權威的文學刊物。

2托馬斯・布朗爵士（Sir Thomas Browne, 1605~1682）：英國作家，對醫學、宗教、科學和神祕學都有貢獻。

3約翰・彌爾頓（John Milton, 1608~1674）的巨著《失樂園》發表於一六六七年，當時，彌爾頓拿到五英鎊版稅，之後每賣出一千三百冊，都可再得五英鎊版稅。彌爾頓總計從出版商那兒獲得十八英鎊，但其中八英鎊不是付給他，而在過世後付給他的遺孀。

厄普強承諾會寫一篇署名文章介紹這些詩，也會請他評論界的朋友們盡力幫忙。克朗蕭表面上對這一切態度超然，但顯而易見，想到自己即將一鳴驚人，他心裡可是高興得要命。

有一天，菲利普按計畫去克朗蕭堅持在那兒用餐的糟糕餐廳吃飯，卻不見克朗蕭的人影。菲利普得知他已經三天沒來這裡了，他隨便吃了點東西之後，就照著克朗蕭第一封信裡寫的地址去找他。他花了一番功夫才找到海德街，這條街上擠滿了骯髒昏暗的房子，很多房子的窗戶都是破的，用法文報紙裁出來的紙條粗劣地隨便一貼，就算是修好了，門也多年未漆；一樓有些破敗的小商店、洗衣房、修鞋店和文具店。衣衫襤褸的孩子在馬路上玩，一部老舊的手搖風琴奏著刺耳的粗俗曲調。菲利普敲了敲克朗蕭那棟房子的門（底層是家廉價點心店），開門的是個圍著骯髒圍裙的法國老女人。菲利普問她克朗蕭在不在。

「噢，沒錯，是有個英國人住在頂樓後邊，在不在我不知道，如果你要找他，最好自己上去看看。」

樓梯間點著一盞煤氣燈，屋裡彌漫著令人作嘔的臭味。菲利普經過的時候，有個女人從一樓某個房間探出頭來，用懷疑的眼光看著他，不過並沒有說什麼。頂樓有三個房間，菲利普敲了其中一個門，接著又敲了第二下，沒人應門，他試了試門把，發現那扇門是鎖上的。他敲了另一扇門，也同樣沒有回應，正想再試一次的時候，門開了，房間裡黑漆漆的。

「誰？」

他認出這是克朗蕭的聲音。

「我是凱利，我可以進去嗎？」

他沒聽見回答，便逕自走了進去。窗戶緊閉，屋裡惡臭逼人，街道的弧光燈透進一些光，他看見這是個小房間，裡頭有兩張床，頭尾相接，另外還有一個臉盆架和一張椅子，光是放這些東西，房間裡就已經沒有踏足的空間。克朗蕭躺在靠窗那張床上，一動也不動，只是低低地笑了一聲。

「你怎麼不點根蠟燭？」他說。

菲利普擦了根火柴，發現床邊地板上有一支燭臺。他把蠟燭點上，然後把蠟燭放在臉盆架上。克朗蕭靜靜地躺著，穿著睡衣，樣子很古怪，光禿禿的頭，讓人看了有點難堪。他面如土色，彷彿死人。

「喂，老兄啊，你看起來病得很厲害，這裡有誰照顧你嗎？」

「喬治每天早上出門工作前，會給我帶一瓶牛奶來。」

「喬治是誰？」

「我喊他喬治，是因爲他名叫阿道夫[4]。他跟我一起分租這間富麗堂皇的公寓。」

菲利普這才注意到另一張起身後被褥完全沒整理的床，枕頭上睡出一個黑黑的印子。

「你不會是說，這個房間你還得跟人分攤吧？」他喊出來。

「有何不可？蘇荷區房租很貴的。喬治是個侍者，他早上八點出門，要到打烊時間才會回來，所以完全不礙著我。我們兩個都睡不好，他就跟我說他的人生故事，幫助我消磨漫漫長夜。他是瑞士人，而我對侍者一向感興趣，他們都是從娛樂角度來看人生的。」

「你在床上躺多久了？」

「三天。」

「你是說你一天只有一瓶牛奶，就這樣撐了三天？你怎麼不帶個消息給我？你在這裡一躺一整天，身邊連個陪你的人都沒有，我想到就受不了。」

4是因為當時的希臘國王喬治一世（Georgios A’ Vasileus ton Ellinon, 1845～1913），原名克里斯蒂安・威廉・斐迪南・阿道夫・格奧爾格（Christian Wilhelm Ferdinand Adolf Georg）。

克朗蕭輕輕地笑了笑。

「看你這臉色，嘿，親愛的小老弟，我相信你是真的很難過，你是個好人。」

菲利普臉紅了。他一點也沒意識到，自己看見這個可怕的房間和這位潦倒詩人身處的悲慘環境時，流露出來的表情有多驚愕。克朗蕭看著菲利普，帶著溫柔的笑容繼續說下去。

「我很快樂，看，這是我詩集的校樣。記著，對別人來說足以造成苦惱的糟糕環境，對我來說都沒什麼。如果你的夢想就能讓你主宰時間和空間，生活環境差一點又有什麼關係？」

詩集校樣就放在他床上，躺在這麼昏暗的房間裡，他居然還能進行工作。他把校樣拿給菲利普看，眼睛發亮。他翻著紙頁，高興地看著那清晰的字體。接著他朗讀了一節詩。

「看起來不錯，是吧？」

菲利普突然有了個想法。這會讓他多花一點錢，而目前，即使只增加一點點開支他也負擔不起，但另一方面，要是在這種情況下還計較經濟問題，他會厭惡自己的。

「我說，我沒辦法讓你繼續待在這裡。我還有多的房間，現在是空的，但是要找人借張床也不難。你願意跟我住一陣子嗎？這樣可以省掉這裡的房租。」

「噢，親愛的老弟，你一定會堅持要我開窗戶的。」

「只要你喜歡，你可以把所有窗戶都封起來。」

「我明天就會好了。本來我今天就可以下床的，我只是懶得動。」

「那你要搬家就更容易了。搬過去之後，如果你覺得不舒服，隨時都可以上床休息，我也會在你身邊照顧你。」

「如果這樣會讓你高興，那我就去。」克朗蕭帶著懶散卻不讓人討厭的笑容說。

「那就太好了。」

他們約好隔天菲利普來接克朗蕭，菲利普從忙碌的上午行程中擠出一小時處理搬家的事。他到的時候，發現克朗蕭已經換好衣服，穿著他的大衣戴好帽子坐在床上，又小又破的行李箱已經打包好，裡頭裝著他的衣服和書，放在他腳邊的地板上，看起來像個在候車室等車的旅客，菲利普看見他的樣子，忍不住笑了出來。他們搭四輪馬車到了肯寧頓，那裡的每扇窗戶都細心地關上了，菲利普把客人安置在自己房裡。他這天一大早就出門去買了一張二手床架，還有一只便宜的五斗櫃和一面鏡子。克朗蕭一安頓好立刻就開始看他的校樣，人也好多了。

菲利普發現他其實還滿好相處，就是有點易怒，這是他的疾病症狀之一。菲利普早上九點鐘有課，所以要到晚上才能見到克朗蕭。有一兩次，菲利普勸他和他一起分享他給自己準備的晚餐，雖然也只是些拼拼湊湊的剩飯，但克朗蕭很不安，通常還是寧願自己在蘇荷區隨便找家廉價餐廳解決。菲利普要他去見泰瑞爾醫師，但他堅決不肯；他知道醫生一定會叫他戒酒，而這是他抵死不從的事。早上他總是難受得生不如死，但中午喝了苦艾酒，他就又恢復了元氣；等到半夜他回家的時候，他又能才華橫溢地侃侃而談了，正是這一點，讓初識克朗蕭的菲利普感到萬分驚訝。他的校樣已經完成了，詩集將在早春和其他出版品一起問世，到那時候，大眾應該已經從雪崩般的聖誕書籍裡解脫了才是。

84

進入新的一年，菲利普成了外科門診部的包紮員。這裡的工作和他之前所在的內科性質完全一樣，只是外科要比內科直接得多；當時有相當多的病患正承受著某兩種疾病[1]的折磨，這兩種疾病，一般大眾總是諱疾忌醫，加上古板的假正經態度，致使它們廣爲傳播。菲利普在一位名叫雅各布斯的助理外科醫師手下當包紮員，這人身材矮胖，生性樂觀，活力十足，頂著個禿頭，嗓門很大，說話有倫敦佬口音，學生們通常都用「大老粗」形容他，但他表現出來的聰明，不管擔任外科醫生或老師，都足以讓人忽略他的缺點。他很愛開玩笑，病人和醫學生都是他開玩笑的對象，尤其喜歡整包紮員取樂，因爲他們懂得少，又緊張，也沒辦法平起平坐地跟他回話，要開他們的玩笑並不難。他一向很享受下午看診時間，因爲他可以講跺人痛腳的大實話，而醫學生們只能硬擠出微笑忍耐下來。有一天，有個跛腳的男孩來看診，他的父母想知道有沒有什麼改善的方法。雅各布斯先生便轉向菲利普。

「這個病患應該讓你接才對，凱利。你對這方面應該多少知道一點。」

菲利普紅了臉，因爲醫生的口氣明顯有詼諧意味，懼於他身分的包紮員們個個都諂媚地哈哈大笑，大家一笑，他的臉就紅得更厲害了。事實上，這確實是菲利普一進醫學院就渴望研究的課題，他讀遍了圖書館裡治療各種畸形足的著作。他讓那個男孩脫掉靴子和長統襪。這孩子十四歲，長著一個圓圓的獅子鼻、藍色眼睛，臉上滿是雀斑。他父親說，如果可能，他們希望能治療一下，因爲這會成爲他長大之後謀生的障礙。菲利普好奇地看著他，他是個開朗活潑的孩子，一點都不害羞，就是話太多，又莽撞，他父親老是斥責他。他對自己的跛腳很感興趣。

「你知道，它只是不太好看而已，」他對菲利普說，「我一點都不覺得有什麼不方便。」

「閉嘴，厄尼，」他父親說，「全是你的廢話。」

菲利普檢查了那隻腳，用手慢慢摸過畸形的部位。他不懂爲什麼這個男孩一點也不覺得羞辱，而那是一直沉重地壓在他身上的東西。他在想，爲什麼他就沒有辦法像這個男孩一樣，用一種泰然自若的冷淡態度面對自己的殘疾。過了一會兒，雅各布斯先生走向他。那男孩坐在診療床邊，醫師和菲利普各站一頭，學生們擠上來圍成一個半圓。雅各布斯以一貫的精彩方式生動地講解跛足，他說明了跛足的各種類型，以及它們在解剖上的不同。

「我想你是馬蹄足吧？」他突然轉頭對菲利普說。

「是的。」

菲利普覺得所有同學的眼光都集中在他身上，他咒罵自己，因爲他又忍不住臉紅了，感覺自己掌心在冒汗。雅各布斯以長期的臨床經驗和令他知名的絕佳敏銳度，流暢地侃侃而談。他對自己的專業興趣濃厚，但是菲利普完全沒在聽，他只希望這傢伙趕快結束。突然間，他意識到雅各布斯在對他說話。

「凱利，你不介意把襪子脫下來一會兒吧？」

菲利普感到一陣戰慄。他突然有股衝動，想叫這個外科醫生去死，但是他又沒有勇氣吵架。他害怕招來他更殘酷的嘲笑，只好逼自己擺出一副無所謂的樣子。

「完全不介意。」他說。

他坐了下來，解開靴子的鞋帶，手指不住地發抖，他以爲自己永遠解不開那個結了。他想起了以前在公學，那些人是怎麼逼他把腳露出來的，那份痛苦狠狠地啃噬著他的心靈。

「他的腳保養得眞好，洗得好乾淨，是不是？」雅各布斯用他那刺耳的倫敦土腔說。

圍觀的學生都格格地笑了起來。菲利普注意到他們檢查的那個男孩也好奇地看著他的腳。雅各布斯把他的腳捧在手裡，然後說：

「沒錯，跟我想的一樣。我看得出來，你這是動過手術的，小時候開的刀，我猜得對嗎？」

他滔滔不絕地繼續講解下去，學生們都湊上來看他的腳。雅各布斯把他的腳放下以後，還有兩三個人仔仔細細地端詳著他的腳。

1：指梅毒和淋病。

「你們到底看夠了沒有啊。」菲利普微笑著說，口氣有點酸。

他完全可以殺掉這些人。他在想，要是能用一把鑿子戳進他們的脖子，不知道會有多痛快（他也不知道爲什麼會想到用這種特別的工具）。多麼殘忍的一群人啊！他眞希望自己相信有地獄存在，這樣他就可以想像這些人在裡頭受盡折磨的樣子，讓自己得到一點安慰。雅各布斯先生又把講課內容轉到治療上面，一邊跟孩子的父親說話，一邊對學生解說。菲利普穿回襪子，繫上鞋帶。最後這位外科醫師終於說完了，但好像又想起了什麼，他轉向菲利普。

「嘿，我想你的情況也許值得再做一次手術。當然我沒辦法給你一隻完全正常的腳，但我想我還是能做點什麼的。你可以考慮一下，什麼時候你要休假了，可以到醫院來一趟。」

菲利普也常暗想，對於這隻腳，他是不是還有什麼努力的空間，但他又討厭提起這件事，也因此從來沒有跟醫院裡的外科醫生諮詢過。他從讀過的資料中知道，不管他小時候接受過什麼樣的治療，當時對馬蹄足的治療技術都不如現在高明，也不太有機會得到好效果。但如果能讓他穿得上更普通的靴子，走起路來不跛得那麼厲害，那麼再動一次手術也是值得的。他想起當初，爲了他伯父保證的，在全能的主手中什麼都有可能的那個奇蹟，他祈禱得多狂熱啊。他懊悔地苦笑了一下。

「那時候我眞是個頭腦簡單的傢伙啊。」他想。

到了二月底，克朗蕭的情況顯然大不如前。他再也下不了床，躺在床上，堅持窗戶完全不能開，而且不肯看醫生。他吃得很少，但威士忌和菸卻不可或缺。菲利普知道這兩樣東西他都不該碰，但克朗蕭的論點卻讓人難以辯駁。

「我知道這些東西會要我的命，我不在乎。你警告過我，那你就算是做了你必須做的事了。我懶得理會你警告什麼。給我點酒喝，然後你就滾吧。」

李奧納德・厄普強每星期會被不知什麼風吹來這兒兩三次（以他那枯葉似的外表，用「吹」這個字眼形容他的樣子倒是十分貼切）。他三十五歲，一頭淺色長髮，臉色蒼白，整個人像叢雜草似的，看起來就是個不太見天光的人。頭上戴著頂帽子，款式像非國教派牧師戴的。菲利普並不喜歡他，因爲他總是擺出一副很了不起的樣子，口若懸河的說話方式也讓他覺得厭煩。李奧納德・厄普強爲自己的言談陶醉，卻對聽眾的反應毫無所覺，這正是一個能言善道的人必備的首要特質；而且他從來也沒有意識到自己說的都是人家早就知道的東西。他用精挑細選的詞句告訴菲利普他對羅丹、阿爾貝・薩曼和法朗克[2]的看法。菲利普請的女清潔工每天上午只會在這裡待一小時，菲利普自己又得整天待在醫院裡，克朗蕭幾乎大部分時間都是獨自一個人。厄普強告訴菲利普，他想過留個人在這裡陪他，但這話始終都只是說說，從來沒有付諸行動的意思。

「想到那位偉大的詩人這麼孤伶伶的眞是太可怕了。嘿，要是身邊一個人都沒有，他是有可能會死的。」

「我想這是非常可能的事。」菲利普說。

「你怎麼能這麼冷血啊！」

「那你爲什麼不每天過來，把你的工作帶來這裡做呢？如果他需要什麼，身邊就有你在了。」菲利普冷淡地問。

「我？親愛的老弟啊，我只能在我自己習慣的環境裡工作，再說，我又那麼常出門。」

2阿爾貝・薩曼（Albert Samain, 1858～1900）：法國象徵派詩人，作品甜蜜、柔和、朦朧，而又透出悲傷。他的兩部詩集《公主的花園裡》和《瓶子的側面》為他帶來了聲譽，第三本詩集《金車》在他死後於一九〇一年出版。法朗克（César-Auguste-Jean-Guillaume-Hubert Franck, 1822～1890）：比利時裔法國作曲家、管風琴演奏家和音樂教育家。

對於菲利普把克朗蕭安置在自己住處這件事，厄普強也有點不高興。

「我眞希望你把他留在蘇荷區，」他又長又瘦的雙手揮舞著。「那骯髒的閣樓還有那麼點浪漫氣息。如果去的是沃平或肖迪奇[3]，我還勉強可以忍受，沒想到居然是高尚體面的肯寧頓！一個詩人怎麼能死在這種地方！」

克朗蕭常常脾氣很壞，菲利普必須一直記著這種暴怒是他疾病的症狀之一，否則實在很難讓自己平心靜氣。厄普強偶爾會在菲利普回家前過來，那時克朗蕭就會刻薄地抱怨菲利普。厄普強洋洋得意地聽著。

「事實上，凱利就是沒有美感，」他微笑著說，「他的思維完全是個中產階級。」

他對菲利普說話總是語帶挖苦，跟他打交道，菲利普必須花很大的力氣克制自己。但是有天傍晚，他再也忍不下去了。他在醫院忙了一整天，筋疲力盡地回來，正想在廚房給自己泡杯茶，李奧納德・厄普強走向他，說克朗蕭正在抱怨菲利普堅持他應該去看醫生的事。

「難道你沒意識到，你正在享受一份非常稀有、非常精妙的特權嗎？你應該竭盡所能，這是當然的，以表示你理解這份託付有多麼重大。」

「這種稀有、精妙的特權，我負擔不起。」菲利普說。

不管什麼時候，只要碰到錢的問題，李奧納德・厄普強就裝出一副輕蔑的表情。一提到錢，他敏感的神經就被冒犯了。

「克朗蕭的態度裡本來還有些好的部分，就是你這麼糾纏不休，才把這些部分全攪亂了。你也該考量一下你感受不到的那些細膩想像嘛。」

菲利普臉一沉。

「我們去找克朗蕭。」他冰冷地說。

詩人仰躺在那兒讀書，嘴裡還叼著根菸斗。空氣裡泛著股霉味，雖然菲利普會整理房間，但似乎不管克朗蕭到哪兒，髒亂就會跟著他到哪兒。他們兩人進來的時候，克朗蕭拿下了眼鏡。菲利普怒氣沖沖。

「厄普強跟我說你一直跟他抱怨，因爲我催你去看醫生，」他說，「我要你去看醫生，是因爲你不知道哪天就會死，如果你沒讓醫生看過，我就拿不到死亡證明，到時候就得驗屍了，人家會怪我沒給你請醫生的。」

「我倒沒想到這一點。我還以爲你要我去看醫生是爲了我，而不是爲你自己呢。不管你要我什麼時候去看醫生，我都願意。」

菲利普沒作聲，只是以幾乎難以察覺的動作微微聳了聳肩。克朗蕭看著他，輕輕地笑了。

「別這麼生氣嘛，親愛的老弟。我很清楚你想爲我盡你一切所能，我們就去見你那位醫生吧，說不定他能爲我做點什麼，無論如何，這至少會讓你覺得舒服一點，」他眼光轉向厄普強，「李奧納德，你這個該死的大蠢蛋，幹嘛去煩這個孩子？他爲了容忍我，做得已經夠多了。而你，頂多就是等我死了以後寫篇漂亮文章，別的什麼都不會做。你這個人我清楚得很。」

隔天菲利普去找泰瑞爾醫師，他覺得他是那種會對克朗蕭的生活經歷感興趣的人。泰瑞爾醫師一忙完，就跟菲利普一起到肯寧頓來。診察過後，他同意菲利普說得沒錯，這個病人已經沒救了。

「如果你願意，我可以讓他住院，」他說，「他可以自己住一間小病房。」

「誰也沒辦法讓他答應住院的。」

3沃平（Wapping）：英國倫敦的一個地區，位於倫敦東區，在行政區劃上屬於一個叫做「哈姆雷特塔」（Tower Hamlets）的倫敦自治市。沃平地處泰晤士河北岸，曾是倫敦主要的碼頭區之一。第二次世界大戰後，由於倫敦的港口機能下降，碼頭和倉庫也陷入荒廢。

肖迪奇（Shoreditch）：英國倫敦的一個地區，在歷史上曾是倫敦東區，現已是倫敦市中心區。

「你要知道，他隨時都會死，而且，他說不定會再得一次肺炎。」

菲利普點點頭。泰瑞爾醫師交代了一兩件事，還答應不管什麼時候菲利普希望他來，他都會再過來看他。他留下了自己的地址。當菲利普回到克朗蕭身邊，他發現他正靜靜地讀著書，連問一聲醫生說了什麼都沒有。

「你現在滿意了嗎，小老弟？」他問。

「我想，不管怎樣，都不可能讓你照著泰瑞爾醫師的吩咐做，對吧？」

「不可能。」克朗蕭微笑著說。

85

大約兩星期之後，有天傍晚，菲利普從醫院下班回家，他敲了敲克朗蕭的房門，沒人應聲，他便直接走了進去。克朗蕭蜷著身體，側臥在床上，菲利普走近床邊。他也不知道克朗蕭是睡著了，還是只是控制不住地躺在那裡生悶氣。他看見他嘴是開的，嚇了一跳，摸了摸他的肩膀之後，忍不住驚叫出聲，趕緊把手伸進他的襯衫底下去感覺他的心跳；他不知道該做什麼，無助之下，他拿起一面鏡子放在他的嘴前，因爲他聽說以前都是這樣做的。和克朗蕭的屍體一起待在房間裡讓他驚恐萬分。他回家時身上的外套還沒脫，便戴上帽子衝下樓，跑到大街上，攔了一部出租馬車直奔哈利街。泰瑞爾醫師在。

「那個，你介意立刻過來一趟嗎？我想克朗蕭死了。」

「如果他死了，我去也沒多大用處，不是嗎？」

「如果你來，我會非常非常感激的。我叫了部車，就在門口，去一趟只需要半小時。」

泰瑞爾戴上帽子，坐在車裡的時候，他問了他一兩個問題。

「我今天早上離開他的時候，他看起來情況也不比平時糟啊，」菲利普說，「我剛剛回去的時候簡直嚇壞了，想到他自己一個人孤孤單單地死去……你覺得他知道自己要死了嗎？」

菲利普想起克朗蕭說過的話。他在想，在他生命的最後一刻，不知道他是不是被死亡的恐怖緊緊地攫住了。菲利普想像自己身處這種境地的樣子，那時他已經知道死亡不可避免，而旁邊沒有人在，當恐懼洶湧而來，他身邊，連一個能說句鼓勵話的人都沒有。

「你很難過吧。」泰瑞爾醫師說。

他用明亮的藍眼睛看著他，眼神並不冷漠無情。看到克朗蕭時，他說：

「他應該已經死了好幾個小時了。我想他應該是在睡夢中過世的，這種情況偶爾會有。」

那具屍體看起來乾癟而卑賤，完全不成人樣。泰瑞爾醫師冷靜地看著它，接著以機械式的動作看了看錶。

「這個，我得走了，死亡證明我會送過來。我想你會聯繫他的家人吧。」

「我想他沒有家人。」菲利普說。

「那葬禮呢？」

「噢，那我會負責。」

泰瑞爾醫師看了菲利普一眼，不知道自己是不是應該爲葬禮出幾個金鎊。他對菲利普的經濟狀況一無所知，說不定他負擔葬禮費用完全沒有問題，要是他在錢的方面提建議，也許菲利普還會覺得他太沒有禮貌。

「那麼，如果有什麼我能效勞的地方，請儘管通知我。」他說。

菲利普和他一起走出房間，在門口道別，接著菲利普就去電信局發電報給李奧納德・厄普強。然後他去了殯儀館，那是他每天去醫院都要經過的地方，櫥窗裡的一塊黑布上釘著幾個銀色大字——經濟、迅速、合宜，配上兩個展示用的棺材，菲利普的注意力常常被它吸引住。殯儀館老闆是個有點胖的猶太人，一頭鬈鬈的黑髮又長又油膩，穿著一身黑衣，粗粗短短的手指上戴著一個碩大的鑽石戒指。他以一種很特別的態度接待菲利普，這種態度裡混合了他自身的張揚個性和職業所需的和緩溫柔。他很快就發現菲利普什麼也做不了，答應立刻派個女人去打理需要辦的儀式。他建議辦個豪華盛大的葬禮，當菲利普反對時，那人似乎認為他這樣太過吝嗇，讓菲利普覺得很不好意思。這種事居然還討價還價實在太糟糕了，最後菲利普還是擔下了這筆他根本負擔不起的花費。

「先生，我很能理解，」那位殯儀館老闆說，「你不想招搖，我跟你說，我自己也不是個愛炫耀的人，但是你又希望辦得體面。交給我吧，我會在注意恰當、合適的情況下盡量節省，我只能這麼說了，是吧？」

菲利普回家吃晚餐，這時候，殯儀館派的那個女人來裝殮遺體，沒多久，李奧納德·厄普強的電報也到了。

遽聞噩耗，悲痛已極。今晚外出用餐，遺憾不克前往，明早過去見你。深表同情。厄普強。

一會兒之後，那女人敲了敲客廳的門。

「我處理好了，先生。您要不要來看看妥不妥當？」

菲利普跟在她後面進去。克朗蕭仰面躺著，雙眼緊閉，雙手虔誠地交握在胸前。

「照理說您應該擺點花的，先生。」

「我明天會去弄一點來。」

她滿意地看了那具屍體一眼。她完成了工作，現在已經把袖子放下，脫了圍裙，戴上了她的無邊帽。菲利普問她要收多少錢。

「這個嘛，先生，有人給兩先令六便士，也有人給五先令。」

菲利普不好意思給少於那個大數字的價。她彷彿考慮到他目前可能的悲傷情緒，並沒有特別高興的表示，恰如其分地道了謝，然後走了。菲利普回到客廳，把晚餐的剩飯清乾淨，坐下來開始讀沃爾舍姆的《外科學》。他發現要讀書好困難，覺得自己異常不安。要是樓梯發出一點聲響，他就會整個人跳起來，然後心臟狂跳。現在放在隔壁的，那曾經是個活生生的男人，而現在什麼也不是的東西把他嚇壞了。屋裡的沉寂彷彿有了生命，像是有某種神祕活動正在這個生命體裡發生；死亡的降臨沉重地壓著這幾個房間，陰森駭人，菲利普對於曾經是他朋友的那個東西突然感到一陣恐怖。他想逼自己讀書，但沒多久就絕望地把書推開。讓他心煩意亂的是，剛剛消逝的這個生命完全沒有意義，這和克朗肅是死是活毫不相干，就算克朗肅這個人從未存在過，情況也是一樣的。菲利普想像著克朗肅年輕時的樣子，而要勾勒出一個身材修長、腳步輕盈、頭上毛髮茂密、活力十足而且希望滿滿的克朗肅，還眞得花上一番力氣。在這裡，菲利普的人生準則，也就是「想做什麼就去做，但要適時留心拐角處的警察」，這句話並沒有發揮什麼作用，因爲克朗肅就是這麼做的，也因此，他的生活才失敗得如此悲慘。看來本能這東西不可信任。菲利普困惑不解，他問自己，要是那條人生準則沒有用，那麼準則究竟是什麼呢？爲什麼人們會以這種方式行動，而不用另一種呢？他們行動是根據自己的情感，但情感可能好也可能壞，這份情感究竟會把他們引向成功或毀滅，看來只是偶然的際遇問題。生活就是一團糾纏不清的混亂，人們在一股自己也不知道是什麼的力量驅使下來回奔波，卻忽略了這麼做的目的，彷彿只是爲奔波而奔波而已。

隔天早上，李奧納德·厄普強帶著一個月桂葉編的小花圈來了。他對自己給過世的詩人戴桂冠這個點子非常得意，儘管菲利普無聲地表示反對，他還是努力想把桂冠固定在他的禿頭上，但怎麼樣都有種怪異的不協調感，看上去就像雜耍劇場裡低級喜劇角色戴的帽沿。

「不然我把桂冠放在他的心上好了。」厄普強說。

「你已經放在他的胃上了。」菲利普說。

厄普強淡淡地一笑。

「只有詩人才知道詩人的心在哪兒。」他回答。

他們回到客廳，菲利普把葬禮如何安排的事告訴他。

「我希望你辦這場葬禮能不計成本。我想靈車後面應該要有一長列空馬車跟著，而且每匹馬都要戴上高高的大型羽飾，還應該雇一大批送葬的人，每個帽子上都繫著長長的飄帶。我很喜歡空馬車這個點子。」

「因爲葬禮費用很顯然要落在我頭上，而我現在手頭也不寬裕，我打算盡可能地節制花費。」

「那麼，親愛的老弟，既然如此，你何不爲他辦一場乞丐式的葬禮呢？那樣反倒有幾分詩意呢。你奔向平庸的本能還眞是準確無誤。」

菲利普微微紅了臉，但並沒有回話。隔天，他和厄普強一起坐在他雇來的馬車裡，跟在靈車後面。勞森不能來，送了個花圈，菲利普爲了不讓棺木看起來太寒酸，又自己買了一對。回程時，車夫揮起鞭子，催馬狂奔。菲利普覺得自己好累，沒多久就睡著了，但突然又被厄普強的聲音驚醒。

「他的詩集還沒出版眞是太幸運了。我想我們還是先把這本詩集押後一陣子好了，我再寫一篇序，我在去墓地的路上就開始想內容了。我可以寫得相當不錯，這我有自信。不管怎樣，我會先在《星期六》雜誌上寫篇文章。」

菲利普沒有應聲，馬車裡一片沉默。最後厄普強終於開口：

「我敢說，整份稿子完全不要刪減是比較明智的作法。我想我會先寫一篇書評，然後再直接把這篇書評印在書裡當序文。」

菲利普一直注意著各種月刊，幾星期後，文章刊出來了。那篇文章引起了一陣騷動，內文還被好多份報紙摘錄。那篇文章寫得非常好，因爲沒有人清楚克朗蕭的早年生活，所以文中稍微帶了點傳記的味道，然而文筆細緻親切，敘事生動。李奧納德・厄普強以他繁複的風格，描繪了克朗蕭在拉丁區時，與人清談、寫詩的幾個雅致小場景，克朗蕭的形象躍然紙上，彷彿成了英國的魏爾倫。當他描述詩人潦倒的結局，和蘇荷區那間破敗的小房間時，他以令人戰慄的高尚莊嚴和加倍誇飾的悲慘筆調著力渲染；此外，他還很節制地陳述了自己為了說服詩人搬到某個環繞著忍冬林和果園的農莊所做的種種努力，那含蓄的口吻萬分迷人，讓人覺得他不只是謙虛，根本是寬宏大量了。而某位缺乏同情心，出於善意卻辦事不牢靠的人卻把詩人帶去了庸俗體面的肯寧頓！李奧納德・厄普強嚴守著托馬斯・布朗爵士必用的詞彙，以極為克制的幽默感描寫了肯寧頓這個地方；又用微妙的諷刺筆觸，敘述了在詩人生命的最後幾週，克朗蕭是如何對那位自封為護士、好心卻笨拙非常的年輕學生萬般忍耐，以及這位神聖的流浪者身在絕望的中產階級環境中有多麼可憐。他還引用了《聖經》中先知以賽亞的話：「美自灰燼而生。」這位被人世遺棄的詩人竟死在庸俗體面的虛華環境裡，眞是絕大的諷刺。這讓李奧納德・厄普強想起耶穌基督置身於法利賽人之中的情景，而這個類比又給了他引出一段絕佳好文的機會。接下來，他提到某位朋友如何把一只桂冠放在詩人的心上，至於這位擁有雅致想像力的朋友是誰，基於他絕佳的文字品味，他只是微妙地暗示了一下。詩人修長美麗的雙手以一種縱慾的激情姿態放在阿波羅的月桂葉上，那葉片飽含著藝術的芬芳，比曬得黝黑的水手從應有盡有的神祕中國帶回的翡翠更綠。文章結尾，他詳細描述了那場平庸、乏味的中產階級葬禮，而詩人原本應有的入土方式，若不是彷彿王子，便應該如同乞丐，這對照絕妙無比。這是最殘酷的打擊，是非利士人[2]毀滅藝術、毀滅美和無形事物的最終勝利。

1《星期六》雜誌（The Saturday Magazine）：英國文學雜誌，發行時間自一八三二年至一八四四年。

2 非利士人（Philistines）：居住在迦南南部海岸的古民族，驍勇善戰，是以色列人的敵人，也是《聖經》中經常提到的邪惡族群。

李奧納德・厄普強再沒有比這寫得更好的文章了，這是篇富有魅力、優雅而充滿同情的奇蹟之作。他還把克朗蕭最好的詩句都引在文章裡，因此，當克朗蕭的詩集出版時，書中的精華部分都已經不復存在，然而他卻因爲這篇文章大大地提高了自己的地位，從此成了著名的評論家。雖然之前他的態度是有點冷漠，不過這篇文章裡倒是充滿了溫暖的人情味，令人愛不釋手。

86

到了春天，菲利普結束了他在門診部的包紮員見習課程，成了住院部的實習醫生，爲期半年。實習醫生每天早上都和內科住院醫師待在病房裡，先是男性病房，然後是女性病房；他還得寫病歷，做測試，一整天幾乎都跟護士一起度過。實習醫生每週有兩天下午要負責帶一群醫學生巡房、檢查病人、並傳授相關知識。這工作不像門診那樣刺激、多變、貼近現實，但菲利普從這當中學到了大量知識。他跟病人相處得非常好，當病人對他的護理表示滿意的時候，他也覺得有點飄飄然。他對他們的病痛並沒有太深的同情，但是他很喜歡他們；而且因爲他沒有架子，所以比起其他實習醫生更受歡迎。他態度愉快，很能鼓勵人，而且又友善。跟每個醫療相關人員一樣，他也發現男病人要比女病人好相處得多。女人老是吹毛求疵，脾氣很差，總是尖酸刻薄地抱怨那些已經累得要死的護士，說她們沒有表現出對她們的關心，她們認爲這是自己應得的權利。這些人非常令人討厭，不知感激，而且又很粗魯。

不久，菲利普幸運地交了一個朋友。有天早上，內科住院醫師交給他一個新病患，是個男人。菲利普坐在床邊記錄他的詳細病情，他注意到這個病人是個記者，名叫索普・阿瑟尼，這種人在醫院裡不常見，今年四十八歲。他出現急性黃疸，但因爲症狀不明確，所以需要住院觀察。對於菲利普職責所在問的各種問題，他都以悅耳而有教養的聲音一一回答。因爲他躺在床上，很難說他是高是矮，但是從他小小的頭和手看來，應該比一般男性要矮一點。菲利普有觀察別人雙手的習慣，阿瑟尼的手讓他很驚訝——那雙手非常小，手指卻十分修長，上頭有著美麗的玫瑰色指甲，肌膚光滑細緻，要不是因爲有黃疸，鐵定白皙得驚人。這位病人一直把手放在被單外面，一手微微舒展，食指和中指併攏，他一邊和菲利普說話，一邊凝視著自己的手，似乎對它們相當滿意。菲利普眼神一閃，朝那男人的臉瞥了一眼，雖然他臉色蠟黃，卻仍然稱得上相貌堂堂。他有一對藍眼睛，一個顯眼的鷹勾鼻，雖然帶點侵略性，卻不難看；留著尖尖的小鬍子，有點花白；他禿得很厲害，但顯然以前有過一頭漂亮的鬈曲金髮，現在還是把剩下的頭髮留得長長的。

「我發現你是個記者，」菲利普說，「你爲哪些報紙寫稿？」

「每家都有，你隨便翻開哪份報紙，都可以看見我的文章。」床邊就有份報紙，他伸手指出上頭的一則廣告，大大的字體，印著菲利普熟悉的公司名稱——「林恩與賽得利公司，位於倫敦攝政街」；底下使用小了一點點、但還是很搶眼的字體，印著口氣武斷的話——拖延即時間之賊；接著是一句提問，因爲問得合情合理，反而讓人心下一凜——爲什麼不今天就訂貨？接著又用大號字體重複一次，像是殺人犯心裡的良知譴責——爲什麼不？然後是幾排粗體字——自全球主要市場鉅資購入上千雙手套，從世界最可靠製造商以驚人低價買進上千雙長統襪；最後又是那個問句，但現在這個問句看起來就像一只丟出來表示要決鬥的武士鐵手套——爲什麼不今天就訂貨？

「我是林恩與賽得利公司的新聞代理人。」他輕輕揚了揚那隻美麗的手。「就寫些廣告稿什麼的……」

菲利普繼續問他一些常規問題，有些只是例行公事，有些則是巧妙地發問，好引出病人也許會隱瞞的答案。

「你在國外住過？」菲利普問。

「我在西班牙住了十一年。」

「你在那裡都做什麼？」

「在托雷多一家英國水公司當祕書。」

菲利普想起克勞頓也在托雷多待過好幾個月，這位記者的答案讓他對這個人更感興趣了，他興味盎然地看著他，但又覺得這樣做不太合適——在醫院裡，病患和醫護人員保持適當距離是必須的。他替他做完檢查，就到別的病床去了。

索普·阿瑟尼的病情並不嚴重，雖然臉色還是很黃，但很快就覺得好多了。他繼續住院，只是因爲醫生覺得他應該持續觀察，直到各種反應恢復正常爲止，有一天，菲利普走進病房時，注意到阿瑟尼正在讀書，手裡還拿著一枝筆。菲利普走近他的病床，他就把書放下了。

「我可以看看你讀的是什麼書嗎？」菲利普問。他只要看到書，是絕不肯放過的。

菲利普把書拿起來，發現那是本西班牙詩集，作者是聖十字若望[1]。他翻開書頁，一張小紙片從書裡掉出來，菲利普撿起來，發現上面寫著一首詩。

「你該不是想跟我說，你是閒來無事寫寫詩而已吧？這對一個住院病人來說可是相當不適合的事。」

「我打算做點翻譯。你懂西班牙文嗎？」

「不懂。」

「這樣啊，但是你很清楚聖十字若望這個人，對吧？」

「我是眞的不知道。」

「他是西班牙的神祕主義者，也是這個國家最好的詩人之一。我想他的作品很值得譯成英文。」

「我可以看看你的譯文嗎？」

「譯得很粗。」阿瑟尼雖然嘴上這麼說，卻還是欣然把譯文交給菲利普，顯然很想讓他讀一讀。

譯文是用鉛筆寫的，字體很美但很獨特，不是那麼容易認，樣子很像哥德體[2]。

「要把字寫成這樣，不是要花好多時間嗎？太厲害了。」

「我就不懂，爲什麼手寫字不應該寫得漂亮一點。」

菲利普讀了第一首——

漆黑的夜裡
熱切的愛情熊熊燃燒
噢，何等幸福！
趁家人好夢正酣
我匆匆前進，無人知曉

菲利普用好奇的眼光看著索普·阿瑟尼，他不知道自己是因爲在他面前有點害羞，還是被這個人吸引了。他意識到自己對他的態度一直都有種微微的優越感，一想到阿瑟尼說不定覺得他很可笑，他的臉就紅了。

「你的姓很不常見啊。」他沒話找話說。

1聖十字若望（San Juan de la Cruz, 1542～1591）：西班牙神祕學家，加爾默羅會修士和神父。十字若望以寫作著稱，他的詩歌，以及他對靈魂成長的研究，被認為是西班牙神祕文學的巔峰，也是西班牙文學的高峰之一。

2哥德體（Black letter）：約於一一五〇年至十七世紀在西歐廣泛使用的字體，特點是非常誇張華麗，有時也稱「老英文字體」（Old English）。

「這是約克夏郡裡一個非常古老的姓氏。曾經，我們這個家族的家長爲了巡視他的地產，騎著馬得整整跑上一天，不過這龐大的家業，全都在女人和賭馬上頭敗光了。」

他是個近視眼，說話時總是用一種奇特的熱切眼神看著你。他拿起了那本詩集。

「你應該學西班牙文，」他說，「那是種高貴的語言。它不像義大利文那麼甜美，義大利文是屬於男高音和手風琴手的語言；但西班牙文很莊嚴，它不是花園裡的溪水潺潺，而是大河氾濫時發出的波濤轟鳴。」

他誇張的用字把菲利普逗笑了，但是他對華麗的詞藻感受還是十分敏銳；阿瑟尼用生動的詞句，眞情流露地敘述他閱讀原文版《唐吉訶德》的巨大樂趣，以及醉人的卡爾德隆[3]作品中富音樂性、浪漫、清澈而熱情的特色，菲利普愉快地聽著他說。

「我得工作去了。」一會兒之後菲利普說。

「噢，抱歉，我忘了。我會叫我太太給我帶一張托雷多的照片來，我再拿給你看。你要是有機會，就來找我說說話，你不知道跟你說話給我多大的樂趣。」

接下來幾天，菲利普只要一有空就會過來找他，他和這位記者越來越熟了。索普·阿瑟尼很健談，說的並不是什麼堂皇的大道理，卻十分鼓舞人心，口氣熱切生動，很能激發想像力。在一個美化了的虛假世界活了這麼久之後，菲利普突然發現自己的想像空間裡湧進了許多嶄新的畫面。阿瑟尼非常有禮貌，不管是這世上的人情世故或書裡的知識，他懂的都比菲利普要多得多；他的年紀也比菲利普大得多，說話時從容不迫的態度讓他有種占了上風的感覺；但他住在醫院裡，卻是個接受慈善援助的人，必須遵守嚴格的規定，他在這兩種身分之間拿捏自如，而且保持著他的幽默感。有一次菲利普問他，爲什麼會到醫院來。

「噢，我的原則是——社會提供的所有福利，能用就盡量用。既然我活在這個時代，我就好好利用。要是病了，我就湊合湊合上醫院，才不管什麼虛假的面子問題，我還把孩子都送到寄宿學校[4]去念書。」

「你說眞的？」菲利普說。

「他們也都得到了基本的教育，比我以前在溫徹斯特的時候強得多了。不然你覺得我還能怎麼教育孩子？我可有九個小孩啊。等我出院回家，你一定要來看看他們，好嗎？」

「我很樂意。」菲利普說。

87

十天之後，索普・阿瑟尼病況改善，可以出院了。他把自己的地址告訴菲利普，菲利普也答應下星期天下午一點鐘會跟他一起吃飯。阿瑟尼告訴他，他現在住的房子是建築大師英尼格・瓊斯蓋的，他像吹噓其他東西一樣把這棟房子大肆吹噓了一番，連老橡木欄杆也不放過。他下樓爲菲利普開門的時候，就立刻讓菲利普不得不開口稱讚了一下門梁上的雕刻。這是棟破敗的房子，急需油漆，但因爲歷史悠久，倒也自有一股莊嚴感。它位於法院巷到霍本高街之間的一條小街道上，也曾經是很時髦的建築，不過現在已經跟貧民窟差不了多少了，據說這裡已經有拆除計

3佩德羅・卡爾德隆・德・拉・巴爾卡（Pedro Calderón de la Barca, 1600～1681）：西班牙軍事家、作家、詩人、戲劇家，西班牙文學黃金時期的重要人物。代表作為劇作《人生如夢》。

4這是一種部分或全體學生不僅在那裡讀書，且與同學（有時也與教師）一同居住的學校。大英國協國家的許多公學都是寄宿學校，私立寄宿學校收學費和住宿費，公立寄宿學校不收學費，由國家負擔。

畫，把舊房子推倒之後蓋漂亮的辦公大樓。再說，這裡的房租便宜，以阿瑟尼的收入，在這裡可以租到樓上兩層的屋子。菲利普之前從來沒看過他下床的樣子，這會兒還眞是被他的迷你身材嚇了一跳；他身高連一百六十五公分都不到，穿著一條在法國只有工人會穿的藍色亞麻長褲，一件很舊的棕色天鵝絨外套，腰上繫著一條亮紅色腰帶，領口開得低低的，用一只鬆垮的蝴蝶結權充領帶，這種蝴蝶結只有《笨拙》雜誌-漫畫上的法國小丑才會用，整個人看上去非常古怪。他熱情地歡迎菲利普，迫不及待地聊起這棟房子來，他深情款款地撫摸著欄杆。

「看看這個，感覺一下，它細緻得跟絲綢一樣。多麼優雅的奇蹟！五年之內，拆房子的人就要把它當成柴火賣掉了。」

他堅持要帶菲利普去一樓的某個房間，一個穿長袖襯衫的男人，一個蓬頭垢面的女人，還有三個孩子，正在那兒享用他們的週日大餐。

「我帶這位先生來看看你們家的天花板。你看過比這更精彩的東西嗎？你好嗎？霍奇森太太，這位是凱利先生，我住院的時候就是他照顧我的。」

「先生，請進，」那個男人說，「只要是阿瑟尼先生的朋友，我們都歡迎。只要有朋友來，阿瑟尼先生就會帶他們來看這塊天花板，也不管我們在做什麼，睡覺也好，洗澡也好，他都是直接就進來了。」

菲利普看得出來，他們也覺得阿瑟尼有點怪，但儘管如此，他們還是很喜歡他，他口若懸河地說著十七世紀天花板有多美的時候，他們都入神地聽著。

「要把這塊天花板拆掉根本就是犯罪，對吧？霍奇森先生。你是個有影響力的市民，爲什麼不投書報社抗議呢？」

那個穿長袖襯衫的男人哈哈一笑，對菲利普說：

「阿瑟尼先生就喜歡開玩笑。他們說這些房子不夠衛生，住在裡頭不安全。」

「去他的衛生，我在乎的是藝術，」阿瑟尼喊出來，「我有九個孩子，說排水設備糟，我還不是一個個都養得結結實實。不，不，我可不想冒什麼風險，別想拿什麼新觀念套在我頭上！搬家的時候，不確定那些排水管眞的不行，我就不搬。」

這時傳來敲門聲，一個矮矮的金髮小女孩開門進來。

「爸爸，媽媽說叫你不要再聊了，回家吃飯。」

「這是我三女兒，」阿瑟尼戲劇性地用食指指著她說，「她叫瑪麗亞・德・皮勒，但你喊她珍她會更願意應聲。珍，你的鼻子需要擦一下了。」

「我沒有手帕，爸。」

「嘖，嘖，這孩子，」他掏出一條又大又鮮豔的印花大手帕，「你以爲全能的上帝給你手指是幹嘛用的？」

他們上了樓，菲利普被帶進一個四壁鑲著深色橡木嵌板的房間，房間中央有一張放在支架上的窄柚木桌，上頭有兩支支撐用的鐵棒，這種型式的桌子在西班牙稱爲「鐵架桌」。他們在這裡吃飯，因爲座位已經擺好了，有兩張大型扶手椅，橡木製的扶手又寬又平，皮面的靠背和座位，很樸素雅致，但坐起來不舒服。除了這兩張椅子之外，唯一的家具是一只巴格尼奧櫥櫃[2]，細膩的鐵製工藝外層鍍金，裝飾極爲精緻，底架上是教會相關的圖樣，設計雖粗，刻工倒是相當不錯。櫥櫃頂上放著兩三只描金盤子，雖然裂痕處處，但還算華麗多彩；牆上掛著西班牙畫派昔日大師們的作品，裱在美麗卻破爛的畫框裡，雖然畫作主題令人毛骨悚然，畫作本身因爲年長日久又保存不良破損

1《笨拙》（Punch）雜誌：英國政治漫畫類雜誌，一八四一年創刊，一九九二年停刊。

2巴格尼奧櫥櫃（Bargueño）：西班牙文藝復興時期最有特色的家具，它實際上是一只立式衣櫥，前面常常做成吊門，用以遮掩後面的許多小抽屜。

得厲害，構思也不算出色，卻仍然給人一種熱情洋溢的感覺。屋裡沒什麼值錢東西，但氣氛卻非常好，既華麗又樸素，菲利普覺得這正是古老的西班牙精神。阿瑟尼正在爲菲利普展示巴格尼奧櫥櫃的美麗裝飾和祕密抽屜，一個身材修長，背後垂著兩條亮棕色辮子的女孩進來了。

「媽媽說午餐已經準備好，就等你們了。你們一就座，我就把菜端上來。」

「莎莉，過來跟凱利先生握個手。」他轉向菲利普，「她很高吧？這是我大女兒。你幾歲了，莎莉？」

「到六月就滿十五歲了，爸爸。」

「她洗禮的時候我給她取名瑪麗亞·德·索爾，因爲她是我第一個孩子，所以我把她奉獻給卡斯提亞[3]偉大的太陽神。但是她媽媽叫她莎莉，她弟弟叫她布丁臉。」

女孩害羞地笑了笑，露出潔白整齊的牙齒，臉也紅了。她體態優美，以她的年齡來說算是高的，有一對可愛的灰眼睛和寬額頭，兩頰紅撲撲的。

「去叫你媽媽來一下，趁著凱利先生還沒入座前跟他握個手。」

「媽媽說午飯之後她會來的，現在她還沒洗手。」

「那我們得親自過去見她了。沒握過手之前，他可不准吃那雙手做的約克夏布丁。」

菲利普跟著這位主人進了廚房，廚房很小，裡頭塞滿了人，孩子們吵吵嚷嚷，但一見有陌生人進來，瞬間鴉雀無聲。廚房正中擺著一張大桌子，阿瑟尼家的孩子們團團圍坐，期待午餐上桌。一個女人站在烤爐邊，正把烤馬鈴薯一個個拿出來。

「貝蒂，這是凱利先生。」阿瑟尼說。

「簡直難以想像，你居然把他帶到這兒來！人家會怎麼想啊？」

她穿著一條髒兮兮的圍裙，棉布連身裙的袖子捲到手肘上方，頂著一頭髮捲。阿瑟尼太太是個身材高大的女人，足足比她先生高了七八公分，金髮藍眼，表情和藹；應該也曾經是個美人，但隨著年歲增長，又生了這麼多孩子，讓她變得又胖又邋遢，藍眼睛黯淡了，皮膚粗糙泛紅，頭髮也褪了色。她把自己稍微弄弄整齊，手在圍裙上抹了幾下，就把手伸出來。

「歡迎，先生，」她說，聲音低低的，菲利普覺得她的口音聽起來有種奇特的熟悉感。「阿瑟尼說他住院的時候你非常照顧他。」

「現在我得介紹一下我這群小畜生啦，」阿瑟尼說，「那是索普，」他指指一個胖胖的鬈髮男孩，「他是我大兒子，我們家頭銜、房產和責任的繼承人；那邊是阿瑟斯坦、哈洛德、愛德華。」他用食指指著三個年紀小些的男孩，每個都臉色紅潤，很健康的樣子，滿面笑容，儘管當菲利普眼神帶笑地看著他們時，他們還是一個個都害羞地死盯著自己面前的盤子。「接下來是女兒，照順序是——瑪麗亞・德・索爾……」

「布丁臉。」其中一個男孩說。

「兒子，你的幽默感還沒練到家。接著是瑪麗亞・德・蘿絲・梅賽德斯、瑪麗亞・德・皮勒、瑪麗亞・德・拉・康賽普遜、瑪麗亞・德・羅撒里歐。」

「我都喊她們莎莉、茉莉、康妮、蘿西，還有珍，」阿瑟尼太太說，「現在，阿瑟尼，回你們房間吧，我會把午餐端過去。給我點時間，我把這群孩子都洗乾淨之後，就會讓他們去你們那兒。」

「親愛的，要是讓我給你取名字，我一定會叫你『肥皂水瑪麗亞』，你老是拿肥皂折磨這群可憐的孩子。」

3卡斯提亞（Castilla）：或譯作卡斯提爾，這是西班牙歷史上的一個王國，由西班牙西北部的老卡斯提亞和中部的新卡斯提亞組成。它逐漸和周邊王國融合，形成了西班牙王國。卡斯提亞文化是西班牙的主體文化，卡斯提亞的語言也逐漸成為西班牙的首要語言，也就是中文所通稱的西班牙語。

「您先走吧，凱利先生，不然我就沒辦法讓他坐下來吃飯了。」

阿瑟尼和菲利普在那兩張有僧侶風格的大椅子裡坐定，莎莉端上兩盤牛肉、約克夏布丁、烤馬鈴薯、還有包心菜。阿瑟尼從口袋裡掏出六便士交給她，要她去買一桶啤酒。

「我希望你不是因爲我，才特地擺了桌子在這裡吃飯，」菲利普說，「要是和孩子一起吃，我會很高興的。」

「噢，不是，我向來都是自己一個人吃飯，我喜歡這些老規矩。我覺得女人不應該跟男人在餐桌上平起平坐，這樣會打擾男人們的談話，而且對她們也不是好事，這我很確定。我們談的東西要是讓她們聽見了，她們腦子裡就有了思想，女人一旦有了思想，可就不能安分過日子了。」

賓主兩人都吃得津津有味。

「你沒吃過這樣的約克夏布丁吧？這東西，沒人比我太太做得更好了，這就是不娶名門淑女的好處。你也注意到她並不是什麼大家閨秀了，對吧？」

這眞是個尷尬的提問，菲利普一時之間竟不知道該怎麼回答。

「我從來沒想過這個問題。」他笨拙地說。

阿瑟尼哈哈大笑，笑聲裡有種特殊的爽朗。

「不，她不是閨秀，連點閨秀的邊都沾不上。她爸爸是個農夫，她這輩子從來沒操心過『H』音該怎麼發才好的問題。我們生了十二個孩子，活下來九個。我跟她說可以停了，但是她很固執，現在簡直生孩子生成習慣了，就算生了二十個，我也不相信她會就此滿足。」

這時候，莎莉帶著啤酒進來了，她爲菲利普倒了一杯，又繞到桌子另一頭幫她爸爸倒了一杯。阿瑟尼伸出手環住她的腰。

「你見過這麼漂亮高壯的女孩子嗎？才十五歲，看起來像二十歲。看她這紅潤的臉頰，她長到這麼大還沒有生過一天病，誰娶到她誰幸運，對吧，莎莉？」

莎莉聽著這些話，臉上帶著淡淡緩緩的笑容，並沒有什麼害羞的表示，因為她爸爸這種突來的胡扯大爆發她早就聽慣了，但她平靜的端莊態度倒是非常吸引人。

「別讓菜涼了，爸爸，」她說，一邊從父親的臂彎裡掙脫出來。「你們要吃布丁的時候喊我一聲，好嗎？」

房間裡只剩他們兩人，阿瑟尼舉起錫製大酒杯，咕嘟咕嘟地喝了一大口。

「說眞的，世界上還有比英國啤酒更好喝的東西嗎？」他說，「讓我們爲這些單純的快樂感謝上帝吧，爲了烤牛肉、米布丁，還有我們的好胃口和啤酒。我也娶過千金小姐的，天哪！老弟，我奉勸你，千萬別跟千金小姐結婚。」

菲利普笑了起來。眼前這場面，這奇裝異服的滑稽矮個子，這裝飾了鑲板和西班牙風家具的房間，還有英國風的食物，這種強烈的不協調感讓他覺得非常有意思。

「你還笑，老弟啊，因爲你根本不能想像娶一個地位不及自己的女人是怎麼回事。你希望有個智力和你不相上下的妻子，你腦子裡塞滿了志同道合的想法，這全是胡說八道，老弟！男人才不想跟自己的太太談政治，你以爲我會在乎貝蒂對微積分有什麼看法嗎？男人希望女人做的，就是燒飯和照顧孩子。兩種女人我都娶過，這我很清楚。我們來點布丁吧。」

他拍拍手，不一會兒，莎莉就進來了。她收盤子的時候，菲利普想站起來幫她的忙，但阿瑟尼制止了他。

「讓她自己收吧，老弟。她可不希望你瞎操心，是吧？莎莉。就算她伺候你的時候你動都不動，她也不會覺得你粗魯。她才不在乎什麼他媽的騎士精神呢，是吧？莎莉。」

「是的，爸爸。」莎莉莊重地回答。

「你懂得我在說什麼嗎？莎莉。」

「不懂，爸爸。但你知道的，媽媽不喜歡你罵人。」

阿瑟尼哈哈大笑。莎莉端來幾盤米布丁，濃郁柔滑，甜香襲人。阿瑟尼開心地吃了起來。

「這個家的規則裡有一條是——星期天的菜色永遠不變。一年裡頭，有五十個星期日吃的是烤牛肉和米布丁，這是老規矩；至於復活節的那個星期日，吃的是羊肉和青豆，到了米迦勒節[4]，就吃烤鵝配蘋果醬，這樣我們就把我們的民族傳統保留下來了。等到莎莉結婚以後，很多我教過她的智慧她都會忘記，但她絕不會忘了，想過得美滿幸福，星期天就一定得吃烤牛肉和米布丁。」

「你們要吃起司的時候叫我一聲。」莎莉平靜地說。

「你聽過翠鳥的傳說[5]嗎？」阿瑟尼說。對於他這種迅速從一個話題跳到另一個話題的說話方式，菲利普也漸漸習慣了。「當翠鳥飛越大海，飛得精疲力盡的時候，牠的配偶就會飛到牠身下，用比牠更有力的翅膀撐著牠繼續飛。這就是男人想要的，一個翠鳥般的妻子。我跟我第一個太太生活了三年，她是個有錢人家的小姐，每年有一千五百鎊進帳，我們常常在肯辛頓那棟小紅磚房辦晚餐派對。她非常迷人，每個人都這麼說，像是那些跟我們吃過飯的律師夫妻啦，很有文化素養的證券經紀人啦，還有政壇的明日之星都是這樣講。噢，她真是太有魅力了。她讓我戴著絲禮帽，穿著大禮服上教堂；她帶我去聽古典音樂會；她酷愛聽星期天下午的演講；她每天早上八點半一定坐好吃早餐，要是我晚了，就只能吃涼掉的；她讀的都是正經書，欣賞的都是正經畫，喜歡的也全是正經音樂。我的老天啊，這女人簡直讓我無聊到死！她現在還是很迷人，也還住在肯辛頓那棟小紅磚房裡，牆上貼著莫里斯的壁紙，掛著惠斯勒的蝕刻畫，開著同樣的精緻晚餐小派對，用小牛肉醬和甘特茶館[6]買來的冰淇淋款待客人，一切都跟二十年前一樣。」

菲利普並沒有問他們這對不相配的夫妻究竟是怎麼分開的，但阿瑟尼自己說了。

「貝蒂並不是我妻子，你知道，因為我太太不肯離婚。這些孩子都是私生子，每個都是，但私生子又怎樣？貝蒂是肯辛頓那棟小紅磚房的一個女僕。四五年前，我窮到撐不下去了，那時候我有七個孩子要養，我去找我太太，求她幫我。她說，只要我拋棄貝蒂出國去，她就給我錢。你說我怎麼能拋棄貝蒂呢？結果我們餓了好一段時間的肚子。我太太說我就愛那個貧民窟，我墮落了，窮困潦倒，我現在在亞麻織品公司當新聞代理人，一星期賺三鎊，但我每天都感謝上帝，讓我脫離了肯辛頓那棟小紅磚房。」

莎莉送了切達起司來，阿瑟尼滔滔不絕地繼續說著。

「覺得一個人必須有錢才能養孩子，這種想法是世界上最大的錯誤。你需要錢，是因爲要把孩子養成紳士淑女，但是我不要我的孩子變成紳士淑女。再過一年，莎莉就得自己賺錢養活自己，她就要去一個裁縫那兒當學徒了，對吧？莎莉。男孩們就去報效國家，我希望他們全都當海軍，生活愉快又健康，吃得好，待遇高，死的時候還有撫卹金。」

菲利普點上菸斗，阿瑟尼抽著哈瓦那菸草做的香菸，那是他自己捲的。莎莉把杯盤都收乾淨了。菲利普沉默著，聽到這麼多他人隱私讓他覺得很尷尬。阿瑟尼這人，那麼小的體格，卻有那麼大的嗓門，加上他浮誇的談吐，外國人似的外表和動不動出現的強調語氣，眞是個令人驚訝的人物。他總讓菲利普想起克朗蕭，他的表現，和克朗蕭一樣具有思想獨立性，也一樣放蕩不羈，但個性要比克朗蕭活潑得多；他的思維比較粗俗，對抽象的東西不感興

4米迦勒節（Michaelmas）：天使長聖米迦勒的慶日，根據西方基督教的教會年曆，這一天是九月廿九日。在中世紀的英格蘭，米迦勒節標誌著農夫一年的起始與終結。

5翠鳥（halcyon）這個名字，來自古希臘神話中一對恩愛夫妻淒慘的愛情故事。國王克宇克斯（Ceyx）和王后阿耳庫娥涅（Alcyone）生活和睦而幸福。有次，他們無意中把自己比作天神宙斯和天后赫拉，觸怒了天王天后。於是，宙斯決定懲罰他們。克宇克斯在一次海難中不幸身亡，王后阿耳庫娥涅悲痛欲絕，投海自盡，死後化作一隻鳥，哀怨叫聲不絕於耳。人們根據阿耳庫娥涅的名字，將牠命名為「halcyon」（翠鳥）。

6甘特茶館（Gunter's Tea Shop）：位於倫敦伯克利廣場，一七五七年由義大利人多明尼哥・內格利（Domenico Negri）創業，專賣各式乾濕甜點，一九五六年歇業。

趣，而這正是克朗蕭的談話迷人之處。阿瑟尼對自己的家世非常自豪，他給菲利普看了一棟伊莉莎白時代宅邸的照片，告訴他：

「阿瑟尼家族在那裡住了七百年呢，老弟，噢，你眞該看看那棟房子的壁爐臺和天花板！」

護牆板上有個小櫥櫃，他從裡頭拿出一份家譜，帶著孩子般滿足的表情翻給菲利普看，那神情眞是令人印象深刻。

「你會發現家族名字是重複出現的——索普、阿瑟斯坦、哈洛德、愛德華，這些家族名字我都用在兒子們身上了。至於女兒，你知道的，我都取了西班牙名字。」

菲利普心裡突然竄過一陣不安，這整個故事，說不定只是個精心編造的謊言，並不是爲了什麼卑劣的動機，只不過是希望讓人印象深刻，想引人驚嘆。阿瑟尼說自己讀過溫徹斯特公學，但菲利普一向對人們行爲舉止上的差異非常敏感，他一點也不覺得這位主人擁有在著名公學受過教育的特徵。當阿瑟尼敘述著自己先祖顯赫的聯姻關係時，菲利普卻饒富興味地暗自猜想，阿瑟尼會不會是溫徹斯特哪個生意人、拍賣商或煤炭商人的兒子，而他炫耀的這個古老家族和他唯一的關係，只是一個相同的姓氏而已。

88

一陣敲門聲之後，一大群孩子進來了，他們現在都乾乾淨淨整整齊齊，臉用肥皂洗得白亮，頭髮梳得服服貼貼，莎莉要帶他們去上主日學。阿瑟尼用戲劇性的熱情方式跟孩子開著玩笑，看得出來很愛他們，他爲這些孩子健康的體魄和漂亮的外表自豪的模樣，看起來很令人感動。菲利普覺得這些孩子在他面前有點害羞，他們的爸爸要他們出去的時候，他們簡直如釋重負，一溜煙地跑掉了。過了幾分鐘，阿瑟尼太太來了，她拿掉了頭上的髮捲，精心梳了瀏海，身上穿著一件黑色素面連身裙，頭上的帽子裝飾著廉價花朵，正努力把黑色小羊皮手套往那雙因爲做了太多家事而泛紅粗糙的手上套。

「我要去教堂了，阿瑟尼，」她說，「你不需要什麼了吧？」

「只需要你幫我禱告，我親愛的貝蒂。」

「幫你禱告沒什麼用，你已經離上帝太遠了，」她笑了笑，接著轉向菲利普，慢慢地說：「我沒辦法讓他跟我一起上教堂，他根本沒比無神論者好到哪裡去。」

「她看起來像不像魯本斯[1]的第二任太太？」阿瑟尼大叫，「她要是穿上十七世紀的服裝，看起來也很雍容華貴不是？老弟啊，要娶太太就要娶這種，你看看她。」

「我知道你話匣子一開就關不住，阿瑟尼。」她平靜地應他一句。

她終於套上了手套，臨出門前她又轉向菲利普，笑容和藹，但微微帶著點不好意思。

「你會留下來喝茶的，對吧？阿瑟尼喜歡有人跟他聊天，他難得碰上一個夠聰明的談話對象。」

「當然，他會留下的。」阿瑟尼說。他太太走了以後，他又說：「我很重視孩子上主日學這件事，也希望貝蒂上教堂。我覺得女人還是應該虔誠信教，我自己是不信啦，但是我希望我妻子兒女信。」

菲利普對於眞理問題向來看得很嚴肅，他態度竟然這麼輕率，菲利普有點吃驚。

1魯本斯（Peter Paul Rubens, 1577～1640）：巴洛克畫派早期的代表人物。在第一任妻子伊莎貝拉去世四年後，五十三歲的魯本斯又娶了十六歲的海倫娜（Hélène Fourment, 1614～1673）為妻，海倫娜也成為多幅魯本斯晚期作品中的模特兒。

「但是，你怎麼能放任孩子被灌輸那些你覺得不眞實的東西呢？」

「只要那些東西是美的，我就不怎麼在乎它眞不眞實。要事物符合你的理性，又要它符合你的美感，這要求太高了。我很希望貝蒂成爲羅馬天主教徒，我多希望看見她改宗，戴上天主教的紙花冠，但她偏偏是個無可救藥的新教徒。再說，宗教這種事是看氣質的，如果你本來就有信教的傾向，跟你說什麼你都會信，但如果你沒有，不管對你灌輸什麼信仰都不會有用，你終究會把這些東西擺脫掉的。也許宗教就是最好的道德學校，就像你們這些紳士用來溶解其他藥物的溶劑，它本身沒有藥效，卻可以讓其他藥物更容易吸收。你接受了某種道德觀，因爲它是跟宗教結合在一起的，即使你拋棄了宗教，那個道德觀還是在。如果一個人的美德是透過愛上帝，而不是研讀赫伯特·史賓塞[2]而來，他成爲一個好人的可能性會更高。」

這和菲利普的想法完全相反，他還是把基督教視爲墮落的枷鎖，無論如何都必須拋棄，在他的腦子裡，總是不自覺地把這個想法和特坎伯里大教堂裡沉悶的儀式，還有布萊克斯泰伯陰冷的教堂裡冗長乏味的佈道聯繫在一起。阿瑟尼口中的所謂道德觀，在他看來，當它連讓自己合理化的信仰都捨棄的時候，這道德也不過是智力不足的人保留下來的宗教殘餘而已。但他還在思考該怎麼回應阿瑟尼時，卻聽見這人已經長篇大論地說起羅馬天主教來了，顯然他對自己說話的興趣比跟人討論高得多。

對阿瑟尼來說，這是西班牙最精華的部份，西班牙對他意義重大，因爲他從婚姻生活中發現了傳統有多麼令人厭倦，西班牙正是他逃出後棲身的地方。阿瑟尼用大動作的手勢和強調口氣，引人注目地向菲利普描述著西班牙大教堂，教堂裡空曠陰暗的空間，教堂祭壇畫上的大片金箔，鍍金卻已經褪色的華麗鐵製工藝品，因爲焚香而顯得滯重的空氣，還有寧靜——菲利普幾乎看見了穿著細亞麻布白色法衣的教士，和穿著紅色法衣的侍祭，正從聖器室往唱詩班緩緩走去，也幾乎聽見了那單調的晚禱詠唱聲。阿瑟尼提到的那一串名字——阿維拉、塔拉哥納、薩拉戈薩、塞哥維亞、哥多華[3]，就像一支支號角在他心裡吹響。他彷彿看見了黃褐色的西班牙老城區裡巨大的灰色花崗岩建築，蕭瑟荒涼，矗立在呼嘯的強風裡。

「我總覺得我應該會喜歡去塞維亞。」當阿瑟尼戲劇性地舉起一隻手，稍做停頓的時候，菲利普隨意地插了這麼一句話。

「塞維亞！」阿瑟尼叫了出來，「不，不，千萬別去那裡。塞維亞，那裡只會讓人想到拿著響板跳舞、在瓜達幾維河畔唱歌的女孩，還有鬥牛、橙花、曼蒂拉頭紗[4]和繡花披肩。那是喜歌劇和蒙馬特風格的西班牙，那種膚淺

---

2 赫伯特·史賓塞（Herbert Spencer, 1820～1903）：英國哲學家、社會達爾文主義之父，他提出將「適者生存」應用在社會學上，尤其是教育及階級鬥爭。

3 阿維拉（Ávila）：西班牙中部城市，其舊城區和城牆外的教堂群被列入世界文化遺產。這座城市冬季漫長而寒冷，夏季短暫。

塔拉哥納（Tarragona）：加泰隆尼亞塔拉哥納省的首府，距巴塞隆納一個多小時車程，是古羅馬時期伊比利半島（今西班牙和葡萄牙）的重要城鎮之一，城內城外仍保留古羅馬時期的遺跡，如鬥獸場、羅馬水渠等。

薩拉戈薩（Zaragoza）：西班牙第五大城市，位於伊比利半島東北部，以古蹟與民俗文化著稱，有兩千多年歷史。

塞哥維亞（Segovia）：西班牙城市，名稱來自於凱爾特伊比利亞語，有「勝利之城」的涵義。老城區雄踞在一個狹長的山岩上，有許多名勝古蹟，包括主教座堂、古羅馬水道橋、塞哥維亞城堡，與為數眾多的羅曼式風格的教堂。

哥多華（Córdoba）：西班牙安達盧西亞自治區城市，在今日只是一個中等大小的城市，但老城區卻擁有許多讓人難忘的建築遺址。據估算，哥多華在十世紀時即有五十萬居民，曾是西歐最大城市。

4 瓜達幾維河（Guadalquivir）：西班牙境內唯一一條可通航的大河。在羅馬帝國時代，直到哥多華，水道都可以通行，但現在的通航段只到塞維亞。

曼蒂拉頭紗（mantilla）：傳統西班牙婦女服裝，是一種半透明、連披肩的蕾絲面紗。

的魅力只能對智力不夠深厚的人提供無窮的娛樂。泰奧菲爾・高提耶[5]寫盡了塞維亞所能提供的一切，我們這些後人只能體驗他體驗過的感受而已。他那雙又大又肥的手碰到的都是顯而易見的東西，而那裡除了顯而易見的東西之外也沒別的，塞維亞早就被摸得滿是指印，都磨損了。牟利羅[6]就是這個地方的畫家。」

阿瑟尼從椅子上站起來，走到西班牙櫥櫃前面，把鑲著鍍金大絞鍊和華麗鎖頭的面板放下，露出裡面的一排小抽屜，他拿出一疊照片。

「你知道艾爾・葛雷柯嗎？」他問。

「噢，我記得在巴黎的時候，有個朋友非常欽佩他。」

「艾爾・葛雷柯是托雷多的畫家。貝蒂找不到我要給你看的照片。這張照片拍的是艾爾・葛雷柯畫的，他熱愛的那個城市，畫得比任何一張照片都真實，坐到桌子這邊來看。」

菲利普把椅子往前拉，阿瑟尼把照片擺在他面前。他好奇地盯著那幅畫看了很久，一句話也沒有說。接著他伸出手想拿別的照片來看，阿瑟尼就把照片遞給他。之前他從來沒有看過這位謎一般的大師的作品，第一眼就被他任性的畫法搞糊塗了——畫中人物的身體都被異常地拉長，頭卻又特別小，姿態狂放。這不是現實主義，然而，即使它不是現實主義，照片裡的畫面仍然讓人感覺到一股不安的真實感。阿瑟尼用生動的詞句迫不及待地描述這些畫，但菲利普只是茫然地聽著。他完全被迷惑了，卻又莫名地深受感動。這些畫似乎向他傳遞了某種意義，但他不知道那究竟是什麼。肖像畫裡的男人那憂悒的大眼睛彷彿有話要說，但你不懂他的意思；穿著方濟各或道明會[7]修士服裝的高個子僧侶，帶著錯亂發狂的表情，打著令人不解的手勢；有一幅是聖母升天圖，還有一幅是耶穌受難圖，這幅耶穌釘在十字架上的畫作，畫家以某種神奇的感覺，成功地表現出基督死去的肉身並不是凡人的肉身，而是聖體；另外還有一幅耶穌升天圖，救主基督彷彿直上九天，然而祂並不是搖搖晃晃地往上飄去，而像是站在堅實的地上，門徒們高舉雙臂，衣袂飄飄，姿態充滿狂喜，給人歡欣鼓舞和喜樂的感覺。幾乎所有的畫作背景都是夜空，那是靈魂的黑夜，地獄的怪風翻捲著滾滾積雲，不安的月亮灑著蒼白的月光。

「這樣的天空，我在托雷多不知道看過多少次，」阿瑟尼說，「我想，艾爾・葛雷柯第一次來到這個城市的時候就是這樣的一個夜晚，這一夜給他留下的印象太強烈了，讓他永遠也忘不了。」

菲利普想起了克勞頓是如何受到這位古怪大師的影響，而這位大師的畫作他如今才第一次見到。他覺得克勞頓是他在巴黎認識的所有人裡頭最有趣的一個。他嘲諷的態度，帶著敵意的孤傲，都讓人難以了解；但如今回想起來，菲利普覺得他身上似乎有股悲劇性的力量，這股力量想在畫裡把自己表現出來，但終屬徒勞。他是個個性獨特的人，身在一個不再偏向神祕主義的時代，卻有著神祕主義的特質，他對生活感到不耐，因爲他發現自己沒有辦法把心裡那股模糊的衝動所暗示的東西說出來。他的智力無法表現出他的精神，於是，他會對那位發明出新技巧表現靈魂渴望的希臘人表現出深切的同情，也就毫不意外了。菲利普又把西班牙紳士那一系列肖像畫重新看了一次，畫裡的紳士們戴著蕾絲皺褶領圈，留著尖尖的小鬍子，臉色在樸素的黑衣和深暗的背景反襯之下顯得格外蒼白。艾

5泰奧菲爾・高提耶（Pierre Jules Théophile Gautier, 1811～1872）：法國十九世紀重要詩人、小說家、戲劇家和文藝批評家。

6牟利羅（Bartolomé Esteban Murillo, 1618～1682）：巴洛克時期西班牙畫家，生卒都在塞維亞。他擅長風俗畫創作，用同情與感人的筆觸描繪窮困的孩子。牟利羅所描繪的現實題材，多為底層平民，即使畫宗教題材，也把宗教人物畫成現實人物。

7道明會（Ordo Dominicanorum）：又譯多明我會，正式名稱為「宣道兄弟會」（Ordo Praedicatorum，簡稱O. P.）是天主教托缽修會的主要派別之一。會士均披黑色斗篷，因此被稱為「黑衣修士」，以與方濟會的「灰衣修士」和聖衣會的「白衣修士」區別。道明會強調聖母瑪利亞親授之《玫瑰經》，並加以推廣，現今已是天主教徒最普遍傳誦之經文。

爾・葛雷柯畫的是靈魂，這些紳士的憔悴衰弱，並不是因爲精疲力盡，而是因爲節制禁慾。他們的心靈受盡折磨，彷彿行走人世時完全察覺不到世間的美，因爲他們的眼睛只盯著自己的心，爲那看不見的榮光目眩神迷。沒有哪個畫家像他這麼冷酷地表現出，人在這世間不過是匆匆過客。他筆下那些人的靈魂，用眼睛述說著他們奇特的渴求，他們的感官敏銳得不可思議，不是對聲音、氣味或色彩的敏銳，而是對靈魂的微妙感受敏銳。畫中的貴族行走著，懷著一顆僧侶的心，他能看見聖徒們在苦修的密室裡看見的東西，卻並不吃驚，唇上也沒有一絲笑容。

菲利普還是沉默著，眼光回到那張畫托雷多的照片上，對他來說，這是最吸引人的一幅畫了，他幾乎沒有辦法把眼光移開。他有種奇怪的感覺，好像自己正站在某個生涯新發現的起點，這種冒險感令他戰慄。在這一刻，他想起了那段把他消耗殆盡的愛情，和現在他心中狂跳的這份激動相比，愛情實在太微不足道了。他看的這幅畫很長，山丘上建滿了房子，畫幅一角有個男孩，手上拿著一張大大的城鎮地圖，另一端是個古典派人體，象徵太加斯河[8]，空中的聖母被天使簇擁著。這是一幅和菲利普的觀念完全不同的風景畫，因爲他一直活在信仰嚴格現實主義的小圈圈裡；然而奇怪的是，他卻在這幅畫裡再次體會到某種現實感，這種現實感比他過去卑微地想追隨的大師們所達到的現實更強烈。他聽阿瑟尼說，這幅畫精確到當時來看這幅畫的托雷多居民們都認得出自己的房子。畫家忠實地畫出了他看見的東西，但他是用精神之眼看的。

這座黯淡的灰色城鎮裡有某種超自然的神祕，在非日也非夜的蒼白光線下，可以看出它是座屬於靈魂的城市。它矗立在綠色的山丘上，這綠卻不是世間的綠；城市被巨大的城牆和堡壘圍繞，任何人類發明的機器都無法摧毀，唯有靠祈禱和齋戒、悔罪的嘆息和肉體的苦行方能攻克。它是神的據點，那些灰色的房子是用石匠也不認識的石頭造出來的，樣子有點可怕，不知道誰住在裡頭。也許你走過城裡的街道，發現那些房子都被遺棄，卻並非空無一物的時候，也不會覺得驚愕，因爲你感覺到一種無形的、然而對每個內在感官來說都清晰無比的存在。這是個神祕的城市，在這個城市裡，想像力彷彿腳步蹣跚地從光明走出，步入黑暗；赤裸的靈魂來回走著，它知道不可知的一切，奇異地意識到親密無間卻又無法表達的絕對經驗。蔚藍的天空中，奇異的輕風撕扯著浮雲，彷彿迷失靈魂的號哭與嘆息，它如此眞實，因爲這份眞實並非肉眼所見，而是靈魂感知的，就在這片天空裡，你看見聖母身著紅色長袍，外披藍色大氅，被展翼的天使圍繞著。菲利普覺得，這個城市的居民就算見到了這樣的幻象，也一點都不會覺得驚訝、崇敬或感恩，只是無動於衷地各行其道而已。

阿瑟尼提到了西班牙的神祕主義作家，像是亞維拉的德蘭、聖十字若望和路易斯・德・萊昂，[9]這些人身上都有一股對未知世界的熱情，這正是菲利普在艾爾・葛雷柯的畫作中感受到的，他們似乎都擁有能碰觸虛無和目睹不可見事物的力量。他們都是那個時代的西班牙人，整個偉大帝國的豐功偉業在他們胸中震盪——美洲新大陸的榮光和加勒比海的翠綠島嶼豐富了他們的想像，和摩爾人長期戰爭培養出來的力量在他們的血管中奔流；他們自豪，因爲他們是世界的霸主，他們在自己身上感覺到遼遠的天地、黃褐色的荒野、卡斯提亞覆雪的山巒、陽光與藍天，還有鮮花怒放的安達魯西亞平原[10]。

---

8 太加斯河（Tagus）：也稱塔霍河或特茹河，是伊比利半島最大的河流。

9 亞維拉的德蘭（Teresa de Ávila, 1515～1582）：十六世紀西班牙天主教神祕主義者、加爾默羅會修女、反宗教改革作家，同時為天主教會聖人，是個透過默禱、過著沉思生活的神學家。在華人天主教會中，為了與「里修的德蘭」區分，又被稱為「大德蘭」。
路易斯・德・萊昂（Luis de León, 1527～1591）：文藝復興時期，西班牙帝國奧古斯丁修會修士、詩人和翻譯家，其以西班牙語寫作古典風格的頌詩作品直至一六三一年才初次印刷面世。

10 摩爾人（Moors）：中世紀時，居住在伊比利半島、西西里島、馬爾他、馬格里布和西非的穆斯林居民。歷史上，摩爾人主要指在伊比利半島的伊斯蘭征服者。
安達魯西亞（Andalucía）：西班牙的十七個自治區之一，首府是塞維亞。摩爾人曾統治過此地，並命名為安達魯斯，安達魯西亞由此得名，這裡因而留下許多摩爾式建築。

生活既熱情又多采多姿，因爲提供的東西太多了，讓他們更無止盡地索求，想要更多，因爲他們是人，而人是從不饜足的；於是他們將這種熱切的生命力化爲強烈的努力，追求那不可言傳的東西。阿瑟尼有段時間曾經以譯詩消磨時間，如今碰到一個讀得懂他譯作的人，自然是欣喜不已。他用他悅耳帶顫音的聲音背誦了那首關於靈魂的讚歌，並把耶穌比喻爲詩中女子的愛人，也就是開頭是「漆黑的夜裡」那首，另外還念了路易斯・德・萊昂那首開頭是「夜寂寂」的詩[11]。他的翻譯簡約直白，卻不乏匠心，不管怎麼說，他確實找到了能表現原文粗放雄渾風格的用字。艾爾・葛雷柯的畫爲這些詩做出了解釋，而這些詩也道出了畫中的意義。

菲利普對於理想主義向來有種鄙視，他對生活總是懷抱熱情，對他來說，他碰過的理想主義絕大部分都在迴避生活。理想主義者遇事退縮，因爲受不了人群的推擠衝撞；他沒有和人競爭對抗的力量，於是便說這種爭鬥太庸俗；他虛榮，當朋友不以他對自己的評價標準評價他時，他便蔑視那些朋友聊以自慰。在菲利普眼中，海沃德就是這種人，他儀表堂堂，對什麼都不關心，雖然現在已經太胖，頭也禿得厲害，卻仍然很珍視他殘存的美貌，還精心盤算著在不確定的未來要做的種種雅事，而在這一切的背後，卻少不了威士忌和街頭庸俗的尋花問柳。由於對海沃德代表的這類生活的反動，菲利普強烈要求生活應當呈現它原本的面貌，無論齷齪、罪惡或缺陷都不會讓他覺得不舒服；他表示，他希望人都能赤裸裸地呈現自己，不加掩飾，碰到卑鄙、殘忍、自私或貪慾的事，他反而高興得直搓手，因爲這才是眞實。在巴黎時，他就懂得了這世上沒有醜也沒有美，只有眞實，一味追求美只是感情用事。爲了擺脫美的壓迫，他不是還在一幅風景畫上畫了一塊梅尼爾巧克力廣告牌嗎[12]）？

但這一刻，他似乎即將領悟某個全新的東西。他一直在朝它邁進，偶爾也躊躇不前，但現在他才確實意識到這個事實，覺得自己正站在一個新發現的邊緣。他隱約覺得，在這裡，有著比他曾經崇拜的現實主義更好的東西，這當然不是怯懦地逃避生活、毫無生氣的理想主義，它太強大了，雄健有力，生活中的醜陋與美好、卑鄙與英勇，它都以它的勃勃生機海納百川；它仍然是現實主義，但它是境界更高的現實主義，在這個現實主義中，事實在更強烈的光線下現身，也有了不同的面貌。透過那些已逝的卡斯提亞貴族們嚴肅的雙眼，他似乎把事物看得更深刻了；那些聖徒的姿態乍看之下瘋狂而扭曲，卻彷彿擁有某種神祕的寓意。但他說不出那寓意究竟是什麼，它就像一個訊息，一個要傳送給他的重要訊息，然而用的卻是一種未知的語言，他怎麼樣也聽不懂。他一直在尋找人生的意義，他覺得這裡似乎已經為他提供了答案，但又太模糊、太隱諱。他難以理解。他彷彿看見了某個像是眞理的東西，就像在暴風雨夜裡，電光一閃的瞬間看見了山脈的樣子。他似乎懂得了，一個人不需要把他的生命寄託在機運上，但這需要強大的意志力；他似乎懂得了，自我克制說不定和屈服於慾望之下的行為一樣強烈；他似乎懂得了，內在的精神生活，也可以和一個開疆拓土、發現未知領域的人一樣繁複、一樣千變萬化，一樣因經驗而更加豐富多彩。

89

一陣乒乒乓乓的上樓腳步聲打斷了菲利普和阿瑟尼的談話。阿瑟尼為剛剛從主日學回來的孩子們開門，他們又笑又叫地湧了進來，阿瑟尼愉快地問他們今天學了什麼。莎莉只待了一會兒，帶了她媽媽的口信，要阿瑟尼在她準

---

11 這裡應該是指聖十字若望的詩作〈黑夜〉（Noche oscura）。

12 在第四十七章，於風景畫前景畫巧克力廣告牌的人，其實是勞森，而不是菲利普。雖說菲利普臨摹了不少勞森的畫作，但點子畢竟不是菲利普想到的。此處將想法歸給菲利普，與前文事實不合。

備下午茶的時候負責哄孩子，於是阿瑟尼開始給孩子們說起安徒生童話故事。這些孩子都不怕生，他們很快就判定菲利普這個人並不可怕，珍先是過來站在他身邊，沒多久就自然地坐到他腿上去了。一直過著孤獨生活的菲利普，還是第一次這樣置身在一個家庭的圈子裡，他眼神帶著笑意，看著那些沉醉在童話故事裡的漂亮孩子們。這位新朋友的生活乍看之下雖然有點古怪，現在看來卻極爲自然，簡直盡善盡美。這時候莎莉又進來了。

「喂喂，孩子們，下午茶準備好了。」她說。

珍從菲利普膝上溜下來，所有人都往後頭廚房跑。莎莉開始在那張西班牙長桌上鋪餐巾。

「媽媽說，她可以來跟你們一起喝茶嗎？」她問，「我可以負責照顧弟弟妹妹們喝茶。」

「跟你媽媽講，若蒙她賞光作陪，我們將不勝榮幸，光榮之至。」阿瑟尼說。

菲利普覺得阿瑟尼好像不搬出這些華麗辭藻來就不會說話似的。

「那我就把她的餐巾也鋪上。」莎莉說。

過了一會兒她又回來了，端著一個餐盤，上頭放著一塊農家麵包，一塊奶油，還有一瓶果醬。她一邊把這些東西擺在桌上，她爸爸一邊說話逗她。他說她也該是離家嫁人的時候了，他告訴菲利普她可驕傲了，主日學校門外的有志青年隊伍排得好長，還是雙排的，就爲了能有這份榮幸送她回家，可是她理都不理。

「瞧您說的，爸爸。」莎莉說，臉上還是帶著那幽幽緩緩，好脾氣的微笑。

「有個裁縫的助手因爲她不肯跟他打招呼，居然就此從軍去了；還有個電機工程師，提醒你一下，是電機工程師噢，因爲在教堂裡她不肯跟他共用一本聖歌本，就開始酗酒，聽多了這種事，你恐怕連看都不敢看她一眼，怕一看就愛上了吧。等到她眞的年紀到了，盤起髮髻，我眞不敢想像會發生什麼事。」

「媽媽會把茶帶過來。」莎莉說。

「莎莉從來不理我，」阿瑟尼大笑，又用慈愛而驕傲的眼光看著她。「她只管自己的事，什麼戰爭、革命、災難她都不放在心上。對一個正直的男人來說，這種妻子有多完美啊！」

阿瑟尼太太送了茶來，坐下之後就開始切麵包和奶油。菲利普看她對待自己丈夫的樣子，就像在照顧一個小孩，覺得非常有趣。她幫他在麵包上抹好果醬，切成小塊，連奶油都切成方便他入口的大小。她已經脫下了帽子，身上還穿著週日上教堂的衣服，看起來有點緊。她的樣子很像他小時候跟伯父偶爾去拜訪的農夫太太，接著他突然懂了，爲什麼他會覺得她的口音聽起來那麼熟悉，她說起話來跟布萊克斯泰伯那兒的人一模一樣。

「您老家在哪兒？」他問她。

「我是肯特郡人，老家在弗恩。」

「跟我想的一樣。我伯父是布萊克斯泰伯的牧師。」

「這下有意思了，」她說，「我剛剛在教堂裡的時候也一直在想，你會不會跟凱利先生有什麼親戚關係。我見過他好多次。我有個表姊嫁給了羅斯利農場的巴克先生，那座農場就在布萊克斯泰伯教堂附近，我還是個小女孩的時候常去那裡住。這不是太好玩了嗎？」

她看著他，像是重新對他燃起了興趣，褪了色的眼睛也亮了起來。她問他知不知道弗恩這個地方，那是個美麗的村莊，離布萊克斯泰伯十六公里遠，那裡的牧師偶爾會去布萊克斯泰伯參加收穫感恩節。她還提到附近幾個農場主人的名字。重新提起她青春時代住過的村莊讓她非常高興，她以那個階層的人特有的好記性，把腦海裡的景象和人物一樣樣翻出來，對她來說眞是一大樂事。這也讓菲利普產生了一種奇特的感覺，覺得這間位於倫敦市中心的鑲板房間突然透進了一股鄉村氣息，他彷彿看見了肯特郡長著高大榆樹的肥沃田野，他的鼻孔忍不住張大，想多聞聞這股香味，它充滿著北海的鹹味，讓這氣味變得更濃郁、更強烈。

菲利普在阿瑟尼家一直待到晚上十點才走。孩子們八點鐘時就來道過晚安了，還一個個仰起小臉讓菲利普親吻，態度非常自然。他對這些孩子心生憐愛。至於莎莉，只是跟他握了握手。

「莎莉從不和第一次見面的先生親吻。」她爸爸說。

「那你一定得再請我來才行。」菲利普說。

「請不用把我爸說的話放在心上。」莎莉微笑著說。

「她可是個沉著冷靜的年輕女郎呢。」她爸爸又加上一句。

他們晚餐吃了麵包起司配啤酒，這時阿瑟尼太太先去哄孩子們睡覺，等到菲利普去廚房跟她道別（她一直坐在那兒，一邊休息，一邊讀《每週快訊》[1]），她誠摯地邀請他務必再來。

「只要阿瑟尼還有工作做，這裡星期天總會有頓好飯吃的，」她說，「而且你來跟他聊天，也幾乎等於是做善事了。」

到了下星期六，菲利普收到了阿瑟尼寄來的一張明信片，說他們都期待著他隔天去他們家吃飯。但菲利普擔心他們家的經濟狀況其實並不像阿瑟尼想讓他覺得的那麼好，所以菲利普回了信說他只會去喝下午茶。他買了一個大大的葡萄乾蛋糕帶去，這樣他們就不需要為了招待他花錢。他發現他們全家都很高興見到他，那個蛋糕更是完全征服了孩子們的心。他堅持大家都應該在廚房一起喝茶，那頓下午茶喝得吵吵嚷嚷，歡樂得不得了。

菲利普很快就養成了每週日去阿瑟尼家喝茶的習慣。他成了孩子們最喜歡的人，因為他單純、眞實，而且很明顯地喜歡他們。只要一聽見門鈴響，他們就會迅速把頭探出窗外看看是不是他，接著就一大群孩子鬧哄哄地一起奔下樓幫他開門，撲進他懷裡，喝茶的時候搶著要坐他旁邊。很快地，他們就開始稱呼他菲利普叔叔了。

阿瑟尼很健談，菲利普漸漸知道了他不同時期的生活情況。他做過很多工作，在菲利普聽來，他把每個做過的工作都弄得一團糟。他在錫蘭的茶園待過，也在美國做過義大利紅酒推銷員；托雷多水公司的祕書是他做得最久的一個工作；他當過記者，在一家晚報做過一陣子，專寫違警法庭的報導，另外還做過英國中部某報審稿員，還有另一家在里維拉的報紙編輯。這些工作經歷讓他累積了不少趣聞軼事，也很樂於把這些故事搬出來娛樂大眾。他讀過大量的書，尤其中意風格獨特的罕見作品，當他把腦子裡深奧的知識滔滔不絕地講給別人聽的時候，看見聽的人臉上露出驚嘆的表情，他也興奮得像個孩子一樣。三、四年前，因爲山窮水盡，他不得不去一家大型亞麻紡織品公司當新聞代理人，雖然他自認大材小用，值得更好的工作，但由於妻子的堅持和家庭需求，他才撐了下來。

90

菲利普離開阿瑟尼家之後，總會走出法院巷，沿著河岸街走到國會街盡頭去搭公車。認識這家人六個星期後的某個星期天，他依照慣例去搭公車，卻發現開往肯寧頓的公車已經客滿了。這時雖然是六月，但這天下雨，夜裡又濕又冷。爲了有位子坐，他走到皮卡迪利圓環去搭車，車會在噴泉那兒停，通常公車到那裡的時候車裡都不超過兩三個人。車每十五分鐘來一班，他還得再等一陣。他百無聊賴地看著人群，酒吧都打烊了，路上還是有不少人在閒逛。他腦子裡轉著各式各樣的想法，都是剛才阿瑟尼迷人的天賦對他的啓發。

突然，他的心猛地跳了一下。他看見了米爾芮德。他已經好幾個星期沒有想到她了。她打算從沙夫茨伯里大道轉角穿過馬路，正在一個遮雨棚下等待一列馬車通過。她專注地等待過馬路的機會，無暇顧及其他。她戴著一頂大

1《每週快訊》（The Weekly Dispatch）：英國報紙，一八〇一年至一九二八年在倫敦出版，自稱「教育和娛樂兼顧」是其宗旨。廣泛採集和報導體育新聞、法院新聞及種種社會新聞。當時，一般報紙的資訊量頗少，這份報紙資訊較多，很受讀者歡迎，銷售甚廣，報價甚至比競爭者便宜一至二便士。

大的黑色草帽，上頭插著一叢羽毛，身上穿著一件黑色絲綢長裙，那陣子女人很流行穿這種拖著長下襬的款式。米爾芮德見路空了，就過了馬路，往皮卡迪利圓環走去，裙襬拖在地上。菲利普心臟狂跳，跟在她背後，他並不希求跟她說話，只是很納悶她究竟要去哪裡，而且也很想看看她的臉。她慢慢地走著，轉進了埃爾街，接著她穿過攝政街，又再一次走向皮卡迪利圓環。菲利普被弄迷糊了，想不透她究竟在幹什麼。也許是在等人吧，他很好奇她等的那個人是誰。她趕過了一個戴著圓頂禮帽的矮個子男人，那人跟她同一個方向，正慢悠悠地溜達著，她經過他身邊的時候對他斜斜瞥了一眼。接著她又多走了幾步，在「天鵝與艾德加」酒吧門前停了下來，面朝馬路等著。那男人走過來時，她對他微笑，他盯著她看了一會兒，便轉過頭去，繼續悠閒地往前走。這時，菲利普一切都明白了。

他突然感到一陣雷殛似的恐怖，有片刻時間，他覺得自己的腿簡直虛弱得站不住。接著他迅速地追上她，碰了碰她的手臂。

「米爾芮德。」

她驚愕地轉過身來，他覺得她的臉一定紅了，但在黯淡的光線下他看不清楚。他們面對面站著，看著對方，好一陣子沒說話。最後她說：

「眞沒想到會碰見你！」

他不知道該怎麼回答，整個人抖得厲害，腦子裡閃過各種字眼，一個又一個，個個都聳人聽聞到難以置信的地步。

「這太可怕了。」他喘著氣說，聲音低得像是說給自己聽似的。

她沒再說什麼，轉身背對他，眼睛低低地看著路面。他覺得自己的臉痛苦得都扭曲了。

「有沒有什麼地方能讓我們聊聊？」

「我不想聊，」她惱怒地說，「別管我，行嗎？」

他突然想起，也許她缺錢缺得厲害，這時候根本付不出回家的車資。

「如果你有困難的話，我身上還有幾個金鎊。」他不假思索脫口而出。

「我不知道你是什麼意思，我只是要回公寓經過這裡而已。我剛才本來是要去見一個跟我在同一個地方工作的女孩子的。」

「看在上帝份上，這時候就別說謊了吧。」他說。

然後他看見她哭了，他又問了一次剛剛的問題。

「我們能找個地方聊聊嗎？我能跟你回去嗎？」

「不，不行，」她抽泣著說，「我不能帶男人去那兒。如果你想聊，我明天去找你。」

他很確定她絕對不會來，所以他不打算讓她走。

「不，你現在就帶我去找地方。」

「好吧，我知道有間房子可以去，但是他們要收六先令。」

「付錢我不在乎。那房子在哪兒？」

她把地址告訴他，他叫了一部出租馬車，他們坐車去了大英博物館後面鄰近格雷律師學院路的一條破落街道，她在路口就叫馬車停下來。

「他們不喜歡車直接開到門口。」她說。

這是他們上車之後兩人說的第一句話。他們往前走了幾公尺，米爾芮德在門上迅速敲了三下。菲利普注意到氣窗上有塊紙板寫著公寓招租。門悄悄地開了，一個高高的老女人讓他們進去，她看了菲利普一眼，低聲跟米爾芮德說了些什麼。米爾芮德帶著菲利普穿過走廊走到後面的一個房間，房裡一片漆黑，她跟菲利普要了根火柴把煤氣燈點上，那只燈沒有燈罩，火焰發出刺耳的嘶嘶聲。菲利普發現自己身在一個邋遢的小房間裡，裡頭有套家具，漆著仿松木的花紋，相對於這個房間，這套家具顯得太大了；蕾絲窗簾骯髒不堪，壁爐口遮著一面大紙扇。米爾芮德在爐臺邊的一把椅子上坐下，菲利普坐在床邊，覺得好羞恥。他這才看見米爾芮德的臉，她雙頰抹得紅紅的，眉毛畫得濃黑，但看上去卻又瘦又病，頰上濃厚的胭紅反而讓她白裡泛青的膚色變得更顯眼。她無精打采地望著那面紙扇，菲利普不知道該說什麼，他覺得喉嚨哽住了，好像立刻就要哭出來。他用手摀住了眼睛。

「我的天哪，這太糟糕了。」他呻吟。

「我不知道你在大驚小怪什麼，我還以爲你很高興呢。」

菲利普沒有應聲，過了一會兒，她突然嗚咽出聲。

「你不會以爲，我是因爲喜歡才做這種事的吧？」

「噢，親愛的，」他喊出來，「我好難過，我眞的好難過。」

「這種話對我一點用都沒有。」

菲利普再次覺得無話可說。他很害怕這時不管自己說什麼，她都會覺得他在責備或嘲笑她。

「孩子呢？」他終於開口問。

「我把她帶回倫敦了，跟我住在一起。我沒錢讓她留在布萊頓，所以得自己帶。我在海布理街租了個房間，跟他們說我是個女演員。我每天都得跑很遠的路到西區去，但要找到願意租房子給單身女人的房東實在太難了。」

「茶館不肯讓你回去嗎？」

「我哪裡都找不到事情做，爲了找工作，腿都快跑斷了。我找到過工作，但是我因爲人不怎麼舒服，休息了一星期，再去人家就不要我了。這你也不能怪他們，對吧？那種地方，身體不強壯的女孩他們可請不了。」

「你現在看起來情況不好。」菲利普說。

「我實在不適合晚上出門，但我沒辦法，我需要錢。我寫信跟埃米爾說我一毛錢都沒有了，但他一封信也沒回過。」

「你可以寫信給我啊。」

「我不願意，不只是因為發生了那些事，是我不想讓你知道我有困難。就算你跟我說，這一切都是我罪有應得，我也不意外。」

「即使到現在，你還是這麼不了解我嗎？」

有片刻時間，他想起了過去因為她而承受的種種痛苦，這些傷痛回憶令他生厭，但也僅只於回憶了。他看著她，心裡很明白，他已經不愛她了。他很為她難過，但也很高興自己不再跟她有任何瓜葛。他神色凝重地看著她，不禁自問，當初為什麼會迷戀她迷戀成那個樣子呢？

「你是個道道地地的紳士，」她說，「你是我認識的唯一一個紳士。」她停了一分鐘沒說話，臉紅了起來。

「我討厭求你，菲利普，不過，你可以借我一點錢嗎？」

「還好我身上還有點錢，不過，恐怕只有兩鎊。」

他把金鎊給了她。

「我會還你的，菲利普。」

「噢，沒關係的，」他微笑，「不用擔心。」

他沒把心裡真正想說的話說出來。他們說著話，彷彿這一切都順理成章；即使她現在就要離開，回到她那可怕的生活裡，而他完全無力阻止，也是很自然的事。她起身接過了錢，兩個人就這麼站著。

「我耽擱你了嗎？」她問，「我想你打算回家了吧。」

「不，我不急。」他回答。

「我真高興能有機會坐一下。」

這句話和它代表的意義刺痛了他的心，看見她疲倦地癱在椅子上的樣子，他難過得不知道怎麼好。兩人又沉默了許久，菲利普尷尬地點起一根菸。

「你眞是個好人，一句難聽話都沒對我說，菲利普。我還以爲你不知道會說出什麼話羞辱我一頓呢。」

他看見她又哭了起來，想起當初埃米爾・米勒拋棄她的時候，她也是這樣地來找他，哭得淒慘悲切。她的痛苦，還有他受過的屈辱，種種回憶，彷彿讓他這時的同情更加氾濫，難以抗拒。

「要是能擺脫這種事就好了！」她呻吟著說，「我痛恨這種事，我根本不適合這種生活，我不是做這種事的女人。只要能擺脫，我什麼都肯做，如果可以，當女僕我也願意。噢，要是我死了就好了。」

這一段自憐的話出口之後，她像是徹底崩潰了，她哭得歇斯底里，瘦弱的身體不住地顫抖。

「噢，你不懂那是怎麼回事，沒親身體驗過的人是不會懂的。」

看她這樣哭，菲利普簡直受不了。她可怕的處境令他萬分煎熬。

「可憐的孩子，」他低聲地說，「可憐的孩子。」

他的心被深深地打動了。這時，他突然靈機一動，冒出一個令他狂喜不已的念頭。

「聽我說，如果你想脫離這種生活，我有個點子。目前我手頭很緊，必須盡可能節省過日子，但我在肯寧頓租了一套房子，還有個房間空著，如果你願意，你可以帶著寶寶過來住。我請了個女人幫我打掃，做點簡單飯菜，一星期付她三先令六便士。這些工作要是由你來做，你吃飯花的錢也不會比雇她的工錢多。兩個人過日子的花費比一個人多不到哪裡去，而且我想寶寶也吃不了多少。」

她停了哭，看著他。

「你的意思是說，經過了這麼多事，你還願意讓我回去？」

想到接下來不得不說的話，菲利普尷尬得有點臉紅。

「我不想讓你誤會，我只是給你一個住的地方，不費分文，另外再供你吃，我只希望你能做之前我雇的那個女人做的工作，除此之外，我完全不要求你做任何事情。我相信把飯菜燒好你應該沒問題。」

她從椅子上倏地站起來，準備朝菲利普走過去。

「你對我太好了，菲利普。」

「不，請你不要過來。」他急急地說，一邊伸出雙手，像是要把她推開。

他也不知道爲什麼會有這種反應，但想到她碰到自己的感覺，他就覺得受不了。

「我只想當你的朋友，別無其他。」

「你對我太好了，」她只是不斷重複這一句，「你對我太好了。」

「意思是你答應了？」

「噢，當然，爲了脫離這種生活什麼事我都願意做。菲利普，你絕對不會後悔做這個決定的，絕對不會。我什麼時候可以過去，菲利普？」

「你可以明天過來。」

她突然又迸出了眼淚。

「現在又在哭什麼？」他笑著說。

「我太感激你了，眞不知道該怎麼報答你。」

「噢，這沒什麼，你也該回去了。」

他把地址寫給她，跟她說如果她五點半來，一切應該都已經安排妥當。時間太晚了，他只能走路回家，但這段路他一點也不覺得長，因爲他整個人都覺得飄飄然，彷彿漫步在雲端。

16

隔天他一大清早就起床，把房間整理好等著米爾芮德。他跟那個幫傭的女人說以後不用來了。大約六點，米爾芮德來了，菲利普本來一直在窗前張望，見她到了，便跑下樓去替她開門，幫她把行李提上來。而所謂的行李，也不過是三個用棕色紙張包起來的大包裹，因為她除了必需品之外，所有東西都已經被迫變賣了。她身上還是昨晚那套黑色絲綢衣裙，臉頰上沒有抹胭脂，但眼睛周圍還是一圈黑，顯然是早上馬虎梳洗之後的殘妝，讓她看起來一臉病容。她抱著嬰兒走出馬車，模樣令人生憐。她似乎有點不好意思，他們發現兩人之間也沒什麼話可說，便只是平常地寒暄了幾句。

「你總算平安到達了。」

「倫敦這一帶我還從來沒住過呢。」

菲利普帶她看了房間，克朗蕭就是在這個房間過世的。菲利普一直不想搬回那個房間，雖然他也覺得這種想法很荒謬。自從克朗蕭過世，他一直都住在小房間，睡在那張折疊床上，當初他是為了讓朋友住得舒服才搬進小房間的。寶寶安靜地睡在米爾芮德懷裡。

「我想你已經認不得她了。」米爾芮德說。

「自從我們送她去布萊頓之後我就沒見過她。」

「我該把她放在哪兒？她好重，我抱不了太久。」

「我這兒恐怕沒有搖籃。」菲利普不安地笑笑。

「噢，還是讓她跟我睡吧，她一直都這樣的。」

米爾芮德把寶寶放在一張扶手椅上，然後把整個房間看過一遍。她發現大部分東西她都在菲利普以前的住處見過，只有一樣是新的，那是去年夏末勞森替菲利普畫的一幅半身像，掛在壁爐臺上。米爾芮德挑剔地看著它。

「從某方面來說，我喜歡這幅畫，但從另一方面來說，我又不喜歡。我覺得你比畫裡好看多了。」

「情況大有改善哪，」菲利普笑了出來，「你以前從來沒說過我好看。」

「我才不是會操心男人長相的人。長得好看的男人我也不喜歡，我覺得他們太自大了。」

她的眼光在房裡巡了一圈，本能地想找面鏡子卻沒找到。她舉起手，理了理她蓬鬆的瀏海。

「我住在這裡，別人會怎麼說？」她突然開口問。

「噢，只有一對夫妻住在這兒，丈夫整天不在家，至於妻子，只有星期六付房租的時候才見得到面。他們完全不管別人的事，我從搬來到現在跟他們說不到兩句話。」

米爾芮德進臥房開行李放東西。菲利普想讀點書，但情緒太亢奮了，讀不下去。他靠在椅背上，點起一支菸，眼神帶笑地看著那個熟睡的孩子。他感覺非常幸福。他很確定自己已經完全不愛米爾芮德了，自己也很驚訝舊日的感情竟消逝得如此徹底。他發覺自己對她有種生理性的排斥，他想，要是自己去碰她，一定會起一身雞皮疙瘩，但他自己也不懂爲什麼。過了一會兒，一陣敲門聲傳來，她又進來了。

「噯，你不需要敲門的，」他說，「這棟豪宅你都參觀過了嗎？」

「那眞是我見過最小的廚房。」

「你會發現，要做我們的豪華大餐，那間廚房已經夠大了。」他口氣輕鬆地反駁她。

「我看那裡什麼都沒有，我還是出去買點東西吧。」

「好，但是我必須提醒你，我們必須非常非常節省才行。」

「那我該買什麼當晚餐？」

「你最好買點你覺得自己會做的東西。」菲利普笑著說。

他給了她一點錢，她出門去了。半小時之後她回來，把買的東西放在桌上，爬樓梯爬得她上氣不接下氣。

「我說，你這叫貧血，」菲利普說，「我會開點布洛丸給你吃。」

「找商店花了我一些時間。我買了一點肝，肝很好吃的，對吧？這你也沒辦法一口氣吃太多，所以反倒比吃肉省錢。」

廚房有個瓦斯爐，她把肝放到爐子上煮，又回到客廳裡鋪餐巾。

「你為什麼只擺一個人的？」菲利普問，「你不打算吃東西嗎？」

米爾芮德臉紅了起來。

「我想你可能不希望跟我一起吃飯。」

「為什麼不？」

「這個嘛，我只是個傭人，不是嗎？」

「別說傻話了，你怎麼能傻成這樣呢？」

他笑了，但她的謙卑卻奇特地擾動了他的心。可憐的人啊！他想起了他剛認識她時的樣子，他沉吟了片刻。

「不要覺得我給了你多大的恩惠，」他說，「這只不過是一筆交易，我供你吃住，你為我工作。你什麼都不欠我，也沒什麼好羞恥的。」

她沒應聲，只是眼淚大顆大顆地往下掉。菲利普根據在醫院時的經驗，知道她這個階層的女人都把服侍人當成丟臉的事，他不禁對她有點不耐煩，但又覺得自己這樣不應該，因為她明顯又累又病。他站起來，幫她鋪好另一條餐巾。這時候寶寶醒了，米爾芮德幫她準備了一些美林嬰兒食品。肝和培根做好了，兩人就座，因為經濟因素，菲利普除了水之外不喝其他東西，但他還存著半瓶威士忌，他覺得喝點酒對米爾芮德的身體有好處。他盡可能想讓這頓飯氣氛融洽些，但米爾芮德一直悶悶不樂，一副筋疲力盡的樣子。吃過晚餐之後，她就去哄孩子睡覺了。

「我想你也早點去睡比較好，」菲利普說，「你看起來都累垮了。」

菲利普點上菸斗開始讀書。聽見隔壁房間有人走動真是件愉快的事，偶爾，他也會被孤獨壓得喘不過氣來。米爾芮德進來收桌子，他聽見她洗碗時的杯盤碰撞聲，想到她竟然穿著這一身絲綢衣服洗碗，他忍不住笑了，這人是多麼獨特啊。但他還有功課要做，他把書放到桌上，目前他正在讀奧斯勒的《內科》[2]，最近它已經取代了多年來慣用的泰勒著作，成了醫學生最歡迎的教科書。過了一會兒，米爾芮德進來了，她一邊走，一邊把捲起來的袖子放下，菲利普隨意地看了她一眼，並沒有動，場面顯得很古怪，他覺得有點不安，擔心米爾芮德覺得他存心要找麻煩，但他實在不知道該怎麼做才能安慰她而不對她造成傷害。

「對了，我九點鐘有課，所以我八點十五分要吃早餐，你能弄嗎？」

「噢，沒問題。我還在國會街做事的時候，每天早上都得趕八點十二分從赫內希爾開的火車呢。」

「希望你會覺得房間舒服。好好睡一覺，明天你就會覺得整個人都不一樣了。」

「我猜你讀書都讀到很晚？」

1美林嬰兒食品公司創立於一八六六年，這種嬰兒食品並非完整的營養補充品，所使用的奶粉是稀釋的牛奶，稱之為「調整奶」，其餘成分是易溶解的乾燥小麥精、麥芽和碳酸氫鉀。

2威廉・奧斯勒（William Osler, 1849~1919）：著名內科醫生、現代醫學之父。出生於加拿大安大略省，畢業於麥吉爾大學（McGill University）。著作《醫學的原理與實踐》（The Principles and Practice of Medicine），完成於一八九二年，成為當時內科教科書的聖經，並首開「臨床教學」風氣。

「我一般會讀到十一點或十一點半。」

「那就先說晚安了。」

「晚安。」

他們兩人之間隔著一張桌子，他並沒有跟她握手道別。她靜靜地關上了門，他聽見她在臥室裡走動的聲音，不久之後，便聽見了她爬上床時的吱嘎聲。

92

隔天是星期二，菲利普一如往常地急急吃過早餐，接著便衝出門趕九點鐘的課，當中只來得及跟米爾芮德說幾句話。等到他傍晚回家，他發現她坐在窗邊，正在補襪子。

「嘿，你還眞勤奮哪，」他笑著說，「今天一整天都做了什麼？」

「噢，我把這個房子好好打掃了一遍，然後帶寶寶出門逛了一會兒。」

她穿著一件舊的黑色連身裙，跟她以前在茶館工作時穿的制服一樣，衣服雖然破舊，但看上去比前一天那件絲綢衣裙要順眼多了。寶寶坐在地板上，仰起頭用一對神祕的大眼睛看著菲利普，他在寶寶身邊坐下，玩起她的腳趾頭，她開心地笑出聲來。下午的陽光照進房間，散成一片柔和的光暈。

「回家之後發現家裡有人在，感覺太棒了。女人和寶寶眞是讓家裡增色不少。」

他去了醫院藥劑室，帶回一瓶布洛丸，把藥交給米爾芮德，囑咐她每餐飯後都要吃。這種藥她已經吃得很習慣了，因爲從她十六歲起，這藥她就一直斷斷續續地吃著。

「我確定勞森一定會愛上你泛青的皮膚，」菲利普說，「他會說這種膚色最適合入畫了，但我現在變得超實際，如果你的膚色不像擠奶女工那樣白裡透紅，我是不會開心的。」

「我已經好多了。」

吃過儉省的晚餐之後，菲利普把菸草袋裝滿，戴上了帽子。星期二他向來都會去畢克街那家小酒館，他很高興米爾芮德來了之後，緊接著就是這一天，因爲他很想藉此機會把他們之間的關係完全釐清。

「你要出門？」她說。

「是，星期二我會給自己放一晚上假。我明天會再見到你的，晚安。」

菲利普總是帶著愉悅的心情來這家小酒館。那位帶有哲人氣息的證券經紀人馬卡利斯特通常都在，太陽底下任何新鮮事他都能拿出來爭論，並且樂在其中；海沃德要是人在倫敦，也會到這兒來，儘管這兩位都不喜歡彼此，但出於習慣，每星期這一天還是會繼續在小酒館碰面。馬卡利斯特覺得海沃德是個可憐的傢伙，總是嘲笑他多愁善感的脆弱個性。他會語帶譏諷地詢問海沃德的文學作品進度如何，當海沃德語焉不詳地說起那本未來的傑作，他便報以不屑的微笑。他們常常爭論得砲火四射，但那裡的潘趣酒實在太妙了，他們都很喜歡，等到聚會結束，通常兩人之間的分歧都已經化解，而且彼此都認爲對方是個眞男人。這天晚上菲利普到的時候發現他倆都在，勞森也來了。勞森現在不太常來，他在倫敦開始認識一些人，常常要出去吃飯。他們三個人這會兒關係好得不得了，因爲馬卡利斯特在證券交易所爲他們做了筆好買賣，讓海沃德和勞森各賺了五十鎊。這對勞森是筆大錢，因爲他花得多賺得少。他目前正在職業肖像畫家的某個階段——評論家相當關注他，也有許多高貴女士們願意免費讓他畫像（這對雙方來說都是絕佳的廣告，也讓這些了不起的女士們贏得了贊助藝術家的風評），但還難得碰上願意固定花大錢幫妻子畫肖像的庸俗富客。因此能賺到這筆錢，勞森滿意得不得了。

「這是我碰過最棒的賺錢方式，」他喊，「我再也不需要在口袋裡到處翻零錢了。」

「上週二你沒來這兒，眞是錯失了大好機會啊，老弟。」馬卡利斯特對菲利普說。

「老天，你怎麼不寫信給我？」菲利普說，「你知道一百鎊對我有多大用處嗎？」

「哎，寫信根本來不及啊，人得在現場才行。上週二我聽到一個好消息，就問這兩個人願不願意賭一把，星期三早上我幫他們各買了一千股，下午就漲了，於是我立刻脫手，給他們兩個人各賺了五十鎊，自己也有了幾百鎊進帳。」

菲利普嫉妒得整個人都難受起來。他最近才剛把最後一張投資抵押債券賣掉，數目不大，現在只剩六百鎊了。只要想到未來，他就覺得驚慌失措。在取得醫師資格之前，他必須靠這筆錢撐兩年，那時他還打算爭取在醫院任職，也就是說他至少有三年時間賺不了什麼錢。就算他縮衣節食，到時候他剩下的錢也不超過一百鎊。要是他病了不能賺錢，或者什麼時候失了業，這些錢要當預備金也太少了。要是能賭贏一把，對他來說，情況就會大爲改觀。

「嗳，沒關係的，」馬卡利斯特說，「機會一定很快就有，南非的股市這幾天會再出現一波漲勢，到時候我再看看能幫你做點什麼。」

馬卡利斯特對南非金礦股票市場有涉獵，常常跟他們說些一兩年前股市大漲，許多人一夜暴富的故事。

「好吧，下次可不要忘了我啊。」

他們坐著閒聊，一直聊到將近午夜，菲利普因爲住得最遠所以先走，要是他趕不上最後一班電車，就得走路回去，這會讓他回家的時間拖得很晚。他果然沒搭上車，到家的時候都快十二點半了。他上了樓，卻驚訝地發現米爾芮德還坐在他的扶手椅上。

「你爲什麼不去睡覺？」他叫出來。

「我不睏。」

「你時間到了就該上床，這樣能讓你好好休息。」

她沒動。他注意到，晚餐之後她又換上了那件黑絲綢衣裙。

「我想我還是醒著比較好，說不定你會需要什麼東西。」

她看著他，蒼白的薄唇隱約漾起一股笑意。菲利普不確定自己是不是眞的懂得了這笑容蘊含的意思，他有點尷尬，卻還是裝出一副愉快隨意的樣子。

「你眞好，但這樣也太沒規矩了。趕快上床睡覺去，不然明天就爬不起來啦。」

「我還不想睡嘛。」

「別胡說了。」他冷淡地說。

她微帶怒意地站了起來，回自己房間去了。他聽見她猛力關門的聲音，不禁笑了出來。

接下來的幾天平靜無事。米爾芮德適應了新環境，菲利普匆忙吃過早餐出門之後，她有一整個上午可以做家事。他們吃得非常簡單，但她喜歡花很長的時間去買他們需要的那點少少的東西。她懶得費神給自己做午餐，就只給自己弄杯熱可可，吃點麵包抹奶油。接著她會用嬰兒車推著寶寶出門逛逛，回家之後的下午時光便無所事事地度過。一天至此，她已經累垮了，家務這麼少倒是適合她。菲利普把房租交給她去繳，她因此跟那位令人生畏的房東太太交上了朋友，不到一星期，她就能把左鄰右舍的八卦講給他聽，分量比他一整年知道的還要多。

「她是個好人，」米爾芮德說，「是個道地的貴婦。我跟她說我們是夫妻。」

「你覺得有必要這樣說嗎？」

「這個，我總得跟她說點什麼嘛。我住在這裡，又沒跟你結婚，看起來不是很怪嗎？這樣的話，我不知道她會怎麼想。」

「我不覺得她相信你的話。」

「我敢打賭，她信。我跟她說我們已經結婚兩年了。我不這樣說不行，你知道的，因為有寶寶嘛。只是這件事不能讓你家裡知道，因為你還是個學生啊（她把「學生」說成了「笅生」），所以我們結婚的事必須保密。不過現在他們已經妥協了，所以我們這個夏天會去跟你的家人住。」

「你簡直是鬼話專家。」菲利普說。

他對米爾芮德還是這麼熱中編謊話隱隱覺得惱怒，過去這兩年她一點也沒學到教訓。但他聳了聳肩。

「說到底，」他沉思了一下，「她也沒什麼學習的機會。」

這是個美麗的傍晚，天氣和暖，萬里無雲，倫敦南區的人們好像都湧上了街頭。空氣裡有種讓倫敦佬們蠢蠢欲動的氣氛，氣候轉變的時節總會召喚倫敦人走向戶外。米爾芮德收拾完晚餐，站在窗邊，街上的嘈雜聲迎面撲來，人們互相呼喊，車陣呼嘯而過，遠處還有一部手搖風琴不住地流瀉出樂音。

「我想你今晚不做功課不行，是吧，菲利普？」她問他，臉上帶著渴望的表情。

「是該做，但我不知道什麼叫『不做不行』。怎麼？有什麼希望我做的事嗎？」

「我想出門走走。我們可以坐雙層電車去逛一圈嗎？」

「就隨你吧。」

「我這就去戴帽子。」她快樂地說。

這樣的夜晚，要留在屋裡不出門幾乎不可能。寶寶已經睡了，把她留在家裡沒問題，米爾芮德說之前她晚上出去也是把寶寶單獨留在家裡，她從來也沒醒過。她戴好帽子回來，整個人興致高昂，還抓緊機會上了點胭脂，菲利普原本還以為是興奮才讓她的雙頰染上了淡淡的暈紅。她孩子似的快活令他感動，也反省自己待她太過嚴厲。一到戶外，她就開心地笑了。他們碰上的第一部電車是開往西敏橋的，他們上了車，菲利普抽著菸斗，兩人一起看著人群熙來攘往的街道。商店都開著，燈光五彩繽紛，人們正在採買隔天要用的東西。當他們經過一座叫坎特伯里的雜耍劇場時，米爾芮德叫了出來：

「菲利普，我們去那裡吧。我好幾個月沒上雜耍劇場了。」

「正廳前排的座位我們可付不起，你知道的。」

「噢，我不在乎，能坐頂層樓座我就很高興了。」

他們下了車，回頭走了幾百公尺來到雜耍劇場門口。他們以每張票六便士的價格買到兩個不錯的座位，位置雖然高一點，卻不是頂層樓座，因爲這天天氣太好，劇場裡沒什麼人。米爾芮德眼睛閃閃發光，玩得痛快極了。她這種簡單的頭腦有時很能打動菲利普，對他來說，她一直是個謎。她身上有某些東西至今依然很吸引他，他覺得她其實還是有不少優點。她教養不好，生活也艱辛，他責備她的地方，很多都是她無能爲力的；如果他向她要求她根本無力給予的美德，那反倒是他的錯了。要是生在不同的環境裡，說不定她也會成爲一個迷人的女孩。生活中的搏鬥她意外地無法承受。這一刻，他看著她的側影，看著她微微開著的嘴與頰上淡淡的紅暈，覺得她奇特地看起來像個未經世事的少女。他心底對她湧起一股強烈的同情，徹底原諒了她加諸他身上的一切痛苦。劇場裡煙霧繚繞，薰得菲利普眼睛刺痛，他提議要走，但她一臉懇求地轉向他，希望能待到戲演完。他笑著答應了。接著她一直握著他的手，直到表演結束。散場時，他們隨著人潮走到擁擠的街道，她還是不想回家，於是他們就在西敏橋路一帶閒逛，看著往來的人群。

「我已經好幾個月沒像今晚這麼開心了。」她說。

菲利普覺得心裡滿滿的，對命運的安排充滿感謝，儘管當初把米爾芮德和她的寶寶接回來住不過是一時衝動。看見她這麼滿足地對他表示感謝眞令人愉快。她終於累了，於是他們跳上一部電車回家。時間很晚了，他們下車走進公寓所在那條街時，路上一個人都沒有。米爾芮德伸出手挽住他的手臂。

「就跟以前一樣啊，菲爾。」她說。

之前她從來沒喊過他菲爾，這是格里菲斯對他的稱呼，而即使到了現在，這個名字還是讓他感到莫名的痛苦。他想起那時他有多麼想死，那難以承受的劇痛讓他非常認眞地考慮要自殺。現在這一切彷彿都是很久以前的事了。他想起過去的自己，輕輕地笑了笑。現在對於米爾芮德，他只有滿懷憐憫，別無其他。他們回到公寓，走進客廳時，菲利普點起了煤氣燈。

「寶寶沒事吧？」他問。

「我這就去看看。」

她看完孩子回來，說寶寶從她出門到現在動都沒動過，簡直乖透了。菲利普伸出手來。

「那就先跟你說晚安了。」

「你已經要睡了嗎？」

「都快一點了，我近來不習慣晚睡。」菲利普說。

她執起他的手握住，定定地望著他，眼神微微含笑。

「菲爾，那天晚上在那間屋子裡，你說要我來這兒住，說你除了要我燒飯做雜事之外，不希望跟我有任何關係，我可不像你以爲的那麼當眞。」

「你沒當眞？」菲利普回答，一邊抽回自己的手，「我可是當眞的。」

「別這麼傻呀。」她笑了起來。

他搖搖頭。

「我是很認眞的。如果有其他條件，我就不會要你來住這兒了。」

「爲什麼不呢？」

「我覺得我做不到。我也沒辦法解釋，但這會把一切都搞砸的。」

她聳了聳肩。

「嗯，很好，那就隨你的便吧。我可不是會為了這種事跪下來懇求，碰碰運氣的那種人。」

她走出客廳，把門在背後砰一聲甩上了。

93

隔天早上，米爾芮德一直在生悶氣，也不說話。她一步也沒出房門，直到該做午餐了才出來。她燒菜技術實在不好，除了煎骨排和肉排之外幾乎不會做別的，也不知道怎麼善加利用零星材料，所以菲利普在食材方面的開銷比預想的要高。她把午餐端上桌之後，就在菲利普對面坐下，卻什麼也不吃；菲利普問了她，她說她頭痛得厲害，也不餓。那天，他真高興自己還有地方打發時間，阿瑟尼家一直都那麼親切友善，知道他們家每個人都期待著他來訪，感覺非常愉快也很意外。等他回到家，米爾芮德已經睡了，但隔天她還是那樣不言不語。吃晚餐的時候，她擺著一張臭臉，皺著眉頭。菲利普有點不耐煩了，但他還是告訴自己，要體貼一點，體諒一下她的心情。

「你好安靜啊。」他說，臉上帶著親切的微笑。

「我是你請來燒飯打掃的，我可不知道還得陪聊天。」

他覺得這回答實在太沒禮貌了，但如果他們還要一起生活下去，那他就得把場面弄得輕鬆一點。

「恐怕你還在為那天晚上的事生我的氣。」他說。

談這件事是很讓人尷尬，不過顯然需要把事情談清楚。

「我不知道你在說什麼。」她回答。

「請不要對我發脾氣。如果當初我不認爲我們只是朋友的話，那我也不會要你來住這裡了。我之所以這麼提議，是因爲我覺得你需要一個家，而且也可以藉這個機會找點事情做。」

「噢，別以爲我是會在乎那種事的女人。」

「我一刻也沒這麼想過，」他急急地說，「你不要覺得我忘恩負義，我知道你是爲我好才想做那件事的。我只是有種感覺，而且我沒辦法不這麼想，要是我眞的讓這件事發生，一切都會變得非常醜惡，變得糟糕至極。」

「你這人眞有意思，」她說，用好奇的眼光看著他，「我眞搞不懂你。」

她現在已經不生他的氣了，只是很困惑，完全不懂他的用意。她接受了這個情況，她確實隱隱覺得他這行爲非常高尙，應該要讚揚他；但同時她又想笑他，甚至有點看不起他。

「他是個古怪的傢伙。」她想。

他們的日子過得還算順利。菲利普整天待在醫院裡，接著除了去阿瑟尼家或者畢克街的小酒館之外都在家裡用功。他當見習醫師的那位內科醫師請他吃了一頓正式的晚餐，還參加過兩三次同學辦的派對。米爾芮德接受了這種單調生活，就算對菲利普偶爾晚上把她一個人撇在家裡有點不滿，嘴上也從未提起過。偶爾他也會帶她去雜耍劇場。他始終貫徹原有的想法，也就是他們之間的關係，僅只於她以家務勞動換取食宿。她決定夏天不找工作了，覺得找了也是徒勞，她徵得了菲利普的同意，打算到了秋天再找。她覺得到那時找工作應該會容易些。

「對我來說，只要你覺得方便，就算你找到工作了也可以繼續住這裡。房間是現成的，而且之前幫我做事的那個女人也可以來照顧寶寶。」

他變得非常牽掛米爾芮德的孩子。其實他天性慈愛，只是一直沒有機會表現出來。米爾芮德對這個孩子也不能說不好，她把她照顧得非常妥當，有一次孩子重感冒，她就像個盡責的護士一樣照料她；但孩子令她厭煩，要是寶寶打擾了她，她就會凶巴巴地對她說話；她喜歡孩子，但缺少那種忘我的濃烈母性。米爾芮德感情不外露，她覺得流露感情是很荒謬的事。當菲利普讓寶寶坐在膝上，一邊跟她玩一邊親她時，米爾芮德就嘲笑他。

「就算你眞是她爸爸，關心程度也不過如此了，」她說，「你跟這孩子在一起的樣子，簡直要多傻有多傻。」

菲利普臉紅了，他最討厭別人笑他。這麼疼一個別人的孩子確實很可笑，對於自己心裡氾濫的愛意也覺得有點丟臉。但那孩子似乎感覺到菲利普愛她，就主動把小臉貼在他臉上，舒舒服服地偎在他懷裡。

「對你來說什麼都好得不得了，」米爾芮德說，「那是因爲她讓人不舒服的部分你都沒碰上。要是你半夜睡得好好的，只因爲她大小姐不想睡，你就得跟著醒一小時，看你會有什麼感覺？」

菲利普突然想起了小時候的種種回憶，那些事，他以爲自己已經遺忘很久了。他隨手握住寶寶的腳趾頭。

「這隻小豬去市場，這隻小豬留在家。」

他每天傍晚回家，一進客廳，第一眼就是先看那個趴在地板上的孩子，聽見她看見他之後那快樂的叫聲總讓他興奮得微微顫抖。米爾芮德教她喊他爸爸，當那孩子第一次主動喊出來的時候，米爾芮德笑得停不下來。

「我在想，你這麼愛寶寶，到底是因爲她是我生的呢，還是說你不管是誰的孩子都一樣愛？」米爾芮德問。

「我也不認識別人的寶寶，所以這問題我沒辦法回答。」菲利普說。

擔任住院病患見習醫師第二學期快結束的時候，菲利普碰上了好運氣。那時是七月中旬的某個星期二，他去了畢克街那家小酒館，發現除了馬卡利斯特之外其他人都沒來。他們坐在一起，聊著那兩位不在的朋友，聊了一陣子之後，馬卡利斯特對他說：

「噢，順帶一提，我今天聽到一個好消息，新克萊芳登股市，這是羅德西亞那兒的一個金礦所在地，你要是願意賭一把，說不定能小賺一筆。」

菲利普一直焦急地等著這樣一個機會，但現在機會眞來了，他卻又遲疑起來。他非常害怕賠錢，他實在沒有多少賭徒精神。

「我很想試試，但我也不知道我擔不擔得起這個風險。如果出了差錯，我會虧多少？」

「這事我本來不該提的，只是你看起來好像很感興趣的樣子。」馬卡利斯特冷冷地回答。

菲利普覺得馬卡利斯特完全把他看成十足的笨蛋。

「我是太想賺點錢了。」他笑起來。

「除非你有冒險的心理準備，否則是賺不到錢的。」

馬卡利斯特開始跟菲利普聊起別的事，菲利普嘴上應和著，心裡卻一直在想，要是這次投機回報不錯，下次見面時，這位證券經紀人一定會拿他打趣。馬卡利斯特那張嘴可是不饒人的。

「如果你不介意的話，我想，我願意賭一把。」菲利普熱切地說。

「沒問題。我會幫你買兩百五十股，只要漲了半克朗[1]，我就立刻賣掉。」

菲利普很快地算出可能賺到的數字，他口水都快流下來了；這時候的三十鎊簡直是天降甘霖，他覺得命運已經欠他太多了。隔天早上吃早餐時見到米爾芮德，他就把這件事告訴了她，她覺得他實在太傻。

「我從來沒見過誰在證券交易所裡賺錢的，」她說，「埃米爾總是這麼說，你不能指望靠股票發財，他這麼說的。」

菲利普在回家路上買了份晚報，立刻翻到股票欄，因為對這些東西一無所知，要找到馬卡利斯特說的那檔股票還花了好一番功夫。他發現股價漲了四分之一。他的心狂跳起來，接著就開始擔心馬卡利斯特會不會忘了這回事，或者因為什麼原因沒幫他買。馬卡利斯特答應過會發電報給他。要他搭電車他可是一分鐘都等不了，便直接跳上了出租馬車，這可是反常的奢侈。

「有我的電報嗎？」他一衝進門就說。

「沒有。」米爾芮德說。

他的臉整個垮了，萬分失望地跌坐在椅子上。

「所以他根本沒幫我買股票，那個混蛋，」他又憤怒地加上一句，「我怎麼這麼倒楣！我都已經想這筆錢要怎麼用想了一整天了。」

「嘿，本來你打算拿來幹嘛？」她問。

「現在想這個有什麼用？噢，我想要這筆錢想得不得了。」

她笑著交給他一封電報。

「我只是跟你開個小玩笑，電報我拆了。」

他一把將電報從她手裡搶過來。馬卡利斯特幫他買了兩百五十股，並且照他說的，在漲了半克朗之後賣出，代辦單據隔天就會送來。有一小陣子，菲利普很火大，因爲米爾芮德居然跟他開這麼殘忍的玩笑，但沒多久不快的情緒就立刻消散，他完全沉醉在快樂之中。

「有了這筆錢，情況就大爲不同了，」他叫出來，「你喜歡的話，我給你買件新衣服。」

「我想要新衣服想得要命啊。」她回答。

「我告訴你我想做什麼，我打算七月底去做手術。」

「欸，你哪裡出了毛病？」她開口打斷他。

她覺得他一定有一種她不知道是什麼的病，也許可以對之前她大惑不解的那件事提出解釋。他臉紅了，因爲他不喜歡提自己的畸形。

1克朗（crown）：英國貨幣名，相當於廿五便士。

「沒出什麼毛病，只是醫生們覺得我的腳有改善的可能，之前我一直沒有時間，但現在已經沒關係了。我可以把原本下個月開始的包紮員工作延到十月，我在醫院只需要待幾星期，這個夏天剩下的時間我們可以去海邊，這對你和寶寶，還有我，對所有人都好。」

「噢，我們去布萊頓吧，菲利普，我喜歡布萊頓，在那裡可以碰到好多上流人士。」菲利普本來隱隱有意去康沃爾的某個小漁村，但聽到她的話，他才想到，要是眞去那裡，米爾芮德會無聊死的。

「只要是去海邊，哪裡我都不介意。」

他也不明白爲什麼，但他突然對大海有了種難以抗拒的渴望。他好想洗海水浴，他愉悅地想著鹹鹹的海水飛濺起來的情景。他游泳游得很好，再沒有什麼比波濤洶湧的大海更令他興奮的了。

「哎，一定會很快樂的啊。」他大聲地說。

「一定就跟蜜月一樣，對不對？」她說，「你會給我多少錢買新衣服，菲爾？」

94

菲利普請雅各布斯先生爲他做手術，也就是之前他在他手下當包紮員那位助理外科醫師。雅各布斯高興地接受了，因爲他那時剛好對於延誤治療的跛足很感興趣，正在收集寫論文的資料。他提醒菲利普，他沒有辦法把他的腳治得和另一隻一樣，但他認爲會有相當程度的改善，雖然走路還是會跛，但至少可以穿上不那麼難看的靴子，比他向來穿的好得多。菲利普想起從前他向那位只要虔信就能爲他移開大山的上帝祈禱的事，苦澀地笑了。

「我並不期待奇蹟。」他回答。

「我認為你讓我盡力一試是很明智的選擇，以後你會發現跛腳對行醫來說相當不利。外行人盲目跟風，聽信人言，就是不喜歡醫生身上有任何問題。」

菲利普住進了「小病房」，每個病房外的樓梯間都有這麼一個房間，是為特殊病患準備的。他在那兒住了一個月，因為那位外科醫師非得等到他能走了才肯讓他出院；手術很成功，這段時間他過得相當愉快。勞森和阿瑟尼都來看過他，有一次阿瑟尼太太還帶著兩個孩子來；他認識的醫學院同學不時會過來跟他聊天，米爾芮德一星期會來看他兩次。每個人對他都很好，大家這麼為他操心令他受寵若驚，心裡也充滿了感動與感激。這些關懷讓他獲得了慰藉，在那裡，他不需要擔憂未來，也不需要擔心錢夠不夠用或者期末考會不會及格，他可以盡情地讀書。最近他一直沒能多讀書，因為米爾芮德老是來煩他，當他想集中注意力的時候，她就會跑來說幾句無關痛癢的話，要是他不應聲，她就不高興；他一定下心要讀書，她就會要他幫忙做事，有時候帶著個拔不下來的瓶塞來找他，有時候又叫他去敲一根釘子。

他們敲定了八月去布萊頓。菲利普想訂出租公寓，但米爾芮德說，這樣一來她又得做家事了，只有住供餐的高級公寓才有度假的感覺。

「我每天在家都得張羅吃的，都快膩死了，我想徹底改變一下。」

菲利普同意了，碰巧米爾芮德知道肯普敦一家供餐的寄宿公寓，一星期收費不超過二十五先令。她跟菲利普商量好寫信去訂房間，但當他回到肯寧頓，卻發現她什麼也沒做。菲利普火大了。

「真想不到你有這麼忙。」他說。

「噯，我也不是每件事都顧得到的啊，就算我忘了，也不是我的錯，不是嗎？」

菲利普太渴望到海邊去，連跟那間寄宿公寓的房東太太聯繫都等不及了。

「我們可以把行李留在車站，直接去公寓看看他們還有沒有房間，如果有，我們叫公寓外頭的搬運工去幫我們拿一下行李就行了。」

「你高興就好。」米爾芮德口氣僵硬地說。

她不喜歡被人責備，先是怒氣沖沖，之後就傲慢地悶不吭聲，菲利普做出發的準備工作時，她就無精打采地坐在一邊。在八月的烈日下，這個小公寓又熱又悶，路上蒸騰的臭味一陣陣飄進來。當他躺在那間紅色牆板的「小病房」床上時，他好渴望呼吸新鮮空氣，好期待浪花打在胸膛上的感覺。他覺得要是在倫敦再多待一夜，他就要發瘋了。米爾芮德看見布萊頓街道上擠滿來度假的人，壞脾氣馬上煙消雲散，車子駛向肯普敦的路上，兩人情緒都很高。菲利普輕輕撫著寶寶的臉頰。

「只要在這裡待上幾天，這小臉的臉色就會完全不同了。」他微笑著說。

他們抵達寄宿公寓，把馬車打發走。一個服裝邋遢的女僕開了門，菲利普問他們還有沒有空房間，她說她得去問問。她把房東太太請了來，那是個粗壯的中年女人，一副生意人的精明相，她走下樓，用專業眼光打量了他們一眼，接著便問他們想要什麼樣的房間。

「兩間單人房，另外如果這兒有的話，我們希望其中一間房裡有張嬰兒床。」

「兩間單人房恐怕是沒有。不過我這兒有一間很棒的大雙人房，而且也可以給你們嬰兒床。」

「我想這不太適合。」菲利普說。

「到下週我就可以再給你們另一間房了。布萊頓現在人很多，一房難求，大家都是將就著住。」

「如果只是住幾天，菲利普，我想我們也許應付得過去。」米爾芮德說。

「我想兩間房還是比較方便。你能推薦其他可以住宿的地方嗎？」

「可以是可以，但我想他們的房間也不會比我這兒多。」

「如果你不介意的話，請告訴我地址。」

那位粗壯的房東太太建議的公寓在隔壁街，他們往那兒走去。菲利普現在可以走得很好了，雖然還是必須支著手杖，身體也很虛弱。米爾芮德抱著寶寶。他們靜靜地走了一小段路，他看見她在哭。他有點生氣，故意不去理會她，但是她逼他非注意她不可。

「可以借我一條手帕嗎？我抱著寶寶，沒辦法拿自己的。」她抽抽噎噎地說，還把頭撇到一邊去。

他掏出自己的手帕給她，但一句話也沒說。她擦乾了眼淚，見他還是沒有要開口的意思，就繼續說。

「我大概很讓人討厭吧。」

「拜託別在大街上吵架。」他說。

「那麼堅持要分開住實在太可笑了，人家會怎麼看我們呢？」

「要是他們知道情況的話，一定會覺得我們道德觀念高尚得驚人。」菲利普說。

她斜斜瞥了他一眼。

「你不是打算告訴人家我們沒結婚吧？」她很快地問。

「不。」

「那你爲什麼不肯像跟我結婚了一樣住同一個房間呢？」

「親愛的，這我沒辦法解釋，我並不是存心要羞辱你，但我就是不行。我知道這個想法很傻，很沒道理，但我沒辦法控制。我曾經很愛你，但現在……」他沒把話說完，「總之，這種事說不明白的。」

「你根本沒有愛過我！」她大叫。

他們按指示找到了那間寄宿公寓，房東是一個嘮叨的老姑婆，眼神精明，說起話來滔滔不絕。他們可以提供一間雙人房，一星期二十五先令，多一個寶寶多加五先令，或者他們也可以選擇兩間單人房，若是那樣，一星期就要多付一鎊。

「單人房我必須多收一點錢，」那女人帶點歉意地解釋，「因爲如果有必要的話，就算是單人房我也可以擺下兩張床的。」

「我相信這個價格還不至於讓我們傾家蕩產。米爾芮德，你覺得怎麼樣？」

「噢，我不在意，怎麼做都挺好的。」她回答。

菲利普把她含怒的回應付之一笑，房東太太安排人去拿他們的行李，他們坐下休息。菲利普的腳有點疼，他很高興終於能把腳放在椅子上了。

「我想你不介意跟我坐在同一個房間裡吧。」米爾芮德口氣挑釁地說。

「別吵架好不好，米爾芮德。」他溫和地說。

「我還眞不知道你有這麼闊，受得了一星期白扔一鎊。」

「別生我的氣，我跟你保證，這是我們能住在一起的唯一方式。」

「我想你是看不起我，對不對？」

「當然不是，爲什麼我要看不起你？」

「這太不合常理了。」

「是嗎？你又不愛我，不是嗎？」

「我？你把我當成什麼樣的人了？」

「你好像也不是個慾望強烈的女人，你不是那樣的人。」

「你說這話太侮辱人了。」她火大了。

「噢，如果我是你，就不會爲這種睡不睡在一起的事大驚小怪了。」

這間寄宿公寓裡住了十來個人，大家在一間又窄又暗的房間裡用餐，圍坐在一張長桌上，房東太太坐在首席位置替眾人分切食物。伙食很差勁，房東太太稱這是法國料理，說穿了，就是用品質很差的食材，再用拙劣的醬汁遮醜，比如說拿鰈魚偽裝鯣魚，或者用紐西蘭羊肉權充小羊羔之類。廚房又小又不方便，所以菜端上來的時候都是要熱不熱的。座上賓客個個既乏味又裝腔作勢——有帶著嫁不出去的老閨女的老太太，裝模作樣的可笑老光棍，還有帶著太太、臉色蒼白的中年上班族，那些太太們閒聊的話題總是不脫自己嫁了人的女兒，還有在殖民地身居高位的兒子。這群人在餐桌上討論科賴里小姐[1]的最新小說，有些人比較喜歡雷頓爵士，而不喜歡阿爾瑪塔德瑪先生，有些人則恰恰相反。米爾芮德很快就把她和菲利普的浪漫婚姻故事告訴了那些女士們，菲利普也發現自己成了大家感興趣的對象，因爲他還是個「笈生」時就跑去結婚，他的家族在郡裡德高望重，就剝奪了他的繼承權，一先令財產都不分給他；而米爾芮德呢，她父親在德文郡擁有大片土地，因爲她嫁給菲利普，也就此撒手不管她。這也就是爲什麼他們會來住這間寄宿公寓，也沒給寶寶請保母的原因；但因爲他們都習慣了寬敞的環境，不想要一家人擠在一個房間裡，於是不得不租兩間房。其他人對於自己爲什麼選擇這間公寓也各有解釋——其中一位單身男士向來度假都住在「大都會」酒店，但他喜歡令人開心的同伴，這可是昂貴的旅館裡找不到的；那位帶著中年女兒的老女士在倫敦有棟漂亮的大宅正在修建，她對女兒說：「格溫妮，親愛的，我們今年可得節省點度假了。」於是她們就來住這兒了，而這裡自然是各方面都讓她們不習慣。米爾芮德發現他們都是上流人士，她討厭那一大群平庸粗俗的人。她喜歡的紳士，就得是個道道地地的紳士才行。

「身爲紳士淑女，」她說，「我希望這些人也能眞的成爲紳士和淑女。」

1瑪莉・科賴里（Marie Corelli, 1855~1924）：英國小說家。一八九六年出版第一本小說後即大獲好評，從此步入暢銷小說家行列，銷售量比當時其他暢銷作家的總和還多。不過，評論家通常將她的作品貶為「市井小民的最愛」。

菲利普覺得這話的意義似乎有點隱諱，但他聽她跟不同的人說了這話兩三次，卻發現每個人對這句話都熱烈贊同；他得出了一個結論——他應該是唯一一個智力不足以理解這句話的人。這還是菲利普和米爾芮德第一次整天都在一起。在倫敦的時候，他並不是整天都會見到她，等到他回家，他們就聊聊家事，聊聊寶寶和鄰居，直到他坐下開始用功爲止。如今他一整天都跟她在一起，吃過早餐之後就到海邊去，洗洗海水浴，在人行道上散散步，一個上午就悠閒地過去了；到了晚上，他們把寶寶哄睡之後就到碼頭去，還算可以消磨時間，因爲有音樂可以聽，有川流不息的人潮可以看（菲利普總會想像他們是什麼樣的人，在心裡給他們編一點小故事來自娛；他已經養成了習慣——雖然嘴上應和著米爾芮德的話，心裡的思緒卻是絲毫不受打擾）。但下午就顯得又長又無聊。他們坐在海灘上，米爾芮德說他們一定要從「布萊頓醫生」這兒盡量吸取好處。他辦沒法讀書，因爲米爾芮德動不動就開口對平常的各種瑣事發表觀察評論，要是他沒注意聽，她就不高興。

「噢，把你那本笨蛋舊書丟到一邊去吧，老是讀，也讀不出什麼名堂來。你腦子會讀糊塗的，將來你一定會變成一個書呆子，菲利普。」

「噢，胡說八道！」他回答。

「再說，老是讀書，也太孤僻了。」

他發現要跟她交談非常困難，她甚至連自己正在說的事情都沒有辦法專注，要是有一條狗從她面前跑過去，或者有個男人穿著花花綠綠的上衣經過，都會引出她一番議論，接著就把她之前講的話題給忘了。她對記名字很不在行，想不起名字會讓她很火大，所以她常常故事講到一半就停下來，絞盡腦汁想人名。偶爾她想想會放棄，但常常事後又突然想起來了，不管菲利普正在說什麼話題，她都會打斷他。

「柯林斯，就是這個名字。我知道我一定會想起來的。柯林斯，這個名字我就是記不住。」

這話觸怒了他，因爲這表示不管他說什麼她都沒在聽；但如果他閉嘴不說話，她又會怪他動不動生悶氣。她的腦子沒辦法處理抽象概念超過五分鐘，當菲利普把自己的體會化成抽象理論時，她很快就表現出一副無聊的樣子。米爾芮德常常作夢，她對那些夢記得一清二楚，每天都要絮絮叨叨地把夢境講給菲利普聽。

有天早上，他收到索普・阿瑟尼寫來的一封長信，他正以一種戲劇性的方式度假中，非常明智，也很合他獨特的個性。他這麼做已經十年了。他帶著全家人去肯特郡的一片啤酒花田，距離阿瑟尼太太的老家不遠，他們會在那裡採三星期啤酒花。這麼做不但可以接觸開闊的田野和新鮮空氣，還可以賺錢，不但阿瑟尼太太非常滿意，他們也再度和土地有了聯繫。這也是阿瑟尼特別強調的重點。在田野間這段短暫的日子給了他們全新的力量，就像一場魔法儀式，讓他們恢復青春，四肢重新得到力量，精神也愉悅許多。菲利普以前便聽過他就這個主題講了許多異想天開、詞藻華麗的生動故事，這次阿瑟尼寫信來邀他去那裡過一天，他對於莎士比亞有了點想法，對玻璃琴[2]也有些心得想跟他分享，而且孩子們都吵著要見菲利普叔叔。那天下午，菲利普和米爾芮德坐在海灘上的時候，他又把這封信讀了一次。他想起阿瑟尼太太這位生養眾多的快樂母親，想起她的和善殷勤與她的好脾氣；他也想起了莎莉，她的金髮編成一根長辮，前額寬寬的；以她的年紀來說，她是嚴肅了點，那小媽媽的神態和故做權威的樣子看起來非常有趣；接著他想起那一大群孩子，每個都那麼快活吵鬧，健健康康的，長得又好看。他的心已經完全飛向他們了。

他們身上有種特質，這種特質他之前從來沒在其他人身上看到過，就是善良。這一點他直到現在才想到，但顯然就是他們這種善良之美深深地吸引了他。理論上，他並不相信善良這種事；如果善良不過是權宜之策，那麼善與惡其實毫無意義。他討厭自己的思路不合邏輯，但這確實是一種單純的善良，是自然流露的，而他覺得這很美。他

2 玻璃琴（glass harmonica）：一系列尺寸不一的玻璃碗由大到小排列而成，演奏者以手指摩擦碗邊使之發出聲音，這種演奏方式最早可溯至義大利文藝復興時期。

一邊思索著，一邊慢慢地把信撕成了碎片；他不知道自己要怎麼拋下米爾芮德自己去那裡，卻也不想帶她一起去。

天氣很熱，天上一片雲都沒有，他們躲進了一個有遮蔭的角落。寶寶一本正經地在沙灘上玩石頭，偶爾她會爬向菲利普，給他一個石頭要他拿著，接著又把石頭拿走，小心翼翼地放回原處。她正在玩一種只有她自己知道的，神祕又複雜的遊戲。米爾芮德睡著了，她仰面朝天地躺著，嘴微微張開，雙腿伸展，靴子從她的裙襬底下以一種古怪的姿態露了出來。本來他視線停留在她身上時總是心不在焉，但這時卻格外專注地看著她。他想起自己曾經那麼熱切地愛過她，很納悶為什麼現在會對她這麼冷淡。這樣的轉變讓他心裡隱隱作痛，彷彿對他來說，過去所有受過的折磨全然是一場枉費。以前只要摸摸她的手，就可以讓他整個人充滿狂喜；他曾經渴望進入她的靈魂，這樣他就可以跟她分享自己的每一個想法和每一種感受。但是當他們陷入沉默時，她只要開口說一句話，就會顯示出他們的思想有多南轅北轍，他也反抗過那堵彷彿讓彼此所有個性都難以相通的高牆，這一切都讓他痛苦非常。他曾經那麼瘋狂地愛她，現在卻一點都不愛了，他發現這莫名的有種悲劇性。有時候他甚至覺得恨她。她沒有學習能力，生活經驗沒有教會她任何東西，她還是跟以前一樣粗野。聽到她那樣蠻橫無理地對待寄宿公寓裡累壞了的僕人，菲利普心裡反感得不得了。

一會兒之後，他開始考慮起將來的打算。等到第四學年結束，他就可以參加產科的考試，接著再過一年就能取得醫師資格。那時說不定可以安排一趟西班牙之旅，他想看看那些只在照片上看見的畫作，他深深地覺得，艾爾・葛雷柯掌握了他頓悟時刻的祕密，他想，到了托雷多，他一定能把這個祕密找出來。這趟旅行他並不想鋪張，一百鎊應該就夠他在西班牙生活半年，要是馬卡利斯特能再幫他做一次好買賣，他就會更輕鬆一點。一想到那裡美麗的老城，和卡斯提亞黃褐色的平原，就讓他心頭發熱。他確信自己從生活中挖掘出的東西，會比目前生活給他的更多，他想，他在西班牙的生活可能會更緊張，找個老城市行醫說不定是一條可行的路，那裡外國人很多，有旅客也有居民，他應該維持得了生計。不過現在想這些都還太早，首要之務，是他必須在醫院裡得到一兩個委任職務，這麼一來有了經歷，往後找工作就容易了。他希望能在不定期大型貨輪上覓個隨船醫生職位，這種船裝卸貨物的期限不那麼緊，他可以在停泊的地點好好欣賞當地風光。他想去東方，腦子裡充滿了對曼谷、上海和日本各港口的想像，他在心裡描繪著那裡的棕櫚樹、蔚藍炎熱的天空、皮膚黝黑的人們，還有佛塔，那東方的氣息令他一聞便心醉。他的心因爲對於美和陌生世界的渴求激動地狂跳著。

米爾芮德醒了。

「我一定是睡著了，」她說，「喂喂，你這頑皮的孩子，你是怎麼把自己弄成這樣的啊？菲利普，她的衣服昨天還是乾淨的，現在看看，都成什麼樣子了。」

95

他們回倫敦之後，菲利普就開始了他在外科病房的包紮員工作。他對外科的興趣並沒有內科那麼高，因爲內科是一門更著重經驗累積的科學，也更具有想像空間。同樣的包紮員工作，在這裡要比在內科累一點。九點到十點是上課時間，這時候他就要到病房去，給病人包紮、拆線、換繃帶。菲利普對自己包繃帶的技術有點小小的自豪，能得到不輕易稱讚人的護士一句認可，就會讓他高興得不得了。一星期中有幾個下午有手術，他穿著白袍，站在教學用手術室的中心，隨時準備把執刀外科醫師需要的器械遞給他，或者拿海綿把血吸掉，好讓醫師看清楚下刀的位置。當出現某些罕見病例時，手術房裡就擠滿了人，但平時會到場的學生其實不超過六個，接著手術就在一種菲利普很欣賞的默契中有條不紊地進行著。那段時間，世人彷彿普遍好發闌尾炎，被送進手術房開刀的很多都是這個毛病。菲利普當包紮員的那位外科醫師就跟同事展開了一場友誼賽，比賽誰能用最短時間移除闌尾，而且留下的刀口最小。

有些特定時間，菲利普要值急診班。包紮員是輪流值班的，每次三天，這三天他們必須住在醫院裡，在公用食堂用餐。他們在一樓靠近急救病房的地方有個房間，裡面有張床，白天就折疊起來收在壁櫥裡。值班的包紮員必須隨叫隨到，不分黑夜白天，隨時照料送進來的病患。幾乎沒有停下來的時候，夜裡睡不超過一兩小時，掛在頭頂上方的鈴就會叮叮噹噹地響起來，你便本能地一躍而起。週末晚上理所當然是最忙碌的時候，而酒吧關門的時刻更是忙中之忙。爛醉的男人被警察送來醫院，必須用胃唧筒把酒吸出來；女人的情況比那些醉漢更糟，來醫院要不是因爲打破了頭，就是鼻子鮮血直滴，這都是她們的老公幹的好事；有些女人發誓要控告先生，另一些女人因爲覺得丟臉，便說自己遇上了意外事故。包紮員能處理的情況，他們就自己處理了，但如果情況嚴重，就會去請住院外科醫師來。包紮員做這種事總是很當心，因爲住院外科醫師沒事從五樓被拖下來，可是不會有什麼好臉色的。送來急診室的病患，從切了手指到切了喉嚨的都有——被機器壓壞了雙手的少年，被馬車撞倒了的男人，還有玩耍時跌斷了手腳的孩子都會送來急診室。偶爾還會有企圖自殺的人被警察送過來——菲利普曾經看過一個臉色慘白、眼神猙獰的男人，下顎從左耳到右耳劃開一個大傷口，後來他在一位警察的照管下住院住了幾個星期，因爲沒死成，他一直沉默而憤怒，悶悶不樂，毫不避諱地宣稱他只要一從醫院出去就要再度自殺。病房人滿爲患，警察送病人來的時候，住院外科醫師總是很兩難——要是叫他們把這些人帶回去，而人死在警察局裡，那麼報紙就又要寫難聽話了，然而要分辨一個人究竟是快死了或者純粹是爛醉實在非常困難。菲利普不到筋疲力盡的程度是不會去睡的，這樣一來他就不會在一小時內又被叫起來。工作間隙時，他就坐在急救室裡跟夜班護士聊天。這位夜班護士頭髮灰白，是個外表陽剛的女人，在急診室當夜班護士已經二十年了。她很喜歡這個工作，因爲她能自己掌控局面，沒有其他護士打擾。她動作不快，但工作能力極好，碰到緊急狀況從來沒出過差錯。包紮員常常缺乏經驗，不然就是容易緊張，也發現她非常值得依靠。她見過的包紮員有上千個了，沒有哪一個讓她留下深刻印象，每個包紮員她都喊他布朗先生，當對方糾正她，告訴她眞實姓名時，她也只是點點頭，然後繼續喊他布朗先生。在這間空蕩蕩的，只有兩張馬毛布面臥榻和一盞搖曳煤氣燈的房間裡，跟她坐在一起，聽她說話，菲利普覺得很有意思。她早就不把送進這兒來的病患當人看了，在她眼裡，那不過是酒鬼，是斷了的手臂，或者切開的喉嚨。她把罪惡、苦難和世間的殘忍都視爲理所當然；她發現人類的行爲沒什麼可讚揚，也沒什麼好鄙夷的，什麼她都接受。她擁有某種冷酷的幽默感。

「我記得有個自殺的人，」她對菲利普說，「他跳進了泰晤士河，被人撈了上來，送到這裡，結果因爲喝到泰晤士河水，十天後得了傷寒。」

「他死了嗎？」

「是的，他死了。我一直弄不清楚他這種死法算不算自殺……自殺的都是怪人。我還記得有個男人，他到處都找不到工作，太太又死了，所以他把衣服拿去當掉，買了一把左輪手槍，但是他搞砸了，只打掉了一隻眼睛，人卻沒事。接下來呢，事情可眞怪，他一隻眼睛沒了，掀掉了一片臉皮，卻得出了結論，覺得這個世界畢竟還不算太壞，之後一直活得挺愉快的。還有件事我一直在注意，那就是，人們並不像你想的那樣會爲愛情尋短，那只是小說家們的想像；那些人會自殺多半都是因爲賺不到錢。我很納悶爲什麼會這樣。」

「我想金錢還是比愛情重要吧。」菲利普說。

錢正是那陣子一直盤踞在菲利普腦子裡的問題。他發現自己反覆說的虛無飄渺的空話「兩個人的花費可以比一個人還便宜」實在不怎麼符合事實，生活花費開始令他憂心。米爾芮德不會當家，他們過日子花掉的錢就跟他們天天吃餐廳一樣；孩子需要衣服，米爾芮德的靴子、雨傘、還有其他零零碎碎的小東西，對她來說樣樣都不可或缺。他們剛從布萊頓回來的時候，她曾經說她打算去找工作，但卻沒有明確的行動；過了不久，一場重感冒又讓她躺了兩星期。病好了以後，她去應徵了一兩個工作，但都沒有結果——不是去得太晚空缺已滿，就是她覺得工作太重做不來。有一次她徵上了一個工作，但是薪水一星期只有十四先令，她覺得自己值得更高的工資。

「讓自己委屈沒什麼好處，」她說，「如果你讓自己變得太廉價，人家也不會尊重你的。」

「我覺得十四先令已經不壞了。」菲利普冷淡地說。

他忍不住想，要是有了這筆錢，對家庭開銷會有多大的幫助啊。米爾芮德又暗示她之所以找不到合適的工作，都是因為她和雇主面試的時候少了套體面的衣服。他給她買了衣服，她也試了一兩次，但菲利普很清楚這兩次求職也不是認真的，她根本不想工作。他知道唯一能賺錢的方式就是股市，他很渴望再重複一次夏天那時的幸運經驗，但川斯瓦爆發了戰爭[1]，南非股市這時什麼都做不了。馬卡利斯特跟他說，雷德弗斯・布勒上將一個月之內就會領軍開進普勒托利亞[2]，到那時候，一切都會瞬間好起來，他們唯一要做的就是耐心等待。他們希望英國能逆轉情勢，把股價稍微壓低一點，那時候就更值得買進了。菲利普開始勤奮地閱讀他常看的報紙的「街談巷議」欄，他憂心不已，也變得易怒。有一兩次，他對米爾芮德口氣尖刻，而她處理這種場面既不老練又沒耐心，也怒氣沖沖地回嘴，兩人就吵起架來。菲利普事後總會為自己說過的話道歉，但米爾芮德生性不輕易低頭，總要生上好幾天的悶氣。她用各種方式想讓他心煩，像是吃飯的樣子，或者把衣服在客廳亂扔弄得一團亂之類。菲利普整顆心都隨著戰爭上下起伏，早上和傍晚報紙出刊時他就貪婪地讀著報，但她卻對世界發生了什麼事漠不關心。她認識了住在同一條街上的兩三個人，其中一個問她願不願意讓助理牧師上門拜訪，她便戴上一只婚戒，自稱凱利太太。菲利普住處的牆上掛了兩三幅畫，都是他在巴黎時畫的裸體畫，兩幅是女體，還有一幅是雙腳穩穩站著，拳頭緊握的米格爾・阿胡里亞。菲利普之所以保留這些畫，是因為這幾幅畫是他最好的作品，而且他也能藉此回憶一下那段愉快的生活。米爾芮德對這幾幅畫早就看不順眼了。

「我希望你把這幾幅畫拿下來，菲利普，」她終於對他說，「住在十三號的佛爾曼太太昨天下午來這兒，我眼睛都不知道該往哪兒看，我看見她一直在看這些畫。」

「那些畫怎麼了？」

「那些畫不正經。我就是這麼說，光溜溜的人像畫到處掛，讓人噁心。而且這種畫對寶寶也不好，她已經開始會注意看東西了。」

「你怎麼這麼庸俗？」

「庸俗？我說這叫莊重。難道我一直沒說什麼，你就以爲我喜歡整天看這些光溜溜的人嗎？」

「你一點幽默感也沒有嗎，米爾芮德？」他冷冰冰地問。

「我不知道這跟幽默感有什麼關係。我眞想自己把這些畫拿下來。如果你想知道我對這些畫有什麼看法，那我就直說了，我覺得這些畫很噁心。」

「我一點都不想知道你對這些畫的看法，而且我也不准你碰它們。」

米爾芮德只要一跟他吵架，就折騰寶寶來懲罰他。那個小女孩也跟菲利普喜歡她一樣喜歡菲利普，每天早上爬

1川斯瓦（Transvaal），意為「越過瓦爾河」，此為地理名詞，指今日南非的瓦爾河以北或更遠的土地。歷史上有許多國家或行政區劃，均以其為名。

此指第二次波耳戰爭（Second Boer War, 一八九九年十月十一日～一九〇二年五月卅一日），是一場英國與川斯瓦共和國、奧蘭治自由邦之間的戰爭。一八九九年十月底，由英國援軍（南非遠征軍）總司令雷德弗斯·布勒上將（Sir Redvers Buller）率領的兩萬英國部隊抵達開普敦。英軍在此次戰役遭到慘重失敗，陣亡一千餘人，失蹤兩百五十人，丟失十門大炮。布勒上將因為兵敗，引咎辭去英國遠征軍總司令的職位。

2普勒托利亞（Pretoria）：位於南非豪登省（Gauteng）北部的城市，也是南非的行政首都。南非總統府位在這座城市，各國使館亦集中於這裡的使館街，因此它實際上是南非的政治決策中心。

進菲利普房間時是她最快樂的時光（其實她已經兩歲，走得很好了），然後菲利普就會把她抱上床。米爾芮德不讓她進他房間時她哭得好慘，菲利普要她別這樣，她就回他：

「我不希望她養成習慣。」

要是他再多說點什麼，她就會說：

「我對我自己的孩子做什麼，跟你一點關係也沒有。聽你講話的口氣，人家還以爲你是她爸爸呢。我是她媽媽，我當然知道什麼才對她有益，不是嗎？」

菲利普對米爾芮德的愚蠢很火大，但他現在已經對她很冷淡了，她只有偶爾才有惹怒他的機會。他也習慣了她在家裡走來走去。聖誕節到了，菲利普有幾天假期，他帶了一些冬青樹枝回來裝飾房子，到了聖誕節當天，又送了米爾芮德和寶寶一些小禮物。他們只有兩個人，吃不了大火雞，但米爾芮德還是烤了一隻雞，把從食品店買來的聖誕布丁熱了上桌，還準備了一瓶葡萄酒。晚餐之後，菲利普坐在火爐邊的扶手椅上，抽著菸斗，那瓶不常喝的葡萄酒讓他暫時忘卻了對金錢的擔憂，這是他腦子裡一直揮之不去的事。這一刻，他覺得好快樂，好舒服。過了一會兒，米爾芮德進來說寶寶要他親親說晚安，於是他微笑著去了米爾芮德的臥室。接著他一邊跟寶寶說該睡了，一邊調暗了煤氣燈，但把門留著不關，以防寶寶突然哭起來，之後就回到客廳去了。

「你打算坐哪兒？」他問米爾芮德。

「你坐你自己的椅子，我坐地上。」

他坐下之後，她也在火爐前坐了下來，人倚在他膝邊。他忍不住想起，當初在沃克斯豪爾橋路她的房間裡，他們也是這樣坐在一起，只不過位置反了過來，那時是他坐在地板上，頭靠著她的膝蓋。那時他愛她愛得多麼狂熱啊！現在他心中又升起一股許久未有的柔情，彷彿寶寶那柔軟的小手臂還摟在他的脖子上。

「你舒服嗎？」他問。

她抬頭望著他，淺淺地一笑，點了點頭。他們作夢似地凝視著爐火，誰也沒說一句話。最後她終於轉過頭，好奇地看著他。

「你知道從我來這裡之後，你從來沒有吻過我嗎？」她突然說。

「你希望我吻你？」他笑著說。

「我想你再也不會用這種方式喜歡我了吧？」

「我還是很喜歡你的。」

「你更喜歡寶寶。」

他沒有回答，她把臉頰靠在他手上。

「你不生我的氣了？」沒多久她問，眼睛低低地看著地上。

「我為什麼要生你的氣？」

「我從來沒像現在這麼愛你，那是因為我經歷了種種磨難，才學會了如何去愛你。」聽到她用酷愛的廉價小說詞句說出這些話，菲利普忍不住打了一陣寒顫。接著他想，這些從她嘴裡說出來的話，不知道對她來說有什麼意義。也許她除了從《家庭先驅報》[3]上學來的那些做作語言之外，也不懂該用什麼方式表達自己的真實感情吧。

「我們這樣住在一起，真的很怪啊。」

他很長一段時間沒說話，他們再度陷入了沉默；但他終於開口了，而且像是刻意要一口氣說出來似的。

「你不要生我的氣，這些事，誰也無能為力。我還記得，我曾經覺得你很惡毒，很殘忍，因為你做過各式各樣

3《家庭先驅報》（The Family Herald）：這是一份家庭週刊，發行時間自一八四三年至一九四〇年，包含許多實用資訊及娛樂消息。

的事，不過我這樣想是很傻的。你不愛我，我爲此責怪你也太荒唐。我以爲我可以讓你愛上我，但現在我知道這是不可能的。我不知道是什麼東西讓一個人愛上你，但不管那是什麼，它都是唯一重要的東西。如果沒有它，就算再仁慈，再慷慨，或者諸如此類的一切，都創造不出愛來。」

「我本來以爲，如果你曾經眞心愛過我，就會永遠愛我的。」

「我本來也是這樣想。我還記得，我曾經多麼期盼這份愛可以永存啊，要是沒有你，我寧願死。我一直渴望著你老去、滿臉皺紋的那一天到來，那時候，再也沒有人喜歡你，你就會完全屬於我了。」

她沒有應聲。過了一會兒，她站起來，說她要去睡了，她羞澀地對他笑了笑。

「今天是聖誕節，菲利普，你不吻我一下說晚安嗎？」

他笑出聲，臉微微地紅了，然後吻了她。她回房去，他便開始讀書了。

96

兩三個星期後，事態發展到了頂點。菲利普的舉動總讓米爾芮德燃起一股無名火。她內心深處有著各式各樣不同的情感，情緒瞬息萬變。她獨自花了許多時間細細思考自己的處境。她並沒有把所有的感覺都說出來，甚至不知道那些感覺究竟是什麼，但有些事從她腦海裡浮現出來，她便翻來覆去地想著這些事。她一直不了解菲利普，也不怎麼喜歡他，但很喜歡有他在身邊，因爲她覺得他是個紳士。她對他父親是醫生、伯父是牧師的事情一直印象深刻。她也隱隱地有點看不起他，因爲她曾經那樣把他當一個傻子玩弄，而與此同時，在他面前她從來也不覺得自在。她沒辦法一走了之，卻又覺得他一直在批評她的行爲舉止。

剛住到肯寧頓這套小房間來的時候，她心力交瘁，也覺得非常羞愧。她很高興這裡沒有人打擾她。想到不需要付房租，更讓她覺得安心，她不需要不分晴雨都出門，只要不舒服，她就可以安安穩穩地躺在床上。她恨透了之前過的生活，那種必須強顏歡笑、曲意奉承的日子實在太可怕了。即使到了現在，想起男人的粗暴行爲和獸性的言語，她還是會自憐地哭起來。但她想起這些事的時候並不多。她很感激菲利普救了她，當她想起當初他愛她愛得那麼眞摯，而她卻待他那麼惡劣時，也感到深深的痛悔。要補償他很簡單，那對她也不算什麼，當他拒絕她時，她很驚訝，但也只是聳了聳肩。如果他高興，就讓他擺架子去好了，她可一點都不在乎；要不了多久，他就會發慌，到時候就輪到她拒絕他了；要是他以爲這樣她會有什麼損失，那可就大錯特錯。她有控制他的力量，這點她絲毫不懷疑。他是個怪人，不過她早就把他摸得透徹。他以前就常常跟她吵架，每次都發誓賭咒再也不見她，但沒多久又爬回來找她，苦苦哀求她原諒。想到他在她面前卑躬屈膝的樣子就讓她興奮，就是要他躺在地上讓她從他身上踩過去，他也會樂於從命的。她也看過他哭。她完全知道該怎麼對付他，怎麼不理他，只要裝作沒注意到他的脾氣，把他一個人丟著，用不著太久，他一定會過來搖尾乞憐。想到他在自己面前忍氣吞聲的樣子，她心情愉快地暗自笑了笑。如今她已經放縱過了，很清楚男人是什麼貨色，她再也不想跟他們扯上任何關係。她幾乎已經打定主意要跟菲利普過一輩子了，說到底，他畢竟是個道道地地的紳士，這可是不會被人看輕的，不是嗎？反正她不急，也不打算採取行動。她很高興看見他越來越喜歡寶寶，雖然這常常讓她想笑；這麼重視其他男人的孩子實在很滑稽。他是個怪人，這點毋庸置疑。

但還是有一兩件事讓她很訝異。她已經習慣了他做小伏低的樣子，過去，只要能爲她做點什麼，他就高興得什麼似的；而他因爲一句氣話沮喪萬分，或者因爲一句好話狂喜不已，這種事她也都看慣了。但他現在完全不一樣，她暗想，過去這一年他沒什麼進步，她從來也沒想過他的感情會有任何變化，她覺得他在她生氣的時候對她置之不理只是在裝模作樣。有時候他要讀書，就叫她別說話，讓她不知道該發火還是該生悶氣，結果因爲弄糊塗了，反而兩種反應都沒有做。接著就是他告訴她，他打算和她保持純友誼關係的那次談話了，因爲談話過程中記起了過去他們共同經歷過的一件事，讓她想到他應該是怕她懷孕。她拚命想化解他的疑慮，但情況並沒有改變。她不明白的是，男人未必和她一樣沉迷於性，她就是這樣的女人，她和男人的關係純粹建立在這方面，無法理解他們除了這個之外還有什麼別的興趣。她突然想到菲利普大概是愛上了別人了，於是她仔細觀察他，懷疑對象是醫院裡的護士或者外面認識的人；但她技巧性地問了他幾個問題，結論是阿瑟尼家並沒有這種危險人物，而且她也不得不承認，菲利普就跟大多數醫學生一樣，根本沒有意識到工作上接觸的護士是什麼性別。在他腦子裡，護士是跟一股淡淡的碘仿氣味聯繫在一起的。菲利普沒有收到過信件，他的物品中找不到女孩子的照片。如果他眞的跟誰戀愛了，那麼他一定精明得很，把照片全藏起來了；而且他回答米爾芮德的問題時非常坦率，顯然一點也沒懷疑這些問題裡的意圖。

「我不相信他愛上了別人。」最後她這樣對自己說。

這讓她鬆了口氣，因爲這表示他應該還是愛她的；但這又讓他的行爲變得難以解釋。如果他打算這樣對待她，又爲什麼要叫她來這兒住呢？這太不自然了。米爾芮德認爲不可能有憐憫、慷慨或仁慈這種事，她唯一的結論就是——菲利普是個怪胎。她想了又想，覺得他的表現只有一個理由，那就是騎士精神。她的想像裡充滿了廉價小說裡天馬行空的情節，她對他的微妙行爲構思出了各式各樣的浪漫解釋。她的幻想已經到了失控的地步，什麼痛苦的誤解，烈火的淨化，雪白無瑕的靈魂，和聖誕夜裡嚴寒凍死人之類的東西都一古腦兒想在一起了。她決定趁他們去布萊頓度假的時候終結他所有的荒謬行爲；在那裡，他們會一直單獨相處，每個人都會以爲他們是夫妻，而且那裡還有碼頭和樂隊呢。但當她發現，不管用什麼方法都沒辦法讓菲利普和她住同一個房間，又聽見他用她之前從來沒聽過的口氣對她說話，她才突然驚覺，他不需要她了。她非常震驚，她還記得以前他說過的每句話，記得他曾經多麼狂熱地愛過她。她感到羞辱而氣憤，但她有一種天生的傲慢，憑著這股傲慢，倒也撐過去了。他可別以為她愛他，因為她根本不愛，有時候她甚至覺得恨他，總想著要怎麼樣才能挫挫他的銳氣；但她發現自己無能為力，不知道用什麼方法才能制服他。她對他都開始有點神經質了，還哭過一兩次。有一兩回，她特意對他示好，但當他們晚上在海邊人行道散步，她挽起他的手臂時，不一會兒他就找藉口掙脫開了，好像被她碰到了非常討厭似的，她實在想不透為什麼。現在她唯一能控制他的方式就是透過寶寶，他似乎越來越喜歡她了，只要打她一巴掌或推她一下，就足以讓他氣得臉色發白。只有在她抱著寶寶站著的時候，他的眼神裡才會出現從前那種溫柔的笑意。她是在海灘上抱著孩子讓一個男人拍照的時候發現這件事的，之後她便常常擺出同樣的姿勢站著，好讓菲利普看。

回到倫敦之後，米爾芮德開始找工作，她曾經聲稱工作很容易找。現在她很想脫離菲利普獨立，還想像過跟他宣布自己即將帶著孩子搬進新居那得意的情景。但當現實即將成真時，她卻又臨陣退縮了。她已經不再習慣長時間的工作，也不想再任憑女經理指揮，對於再度穿上制服這件事，她的自尊產生了強烈抗拒。她都已經讓鄰居相信他們的生活過得很輕鬆了，要是人家知道她居然不得不外出工作，那就太丟人了。她懶惰的天性非常頑強，她不想離開菲利普，只要他還願意養她，她看不出有什麼離開的理由。這裡雖然沒有什麼錢讓她揮霍，但至少吃住無虞，而且他的情況說不定還會越來越好。他伯父已經是個老頭子，搞不好哪天就要死了，那時他就會有一小筆遺產進帳，就算是現在這種生活，也比從早做到晚卻一星期只拿幾個先令強。她找工作的勁頭整個鬆懈下來了，雖然還是照樣看著日報的求職欄，也只不過表示要是有值得做的工作出現，她還是會去做的。然而她又心生恐慌，害怕菲利普會厭倦供養她。現在她根本控制不了他，她覺得他之所以還讓她留在這裡完全是因為他喜歡寶寶。她把整個情況細細

1 碘仿（Iodophor）：即三碘甲烷，應用於局部組織後，會慢慢釋放出元素碘，能緩和地消毒、防腐，常製成碘仿紗布或軟膏。

思考過，心裡憤怒地暗想，總有一天她會要他爲這一切付出代價。她沒辦法接受他已經不再愛她的事實，她要讓他愛她。她自尊受挫，氣悶得不得了。有時候她莫名地渴望得到菲利普，現在他待她的冰冷態度把她氣壞了。她翻來覆去想著他的事，覺得他這樣對她實在太差勁了，也不知道自己做了什麼事才遭受這樣的對待。她一直跟自己說，他們這樣住在一起很不自然；接著又想，如果情況有所不同，如果她懷孕了，那麼他一定會娶她的。他是很怪，但他是個道道地地的紳士，這點誰也不能否認。這最終成了一件她擺脫不了的執念，她打定主意，非改變他們的關係不可。現在他甚至不吻她了，她希望他能吻她，她還記得，過去他常常壓在她唇上的吻有多麼熾熱啊！一想到這裡，她就有種奇特的感覺。她常常目不轉睛地盯著他的嘴看。

二月初的一個傍晚，菲利普跟她說他要跟勞森一起吃飯（勞森爲了慶生，在自己畫室舉辦了一個派對），他很晚才會回來。勞森從畢克街的小酒館買了幾瓶他們喜歡的潘趣酒，打算好好痛飲狂歡一場。米爾芮德問有沒有女人要去，但菲利普告訴她沒有，受邀的全是男人，他們只是去坐一坐，聊聊天，再抽幾口菸而已。米爾芮德覺得這派對聽起來一點都不好玩，如果她是畫家，她就會找五六個模特兒在身邊眾星拱月一番。她上床去了，卻睡不著，不一會兒突然想到一個主意；她爬起來，把樓梯口小門的扣環拴上，這樣菲利普就進不來了。他半夜一點鐘左右回到家，她聽見他發現門打不開時的咒罵聲，於是她下床幫他開了門。

「爲什麼要把你自己鎖在屋裡呢？很抱歉把你從床上挖起來。」

「我特意留著門的，也不知道它是怎麼鎖上的。」

「趕快回去睡覺吧，不然要著涼了。」

他走進客廳，扭開煤氣燈。她跟著他進了客廳，走到火爐前面。

「我想暖暖腳，我腳冷得跟冰一樣。」

他坐了下來，開始脫靴子。他的眼睛閃閃發光，臉頰紅通通的，她想他已經醉了。

「玩得高興嗎？」她微笑問他。

「高興，眞是棒極了。」

菲利普相當清醒，但他一直又說又笑，興奮的情緒還沒有散去。這樣的一夜讓他回想起在巴黎的那些日子，心情非常亢奮。他從口袋裡掏出菸斗，塡上了菸絲。

「你不去睡嗎？」她問。

「再等會兒，我一點也不睏。勞森心情好極了，話講個不停，從我一進門嘴就沒停過，直到我離開還在講。」

「你們都聊些什麼啊？」

「天曉得！天南地北什麼事都聊。你眞該看看我們每個人都用最大音量吼來吼去，誰也不聽誰說話的樣子。」

菲利普回憶起當時的情景，高興得哈哈大笑，米爾芮德也笑了。她很確定他已經喝過量了，這正是她期待的。對男人，她清楚得很。

「我可以坐下嗎？」她說。

不等他回答，她就往他膝上一坐。

「如果你不打算去睡，最好先把睡袍穿上。」

「噢，我這樣就行了。」接著她環抱住他的脖子，臉貼上他的臉，說：「爲什麼對我這麼壞，菲爾？」

他想站起來，但她不讓他動。

「我眞的好愛你啊，菲利普。」她說。

「別胡說八道了。」

「我沒有胡說，是眞的。沒有你我活不下去啊，我需要你。」

他從她的懷裡掙脫出來。

「請起來。你不但愚弄了你自己，也讓我覺得自己像個十足十的笨蛋。」

「我愛你，菲利普。我希望能彌補過去對你造成的一切傷害。我沒法繼續這樣下去，這種日子太不合人性了。」

他從扶手椅上溜開，把她留在原處。

「我很抱歉，但已經太遲了。」

她悲痛地啜泣起來。

「可是，為什麼呢？你怎麼能這麼無情？」

「我想是因為我以前太愛你，把所有的熱情都耗光了，一想到那種事我就毛骨悚然。只要看著你，我就會想到埃米爾和格里菲斯。這種事誰也無能為力，我想這就叫神經質吧。」

她抓住他的手，拚命地吻了個遍。

「別這樣。」他大叫。

她跌坐在扶手椅上。

「這種日子我過不下去。如果你不愛我了，我寧願離開。」

「別傻了，你根本沒有地方可以去。這裡你想住多久就可以住多久，但是你必須非常明白，我們就只是朋友，不會再有更進一步的關係。」

接著，她激昂的情緒突然一轉，溫柔而且充滿暗示地笑了。她側身貼近菲利普，伸出雙手摟住他，壓低聲音哄著他。

「別這麼老古板了，我知道你神經質，但你可不知道我有多棒呢。」

她臉又貼了上來，還磨蹭著他的臉頰。菲利普覺得她那帶挑逗意味的微笑簡直糟透了，那眼裡淫蕩色情的光芒讓他驚恐萬分，他本能地往後縮。

「我不要。」他說。

但她不鬆手，開始用雙唇探索他的嘴。他一把抓住她的雙手，粗暴地拉開，然後推開了她。

「你眞讓我噁心。」他說。

「我？」

她一隻手撐在壁爐臺上穩住身體，定睛看了他一會兒，雙頰突然漲紅，接著爆出一聲尖銳、憤怒的大笑。

「你才讓我噁心。」

她停了停，狠狠地倒吸了一口氣，接著便連珠砲似地爆出一大串咒罵。她用最大的音量嘶吼，用各種她能想到的下流話罵他。她用的那些字眼之髒，連菲利普都大吃一驚；她一向心心念念的就是要表現得高雅，聽到粗野的話就大驚小怪，他從來也沒想到現在她嘴裡冒出來的這些話她居然全知道。她衝向他，一張臉直逼到他面前，那臉激動得都扭曲了，嘴上仍然滔滔不絕地罵著，連口水都淌了下來。

「我從來沒有愛過你，一刻都沒有，我一直把你當笨蛋耍，你讓我厭惡，厭惡到死，我根本恨透了你，要不是爲了錢，我連碰都不會讓你碰一下，不得不讓你吻我的時候，我沒有哪次不覺得噁心。格里菲斯跟我都在笑你，笑你是個好騙的傻瓜。你就是個傻瓜！大傻瓜！」

接著她又冒出一大堆不堪入耳的髒話，把每一種卑劣的惡行都冠到他頭上去，說他一毛不拔，乏味無聊，還說他驕傲自私，對菲利普每一件敏感的事都刻薄地大加挖苦。最後她轉身要走，整個人歇斯底里，嘴裡還是繼續對他吼著骯髒無理的字句。她抓住門把，猛一下開了門，接著她轉過身，對他投來她所知眞正能觸到他痛處的一擊。她傾盡所有的怨恨和惡毒灌注在這個字眼上，當頭一棒似地朝菲利普罵了出去。

「瘸子！」

97

隔天早上，菲利普從夢中驚醒，知道已經晚了，他看了看錶，發現已經九點了。他跳下床跑到廚房，弄了點熱水刮了鬍子。米爾芮德一點動靜也沒有，前一天晚餐用過的杯盤還堆在水槽裡沒有洗。他敲了敲她的房門。

「醒醒，米爾芮德，時間很晚了。」

她沒有應聲，他又用力敲了一次門，情況還是一樣，他想她應該還在生悶氣。他急著要去醫院，沒時間管這個。他燒了一些開水，然後就跳進浴缸洗澡，浴缸裡的水是前一天就放好的，這樣可以少些寒氣。他想自己穿衣服的時候，米爾芮德就會把早餐做好放在客廳了；之前她發脾氣的時候，也有過兩三次這樣的情況。但這次卻沒有聽到她走動的聲音，他心知要是想吃點什麼，非得自己動手不可了。他早上都已經睡過頭，她還這樣整他，實在讓他有點惱火。直到他把一切打理好，外頭都不見她的人影，但他聽見了她在房間裡走動的聲音，顯然是起床了。他給自己煮了茶，切了幾片麵包抹奶油，一邊穿靴子一邊吃，囫圇吞下之後就狂奔下樓，沿街走到大路上去搭電車。他的眼睛一邊搜尋著報攤布告欄的戰爭消息，一邊想著前一天晚上的爭吵——現在吵也吵過了，事情就留待以後慢慢解決吧。他不禁覺得這件事實在太荒謬，他想自己一定很可笑，但那時他也控制不了自己，當時他們都被情緒沖昏了頭。他很氣米爾芮德，因爲她把他逼到那樣一個進退兩難的境地，想到她的大爆發，和她說的那些污言穢語，他心裡的訝異絲毫未減。一想到她最後那個嘲笑的字眼，他忍不住臉紅了，但也只是輕蔑地聳了聳肩。他早就知道，當他身邊的人生他氣時，是絕不會放過拿畸形挖苦他的機會的。他在醫院裡也見過有人模仿他走路，只是並不像以前在學校那樣當他的面做，而是在以爲他看不見的地方。現在他也明白，他們這麼做並不是出自惡意，只是因爲模仿是人類的天性，也因爲這是種能輕易惹人發笑的方式——他很明白，但他心裡卻從來也無法對這件事雲淡風輕。

他愉快地投入工作。他走進病房，一切看起來都快活而友善。護士長以一種公事公辦的微笑迅速地跟他打了招呼。

「你今天來得很晚啊，凱利先生。」

「我昨晚出門瘋了一場。」

「看得出來。」

「謝謝你。」

他一邊哈哈大笑，一邊去看他今天的第一個病人，爲他拆繃帶，那是個患了結核性潰瘍的男孩，見到他來非常開心。菲利普一邊跟他開玩笑，一邊爲他的傷口換上新繃帶。菲利普很受病人歡迎，他待他們總是和顏悅色，還有一雙溫柔敏銳的巧手，絕不會弄痛他們。有些包紮員就比較粗魯，做事也漫不經心。他跟朋友們在交誼廳吃午餐，吃的是一份由司康餅抹奶油配上一杯可可組成的廉價餐點。他們聊起了戰爭。有些人打算出國支援戰事，但官方有資格限定，還沒能取得醫院委任職位的人是不准去的。有些人認爲要是戰爭繼續下去，只要有醫生資格，官方應該都會樂於接受；但一般看法是，這場戰爭應該一個月之內就會結束。現在那裡有羅伯茨勛爵[1]在，很快就會沒事的。這跟馬卡利斯特的看法一致，他跟菲利普說，他們必須看準時機，在宣布停火的前一刻買進，接下來股票就會大漲，他們說不定就能發筆小財了。菲利普要馬卡利斯特一有機會就替他買股票。他被夏天那三十鎊刺激得胃口大

1 一八九九年十二月十七日，英國首相索爾茲伯里勛爵任命羅伯茨勛爵（Lord Frederick Roberts）為波耳戰爭（Second Boer War）的南非遠征軍總司令，但戰事進行得不太順利，直拖到翌年九月才結束。

了，這回他希望能賺個幾百鎊。

他結束了一天的工作之後，就搭電車回肯寧頓去。他想，不知道米爾芮德晚上會有什麼反應，想到她很可能還是臭著一張臉不肯搭理他，他就覺得心煩。就一年的這個時節來說，這是個溫暖的傍晚，即使在這倫敦南區的灰色街道上，也有種二月懶洋洋的氣氛。漫長的冬季過去了，大自然開始蠢蠢欲動，萬物從休眠中甦醒，世界彷彿到處都是窸窸窣窣的聲音，預示著春天又再度開始了它永恆的運行。菲利普還想多逛一會兒，回公寓感覺實在太討厭了，他需要新鮮空氣；但一股想見那個孩子的渴望抓住了他的心，一想到她搖搖晃晃朝他走來，嘴裡發出喜悅的叫聲，他就忍不住微笑起來。當他到家，機械式地望望窗戶，卻發現窗裡是黑的，不覺心裡一驚。他跑上樓敲了門，卻沒有人回應。米爾芮德出門時向來會把鑰匙放在門毯底下，他找到了鑰匙，開了門走進客廳，劃了根火柴。他知道出事了，但一時之間還弄不清楚究竟是什麼事；他把煤氣燈擰到最大，點上火，房間突然亮起來，他環視四周，倒吸了一口氣。整間屋子被砸得一塌糊塗，每樣東西都被故意破壞了。他怒不可遏，直奔米爾芮德房間，那裡也是漆黑一片，而且空無一人。他點起燈一照，發現她把自己和寶寶所有的東西都帶走了（他進門的時候就注意到平時放在樓梯口的嬰兒車不在，但他以為米爾芮德帶寶寶出門了），臉盆架上的東西全部被打破，兩張椅子的椅墊被刀子縱橫劃了個大十字，靠墊被撕開，床單和床罩到處是割裂的大口子，鏡子顯然是用鐵鎚敲碎的。菲利普慌了手腳，他走進自己的房間，這裡也是一片狼藉，水盆水罐都被打爛了，鏡子也成了碎片，連床單都被割成布條。米爾芮德在枕頭上扯開了一個足以把手伸進去的洞，把裡頭的羽毛抓出來灑得滿房間都是。毛毯用刀子戳破了。梳妝臺上放著幾張菲利普母親的照片，相框也被打碎，玻璃搖搖晃晃地懸在相框邊。菲利普走進小廚房，玻璃杯、布丁盆、各種杯盤碗碟，能打碎的都打碎了。

這些景象讓菲利普幾乎透不過氣來。米爾芮德一個字也沒有留下，除了這標示著她熊熊怒火的一片廢墟，他可以想像她在進行這些破壞時那張決絕的臉。他回到客廳，看著身邊的一切，他吃驚過度，反而不覺得生氣了。他好奇地看著被她扔在桌上的菜刀和敲煤用的鐵鎚，接著眼光移到火爐邊的大雕刻刀上，雕刻刀已經斷了。要造成這麼嚴重的損毀一定花了她不少時間。勞森替他畫的肖像被十字形割開，令人驚駭地裂著大洞；他自己的畫被撕成碎片；而馬奈的〈奧林匹亞〉和安格爾的〈大宮女〉，還有「菲利浦四世」的照片，也都在敲煤槌的重擊下全數打爛；桌布、窗簾和兩張扶手椅上處處刀痕。這些東西已經全毀了。菲利普當書桌用的那張桌子上方的牆上，掛著一小塊波斯地毯，那是克朗蕭送他的。米爾芮德一直很討厭這塊地毯。

「是地毯的話，就該鋪在地板上，」她說，「而且那不過就是塊又髒又臭的爛東西。」

菲利普告訴她這塊地毯裡藏著一個偉大謎語的解答，這話讓她大怒，覺得他根本在尋她開心。她用刀子在地毯上筆直地劃了三道裂口，這必然花了她好大一番力氣，如今它掛在牆上，就像一條破布。菲利普有兩三只藍白陶盤，並不是什麼値錢東西，但那是他用很便宜的價格陸續買回來的，因爲這些盤子很能勾起他的聯想，所以他很喜歡，如今這些盤子也成了地上的碎片。他的藏書，書背上被砍出一道長長的裂縫，她還不辭辛勞地把未裝訂的法文書一頁一頁地撕下來。原本放在壁爐架上的小裝飾品摔碎在壁爐前。所有能用刀或鐵鎚砸爛的東西，她一個也沒放過。

菲利普的所有家當，眞要賣也値不了三十鎊，但這當中絕大部分都是跟了他好多年的東西。他是個戀家的人，他喜歡這些零碎雜物，只因爲這些東西是他的；他對自己這個小小的家很自豪，只花了這麼一點點錢，卻把它打理得又漂亮又有特色。他絕望地跌坐在地，自言自語地問爲什麼米爾芮德會這麼殘忍。這時他突然又驚跳起來，奔進走廊，那裡有個他放衣服的櫥櫃。他打開櫥櫃，整個人鬆了一口氣。她顯然忘了這個櫥櫃的存在，他的東西完好無缺。

他回到客廳，把現場仔細巡了一圈，尋思著該怎麼辦才好。他沒有心思動手把房子整理乾淨，再說家裡連一點食物都沒有，他實在餓壞了，於是出了門給自己找點東西吃。等到他再回來，人已經冷靜多了。他想起了那個孩子，心裡微微一陣痛，他在想，不知道她會不會想念他，也許一開始會，但過個一星期，她應該就會把他忘了吧。擺脫了米爾芮德，他滿心感謝。如今他想起她，已經不覺得憤怒，只有一種彷彿被吞沒般的強烈厭倦感。

「上帝啊，希望我再也不要見到她了。」他大聲地說。

現在唯一要做的事就是離開這個房子，他決定隔天一早就去遞退房通知。要修復所有損壞的物品，這筆錢他付不起，他剩下的錢也不多，必須找更便宜的房子住才行。他也很樂意搬離這裡，原本讓他擔憂的是房租，現在卻是因爲米爾芮德的回憶在這房子裡無所不在。菲利普一旦打定主意，要是不立刻行動，他便整個人急躁不已，坐立難安；於是隔天下午，他就請了個收二手家具的商人來，所有家具不管有沒有受損，全部賣了三鎊。兩天之後，他便搬進了醫院對面的房子，他剛進醫學院的時候就是住在這兒。房東太太是個體面的女人，他租了個頂樓的房間，她收他一週六先令，房間不但又小又破，還正對著背面那棟房子的後院；但他現在除了衣服和一箱書之外什麼都沒有，能夠以這麼便宜的價格找到房子住，心裡還是非常高興。

98

如今，菲利普．凱利手裡那筆對別人來說無關緊要，對他而言卻無可比擬的財產，碰巧受到了這個國家當前局勢的影響。歷史事件此刻正在發生，進程意義重大，甚至近乎荒謬地牽連到一個無名醫科學生的人生。伊頓公學的球場上敗仗一場接一場[1]，先是馬格斯方丹，然後是科倫索，接著是斯皮翁考普，這讓國家蒙羞，王公貴族的尊嚴遭受了致命的打擊，在這之前，這些人總是信誓旦旦地說自己是天生的統治者，也沒發現有誰認真地反對過。舊秩序在瓦解，歷史正寫下新頁。接著，帝國巨人展現了它的力量，卻又再度失策，最終犯了大錯，取得了一個表面的勝利。皮埃特・克龍耶在馬山投降，解了萊迪史密斯的圍，三月初，羅伯茨勛爵的軍隊開進了布隆泉[2]。

馬卡利斯特走進畢克街那家小酒館時，消息已經傳到倫敦兩三天了。他高興地宣布，股市前景看來一片大好，和平已然在望，羅伯茨用不了幾週就會開進普勒托利亞，股票勢頭已經在上升了，鐵定會有一波暴漲。

「現在正是進場的時機，」他對菲利普說，「等到所有人都搶進就不好了，機不可失啊。」

他有內線消息，南非一座礦山的經理發了電報給他公司的高級股東，說工廠絲毫無損，他們打算儘早開工。這不是投機，而是投資。爲了顯示那位高級股東認爲情勢有多好，馬卡利斯特還告訴菲利普，那位股東替自己的兩個妹妹也各買了五百股，要不是這比把錢放在英格蘭銀行還安全，他是絕不會把她們也拉進來的。

「我可是準備把全部身家都押下去。」他說。

---

1 第一代威靈頓公爵阿瑟・韋爾斯利（Arthur Wellesley, 1st Duke of Wellington, 1769～1852）曾率軍贏得滑鐵盧戰役。他有句名言是：「滑鐵盧戰役，在伊頓公學的球場上就已經打贏了。」（The Battle of Waterloo was won on the playing-fields of Eton.）威靈頓公爵及許多將領都畢業於伊頓公學，此話意指伊頓公學的紀律及奮戰精神，乃將領日後獲得成功的重要因素。這句話雖廣為人知，然而是否真出自威靈頓公爵仍有爭議。

2 皮埃特・克龍耶（Piet Cronje, 1836～1911）是兩次波耳戰爭（Boer War）的南非將領，號稱「黑將軍」。萊迪史密斯（Ladysmith）：波耳人最初進攻的英軍據點之一。布隆泉（Bloemfontein）：南非的城市，與普勒托利亞（Pretoria）、開普敦並稱南非的三個首都。它不僅是南非的司法首都，也是自由邦省的首府。在塞索托（Sesotho）語中，布隆泉稱作「Mangaung」，意為「獵豹居住地」。

股價目前在二又八分之一鎊到二又四分之一鎊之間。他勸菲利普不要太貪心，能漲個十先令就該滿足了。他自己打算買三百股，建議菲利普跟他買一樣的數目。他會持有這些股票，等到時機成熟再賣出去。菲利普對他很有信心，一方面因爲他是個蘇格蘭人，生性謹慎，一方面也因爲他之前一直做得很好。他欣然接受了他的提議。

「我想我們一定可以在出帳前就賣出的，」馬卡利斯特說，「但如果不行，我就繼續幫你持有這些股票，再看時機。」

對菲利普來說，資本操作的方式似乎就是這樣。手裡抓著股票，等到能獲利再拋出去，甚至可以永遠不必爲此掏出腰包裡的錢。他對報紙的股票欄又重新燃起了興趣。到了隔天，每一檔股票都漲了一點，馬卡利斯特寫信來，說他不得不以二又四分之一鎊的價格買進股票，又說市場行情十分穩定。但一兩天後，股價就回落了。從南非傳回來的新聞不再讓人振奮，菲利普焦急地看著自己的股票掉到了兩鎊；但馬卡利斯特還是非常樂觀，波耳人撐不了太久的，他願意賭一頂大禮帽，羅伯茨勛爵一定會在四月中旬之前開進約翰尼斯堡。出帳時，菲利普得付出將近四十鎊，這簡直讓菲利普愁壞了，但他認爲現在唯一的方法就是繼續抓住股票不放，以他目前的經濟狀況來說，他擔不起這麼大一筆損失。兩三週過去了，什麼也沒有發生。波耳人不認爲他們輸了，也不覺得自己除了投降之外無路可走，事實上他們確實也打了一兩場小勝仗。菲利普的股票又跌了半克朗。情勢很明顯，戰爭是不會結束了。股票被大量拋售，馬卡利斯特見到菲利普，態度也變得很悲觀。

「我也不確定現在立刻賣股停損是不是上策，我現在付出去的錢已經跟我當初想賺的金額差不多了。」

菲利普急得要命，夜裡根本睡不著。爲了要去俱樂部閱覽室看報紙，他兩三口就把早餐吞下肚，現在他早餐已經減少到只喝茶加上麵包抹奶油。有時候報上會有壞消息，有時候明明什麼新聞也沒有，但股價只要一動就是往下掉。他不知道該如何是好，如果他現在賣股，總計要紮紮實實虧掉三百五十鎊，這樣他往後的日子就只剩下八十鎊可用了。他打心裡希望自己當初沒那麼蠢，沒踏進股市，但現在也只能繼續握著股票，也許哪天就會有什麼決定性的事發生，股價就會漲。現在他已經不期待有什麼利潤，只求減少損失。這是他在醫學院完成學業的唯一機會，夏季學期五月開始，學期末他打算參加產科考試，接下來就只剩一年了；他仔仔細細想了一遍，結論是，包括學費和所有雜支，需要一百五十鎊才對付得過去，但這已經是可能達成目標的最低數字了。

四月初，他急著想見馬卡利斯特，便去了畢克街的小酒館。跟他一起討論當前情勢，這會讓他心裡稍微舒服一點；而且知道除了自己之外還有那麼多人也深受投資失利之苦，便覺得自己的痛苦比較能夠忍受了。當菲利普到了小酒館，卻只有海沃德一個人在，還沒等菲利普坐定，海沃德就說：

「我星期天要出發去好望角了。」

「怎麼會！」菲利普驚叫。

海沃德可以說是最不可能跟這種事沾上邊的人。醫院裡現在有好多人都打算出國從軍，政府對於有醫生資格的人也很歡迎；另外有些人是以騎兵身分出去的，但他們寫信回家，說他們一被人知道他們本來是醫學生，就立刻被安排到醫院去了。愛國主義的浪潮席捲了全國，社會的每個階層都湧現了志願軍。

「你要當什麼兵？」菲利普問。

「噢，我被編進了多塞特義勇軍，當騎兵。」

菲利普認識海沃德已經八年了，當初他熱烈崇拜著這個能和他暢談藝術、文學的人，這份年輕時的親密情誼其實早就消失了，取而代之的是一種習慣，海沃德在倫敦的時候，他們一星期總會見一兩次面。他依舊以他風雅細緻的鑑賞力談著書，然而菲利普已經無法忍受他了，有時他說的話還會惹火他。他不再對「世上唯有藝術高於一切」這種話深信不疑，海沃德對於行動和成功的蔑視也讓他感到不滿。菲利普攪著潘趣酒，想著他們早年的友誼，以及自己曾經多麼熱切地盼望著海沃德會做出一番大事，他老早就不抱這種幻想了，現在他明白，海沃德除了舌粲蓮花之外什麼也不會做。他現在已經三十五歲了，發現一年三百鎊進帳要過日子，和年輕時代相比是越來越不容易；他身上的衣服雖仍出自高級裁縫之手，但也穿了很長一段時間了，這在過去他的想法中幾乎是不可能的。他發胖得厲害，而他那頭金髮，不管梳理得多麼巧妙，也沒有辦法掩飾他的禿頂了。他的藍眼睛變得呆滯，也褪了色。他酒喝得太多了，這點顯而易見。

「爲什麼你會想去好望角？」菲利普問。

「噢，我也不知道，我只是覺得我應該去。」

菲利普沉默了，覺得這實在太蠢。他知道海沃德是被靈魂中的一股不安所驅使，他自己也無法解釋，那股藏在他身體裡的力量，讓他覺得爲自己的國家打仗似乎是必須的。這太奇怪了，因爲他過去總認爲愛國主義不過是一種偏見，還頗以自己的世界主義[3]傾向自豪，他把英格蘭視爲一塊放逐之地，許多在這裡的同胞都傷害了他的感情。菲利普想不透，究竟是什麼讓人們做出了和自己的生活哲學全然相反的事呢？假如海沃德只是站在一邊，面帶微笑地看著兩群野蠻人廝殺，那說不定還更合理一點。人類彷彿是被某種不可知力量操縱的傀儡，被指使著做這做那；有時候他們會以理智爲自己的行爲辯護，當辯護不了的時候，便拋開理智，直接行動了。

「人眞是奇特，」菲利普說，「我怎麼樣也想不到你居然會去當騎兵。」

海沃德有點不好意思地笑了，什麼也沒說。

「我昨天去體檢了，」最後他終於開口，「只要知道自己身體很健康，忍受一點gêne（不適）也是值得的。」

菲利普注意到，他在原本用英語就能表達的地方，依然做作地用了一個法文詞。而這時候，馬卡利斯特來了。

「我正想找你，凱利，」他說，「我們那些人都不想繼續抱著那些股票了，市場情勢很糟，他們希望你趕緊把股票處理掉。」

菲利普心都涼了，他知道那樣做不行，因爲這表示他必須吸收所有的損失。但出於自尊，他故做平靜。

「我知道那不值得再抱下去了，你還是把股票賣了吧。」

「這話說起來容易，我還不確定賣不賣得掉呢。市場蕭條得要命，根本就沒有買家。」

「但股價已經掉到一又八分之一鎊了呀。」

「是沒錯，但這個價格毫無意義，你賣不到這個價的。」

菲利普好一陣子說不出話，他努力讓自己冷靜下來。

「你意思是說，這些股票一毛不值了？」

「噢，我沒這麼說。它們當然還是多少值一點錢的，但是你知道，現在沒有人要買股票。」

「那，你能賣多少就算多少吧。」

馬卡利斯特細細端詳了菲利普一會兒，不知道這個打擊對他來說會不會太大。

「我真的非常抱歉，老兄，但我們都在同一條船上。沒有人想到戰爭會這樣一直拖下去。是我把你拉進來的，但是我自己也陷在裡頭啊。」

「沒關係，」菲利普說，「人總是得碰運氣的。」

他站著跟馬卡利斯特談完之後，又回到了剛才坐的那張桌子。他太震驚了，頭瞬間猛烈地痛起來，但是他不想讓人覺得他不像個男子漢。他又坐了一個小時，不管他們說什麼話題他都瘋狂地哈哈大笑。最後他起身告辭。

「你真冷靜，」馬卡利斯特邊跟他握手，邊說，「我想任何一個人損失了三四百鎊，都不會跟你一樣鎮定的。」

菲利普回到自己那個破落小房間，撲倒在床上，這才放任自己被絕望淹沒。他一直在痛悔自己的愚蠢，即使他

3 世界主義是一種意識形態，可與英文的「cosmopolitanism」或「globalism」對應。它從正義概念的普世性出發，認為每一個世界公民都應不受歧視地決定自我的發展。

不斷告訴自己爲了已經發生的事後悔很荒謬，因爲事情都已經發生了，但他還是忍不住。他痛苦得不得了，完全沒有辦法入睡。他想起這幾年自己各種浪費錢的行爲，頭痛得像要裂開似的。

隔天傍晚，郵差送的最後一趟郵件帶來了銀行帳單。他檢查了自己的存摺，發現把所有的帳都付完之後，餘額剩下七鎊。七鎊！他眞感謝自己還付得出這些錢，要是他不得不跟馬卡利斯特承認他付不出錢來，那就太可怕了。夏季學期他在眼科當包紮員，從一個學生那兒買下了他想出讓的眼底鏡，還沒付錢，但又沒有勇氣去跟那個學生說他不想買了。另外他還買了一些書，接下來他過日子的錢就只剩大約五鎊，這筆錢支撐他過了六個星期。然後他寫了封信給他伯父，他覺得口氣有點太公事公辦；他說由於戰爭的緣故，他蒙受了重大損失，要是沒有伯父的幫助，將無法繼續學業。他希望伯父能借他一百五十鎊，分十八個月給他，他願意支付利息，並承諾在開始賺錢之後慢慢歸還本金。他最遲一年半之內就可以取得醫生資格，他很確定自己接下來可以擔任助理，一週能賺三鎊。伯父回信說他無能爲力，目前什麼東西都不值錢，要他賣掉財產太不公平，而他手裡有的那一點點錢，他覺得他有責任爲自己把它留在身邊，以備萬一生病之需。信末他還不忘帶上幾句說教，說他曾經一次又一次警告過菲利普，而菲利普對他的話從來不放在心上；坦白說他毫不意外，他老早就知道菲利普揮霍無度，缺乏收支平衡的能力會導致這種後果。菲利普讀著信，整個人一陣熱一陣冷。他沒想到伯父居然會拒絕，他勃然大怒，但隨即又陷入一片茫然——如果伯父不肯幫他，他在醫學院的學業就沒辦法繼續下去了。他恐慌起來，也顧不得什麼自尊了，又寫了一封信給伯父，把他面臨的緊迫情況講得更仔細些。但他的解釋也許還是不夠充分，他伯父沒能懂得他是如何身陷絕境吧，因爲他伯父依舊不肯改變心意；菲利普已經二十五歲，確實應該自食其力了。等到他死了以後，菲利普會繼承一點財產，但只要他還活著，他是一毛錢也不會給他的。這個人這麼多年來，對他的人生方向從來沒有贊成過，如今又知道自己看法正確，那份志得意滿，菲利普從字裡行間全感覺到了。

99

菲利普開始典當衣服。除了早餐之外，他一天只吃一餐，以減少開支；而即使是這一餐，吃的也只是麵包抹奶油配可可，用餐時間是下午四點鐘，這樣可以撐到隔天早上。晚上九點鐘餓得受不了了，他就只能上床睡覺。他也想過跟勞森借點錢，但因爲太害怕被拒絕，一直退縮不前；最後他還是開口跟他借了五鎊。勞森很樂意借他錢，但把錢交給他的時候，他說：

「你大約一星期左右就會把錢還我了，對吧？我還得付裱框師的錢，現在我手頭也緊得不得了。」

菲利普很清楚自己到時是還不了的，想到那時勞森不知道會怎麼想，就覺得羞愧難當，於是幾天後又把這筆錢原封不動地還回去了。勞森那時正要出門吃午餐，就邀菲利普一起去。菲利普幾乎吃不起飯了，能飽飽地吃上一頓，他自然是萬分樂意。星期天，他絕對可以在阿瑟尼家豐盛地吃一餐。他很猶豫，不知道該不該告訴阿瑟尼一家人他發生了什麼事。他們向來認爲，他的生活是相對富裕的，他害怕他們知道他一文不名之後，就會覺得他這人不夠好。

雖然他生活一直不寬裕，卻從來也沒想過自己有餓肚子的可能；這種事在他的生活圈子裡是不會發生的；他羞愧萬分，彷彿自己罹患某種見不得人的疾病。他發現當前的處境已經超出了他的經驗範圍，他驚慌失措，除了繼續在醫院待下去之外完全不知道還能怎麼辦。他隱隱盼望著會有什麼轉機，沒辦法相信目前發生在他身上的事是眞的。他想起自己剛剛上學的第一學期，也常常覺得自己的生活是一場夢，只要他醒來，就會發現自己又回到家了。但很快地，他就預見大約一週之內他就要用完最後一毛錢，他必須立刻想辦法賺點錢。如果他有醫師資格，就算有隻腳是跛的，應該也去得了好望角，因為現在那裡對醫療人員的需求非常大。要不是因為有殘疾，他說不定早就加入義勇軍團，他們一直在派人出國支援。他去找醫學院的祕書，問能不能讓他輔導程度差的學生，但祕書對於他找得到這種工作根本不抱希望。菲利普看了醫學報刊上的廣告欄，富勒姆路上有個人開了家藥房，想找個沒有醫師資格的助手。他去見那個人，那醫生朝他的跛腳瞥了一眼，一聽到他說自己還是個四年級學生，立刻說他經驗不足不能勝任；菲利普明白這純粹是藉口，這個人只是不想要一個行動不如他想像靈活的助手而已。菲利普把注意力轉向其他的賺錢方式。他懂法文和德文，覺得也許有機會找到撰寫書信之類的辦事員工作，這種工作令人沮喪，但他咬緊牙關，因為沒有別的工作可以做了。雖然因為太害羞，沒辦法應徵要求個人面試的徵才，只申請了那些要求書面履歷的工作，但他沒有工作經驗可寫，也沒有推薦函。他知道自己的德文和法文都和商業無關，他對商務用語一竅不通，不會速記，也不會打字，心裡也不得不承認自己沒什麼希望。他想過寫信給執行他父親遺囑的那位律師，但又下不了筆，因為當初他賣掉投資的那些抵押債券時，他曾經表示反對。他從伯父那裡得知，尼克森先生對他非常不以為然。菲利普在會計師事務所的那一年，讓他得出了結論，認為菲利普就是個懶散又無能的人。

「我寧願餓死。」菲利普低聲對自己說。

有一兩次，菲利普也想過自殺的可能性；從醫院的藥房裡弄點什麼東西是很簡單的，事情如果壞到無可再壞，想到手裡還有毫無痛苦了結自己的辦法，他就感到一絲慰藉；但這條路他從來沒有認真考慮過。米爾芮德拋棄他，跟格里菲斯在一起的時候，他曾經痛苦得想要一死以求解脫，但他現在完全沒有這種感覺。他想起急救室護士長跟他說的，比起缺愛，人們更常因為缺錢尋短；想到自己是個例外，他笑出聲來。他只希望能有個人讓他傾訴心中的憂慮，但他又沒辦法把這一切都說出來，覺得丟臉。他繼續找工作，他已經三個星期沒有繳房租了，他跟房東太太說月底他就有錢進帳，她沒說話，只是噘了噘嘴，冷冷地看了他一眼。到了月底，她又來問他方不方便先付一些，他萬分難受地說他付不出來；他說他會寫信給他伯父，下星期六絕對可以把帳付清。

「我希望你說到做到，凱利先生，因爲我自己也有房租要付，這麼拖欠下去我也負擔不起啊。」她說話時並不帶怒意，但態度強硬，令人生畏。她停了停，又說：「如果你下星期六還是沒有付錢，那我只好去跟醫學院祕書投訴了。」

「您放心，沒有問題的。」

她看了他一下，眼光在空蕩蕩的房間裡掃了一圈。接著她語氣平淡地開了口，彷彿說的是一件再自然不過的事。

「我樓下有一大塊香噴噴的好肉，如果你願意的話，可以到廚房來吃點便飯。」

菲利普覺得整個人從頭到腳都紅透了，羞愧難當，喉嚨裡突然一陣哽咽。

「非常謝謝您，希金斯太太，但是我一點也不餓。」

「那好，先生。」

她離開了房間，菲利普撲倒在床上，緊緊地捏著拳頭，不讓自己哭出聲來。

100

星期六，這是他答應要付房租給房東太太的日子。整整一星期，他都在盼望事情會有什麼轉機。他沒找到工作。在這之前，他從來沒被逼到這樣的絕境過，整個人茫茫然，不知道還能做什麼。在他內心深處，一直覺得這整件事是場荒謬的玩笑。他身上只剩下幾個銅板，所有穿不著的衣服都賣光了；他還有一些書和一兩件零碎東西，也許能賣個一兩先令，但他無論進出房東太太都一直盯著，他怕要是從房裡多帶東西出來，會遭到房東太太阻止。唯一的方法，就是直接告訴她他付不出錢，但是他又沒有勇氣。現在是六月中旬，晚上天氣很好，也很溫暖，他決定待在外面不回去了。他沿著切爾西堤岸慢慢走，泰晤士河悠緩寧靜，他一直走到累了，才在長椅上坐下打了個盹。不知睡了多久之後，夢到有個警察推他要他走，他突然驚醒，但睜開眼睛卻發現旁邊根本沒人。他起身繼續往前走，自己也不知道爲什麼，最後走到奇西克，又在那兒睡了。沒睡多久，硬邦邦的長椅就把他弄醒了。這一夜似乎特別長，他顫抖著，覺得自己好悲慘，不知道究竟該怎麼做才好。睡河堤這種事讓他覺得丟臉，彷彿某種奇恥大辱，在黑暗中，他覺得自己的臉都漲紅了。他想起了他聽過的故事，那些有過相同露宿經歷的人，有軍官，有神職人員，也有上過大學的人；他不知道自己會不會跟他們一樣，站在慈善機構前的長列裡等著領一碗湯。要眞是這樣，那還不如去自殺。他不能再這樣下去了，勞森要是知道他現在的處境，一定會幫助他的。爲了自尊而不肯開口求救實在很荒唐。他不知道自己爲什麼會落到這步田地，他總是竭盡全力做自己認爲最好的事，但每件事的走向都不如他所願；他只要有能力就幫助別人，覺得自己一點也不比其他人自私，居然淪落到如此境地，這實在太不公平了。

但想這個一點用也沒有。他繼續往前走，天已經亮了，一片寧謐中的泰晤士河美極了，黎明時刻帶著某種神祕；晨光熹微的天空中萬里無雲，今天會是個晴朗的好天氣。他累壞了，飢餓翻絞著他的胃，可是他不能坐著不動，他一直擔心警察會來找他說話，他害怕這種屈辱。他覺得自己好髒，想洗一洗。最後他發現自己走到了漢普頓宮，他覺得自己再不吃點東西一定會哭出來。於是他選了一家便宜的餐廳走進去，裡頭飄著食物熱騰騰的香味，他餓得太久，聞了反而微微有點想吐。他打算吃點營養的東西，好撐過這一天，但一看見食物就反胃。他點了一杯茶和一點麵包抹奶油，接著想起今天是星期天，他可以去阿瑟尼家，他們應該會吃烤牛肉和約克夏布丁。但他眞的累壞了，而且他也沒有辦法面對那個歡樂喧鬧的家庭。他覺得又鬱悶又淒慘，想自己一個人待著。

他決定到皇宮花園裡找個地方躺下，他全身骨頭都在痛，說不定他能找到個抽水機，這樣就可以洗洗手和臉，還可以喝點水，他實在渴極了。現在他已經不餓了，便開始愉快地想著花園裡的花朵草坪和參天大樹，覺得在那裡可以把該做的事想得更清楚。他躺在樹蔭下的草地上，點起了菸斗。由於經濟因素，他限制自己一天只抽兩斗菸已經好一陣子了，目前他的菸絲袋還是滿的，這點令他滿心感激。他不知道別人沒錢的時候都是怎麼做的。沒多久他就睡著了，再醒來時已經接近中午，他想自己應該盡快動身去倫敦，以備隔天一早去應徵那些看起來有希望的職位。他想起伯父曾經說死了之後會給他一小筆財產，這筆財產會有多少，菲利普一點概念也沒有，大概不會超過幾百鎊吧。他不知道自己能不能依據未來的所有權提領一點錢出來，但這非得要那個老人同意才行，而他是絕對不會肯的。

「我唯一能做的，就是堅持下去，直到他死。」

菲利普想著他的年紀，布萊克斯泰伯的那位牧師已經七十好幾了，有慢性支氣管炎，但許多有此毛病的老人家依舊長命百歲地活著。可是，一定會有什麼轉機發生的；菲利普覺得自己的境遇實在太反常，他沒辦法不這樣想，他這種特定階層的人是不會挨餓的。正因爲他沒有辦法相信眼前經歷的眞實性，也就沒有完全絕望。他決定去跟勞森借半金鎊。他一整個白天都待在花園裡，餓得受不了就抽菸；他打算等到要出發去倫敦之前再吃東西，這段路很遠，他必須儲備體力。天開始涼下來之後他就動身，累了就在長凳上睡一下，也沒有人來打擾他。他在維多利亞火車站梳洗了一下，還刮了鬍子，然後在那兒喝了茶，吃了一點奶油麵包，邊吃邊看早報的求職欄。他一個個看過去，眼光落在一則名店家飾織品部徵售貨員的廣告上。他心裡隱隱浮出一種古怪的沮喪感，因爲在他的中產階級偏

1 漢普頓宮（Hampton Court Palace）：位於英國大倫敦西南邊一個叫「泰晤士河畔里奇蒙」的倫敦自治市，這是英國都鐸王朝和斯圖亞特王朝的皇室官邸。自十八世紀開始，漢普頓宮就不再做為英國王室的住所。

見裡，在店裡當售貨員賣東西似乎是很不光彩的事。但他聳了聳肩，那又怎麼樣？他決定去試一試。他有種奇怪的感覺，覺得自己每容忍一次屈辱，甚至主動迎向屈辱時，都像在強迫命運對他攤牌。早上九點鐘，當他萬分羞澀地出現在織品部時，發現已經有許多人在那兒等著了。來應徵的人從十六歲的小伙子到四十歲的中年人都有，有些人低聲和其他人交談著，但大部分人都沉默不語；他一站到應徵隊伍裡，周圍的人便對他投來敵視的眼光。他聽見一個人說：

「我只希望他們要是不用我就早點通知，讓我有時間到別的地方找工作。」

站在菲利普旁邊那個人看了他一眼，問道：

「有經驗嗎？」

「沒有。」菲利普說。

他沉吟片刻，才開口對他說：「就算是比這家小的商店，午餐時間之後，不事先預約，也不會有人見你的。」

菲利普看著店裡的助手，有的正在披掛亮面印花布和提花棉布，而其他人呢，站他旁邊的那個人跟他說，他們正在處理從鄉下寄來的訂單。大約九點一刻的時候，負責採購的人來了，菲利普聽見等待的人群中有個人對另一個人說，這位就是吉本斯先生。他是個中年人，矮胖臃腫，留著黑色的鬍子，還有一頭油膩膩的深色頭髮。他動作輕快，一臉精明相，頭上戴著絲質禮帽，身上穿著長大衣，翻領上裝飾著一朵帶葉的白色天竺葵。他走進辦公室，門留著沒關，這間辦公室很小，只在角落放了一張美式拉蓋書桌、一個書架和一個櫥櫃。站在門外的人們看著他不帶感情地把天竺葵從大衣上拿下來，插進一只裝了水的墨水瓶裡。在工作場合戴花是違反規定的。

那一整天，想討好上司的織品部員工都爭相稱讚這朵花。

「這是我看過最漂亮的花，」他們說，「不會是您自己種的吧？」

「是我自己種的。」他微笑，聰明的眼睛裡充滿了自豪的光芒。

他拿下帽子，換了外套，瞄了瞄桌上的信件，又看了外頭等著見他的人們一眼。他手指輕輕做了個手勢，隊伍的第一個人就走進了辦公室。求職的人一個接一個進去，回答他的問題。他問的問題都很簡短，發問時眼睛緊盯著求職者的臉。

「年齡？有經驗嗎？爲什麼離開上一個工作？」

他面無表情地聽著每個人的回答。輪到菲利普的時候，他覺得吉本斯先生用一種好奇的眼光凝視著他。菲利普的衣服很整潔，剪裁合宜，看上去和其他人不太一樣。

「有經驗嗎？」

「恐怕是沒有。」菲利普說。

「那不行。」

菲利普走出辦公室。這次挫敗帶來的痛苦比他預計的小得多，他並不覺得特別失望，也不期待第一次嘗試就能成功找到工作。他報紙還留著，於是又再次看起求職欄來。霍本有家店也在找店員，他去了那兒，卻發現已經被人捷足先登了。這天如果他想吃點東西，就得在勞森出門吃午飯前趕到他的畫室，於是他沿著布朗普頓路往尤曼街走去。

「喂，月底前我窮得一毛錢都沒有了，」他一逮到機會，就趕緊開口，「希望你能借我半個金鎊，行嗎？」

他發現開口跟人借錢難得不可置信。他想起醫院裡的人跟他借小錢時那種輕鬆隨意的態度，幾乎像是他們反而對他有恩似的，而且他們借錢從來也沒打算還過。

「萬分樂意。」勞森說。

但是他掏了掏口袋，卻發現自己只有八個先令。菲利普心沉了下去。

「噢，那，就借我五先令吧，好嗎？」他輕輕地說。

「給你。」

菲利普去西敏市的公共澡堂花六便士洗了個澡，然後給自己找了點東西吃。他不知道自己下午要做什麼，他不想回醫院，省得被人問東問西，再說，現在他在那兒也沒事可做。他工作過的兩三個部門也許會納悶為什麼他不來了，但是，隨他們愛怎麼想就怎麼想吧，沒關係，他也不是第一個毫無預警就不告而別的醫學生。他去了免費圖書館看報紙，看得累了，便抽出史蒂文森[2]的《新天方夜譚》，卻發現自己讀不下去，那些字彷彿對他毫無意義，於是他又繼續苦思起自己無望的困境來。他腦子裡老是在轉同一件事，想得他頭都痛了。最後，因為想呼吸一點新鮮空氣，他走進了綠園[3]，躺在草坪上。他悲傷地想著自己的畸形，正是因為這隻跛腳，他才上不了戰場。他迷迷糊糊地睡著了，夢到自己的腳突然好了，不僅如此，他還去了好望角加入了義勇軍團；他在畫報上看過的照片成了他幻想的素材，在夢中他看見自己身穿卡其制服，在南非的大草原上，和其他男子一起圍坐在深夜的火堆旁。

他醒來的時候，發現天色還很亮，沒多久聽見大笨鐘[4]敲了七下，也就是他還有無事可做的十二小時要熬。漫漫長夜令他害怕，天空陰沉沉的，他很擔心會下雨，那樣一來，他就得找出租旅店弄個床位過夜了，他在蘭貝斯[5]的出租旅店外看過燈箱廣告上寫著——一個床位六便士，他從來沒去住過，也很怕那睡鋪噁心的臭味和蟲子。他決定盡可能待在戶外。他在公園裡一直待到關門，之後就開始到處閒逛。他累得不得了，心裡突然冒出個念頭，覺得這時候要是發生什麼事故，也算是小小的幸運，這樣他就能被送進醫院，在乾乾淨淨的床上躺好幾個星期了。到了半夜，他已經餓得不堪，再不吃點東西，是走不下去了；於是他在海德公園角[6]的一個賣咖啡的攤子吃了幾塊馬鈴薯，喝了一杯咖啡，然後又繼續走。他焦慮得沒辦法睡，又非常害怕被警察攆走。他注意到自己開始以一種全新的角度看警察了。這是他在外頭度過的第三個晚上，偶爾他會在皮卡迪利圓環的長椅上歇一下，接近凌晨時分，他漫步到了切爾西堤岸。他聽著大笨鐘每十五分鐘一次的鐘聲，想著還有多久這個城市會再度醒來。早上他又花了幾個銅板把自己打理得整齊乾淨，買了份報紙看求職欄，準備再次出發找工作。

用這種方式過了幾天之後，因爲吃得太少，他開始覺得虛弱，像是生病了，他已經幾乎沒有力氣繼續尋找那些希望渺茫的工作。他漸漸習慣了在商店後門漫長地等待可能被錄用的機會，也習慣了三言兩語就被回絕。他按照報上的廣告，走遍了倫敦每個地方應徵，也漸漸對幾張跟他一樣毫無所獲的面孔熟悉起來。有一兩個人想跟他交朋友，但他實在太累、太沮喪了，沒有辦法接受他們的善意。他不想再去找勞森，因爲他還欠他五先令。他開始頭暈目眩，沒辦法清楚思考，也不再在乎自己未來會發生什麼事了。他常常哭，一開始還覺得哭很丟臉，很生自己的氣，但之後發現大哭一場確實讓他舒服不少，而且不知怎麼地，好像也不那麼餓了。凌晨時分，他冷得不得了，有天夜裡便潛回自己房間去換內衣；他大約三點左右溜進去，確定那時所有人都睡了，然後五點鐘又溜出來。他躺在床上，覺得那張床柔軟得令人陶醉；他全身每根骨頭都在痠痛，躺在床上的愉悅感簡直令人狂喜，這太美好了，好

2史蒂文森（Robert Lewis Balfour Stevenson, 1850～1894）：蘇格蘭小說家、詩人與旅遊作家，也是英國文學新浪漫主義的代表之一。著有《金銀島》（Treasure Island），《新天方夜譚》（New Arabian Nights）和《化身博士》（Strange Case of Dr Jekyll and Mr Hyde）等許多作品。

3綠園（Green Park）：有時直接按發音譯作「格林公園」，是英國倫敦一座皇家園林，占地十九公頃（四十七英畝），介於海德公園和聖詹姆斯公園之間。

4大笨鐘（Big Ben）：或譯作大本鐘、大鵬鐘，是倫敦西敏宮北端鐘樓的巨大報時鐘的暱稱，也常代指該鐘所在的鐘樓。

5蘭貝斯（Lambeth）：英國大倫敦轄下的一個倫敦自治市。但在火車站的高架橋將過去的城鎮中心以泰晤士河隔開後，它更多是以「滑鐵盧」這名字為世人所知。

6海德公園（Hyde Park）：英國最大的皇家公園，位在公園東南處的海德公園角（Hyde Park Corner），是公園主要入口。

到他捨不得睡著。他漸漸習慣了食物匱乏的感覺，也不怎麼覺得餓，就只是虛弱。如今他腦海深處總存著把自己了結掉的想法，但他用盡全力不讓自己一直想這件事，因爲他很怕自己會抵抗不了死亡的誘惑，到時就難以控制了。他不斷地告訴自己，自殺是荒謬的，因爲事情很快就會有轉機。他很難擺脫一種印象——他的境遇實在太反常了，讓人沒辦法當眞；這就像一場不得不忍受的疾病，但他一定會康復的。每天夜裡，他都發誓他再也不要忍受這種日子了，決心隔天早上就要寫信給他伯父、律師尼克森先生，或者勞森；但眞到了第二天，他又沒辦法讓自己顏面丟盡地承認失敗。他不知道勞森會怎麼看這件事，在他們交朋友的過程中，勞森一直是個迷糊的人，也一向自豪自己通情達理。菲利普將不得不把自己幹下的蠢事和盤托出。他不安地覺得，勞森幫過他之後就會疏遠他。伯父和那位律師自然會幫點忙，但他怕他們會責備他，他不想被任何人責備。他咬緊牙關，反覆對自己說，事情既已發生，就是不可避免，因爲發生都已經發生了，後悔未免太荒謬。

這樣的日子好像永遠不會結束，勞森借他的五先令也撐不了太久。菲利普期盼著星期天到來，這樣他就能去阿瑟尼家了。除了他很想獨自熬過這段艱困時期這個理由之外，他自己也不知道究竟是什麼不讓他早點去那兒，因爲曾經陷入絕境的阿瑟尼，是唯一能幫他點什麼忙的人了。也許飯後，他會把自己的困難告訴阿瑟尼。他嘴裡一次又一次地重複著要說的話，他很害怕阿瑟尼會用不切實際的空話敷衍他，若眞是這樣，那就太可怕了，所以他想把這場即將降臨在他身上的試煉盡可能往後拖。菲利普對朋友的信心已經喪失殆盡了。

星期六晚上的天氣又冷又濕，菲利普簡直受盡折磨。從星期六中午開始，到他拖著步子疲憊地往阿瑟尼家走去爲止，他什麼也沒有吃。星期天早上，他花掉了最後的兩便士，在查令十字車站的盥洗室裡好好梳洗了一番。

101

菲利普按了門鈴，窗口探出一顆頭來，不一會兒，就聽見一大群孩子劈里啪啦跑下樓的嘈雜腳步聲，他們開了門讓他進去。他彎下腰讓孩子們親吻，那是張蒼白、焦慮而消瘦的臉。他們熱烈的愛讓他深受感動，爲了讓自己平靜一點，他故意找理由在樓梯上拖了點時間。他現在有點歇斯底里，隨便一點小事都足以讓他哭出來。他們問他爲什麼上星期天沒有來，他跟他們說他病了；他們想知道他生的是什麼病，於是菲利普爲了逗他們玩，說了一個莫測高深的病名，是由希臘文和拉丁文不倫不類硬拼出來的一個複合字（在醫學術語中，這種情況很常見），他們聽得興奮尖叫，拉著菲利普去客廳，要他再把那個病名講一次，好讓他們的爸爸講解一下這是什麼。阿瑟尼起身跟他握手，他凝視著菲利普，不過他那對凸凸的圓眼睛怎麼樣都像是在瞪人，菲利普也不懂爲什麼今天這個場面會讓他這麼不自在。

「上星期天，我們一直在想你。」他說。

菲利普一說起謊，總是尷尬得不知怎麼好，等到終於解釋完沒有來的原因，他臉已經紅透了。這時候阿瑟尼太太進來了，跟他握了手。

「希望你現在好點了，凱利先生。」她說。

他不知道爲什麼她會想到他身體出了什麼問題，因爲他剛才和孩子們一起上樓的時候，廚房門一直是關著的，而孩子們也都沒有離開過他。

「午餐還要十分鐘才會好，」她慢條斯理地說，「您要不要先來杯牛奶打雞蛋等著？」

她臉上關心的表情讓他覺得很不安。他硬擠出一個笑臉，回說自己一點也不餓。莎莉進來擺餐具，菲利普便開始逗她。她們家總是故意開她玩笑，說她將來會跟阿瑟尼太太一位叫伊莉莎白的姑姑一樣胖。雖然孩子們誰也沒見過這位姑姑，卻把她當成了痴肥臃腫的典型。

「嘿，莎莉，自從我上次看到你以來，發生了什麼事啊？」

「據我所知，什麼都沒發生。」

「我相信你一直在長肉。」

「我很確定你一點都沒長，」她反唇相譏，「你根本成了一具骷髏。」

菲利普紅了臉。

「你也一樣，莎莉，」她爸爸喊，「這樣說話，得罰你一根金頭髮。珍，去拿剪刀來。」

「可是，他是很瘦啊，爸爸，」莎莉抗議，「他完全只剩皮包骨了。」

「問題不在這兒，孩子。他完全有當個瘦子的自由，但你要是過胖，就有失體面了。」

他一邊說，一邊自豪地用手臂摟住女兒的腰，讚賞地看著她。

「讓我繼續把餐桌擺好吧，爸爸。只要我覺得心安理得，別人怎麼想似乎也不用太在意。」

「這死丫頭！」阿瑟尼喊了一聲，一邊誇張地揮著手，「她老是拿約瑟夫那件每個人都知道的事來奚落我，約瑟夫跟她求婚了，他爸爸列維在霍本開珠寶店。」

「你答應了嗎，莎莉？」菲利普問。

「你到現在還不清楚我爸爸嗎？他嘴裡的話就沒一句是真的。」

「喂，要是他沒跟你求婚的話，」阿瑟尼喊道，「以聖喬治和可愛的英格蘭之名，我可會揪住他的鼻子，要他立刻說清楚現在打算怎麼樣。」

「坐下吧，爸爸，午餐好了。現在，大家聽好，都給我出去洗手，一個都別想溜，吃飯前我會仔細檢查，現在去。」

直到開動之前，菲利普都以爲自己會吃得狼吞虎嚥，然而之後他卻發現自己碰到食物就反胃，幾乎完全沒辦法下嚥。他腦子已經累到極點，也沒注意到阿瑟尼今天一反常態，沒說幾句話。能坐在舒服的屋裡，他覺得非常欣慰，但他還是忍不住，動不動就要瞄一瞄窗外。這天外頭暴風雨，好天氣沒了，溫度驟降，還颳著大風，瞬間強風不時捲起雨敲打著窗戶。菲利普不知道今晚究竟該怎麼過才好。阿瑟尼一家睡得早，十點鐘之後他就沒辦法繼續待在這兒了。想到要走進這狂風暴雨的黑夜裡，他就心情低落。現在和朋友在一起的溫暖，讓即將到來的露宿更顯得可怕，覺得還不如一直孤伶伶地待在外頭。他不斷在心裡開解自己，露宿過夜的人多著呢。他努力用說話來分散自己的注意力，但話講到一半，一陣雨打在窗戶上，又讓他嚇了一跳。

「這天氣簡直像三月，」阿瑟尼說，「不是那種讓人想橫渡英吉利海峽的天氣。」

不久之後，他們吃完了午飯，莎莉進來收拾餐桌。

「想來根兩便士的爛菸嗎？」阿瑟尼說著，遞給他一根雪茄。

菲利普接過雪茄，愉快地吸了一口，這口菸深深地撫慰了他。這時莎莉把餐桌收好了，阿瑟尼要她把門關上。

「現在，不會有人來打擾我們了，」他轉向菲利普說，「我也交代了貝蒂，在我喊他們之前，別讓孩子們進來。」

菲利普驚訝地看了他一眼，還沒能弄清楚他說這話的意思，阿瑟尼就習慣性地扶了扶鼻梁上的眼鏡，繼續說下去。

---

1 聖喬治（Saint George）：著名的基督教殉道聖人，英格蘭的守護聖者。

「上星期天我寫了信給你，問你是不是怎麼了，結果一直沒收到你回信，我星期三就去你住的地方找你了。」

菲利普別過頭，沒有回答，心臟瘋狂地跳著。阿瑟尼也沒說話，那一小段時間的沉默幾乎讓菲利普無法忍受，但他連一句話也說不出來。

「你那位房東太太跟我說，你從上週六晚上就沒回去過了，還說你欠了她一個月房租。這星期你都睡在哪兒？」

菲利普實在不想回答這個問題。他凝視著窗外。

「沒地方睡。」

「我一直想找你。」

「爲什麼？」菲利普問。

「貝蒂和我也有過這種一文不名的日子，不一樣的是我們還有孩子要養活。你爲什麼不來這兒？」

「我做不到。」

菲利普很怕自己就要哭出來了。他覺得好虛弱。他閉著眼睛，眉頭緊鎖，竭力控制著自己。他突然氣起阿瑟尼來，氣他不肯放過他，但他整個人都垮了。過了一會兒，他還是閉著眼睛，爲了穩住自己的聲音，他語調緩慢地把自己前幾個星期在股市做投機生意的事說給他聽。他一邊說，一邊覺得自己好蠢，蠢得到現在都很難把這件事說出口。他覺得阿瑟尼一定會覺得他是個徹頭徹尾的大笨蛋。

「那麼，在你找到事情做之前，就來跟我們一起住吧。」他把前因後果說完之後，阿瑟尼這麼說。

菲利普不知道爲什麼臉紅了。

「噢，你對我眞的太好了，但我想，我不會這麼做的。」

「爲什麼？」

菲利普沒有回答。他害怕自己會打擾人家，所以本能地拒絕了，而他也天生羞於接受別人的好意。再加上他很清楚阿瑟尼家生活並不寬裕，這麼一個大家庭，無論空間或經濟上，都沒有辦法再收容他這麼一個陌生人了。

「你當然非來不可，」阿瑟尼說，「索普去跟弟弟擠一擠，你可以睡他的床。不要以為多你一張嘴，我們家的伙食會有什麼不一樣。」

菲利普沒敢說話，阿瑟尼走到門邊喊了他太太。

「貝蒂，」她進來的時候，他說，「凱利先生要來跟我們一起住了。」

「噢，那太好了，」她說，「我先去把床鋪好。」

她說話的口氣那麼熱情，那麼友善，好像這一切都理所當然，菲利普被深深地打動了。他從來沒想過人們會對他好，當別人對他釋出善意，他總是非常驚訝，也很感動。這一刻他再也忍不住，淚水大顆大顆地掉下來。阿瑟尼夫婦討論著接下來的安排，假裝沒注意到他脆弱成什麼樣子。阿瑟尼太太離開客廳之後，菲利普靠在椅子上，望著窗外，輕輕地笑了。

「這樣的晚上待在外頭可不太妙，是吧？」

102

阿瑟尼告訴菲利普，他可以輕易地在他工作的那家大型亞麻織品公司裡給他找到事情做。公司有些店員從軍去了，林恩與賽得利公司秉持著愛國熱情，承諾會保留他們的職位。公司把這些英雄的工作分攤到留下的人身上，但因為沒給這些人加薪，這麼一來，不但可以展現出熱心公益的精神，還省了一筆開銷。但戰爭沒有要結束的跡象，生意景氣也還好，假期即將到來，不少員工一口氣要度半個月的假，他們不得不請更多店員。即使情況如此，但菲利普沒有這方面的工作經驗，也不一定就會錄用他，但阿瑟尼表現得像公司裡舉足輕重的大人物一樣，堅持經理一定不會拒絕。菲利普在巴黎受過訓練，對公司是非常有用的，只需要稍微等一陣子，絕對會得到設計服裝和畫海報的高薪工作。菲利普畫了一張夏季特賣的海報，阿瑟尼拿走了，兩天之後又帶回來，說經理對海報讚不絕口，但衷心地表示抱歉，目前這個部門不缺人。菲利普問，除了這個之外，公司裡是不是沒有別的工作可以給他做了。

「恐怕是沒有。」

「你很確定嗎？」

「呃，其實他們明天要招聘一個顧客招待員。」阿瑟尼鏡片後的眼光透著不確定，看著菲利普。

「你覺得我有機會得到那個工作嗎？」

阿瑟尼有點慌；他一直努力讓菲利普以爲能得到更體面的工作，但另一方面，他也實在太窮，沒辦法無限期地負擔他的食宿。

「你可以騎驢找馬，先做著，再找更好的工作。先進到公司去了，總是會有好機會的。」

「我並不是個妄自尊大的人，這你知道。」菲利普微笑著說。

「如果你決定了，那麼明天早上八點四十五分一定要到那裡。」

儘管是戰爭時期，要找到一份工作顯然還是相當困難，因爲當菲利普到的時候，已經有很多人在那兒等了。他認出幾張熟面孔，都是這陣子他找工作時碰到的，他注意到其中有一個下午也會跑到公園睡覺。菲利普心下了然，知道他也和自己一樣是個無家可歸的人，必須在外頭過夜。求職的人各式各樣，有老有少，有高有矮，但每個人都努力把自己打理得光鮮亮麗，頭髮梳得一絲不苟，手也洗得乾乾淨淨，好在面試時讓經理留下好印象。他們在一條走廊裡等著，後來菲利普才知道這條走廊通往餐廳和工作間，每隔幾公尺就會出現一個五六級的臺階。雖然店裡有電燈，但這裡還是只點煤氣燈，燈上套著一個鐵絲做的保護罩，火焰冒著嘶嘶聲。菲利普準時到了，但接近十點鐘才被叫進辦公室。這是個三角形的房間，樣子像塊被切開放在一邊的起司，牆上掛著幾張女人穿著束腰的圖片，還有兩張海報校樣，一張是一個男人，身上穿著綠白寬條的睡衣；另一張是碧藍海面上一艘滿帆的船，帆上印著大大的「白布大特賣」。辦公室最寬的那側是一個商店櫥窗的背面，櫥窗當時正在做擺飾，整個面試過程中店員不斷來回走來走去。菲利普進去的時候經理正在讀信，那個經理紅光滿面，有著土色的頭髮和厚重的土色鬍子，錶鍊中間掛著一大串足球獎章。他坐在一張大書桌前，身穿襯衫，手邊有一部電話，面前放著當天的廣告，那是阿瑟尼寫的，已經從報上剪下來貼在卡紙上。他看了菲利普一眼，但沒跟他說話，他正跟坐在角落小桌的打字員小姐口述一封信，接著才問了菲利普姓名、年紀，有過什麼經驗。他一口倫敦土腔，不時控制不住地冒出高亢的金屬聲。菲利普注意到他的前齒又大又突出，給人一種牙齒很鬆的印象，好像只要猛地一拉，就能把那些牙扯下來。

「我想阿瑟尼先生跟您提過我。」菲利普說。

「噢，你就是那個畫海報的小伙子啊？」

「是的，先生。」

「那對我們沒有用，你知道的，一點用都沒有。」

他把菲利普上下打量了一番，似乎注意到菲利普和剛才見他的那些人不太一樣。

「你該弄件長大衣穿，你知道的，我想你大概沒有。你這小伙子看起來有點身分，我想你也發現了，藝術是不能當飯吃的。」

菲利普看不出他到底打不打算用他。他帶著敵意似地繼續對他說下去。

「家住哪裡？」

「我父母在我很小的時候就死了。」

103

「我很願意給年輕人機會。我給了很多人這樣的機會，現在他們都已經是部門經理了，而且都很感激我，這我可以替他們說，他們都知道我爲他們做了什麼。從最基本的開始，這是學會做生意唯一的辦法，如果你能堅持下去，以後能做出什麼成就誰也不知道。假如你眞是這塊料，有一天你說不定會發現自己也坐在像我這樣的位置上。記住這些話吧，年輕人。」

「我會隨時謹記、盡力而爲的，先生。」菲利普說。

他知道自己要盡可能在話裡頭加上「先生」，但他覺得聽起來很怪，而且也擔心自己做得太過火。這位經理很健談，說話讓他愉快地意識到自己的重要性，長篇大論滔滔不絕之後，他才把決定告訴菲利普。

「嗯，我相信你會的，」最後他自命不凡地說，「總之，我不介意讓你試試。」

「非常謝謝您，先生。」

「你可以立刻上班。我給你一星期六先令，管吃管住，一切全包，你懂吧，這六先令只是給你的零花錢，可以拿去做你喜歡的事，薪水月結，從星期一開始算。這種待遇，我想你也沒什麼可抱怨的了。」

「是的，先生。」

「哈林頓街，你知道在哪兒吧，在沙夫茨伯里大道那邊，你就睡在那兒，門牌號碼十號，對，十號沒錯。你願意的話，星期天晚上就可以住進去，看你高興，或者你打算星期一再把行李送過去也行。」那位經理點了點頭，

「再見。」

阿瑟尼太太借了菲利普一筆錢，讓他去把欠房東太太的錢清了，好把他的東西拿走。又用五先令加上當票，從當鋪老闆那兒拿回一件合身的長大衣，還贖了些其他的衣服。他把行李交給卡特・佩特森貨運公司，讓他們送到哈林頓街，星期一一早，就跟阿瑟尼一起到店裡去。阿瑟尼把他介紹給服裝部的採購員之後就走了。那位採購員三十歲，是個友善但容易大驚小怪的矮個子，名叫桑普森；他跟菲利普握了手，接著，為了展示一下他非常自豪的能力，他問菲利普會不會說法語。菲利普告訴他會，他很驚訝。

「那你還會別的語言嗎？」

「我還會德語。」

「噢，我自己偶爾也會去巴黎逛逛。Parlez-vous français（你會說法語嗎）？有沒有去過美心餐廳[1]？」

菲利普被安置在服裝部的樓梯頂層，工作是負責指點顧客前往各個部門，就像桑普森先生脫口而出說的，看來這裡部門相當多。突然間，他注意到菲利普跛著腳。

「你腳怎麼啦？」他問。

「我有一隻腳畸形，」菲利普說，「但這不妨礙我走路或者做任何事情。」

那個採購員用懷疑的眼光看了他一會兒，菲利普想，他一定很納悶經理為什麼要雇他。菲利普知道經理根本就沒注意到他有什麼問題。

「我不期待你第一天就能完全不出錯。如果有什麼疑問，就去問問那些年輕小姐。」

桑普森先生轉身走了，菲利普努力把每個部門的位置記下來，心情緊繃地看著有沒有顧客在尋求協助。到了一

1美心餐廳（Maxim's）：法國巴黎著名的西餐廳，位於皇家路三號，因新藝術運動風格的內部裝潢聞名。建於一八九三年，有「巴黎神廟」之稱，一九八一年被皮爾卡登集團買下。

點鐘，他去吃飯，飯廳在這棟大型建築的頂樓，空間又大又深，光線充足，但所有窗戶都是關著的，以防灰塵，而且有股難聞的油煙味。裡頭擺著幾張鋪了桌巾的長桌，桌上到處放著玻璃大水瓶，中央擺著鹽罐和醋瓶。店員們喧鬧地一湧而入，在長凳上坐下，凳子上還留著十二點半用餐那批人的餘溫。

「沒醃菜。」菲利普旁邊的那個人說。

他是個瘦高的年輕人，蒼白的臉上長著一個鷹勾鼻，腦袋瓜長長的，還凹凸不平，好像頭骨曾經被奇怪地東推西碰過，前額和脖子上到處是紅腫發炎的青春痘。他叫做哈里斯。後來菲利普發現，有時候桌上會有幾只大湯盤，裝著滿滿的什錦醃菜，這些醃菜非常受歡迎。桌上原本沒有放刀叉，不一會兒，一個穿著白衣，又高又胖的男孩抓著一大把刀叉進來，嘩啦啦地扔在桌子中間。每個人都去拿自己需要的餐具，這些刀叉剛在髒水裡洗過，還溫溫的，油膩膩的。白衣男孩們分送著一盤盤泡在肉汁裡的肉片，他們用變戲法似的快動作把盤子甩到桌上去，肉汁在桌巾上濺得到處都是。接著他們又端上幾大盤包心菜和馬鈴薯，菲利普一見到這些菜就反胃，他注意到每個人都在菜上淋了大量的醋。飯廳裡吵得要命，這些人高聲聊天，大笑大叫，混合著刀叉碰撞聲，和咀嚼吞嚥的各種怪聲。吃過飯之後，菲利普很高興自己又能回到服裝部去了。他開始記住了每個地方在哪兒，有人來問路的時候，他問別人的情況也越來越少了。

「先往右轉，左邊第二間，夫人。」

不忙的時候，會有一兩個售貨小姐來跟他說話，不過也只是簡短的幾個字，他覺得她們在估量他這個人的輕重。到了五點鐘，他又被叫去飯廳，這次是下午茶。他很高興終於可以坐下。茶點是大片麵包抹著厚厚的奶油，桌上還有好多瓶果醬，這些果醬平常是收在「倉庫」裡的，上頭都寫了名字。

六點半下班的時候，菲利普已經累壞了。吃飯時坐他旁邊的那個哈里斯主動說要帶他去哈林頓街，讓他看看要住的地方。他告訴菲利普他的房間還有個空床位，因爲其他房間都住滿了，他想菲利普應該會被安置在那裡。哈林頓街這棟房子原本屬於一個鞋匠，店面如今成了臥室；房子裡頭非常暗，因為窗戶用三塊大小一樣的木板給釘死了，而在房間較遠的那邊，唯一能用來通風的小天窗又沒開。房間裡泛著一股霉味，菲利普很慶幸自己不必住這兒。哈里斯帶他往上走到一樓的起居室，起居室裡放著一架舊鋼琴，琴鍵零零落落的，看起來像一排蛀牙。桌上放著一個沒有蓋子的雪茄菸盒，裡頭裝著一套多米諾骨牌。過期的《斯特蘭德雜誌》和《圖畫報》[2]扔得到處都是。其他的房間都拿來當寢室用，菲利普要住的那個房間在屋子頂層，裡頭擺了六張床，床邊都放著大行李箱或小紙箱。唯一的家具是一只帶抽屜的櫥櫃，有四個大抽屜和兩個小抽屜，菲利普是新來的，也分到了一個抽屜；抽屜是有鑰匙的，但因為每支鑰匙都一樣，所以也沒有太大的用處，哈里斯建議他，還是把貴重物品鎖在自己的行李箱裡比較好。壁爐架上有一面鏡子。哈里斯帶菲利普去看了盥洗室，那個房間相當大，八個水槽一字排開，所有人都在這裡洗東西。和這裡相連的另一個房間裡有兩個澡盆，都已經褪了色，木頭表面結了一層皀垢，裡頭一圈一圈的深色污漬，顯示出不同的人留下的洗澡痕跡。

哈里斯和菲利普回到寢室，發現有個高個子正在換衣服，另一個十六歲的男孩一邊梳頭，一邊把口哨吹得震天價響。一兩分鐘之後，那個高個子沒跟任何人說話，逕自出去了。哈里斯對那個男孩眨眨眼，那男孩也眨眼回應，但嘴裡口哨聲不停。哈里斯告訴菲利普，那個高個子男人叫普萊爾，當過兵，現在在絲綢部；他老是獨來獨往，每

2《斯特蘭德雜誌》（The Strand Magazine）：一份刊載短篇小說與有趣短文的月刊，一八九一年至一九五一年於英國發行。柯南・道爾（Arthur Conan Doyle, 1859～1930）的《福爾摩斯》系列小說，則是從一八九一年起於該雜誌連載。

《圖畫報》（The Graphic）：英國畫報週刊，一八六九年由威廉・盧森・湯瑪斯（William Luson Thomas, 1830～1900）創辦。

天晚上都出去，就像剛剛那樣，連聲晚安都不說，就找女朋友去了。接著哈里斯也離開了寢室，只剩下那個男孩好奇地看著菲利普開行李放東西。他叫做貝爾，在縫紉用品部做免費工，對菲利普的晚禮服很感興趣。他把寢室裡其他人的事說給菲利普聽，也問了各種關於他的問題。他是個開朗的年輕人，談話空檔還會用半啞的嗓子唱幾段雜耍劇場裡學來的歌。菲利普把東西整理好，就出門到街上閒逛，看看路上的人潮；偶爾在餐廳門外停一停，看著人們走進餐廳，他有點餓了，就買了個巴斯圓麵包邊逛邊吃。管理員給了他一把大門鑰匙，這人十一點十五分會熄掉煤氣燈，菲利普擔心被鎖在門外，在規定時間內回去了。他已經知道了這個宿舍的罰金制度——如果你十一點後才進門，要罰一先令，若是十一點十五分之後就要罰半克朗了，除了罰款之外，還要向上報告，積滿三次，就會被開除。

菲利普回到寢室時，除了那個軍人之外所有人都在，還有兩個人已經睡了。菲利普一進門，就聽見喊叫聲。

「噢，克拉倫斯！你這個調皮的傢伙！」

他發現貝爾把他的晚禮服套在長枕頭上，這男孩對自己的惡作劇頗爲得意。

「聯歡晚會的時候你一定得穿這一身去，克拉倫斯。」

「說不定一個不小心，就把到了林恩公司裡的頭號美女呢。」

菲利普知道聯歡晚會的事，因爲聯歡晚會的錢是從薪水裡扣的，這引起了員工的抱怨。雖然一個月只扣兩先令，而且這筆錢還包含了醫療費用和圖書館那些舊雜誌的使用費在內，但除了這兩先令之外，每個月還要扣四先令的盥洗費。菲利普發現，他每週六先令的薪水，有四分之一是永遠拿不到手的。

有好幾個人正在吃剖半的麵包捲夾厚片肥培根。店員們常常拿這種三明治當晚餐，是從附近的一家小店買的，兩便士一個。那個軍人衝進寢室，一句話也沒說，迅速地脫了衣服跳上床去。十一點十分，煤氣燈猛地跳了一下，五分鐘後就熄了燈。那個軍人已經睡著了，但其他人還穿著睡衣聚在大窗邊，拿剩下的三明治扔樓下街上經過的女人，嘴裡喊著些不正經的話。這棟房子的對面，是間猶太服裝商人開的成衣工廠，一直開到晚上十一點，工廠裡燈火通明，而且窗戶上沒有窗簾。這間血汗工廠老闆的女兒會在收工之後巡視一圈（這個家庭包括父母、兩個小男孩，還有一個二十歲的女孩），把所有的燈都熄掉，偶爾還會讓其中一個男裁縫對她調調情。菲利普寢室裡這些店員興味盎然地觀察追她的這兩個男人耍的花招，還對哪個會成功下賭注。到了半夜，街尾的哈林頓．阿姆斯酒吧打烊，人群散去，這些人也各自上床睡覺。貝爾的床位靠門邊，他便一張床一張床地跳過去，就算到了自己床上，一張嘴還是喋喋不休。寢室裡終於靜下來了，只聽見那個軍人平穩的鼾聲，菲利普也睡了。

早上七點，他被一陣響亮的鈴聲吵醒。七點四十五分，所有人都換好了衣服，穿著長統襪急急跑下樓拿靴子。他們邊繫鞋帶，邊跑到牛津街一家店裡吃早餐，要是超過八點，就算晚一分鐘也沒得吃；而一旦進了店，也不准再出去找東西吃。所以有時候，要是他們知道自己來不及，就會在宿舍附近的小店停一下，買幾個麵包，但這樣就要自己花錢了，大部分人趕不上早餐就不吃了，等到午餐時間再吃。菲利普吃了些麵包抹奶油，喝了杯茶，八點半一到，他一天的工作就開始了。

「先往右轉，左邊第二間，夫人。」

很快地，他回答顧客問題的口吻開始變得機械化。這份工作很單調，而且非常累人。幾天之後，他的腳就痛得幾乎站不住，又厚又軟的地毯反而讓他的雙腳痛得像火燒一樣，到了晚上連脫襪子都痛。大家對這點都抱怨連連，菲利普的門警朋友告訴他，因爲腳一直出汗，襪子和靴子都很快就穿爛了。寢室裡每個人都爲此所苦，他們減輕疼痛的方式，就是睡覺的時候把腳伸到床外去。一開始，菲利普的腳痛到完全不能走，晚上回到哈林頓街的住處，不得不待在交誼廳，把腳泡在一桶冷水裡。這種時候，那個縫紉用品部的男孩貝爾就成了他的好伙伴，他常常留在交誼廳整理他收集的郵票，一邊用小張的未裁切郵票把零散的郵票包緊，一邊單調地哼著歌。

104

聯歡晚會在每隔一週的週一舉行，菲利普到林恩公司的第二週就有一場。他打算跟部門裡的一位女士一起去。

「多少迎合點兒他們，」她說，「跟我一樣。」

她是霍奇斯太太，是個四十五歲的矮小女人，頭髮染得很糟，一張黃黃的臉上布滿了網狀的紅色微血管，褪色的藍眼睛眼白也是泛黃的。她很喜歡菲利普，他才來上班不到一星期，她就用他的教名稱呼他了。

「不然我們都知道會有什麼後果。」她說。

她告訴菲利普，她的眞名並不叫霍奇斯，但她總是會提到「我丈夫霍奇斯先生」；他是個專門律師，待她簡直壞透了，所以她離開了他，因爲她喜歡獨立自主的感覺，但她也算嘗過坐自家四輪大馬車的滋味了，而且親愛的（她對每個人都喊親愛的），他們在家總是很晚才吃飯。她老是用一只碩大銀胸針的針頭剔牙，胸針的樣式是交叉的一根皮鞭和獵鞭，中間有兩只馬刺。菲利普對自己所在的新環境感到很不自在，店裡的小姐都稱他「驕傲鬼」。有個小姐喊了他「菲爾」，他沒應聲，因爲他一點也沒意識到她在跟他說話，於是她把頭一甩，說他是個自大狂，之後就語氣諷刺地稱呼他「凱利先生」。這是位年輕漂亮的小姐，即將跟一位醫生結婚。其他小姐雖然從來沒見過這位醫生，但都說他一定是個紳士，因爲他送了她不少漂亮的禮物。

「不要在意別人的話，親愛的，」霍奇斯太太說，「我也經歷過跟你一樣的事，她們這些人沒見識，很可悲的。你記著我的話，如果你跟我一樣堅持下去，她們一定會喜歡你的。」

聯歡晚會在地下室餐廳舉行。餐廳裡的桌子都搬到一邊，這樣才有足夠的空間跳舞，小一點的桌子也擺好了，好讓大家打輪換式惠斯特橋牌。

「公司裡的大頭們很早就會到。」霍奇斯太太說。

她把菲利普介紹給班奈特小姐認識，她是林恩公司出名的美人，也是女裝部的採購員，菲利普進去的時候，她正在跟男襪部的採購員說話。班奈特小姐骨架很大，紅紅的大臉上抹著厚厚的脂粉，胸部尺寸非常壯觀，亞麻色的頭髮也梳得相當考究。她的服裝有點太過正式，但並不難看，她穿著一襲高領黑禮服，手上戴著黑色亮面手套，即使打牌也不脫下來。脖子上掛著好幾條沉甸甸的金項鍊，手腕上戴著鐲子，耳環是兩個圓形的畫像牌，其中一個是亞歷山德拉皇后；她拎著一個黑色仿緞手袋，嘴裡不停地嚼著「森森」甘草口香糖[1]。

「很高興見到你，凱利先生，」她說，「這是你第一次參加聯歡晚會，是吧？我想你有點拘束，不過眞的沒必要，我跟你保證。」

爲了讓大家感到自在，她眞是盡了最大努力。她拍著每個人的肩膀，不斷地哈哈大笑。

「我很調皮齁？」她轉向菲利普，大叫著說，「你一定這麼覺得吧？但我就是忍不住啊。」

參加聯歡晚會的人入場了，大部分都是年輕員工，都是些沒有女朋友的男孩子，和一些還沒能找到伴的女孩子。有些年輕紳士穿著日常西裝，打著白色的晚禮服領帶，還帶著紅色的絲綢手帕，他們正準備登臺表演，有種忙亂、心神不定的氣氛，有些人自信滿滿，也有些人緊張兮兮，眼神焦慮地看著觀眾。沒過多久，一個頭髮濃密的女孩在鋼琴前面坐下，手在鍵盤上響亮地滑過一輪，觀眾靜了下來，她向四周環視一圈，報出要彈的曲名。

「〈俄羅斯之旅〉。」

1「森森」（Sen-Sen）口香糖：起源於十九世紀末，直到二〇一三年七月才停產。最初作為口氣清新劑使用，成分有甘草、阿拉伯膠、麥芽糊精，以及天然與人工香料。

在眾人的掌聲中，她熟練地在手腕上戴上一串小鈴鐺，微微一笑，便立刻奏出昂揚的曲調。演奏結束時，周圍的掌聲比一開始更熱烈，一曲奏罷，她又彈了一首模仿海浪的曲子做爲安可；曲子以細微的顫音表現海浪的起伏，以雷鳴般的和聲加上強音踏瓣隱喻暴風雨的來臨。她表演完之後，接著上臺的是一位紳士，唱了首〈與我道別〉，之後又盛情難卻地加了一首安可曲〈歌聲伴我眠〉。觀眾們以絕佳的鑑賞力斟酌著自己的熱情程度。他們對每位表演者都掌聲不絕，直到他們同意再來一首爲止，這麼一來，也就不會有因爲掌聲多寡而產生的嫉妒。班奈特小姐自信滿滿地走到菲利普旁邊。

「我確定你一定會彈琴或唱歌，凱利先生，」她頑皮地說，「我從你的臉就看得出來。」

「恐怕我是不行。」

「連朗誦都不會嗎？」

「我沒什麼特殊才藝。」

那位男襪部的採購員，大家都知道他會朗誦，他那個部門的員工鼓譟著要他表演。也沒費多大催促功夫，他就朗誦了一首有悲劇風格的長詩，表演的時候翻著白眼，手捂著胸口，彷彿承受了極大的痛苦。詩的重點在最後一句揭開，原來是因爲他晚餐只有黃瓜吃，大家都哈哈大笑，雖然笑得有點勉強，因爲大家對這首詩都很熟了，但笑聲還是又響又久。班奈特小姐沒有唱歌，也沒彈琴或朗誦。

「噢，她有她自己的一套小把戲。」霍奇斯太太說。

「哎，你就別取笑我了。不過我對手相和通靈還眞是懂得不少。」

「噢，班奈特小姐，幫我看看手相吧。」她那個部門的小姐都叫了起來，爭先恐後地求她。

「我不喜歡看手相，眞的不喜歡。我跟人說過很恐怖的事情，結果後來都應驗了，這可是會讓人變得迷信的。」

「噢，班奈特小姐，看一次就好。」

一小群人把她團團圍住，在害羞的尖叫、輕笑、臉紅、以及驚愕或讚嘆的喊叫聲中，她神祕兮兮地說起俊帥黝黑的男人、裝著錢的信封、還有旅行之類的事，說得她濃妝的臉上大顆大顆地冒出汗珠。

「看看我，」她說，「我都滿頭大汗了。」

九點鐘，晚餐登場，有蛋糕、麵包捲、三明治、茶和咖啡，都是免費的，但要是想喝礦泉水就得付錢。年輕人為了對女士們獻殷勤，總會說要請她們喝薑汁啤酒，但女孩們拘於一般禮節，也總是會拒絕。班奈特小姐非常喜歡薑汁啤酒，聯歡晚會上總要喝個兩瓶，有時甚至喝到三瓶，但她堅持自己付錢，那些年輕人就喜歡她這一點。

「她是個古怪的老女人，」他們說，「但我跟你說，她人倒是不壞，不像某些人那樣。」

晚餐之後，大家打起了輪換式惠斯特橋牌。玩這種牌非常吵，人們一張桌一張桌地換著位置，笑聲喊叫聲此起彼落。班奈特小姐越來越熱。

「看看我，」她說，「我一身汗啊。」

時間差不多了，一個衝勁十足的小伙子說，假如大家想跳舞，最好現在就開始。之前演奏過的那個女孩坐在鋼琴前，果斷地踩下了強音踏瓣。她彈了一首柔和的華爾滋，用低音打著拍子，右手有一下沒一下地點著八度音，有時候還會換花樣，右手越過左手，把旋律換到低音去彈。

「她彈得眞不錯，對吧？」霍奇斯太太對菲利普說，「更厲害的是，她根本沒學過琴，光靠聽就會了。」

班奈特小姐最喜歡的就是跳舞和吟詩。她舞跳得很好，只是跳得極慢，跳的時候眼神茫然，彷彿思緒飄得很遠很遠。她氣喘吁吁地聊著地板、熱、還有晚餐。她說，波特曼酒店的地板是全倫敦最好的，她一直喜歡在那兒跳舞；他們這些舞客都是精挑細選過的，她可受不了跟各式各樣不知底細的男人一起跳舞，那樣一來，說不定會讓自己暴露在都不知道是什麼的危險下呢。幾乎每個人都很會跳舞，也很享受，汗水從他們的臉上淌下來，小伙子脖子上高高的領圈也塌了。

菲利普看著眼前的一切，感到一股他很長一段時間都沒想起過的沉重沮喪，孤獨得難以忍受。他沒有走，因爲他擔心人家說他傲慢，他和小姐們聊天大笑，但心裡鬱鬱不樂。班奈特小姐問他，有沒有女朋友。

「沒有。」他微笑著說。

「噢，我說啊，這裡的女孩子多得夠你挑，有些也是又漂亮又大方。我想不用多久你就會有女朋友了。」

她又頑皮地看了他一眼。

「多少迎合點她們，」霍奇斯太太說，「我就是這麼跟他說的。」

接近十一點，晚會結束了。菲利普睡不著。他也像其他人一樣把疼痛的腳放在床外。他拚命克制，不讓自己去想現在正在過的生活。那個軍人的鼾聲依然平穩地響著。

105

薪水由祕書每月發放一次。到了發薪日那天，一群群的店員喝過下午茶，就從樓上下來，走過長廊，排進長長的隊伍依序等待，就像美術館外等著買票入場的觀眾。他們一個一個進入辦公室，祕書坐在書桌前，面前有個裝錢的木碗；他先問員工叫什麼名字，比對手邊的名冊，懷疑地掃了店員一眼之後，便迅速地把數目大聲報出來，並從碗裡拿出錢數到員工手裡。

「謝謝你，」他說，「下一個。」

「謝謝你。」員工也這麼回答。

接著店員走到第二個祕書那兒，在離開辦公室之前，還得繳四先令的盥洗費和兩先令俱樂部會費，也許還有罰款。然後帶著剩下的錢回到自己上班的部門，在那兒一直待到下班。菲利普寢室裡的人大部分都欠賣三明治那個女人的錢，他們平常都拿她的三明治當晚餐。她是個有意思的老傢伙，人很胖，一張寬寬的紅臉，前額的頭髮整齊服貼地中分，髮型跟維多利亞女王早期的畫像一模一樣。她總是戴著一頂小小的黑色無邊帽，繫著白圍裙，袖子捲到手肘，用一雙又大又髒又油的手切著三明治，她的上衣、圍裙和裙子也都是油膩膩的。她叫做佛萊契太太，但大家都喊她「媽媽」，她也非常喜歡這些店員，總喊這些店員「孩子們」。月底緊迫的時候跟她賒帳完全沒問題，偶爾碰到有人生活陷入絕境，據說她還會借個幾先令給他。她心腸很好，當有人要離開這裡，或者去外地度假回來，這些小伙子總要來親親她紅潤的胖臉頰。有些人被解雇了，又找不到工作，就到她這兒免費吃些東西熬過去，這種事也發生過不只一次。年輕人們感受到她的仁慈寬厚，也以眞誠的敬愛回報她。他們很愛說一個故事，有個人在布萊德福發達了，開了五家店鋪，十五年後又回來找佛萊契媽媽，還送了她一支金錶。

菲利普發現自己繳完錢以後，只剩下十八先令。這是他這輩子第一次自己賺到的錢，但卻沒有預期中的自豪感，反而只覺得失望。這筆錢的數目之小，更襯出他處境之絕望。他拿了十五先令給阿瑟尼太太，好還欠她的錢，但她只肯拿十先令。

「你要知道，照這種速度，我得花八個月才能還清欠你的債。」

「只要阿瑟尼還有工作做，我就有本錢等，而且，說不定他們還會給你加薪呢。」

阿瑟尼老是說他會去跟經理談談菲利普的事，說這樣浪費菲利普的天分實在太荒謬了，然而說歸說，卻不見他有什麼動靜。菲利普很快就明白，這位新聞代理人在經理眼中，其實遠不如他自己認爲的那麼重要。偶爾他會在店裡看到阿瑟尼，他那浮誇的氣焰不知道消失到哪兒去了，只看見一個唯唯諾諾、態度恭敬的小個子，穿著整潔、普通、還有點破舊的衣服，匆匆地在各部門間穿梭，像是很擔心被人注意到似的。

「我一想到自己怎麼在那裡浪費生命，」他在家裡說，「就簡直想遞辭呈。那裡沒有給我這種人發展的空間，我被壓得喘不過氣來，我需要發揮才能的地方。」

阿瑟尼太太靜靜地縫著衣服，完全不理會他的抱怨。她輕輕抿了抿嘴唇。

「這種時候，要找工作不容易。這個工作既穩定又安全，要是人家還滿意你，我希望你能在那兒待多久就待多久。」

顯然阿瑟尼是會繼續待下去的。看著這個沒有受過教育的女人，在沒有合法婚姻關係之下，把這個有才華卻心思不定的男人吃得死死的，是件很有意思的事。如今菲利普的處境已經和過去不同了，阿瑟尼太太始終以母親般的慈愛待他，那種想讓他吃一頓好飯的急切很令菲利普感動。每個星期天到這棟友善的屋子來成了他生活中的慰藉（而當他習慣了這種日子之後，就發現生活中絕大部分時間都乏味得令他驚愕）。坐在華麗的西班牙椅子裡，和阿瑟尼討論各式各樣的話題是一大樂事，雖然阿瑟尼自己狀況也相當不妙，但菲利普要是不夠盡興，是絕不肯放他回哈林頓街去的。剛開始，菲利普為了不讓自己忘了學過的東西，還打算繼續讀醫學書，但他發現這樣做一點用都沒有；筋疲力盡地工作一整天之後，根本沒有辦法把注意力集中在書上，而且在不知道什麼時候才能回到醫院的情況下，繼續用功也成了一件無望的事。他常常夢到自己在病房裡的情景，醒來的時候總是痛苦不已。房間裡還有其他人睡的感覺讓他厭煩得難以形容，他習慣一個人，現在卻老是要跟人待在一起，求片刻獨處都不可得，這種事對他來說實在太可怕了。也就是在這種時候，他發現要和絕望搏鬥是世上最困難的事。他看見自己繼續過著這樣的生活，先往右轉，左邊第二間，夫人，日復一日，永無休止；而且不被解雇他就得謝天謝地了——去打仗的人很快就要回來了，公司保證過他們回來職位不變，意思就是其他人會被打發走；到時候，他甚至還得努力振作，才能保住他這個卑微的工作。

能把他從困境解救出來的唯一方法，就是他伯父登天。到那時，他會繼承幾百鎊遺產，他可以靠這筆錢完成醫學院的學業。菲利普開始全心期盼那個老人的死訊，他估量著他還能活多久——他七十好幾了，菲利普不知道他確實的年紀，但絕對超過七十五。他有慢性支氣管炎，每年冬天都咳得很厲害。雖然關於這些症狀菲利普早就滾瓜爛熟，但他還是一次又一次地在內科課本上細讀老人慢性支氣管炎的每個細節。對那個老人來說，一個嚴寒的冬天說不定就捱不住了。菲利普衷心盼著寒冷和陰雨，無時無刻地想著，幾乎成了一種偏執。酷熱對威廉伯父的身體也有影響，而八月他們總有三週悶熱天氣要度過。菲利普暗暗想著，也許哪天他就會收到一封電報，被告知他伯父驟然離世的消息，在他想像中，那一刻的自己有說不出的寬慰。他站在階梯最高處，指點著人們走向要去的部門，心裡卻不停地盤算著拿到了那筆錢之後要怎麼做。他不知道這筆錢會有多少，也許不超過五百鎊吧，但就算只有這樣也夠了。他會立刻離開這家店，連辭呈也不遞，他誰都不會通知，箱子一拎直接走人，接著他就回醫院去，這是第一件要做的事。以前學的東西會不會忘掉太多了？給他半年時間，他應該能把所有學過的東西撿回來。接著他會盡快參加三項考試，先是產科，接著是內科和外科。他突然又恐慌起來，儘管他伯父承諾過，但他還是可能把所有財產都捐給教區或教堂。這個想法讓菲利普心煩意亂。他不能這麼狠心吧。但如果真是這樣，接下來要怎麼做，菲利普也有了決定，他不會永遠這樣繼續下去；目前的生活之所以尚可容忍，是因爲未來還看得見一絲希望，如果絕望了，他也就無所畏懼了。到了那時，唯一勇敢的行動就是自殺，而且，這件事他也周詳地考慮過了，他仔細選定了沒有痛苦的藥物，也想好了弄到手的方式。想到這裡，他反而有了勇氣。如果事情到了無可忍受的地步，無論如何，他還有一條最後的出路。

「右邊第二個出口，然後下樓，夫人。左邊第一個出口，然後直走。菲利浦斯先生，請直走。」

每個月有一星期時間，菲利浦要「值班」。他必須早上七點鐘就趕到服裝部監督清潔工，等他們打掃完畢，再把蓋在箱子和模特兒上的床單揭掉。然後，到了晚上店員都走了之後，他得再把床單蓋好，把清潔工再喊來打掃一次。這是個灰塵很重、髒兮兮的工作。他不能讀書、寫東西或抽菸，只好到處走來走去，時間過得非常緩慢。九點半離開賣場，他就去吃那份留給他的晚餐，這也是他唯一的慰藉；因爲從五點鐘吃過下午茶到現在，他已經餓腸轆轆了，不管是麵包和起司，還是公司裡大量提供的可可，他都來者不拒。

菲利普進林恩公司三個月後的某一天，採購員桑普森先生怒氣沖沖地走進服裝部。因爲經理進店的時候剛好注意了一下櫥窗，就把採購員叫去，針對櫥窗的色彩搭配好好挖苦了一番。對上司的諷刺，他不得不忍氣吞聲，但桑普森先生一回來，就把氣往店員頭上發，把那位負責櫥窗布置的店員好好痛罵了一頓。

「什麼事要做好，都得親自來，」桑普森先生咆哮著，「我一直都是這麼說的，以後也會一直說下去。什麼都不能交給你們這群廢物幹。你們老是說自己聰明，是吧？聰明個屁！」

他朝店員們狠狠地罵出這些話，彷彿這世上再沒有比這更惡毒的斥責了。

「你們難道不知道，櫥窗裡要是放了鐵藍色，其他藍色就會全部被壓過去嗎？」

他惡狠狠地看了部門裡的人一圈，眼光落在菲利普身上。

「下週五你來布置櫥窗，凱利，讓大家看看你有什麼本事。」

他走進自己的辦公室，一邊還生氣地念念有詞。菲利普很沮喪。到了星期五早上，他帶著一股羞恥到幾乎想吐的感覺鑽進了櫥窗。他的臉頰發燙，要這樣把自己展示在過往行人眼前實在太可怕了，雖然他一直告訴自己這種感覺很蠢，但他還是盡可能背對著街道。這個時間，醫學院的學生不太有機會經過牛津街，他在倫敦也幾乎不認識其他人，但菲利普布置櫥窗的時候，還是覺得自己喉嚨裡哽著一大團東西，總想像著自己只要一轉身，就會跟某個認識的人對上眼。他盡可能迅速地把布置完成。他一眼就看出櫥窗裡所有的紅色都擠在一起，只要把那些紅色服裝比原先的位置拉開一點，效果就變得很好。採購員走到外頭街道上看布置的成果，顯然也很滿意。

「我就知道讓你去弄櫥窗不會有什麼問題。事實上就是因爲，你跟我都是紳士，提醒你一聲，這話我是不會在部門裡講的，但你跟我都是紳士，這總是有點關係。你可別跟我說這種事跟紳不紳士無關，因爲我知道，它就是有關係。」

布置櫥窗後來成了菲利普的固定工作，但他始終沒有辦法習慣讓自己暴露在大庭廣眾下；他怕死了星期五早晨，因爲那天要弄櫥窗，這種恐懼總是讓他清晨五點半就驚醒，躺在床上，心裡難受得怎麼樣都睡不著。部門裡的小姐也注意到他怕羞的樣子，很快就發現他老是背對街道站著的怪癖，總是拿這個來取笑他，喊他「驕傲鬼」。

「我想你是怕你姑媽經過看見你，會把你從她的遺囑名單上刪掉吧。」

但大致上，他和那些小姐們相處得還不錯。她們覺得他有點怪，不過他的跛腳似乎成了他之所以跟別人不一樣的理由，而隨著時間慢慢過去，她們也發現，他其實性情很好，樂於助人，而且彬彬有禮，脾氣也溫和。

「看得出來，他是個紳士。」她們說。

「就是太安靜了，對吧？」一位年輕小姐說，她曾經興致勃勃地跟菲利普聊過戲劇，他只是無動於衷地聽著。

她們大部分都有伴了，而那些沒伴的，卻說她們是故意讓人以爲她們沒人喜歡。有一兩個女孩曾經對菲利普表現出願意展開一段浪漫情事的跡象，而他只是冷冷的、看笑話似地看著她們使出來的種種花招。談情說愛這種事，他暫時不想再碰了，而且他幾乎總是很累，也老是覺得餓。

106

曾經有過歡樂時光的地點，菲利普如今都避開了。畢克街那家小酒館裡的聚會已經散了——馬卡利斯特辜負了朋友的期望，不再上那兒去了，海沃德去了好望角。只有勞森還在，但菲利普覺得現在他和畫家已經毫無交集，也不希望再見到他。但某個星期六下午，午餐之後，菲利普換了衣服，沿著攝政街走到聖馬丁巷的免費圖書館，打算在那裡消磨一下午；突然間，他發現自己正面撞見了勞森。他第一個反應就是直接走過去，一句話都不說，但勞森卻沒給他這個機會。

「這段時間你到底跑到哪裡去了？」他大叫。

「我？」菲利普說。

「我寫信給你，邀你到我畫室來參加宴會，可是你連信都沒回。」

「我沒收到你的信。」

「我知道你沒收到。我去醫院找你，看到我的信還放在架子上。你放棄學醫了？」

菲利普遲疑了一會兒。他沒有臉面說出實情，卻又因爲這種羞恥感而憤怒，他逼自己開口，忍不住紅了臉。

「沒錯，我把僅有的那一點錢都敗光了，沒辦法繼續念下去。」

「這，我眞爲你難過。那你現在在做什麼？」

「當店員。」

這些話非常難出口，但是他決定不隱瞞事實。他盯著勞森，看見他一臉尷尬，菲利普殘忍地笑了。

「你走進林恩與賽得利公司，一轉進服裝部，就會看見我穿著長禮服，輕快爽朗地走來走去，爲要買襯裙或長統襪的女士們指路。先往右轉，夫人，左邊第二間。」

看見菲利普用這種玩笑口氣說著這件事，勞森笑得很不自在。他不知道該說什麼才好。菲利普口中的情景把他嚇壞了，但他又不敢表現出自己的同情。

「這對你來說，倒是個小小的改變啊。」他說。

對菲利普說這種話實在太不得體，他話才出口，立刻就後悔了。菲利普臉幾乎紅成了豬肝色。

「確實是小小的改變，」他說，「說到這個，我還欠你五先令呢。」

他手伸進口袋，掏出幾個銀幣。

「噢，這沒關係，我早就忘記這回事了。」

「別這樣，收下吧。」

勞森沉默地收下了錢。

他們站在人行道中央，來往的行人老是撞到他們。菲利普眼裡閃著嘲諷的光芒，讓這個畫家本能地覺得難受，但他卻不知道菲利普的心情有多沉重多絕望。勞森很想爲他做點事，又不知道該做什麼才好。

「喂，要不要到我畫室來，我們聊聊？」

「不要。」菲利普說。

「爲什麼？」

「沒什麼好聊的。」

他看見勞森眼中出現痛苦的神色，他也無能爲力，雖然很抱歉，但他必須爲自己著想。要討論他目前的處境，這種事他受不了，他能忍受現在的生活，完全是因爲他打定主意什麼都不想。他害怕一旦他開始敞開心防，就會脆弱得再也無法熬下去。而且，他對自己曾經有過悲慘經歷的地方有著難以克制的厭惡。他飢餓難耐，在畫室等著勞森給他一頓飯吃的場景，還有最後一次見面，他借給他五先令的樣子，種種恥辱，他都記得一清二楚。他一點也不想見到勞森，因爲一看見他，就會讓他想起那些窮途潦倒的日子。

「那這樣吧，找個晚上我們一起吃飯，哪一天隨你選。」

菲利普被這位畫家的好意打動了。他想，各式各樣的人都對他這麼好，可眞怪啊。

「老朋友，你對我太好了，但我想我還是不去的好。」他伸出手對他道別。「再見了。」

雖然這種看來費解的行爲讓勞森有點糊塗了，但他還是跟菲利普握了手，菲利普很快便一跛一跛地走開。他心情沉重，而且跟以往一樣，他又開始痛斥自己剛剛的行爲。他不知道是什麼瘋狂的自尊心讓他拒絕了人家主動表示的友誼。但這時，他聽見背後傳來奔跑的聲音，不久便聽見勞森喊他；他收住腳步，敵意瞬間又占了上風，他對勞森擺出一張冰冷嚴肅的臉。

「什麼事？」

「我想你聽說海沃德的事了，是嗎？」

「我知道他去了好望角。」

「他死了，你知道，上岸後不久就死了。」

菲利普好一陣子說不出話來，他沒辦法相信自己的耳朵。

「怎麼死的？」他問。

「噢，得了傷寒。眞倒楣，是吧？我想你大概不知道。我聽到消息的時候也嚇了一大跳。」

勞森很快地點了點頭，就走了。菲利普只覺得一陣戰慄穿透了他的心。一個年齡相仿的朋友過世了，他以前從來沒有過這種經驗；克朗蕭的年紀比他要大得多，他的死對他來說，就像是事物運行的正常規律。這個消息讓他格外震驚，因爲這提醒了他，他總有一天也是要死的；菲利普就跟其他人一樣，雖然很清楚人終有一死，卻從來也不覺得這件事眞的會發生在自己身上；雖然他對海沃德早就沒有多少親密的感情，但他的死還是深深觸動了他。過去他們一次次的愉快談話瞬間湧現在他腦海裡，想到他們再也沒有說話的機會了，就讓菲利普覺得無比心痛。他想起他們在海德堡初次見面的情景，和接下來一起度過的那快活的幾個月，回想起那些逝去的歲月，菲利普沮喪極了。他機械化地走著，也沒注意自己往哪兒去，突然惱火地意識到自己並沒有轉進原本要去的乾草市場街，而是一直在沙夫茨伯里大道上遊蕩。他懶得再折回去，再說，聽到這樣的消息，他也沒有心思讀書了，他想找個地方一個人坐坐，想想事情。他決定轉往大英博物館。如今，獨處是他唯一的奢侈了。進林恩公司之後，他常到那兒去，坐在從帕德嫩神廟移來的眾神像前，也不去用力思考，只是讓神靈們安撫他驚擾不安的靈魂。但這天下午，祂們什麼也沒有對他說，不耐煩地待了幾分鐘之後，他就從那個展覽廳出來了。這裡人太多，不是長著一張張愚蠢面孔的鄉下人，就是拚命翻著導覽手冊的外國人；這些人的醜惡玷污了這不朽的名作，他們的躁動打擾了神靈們永恆的寧靜。他走進另一個沒什麼人的展覽廳，疲倦地坐了下來，他的神經緊繃到了極限，沒辦法把剛才那些人從他腦子裡趕出去。有時候在林恩公司裡，那些人也給他一樣的感覺，他總是驚駭地看著他們從眼前經過；他們那麼醜陋，表情那麼卑鄙自私、駭人至極；他們的五官因卑微細瑣的慾望而扭曲，讓人覺得，他們對於美的概念一無所知。他們眼神猥瑣、尖嘴猴腮，這些人並不邪惡，只是充滿了小心眼與庸俗。他們所謂的幽默，只不過是低俗的玩笑。有時候，他會發現自己不自覺地盯著他們看，想看出他們到底像哪種動物（他努力不這麼做，因爲很快就會入迷），在他眼裡，他們都是綿羊、馬、狐狸或山羊。人類令他噁心。

但過了一會兒，展覽廳裡的氣氛漸漸感染了他，他覺得平靜了些，便開始隨意地看著廳裡一排排的墓碑。這些墓碑都是西元前四、五世紀雅典石匠的作品，樣式非常簡單，雖非天才之作，卻展現了雅典精緻優雅的精神。經過歲月醞釀，那大理石的色澤變得如同蜂蜜一般，讓人不覺想起伊米托斯山的蜜蜂[1]，稜角也在漫長的時光中變得圓

---

1 伊米托斯山（Hymettus）：希臘著名蜂蜜產地。在希臘神話中，一隻女王蜂從伊米托斯山飛到奧林帕斯山，帶著蜂蜜當作禮物送給宙斯，宙斯非常高興，承諾給她任何請求的東西。女王蜂說，如果宙斯能賜螫針給蜜蜂，以殺死搶奪牠們蜂蜜的人，她會十分感激。宙斯對這個請求非常不悦，因為他很喜愛人類，但他已許下諾言便只好答應了。但，他所賜的這種螫針，只要蜜蜂用來螫人，就會留在人的傷口上，這隻蜜蜂自己也會死去。

滑了。有些墓碑上刻著坐在長凳上的裸體人形，有些描繪著死者與愛他的人們分離，還有些是死者緊緊抓住活人的手。每塊墓碑上的畫面都是哀傷的訣別，除此之外再沒有別的了。它們的樸素風格非常動人。朋友送別朋友，兒子告別母親，因爲克制，反而讓生者的哀傷更加悲切。這已經是很久很久以前的事了，那些不幸歷經一個又一個世紀，兩千年的光陰遞嬗，揮淚送別的人已然和他們揮淚的對象一樣化成了一抔黃土，然而那悲傷卻存留至今，充滿了菲利普的心，他感到一股憐憫油然而生，他嘆息著：

「可憐的人，可憐的人啊。」

他又想起了那些目瞪口呆的觀光客，捧著導覽手冊的肥胖外地人，以及那些爲了微不足道的慾望和俗氣的愛好擠進禮品店的平庸之輩，他們也有著相同的命運，都不免一死。他們也有深愛的人，也必定要和深愛的人分別，兒子離開母親，妻子離開丈夫；也許更可悲的是，他們的生活那麼醜陋、那麼污穢，對於是什麼給這世界帶來了美一無所知。展示廳裡有塊墓碑非常美，那是一幅淺浮雕，刻著一對手牽手的年輕人，線條內斂而簡潔，讓人感覺到雕刻家下刀時，心中是如何被一份眞誠的感情觸動。這是一座精美的紀念碑，獻給友誼，它比世上一切事物更珍貴。菲利普看著它，眼裡湧出淚水。他想起了海沃德，想起他們剛認識時他有多麼崇拜他，後來這份崇拜又如何破滅，變得關係淡漠，之後，除了習慣和舊日的回憶之外，就再沒有能維繫兩人關係的東西了。人生中就是有這樣的怪事，一連幾個月，你跟一個人天天見面，於是關係變得親密，你幾乎無法想像要是沒有他，自己該怎麼活下去；然後，你們分開了，世界一如既往地運行，當初認爲不可或缺的伙伴，如今證實，原來也只是可有可無。你的生活一切如常，甚至連想都不想他了。菲利普想起早年在海德堡的日子，那時的海沃德對未來充滿雄心壯志，完全有能力幹出一番大事，而不知怎地，他漸漸變得一事無成，自暴自棄。現在他死了，他的死和他這一生一樣毫無用處。他不光彩地死了，死於一種愚蠢的疾病，他又失敗了，即使到了生命最後一刻，還是什麼都沒有完成。他活了一輩子，卻彷彿從未活過。

菲利普絕望地問自己，活著到底有什麼用呢？一切似乎都毫無意義，克朗蕭也是這樣——他活得那麼無足輕重，然後他死了，也就此被遺忘。他的詩集被舊書商廉價出售，他這一生，除了讓一個汲汲營營的撰稿人有了在評論雜誌上寫文章的機會之外，似乎就沒有別的了。菲利普從心靈深處吶喊：

「活著究竟有什麼用處呢？」

努力和它所獲得的結果是這樣的不相稱，年輕人光明的希望竟必須付出這樣慘烈的幻滅做為代價，傷痛、疾病與不幸重沉沉地壓在天秤的一端。這到底有什麼意義？他想到自己的人生，他一開始懷抱的熱切希望，身體卻給他強加了種種限制，他的青春時代既沒有朋友也缺少愛。他想不出有哪件事他不是往看起來最好的方向做的，卻落得這樣的下場！有些人並不比他強，卻成功了；還有些人，明明比他強得多，卻失敗了。這麼看來，成功或失敗純粹是機運問題。上帝降雨給義人，也給不義的人[2]，這之中是沒有什麼道理可言的。

想到克朗蕭，菲利普想起了他送給他的那塊波斯地毯，那時他告訴他，這塊地毯會爲他解答人生的意義。他突然噗嗤一聲笑了出來，他知道答案了，它就像一個讓人苦思的謎語，答案揭曉之後，反而很難想像這種答案自己怎麼會想不到。答案很明白，人生毫無意義。在地球這顆掠過太空的衛星上，在形成這顆行星的某些條件作用下，生物因此滋長；既然生命的開端源自於此，那麼在另一些條件作用下，生命也會因此而終結。人，並不比其他形式的生命更重要，人並不是造物的頂點，只是自然對環境做出的反應而已。菲利普想起一個東方國王的故事，這個國王想知道人類的歷史，一位哲人爲他帶來五百本書；但他忙於國事，請這位哲人回去把這套書精簡一番；二十年後，哲人回來了，他的歷史書現在不到五十本，但國王現在已經老了，沒有精力讀這麼多大部頭著作，所以又請他回去

---

2 出自《馬太福音》第五章第四十五節——「好讓你們成為你們天父的兒女。因為他使太陽升起，對著惡人，也對著好人；降雨給義人，也給不義的人。」

再次刪減；又過了二十年，老態龍鍾、白髮蒼蒼的哲人只帶來一本書，書裡都是國王想知道的知識，但國王已經躺在床上，即將歸天，連讀那本書的時間都沒有了；於是，那位哲人把人類的歷史濃縮成一行，告訴了國王，那就是——人降生於世，便是受苦受難，然後死去。人生沒有意義，人活著也沒有任何目的，他有沒有出生，活著還是死了都不重要，生命微不足道，死亡也輕如鴻毛。菲利普感到一陣狂喜，就像他童年時從肩上卸下了信仰上帝的重擔那樣的狂喜。對他而言，這彷彿去掉了他身上最後一點責任的負荷，他第一次覺得自己徹底自由了。他的卑微成了力量，覺得自己突然和迫害他的殘酷命運一樣強大，能夠平起平坐了。因爲，如果人生毫無意義，這世界也就沒有什麼殘酷可言，不管他做過什麼，或沒能完成什麼，都無關緊要。失敗不值一提，成功也終歸虛無。他只不過是暫時占據了地球表面一小塊地方的芸芸眾生中，最不起眼的一個生物；然而他又無所不能，因爲他已經從混沌中悟出了一切皆空的奧祕。各式各樣的思緒在菲利普狂熱的想像中翻騰起伏，他喜悅而滿足地吸了一口長氣。他興奮得想跳起來，想放聲高歌，他已經好幾個月沒這麼快樂過了。

「噢，人生，」他心底吶喊著，「噢，人生啊，你的毒刺在哪裡？[3]」

排山倒海般迸發的幻想，樣樣都向他精確證明了「人生毫無意義」這個事實，而這又引出了另一個想法，他覺得，這正是克朗蕭之所以送他那塊波斯地毯的原因。地毯織工編織那些繁複的圖案時並沒有什麼目的，只不過是爲了滿足他個人追求美感的樂趣而已，人可以這樣過一生，或者，要是一個人逼自己相信一切行爲都沒有選擇餘地，也可以這樣看待自己的生活，所以說，人生就像在織圖案。織這種圖案並沒有什麼必要，因爲沒有用處，這麼做純粹只是爲了自己的樂趣。人們可能會從自己的生活、行爲、情感、思想等各種事件中，設計出一個規則、精緻、複雜或華美的圖案來，雖然這也許只是他有餘力選擇的一種幻影，也許只是異想天開的戲法揉雜了月光呈現出來的表象，但這都無關緊要——它看上去是這樣，那麼對這個人來說，它也就眞的是這個樣子。在生命這幅巨大的經線上（這是一條沒有源頭的長河，不流入任何一片海洋，只是無止盡地奔流著），在這人認爲人生既無意義也毫無重要之處的思考背景之下，他可以選擇各種不同的緯線織出圖案，獲得個人的滿足。有一種圖案最顯而易見，最完美，也最漂亮，在這幅圖案裡，一個人出生，長大，結婚，生兒育女，爲餬口而辛苦勞動，然後死去；不過還有另外一些圖案，它錯綜複雜，卻精彩無比，裡頭沒有織進幸福，也沒有任何對成功的企圖，在這種圖案裡，說不定更能發現觸動人心的優雅。有些人的生活，包括海沃德的在內，機運的盲目冷酷在圖案尚未完成前就把它割斷了，然後就會有人說些安慰的話，雖然讓人舒服一點，卻於事無補。還有一些人，像是克朗蕭，他們呈現的圖案是很難仿效的，一個人必須先轉換自己的看法，改掉老舊的準則，才能理解這樣的生活本身就是它存在的最正當理由。菲利普覺得，當他拋棄對幸福的渴望時，也同時拋開了最後的幻想。當他用幸福去衡量一切，他的生活看起來那麼可怕，但如今當他意識到，生活其實可以用別的東西衡量時，他彷彿又重新獲得了力量。幸福和痛苦一樣無足輕重，而這兩者，也和其他生活中的種種細節一樣，被織進了那幅複雜的圖案裡。這一瞬間，他彷彿從生活中的不幸事件超脫了，它們再也沒有辦法像從前那樣影響他。如今，不管他發生什麼事，都會在圖案的複雜程度上多添一分，抵達人生終點時，他會爲這幅圖案的完成感到歡欣。它會成爲一幅藝術作品，它的美將永不褪色，因爲只有他知道它的存在，而在他死去的那一刻，這幅圖案也將立刻消失。

菲利普好快樂。

3出自《哥林多前書》第十五章五十五節，但原文並非指生命，而是死亡——「死亡啊！你的勝利在哪裡？死亡啊！你的毒刺在哪裡？」

107

採購員桑普森先生很喜歡菲利普。桑普森風度翩翩，部門裡的小姐都說，就算哪天他娶到一個闊綽的女顧客，大家也不會驚訝。他住在城外，常常因爲在辦公室裡穿晚禮服讓店員們印象深刻。隔天清早輪到清掃工作的店員，也偶爾會看見他進店時身上還穿著晚禮服，他進辦公室換長外套的時候，店員們總會神情嚴肅地互相眨眨眼。碰到這種時候，桑普森先生匆匆溜出店外吃過早飯之後，在上樓回辦公室的途中，總會對菲利普擠擠眼，搓著手說：

「多棒的一夜！多棒的一夜！」他說，「我的天啊！」

他跟菲利普說他是那兒唯一的紳士，他和菲利普兩個是唯一知道何謂生活的人。這話才說完，他突然又變了態度，剛才的稱兄道弟換成了「凱利先生」，擺出一副採購員高高在上的姿態，又把菲利普放回顧客招待員的位置去了。

林恩與賽得利公司每週都會收到從巴黎寄來的時裝紙樣，他們會按照顧客需要，對這些服裝設計圖進行修改。他們的顧客比較特別，絕大多數都是住在小型工業城鎮的女性，舉止高雅，在當地挑不到合意的衣服，對倫敦又不夠熟，找不到能和她們的財富相稱的好裁縫。除了這些人之外，還有一大批雜耍劇場的表演者，看起來和公司的調性有點不協調。這是桑普森先生一手建立起來的關係，而且他也對此頗爲自豪。他們開始在林恩公司購置舞臺服裝之後，他也說動了不少人在這裡買其他的私人衣物。

「衣服跟帕昆公司一樣好，價格只要一半。」他說。

桑普森先生能言善道，跟每個人都交得上朋友，這種特質頗得這類顧客的歡心，她們彼此這麼談論：

「要是在林恩公司就能買到誰也看不出不是巴黎來的外套和裙子，又何必把錢扔到別的地方去呢？」

能與這些受歡迎的人物交上朋友讓桑普森先生非常自豪，他們身上穿的可是他做的衣服。當他週日下午兩點鐘去維多利亞．弗爾戈小姐位於圖爾斯山的美麗住宅吃飯之後，隔天總要講一大堆讓服裝部的人感到興奮的細節：「她穿著我們替她做的那件粉藍色衣服，我打賭她沒讓人知道這件衣服是我們做的，我只好自己開口跟她說，如果這衣服不是我設計的，我一定會說這件衣服來自帕昆公司。」菲利普之前從來沒怎麼注意過女人的衣服，但一段時間之後，也對它們產生了一種技術上的興趣，倒也頗自得其樂。因爲比部門裡其他人受過更多專門訓練，他對於色彩眼光精準，而在巴黎那段期間，也讓他掌握了不少關於線條的知識。桑普森先生沒什麼學識，他也明白自己能力不足，但他很精明，很能吸納別人的意見，設計新品的時候，總是不斷去問部門裡眾人的意見，他很快就發現菲利普的看法很有價值。但他又嫉妒心重，不肯承認自己採納了別人的建議。他按照菲利普的意見改動了設計圖之後，總要用這麼一句話結尾：

「噯，最後還是繞回我自己的想法上去了啊。」

菲利普在這家店工作了五個月之後，某一天，表演風格亦莊亦諧的著名演員愛麗絲．安東妮雅小姐到店裡來找桑普森先生。她身材高大，一頭亞麻色的頭髮，妝化得很大膽，聲音響亮而刺耳，有種女演員慣於和混跡地方雜耍劇場裡小伙子們拉關係的輕鬆態度。她有首新歌要上臺表演，希望桑普森先生能幫她設計一套戲服。

「我想要能讓人眼睛一亮的東西，」她說，「你知道，那種老套的東西我可不要，我想來點與眾不同的。」

桑普森先生和顏悅色地告訴她，他確定他們絕對可以做出符合她要求的東西。他給她看了幾張設計圖。

「我知道這裡面沒有一套能入您的眼，我只是想讓您看看，我要建議您的大致上是哪種類型的衣服。」

1帕昆（Paquin）：世界知名服裝連鎖店，創辦人簡．帕昆（Jeanne Paquin, 1869～1936）是法國第一位著名女時裝設計師，伸展臺服裝秀即由她所創。

「噢，不行，這完全不是我想要的東西，」她不耐煩地瞥了那些圖一眼，「我要的衣服呢，是那種讓人一看，就像被一拳打中下巴，門牙喀拉喀拉響的衣服。」

「好的，我完全了解，安東妮雅小姐。」桑普森先生回答，臉上帶著溫和的微笑，但眼神茫然，顯然是傻了。

「我想我們最後恐怕還是得跑一趟巴黎。」

「噢，我想我們一定能讓您滿意的，安東妮雅小姐。您在巴黎弄得到的東西，我們這裡也做得出來。」

她一陣風似地離開服裝部之後，桑普森先生有點擔心，跟霍奇斯太太討論了這件事。

「她確實是個需要小心對付的顧客。」霍奇斯太太說。

「愛麗絲，where art thou[2]（你在哪裡）？」桑普森先生火大地冒出這一句，而且覺得自己因爲說出這種莎翁劇的用詞而水準略高一籌。

在他的想法裡，雜耍劇場的戲服不外乎短裙、盤來盤去的蕾絲和金光閃閃的亮片，但安東妮雅小姐對這些東西的態度非常明確，毫無轉圜餘地。

「噢，我的媽呀！」她說。

就算她沒在這聲驚呼裡加上她對亮片有多反感之類的話，單是這一聲的口氣，也完全能表現她對平庸的東西有多麼深惡痛絕了。桑普森先生硬是擠出了一兩個點子，但霍奇斯太太明白地告訴他，這些構想都過不了關。她倒是向菲利普提了建議：

「你會畫畫嗎，菲爾？何不動手試試，看看能畫出什麼來？」

菲利普買了盒便宜的水彩，晚上那個吵鬧的十六歲小伙子貝爾又吹著口哨忙著弄郵票時，他吹不到三首曲子，菲利普就畫了一兩張草圖出來。他還記得在巴黎時看過的戲服款式，從裡頭挑了一款，再融合一些強烈而獨特的色彩，就得到了他要的效果。他對設計出來的結果很滿意，隔天早上就把圖拿給霍奇斯太太看。她有點吃驚，但還是立刻把圖交給了桑普森先生。

「眞是非同凡響，」他說，「不可否認。」

這張設計圖讓他陷入苦思，但同時，他訓練有素的眼睛也看出這張圖可以做出令人驚豔的衣服。爲了挽回自己的臉面，他又開始提出修改意見，但霍奇斯太太更有見地，建議他把這張圖直接拿給安東妮雅小姐看。

「成不成就看這一次了，說不定她會喜歡呢。」

「這可眞是孤注一擲啊，」桑普森先生看著那件露肩連身洋裝設計圖，說：「他眞的能畫，不是嗎？眞難想像，他居然一點口風都不露。」

安東妮雅小姐接到請她來店裡的通知，桑普森先生特地把設計圖放在桌上，好讓她一進辦公室就能看見。她果然立刻衝向那張圖。

「這是什麼？」她說，「這樣的衣服，我怎麼能放過呢？」

「這是我們爲您用心想出來的點子，」桑普森先生輕鬆隨意地說，「您還喜歡嗎？」

「我當然喜歡！」她說，「給我送半品脫啤酒來，裡頭要滴一滴琴酒。」

「啊，您看看，您根本不需要去巴黎。想要什麼樣子的衣服只需要說一聲，我們都能爲您送上。」

衣服立刻動手開始做了，菲利普看見戲服成品時非常激動，他太滿意了。桑普森先生和霍奇斯太太把所有的功勞都攬在自己身上，但菲利普一點也不在乎。當他和他們一起去蒂沃利雜耍劇場看安東妮雅小姐初次試裝的時候，他得意得不得了。之後霍奇斯太太問起，他才終於告訴她自己是學過畫的，只是因爲擔心和他同住的人會覺得他在擺架子，所以總是謹慎地不把這段過往經歷說出來。她把這些話在桑普森先生面前重述了一遍。對於這件事，桑普

2在莎士比亞使用的古英文中，「art」並不是指藝術，而等同於be動詞。「thou」則等同於「you」。

森在菲利普面前什麼也沒提，但待他多了幾分尊重，不久之後，又把兩位鄉村顧客的衣服交給他設計，也都獲得了好評。接著，桑普森先生便開始跟自己的老主顧提起他手下有個——聰明的年輕人，是在巴黎學畫的學生，你知道的。菲利普很快就穿著白襯衫，被安置在屏風後頭，從早到晚畫著設計圖，有時甚至忙到下午三點鐘才有空跟來不及用餐的「掉隊者」一起吃午飯。其實他喜歡這樣，因爲這些人數量不多，而且個個都累得不想說話；再說食物也比較好，因爲餐點都是採購員那桌剩下來的。菲利普從顧客招待員升格成服裝設計師這件事在部門裡引起了不小的騷動，他也意識到自己成了眾人嫉妒的對象。那個頭型歪七扭八的店員哈里斯，也就是菲利普在這家店認識的第一個人，他曾經很喜歡菲利普，現在嘴上的刻薄口氣也藏不住了。

「有些人運氣就是好啊，」他說，「不知道哪天你就當上了採購員，到了那時候，我們都得稱呼你先生了。」

他告訴菲利普，說他應該要求加薪，因爲現在他做的工作困難得多，但拿的還是一開始的一週六先令。但要求加薪是很棘手的事，對於這些提出要求的員工，經理總會用嘲諷的方式對付。

「你覺得你值得更高的薪水，是嗎？那你覺得自己值多少？嗯？」

店員心臟都快跳到嗓子眼了，這時候就說，他覺得自己每星期應該多加兩先令。

「噢，好極了，要是你覺得自己值這個價，我們就給你這個價。」接著他停頓一下，偶爾還會用冷冰冰的眼光看著對方，然後再加上一句：「另外還額外附送一份解雇通知。」

到這個時候，想撤回加薪要求也沒有用了，無論如何都得走人。經理的想法是，對薪水不滿意的店員是不可能把工作做好的，如果這些人不配漲工資，還不如立刻開除。結果就變成除了想離職的人之外，誰也不會開口說要加薪。菲利普很猶豫，同寢室的人都說桑普森先生現在少不了他，他自己對這話倒是有點存疑。他們都是老實人，但幽默感都還停留在很原始的階段，要是菲利普眞的被他們說動了，跑去要求漲工資，然後被開除，就會變成他們的笑柄。當初找工作時受過的屈辱他至今難忘，那種經歷他一點也不想再來一次，而且他也知道，要在別的地方找到當服裝設計師的工作，機會是微乎其微，畫得跟他一樣好的人不知道有幾百個。但他現在太需要錢，他的衣服都磨破了，厚厚的地毯也讓他的鞋襪都爛了。有一天早上，他幾乎已經說服自己冒險一試，在地下室餐廳吃過早餐之後，他走上樓，經過通往經理辦公室的走廊，看見一大排的人在那兒等著面試結果。那群人大約有一百人上下，若被錄取就供食宿，跟菲利普一樣一星期拿六先令。他看見隊伍裡有人對他投來又妒又羨的眼光，因爲他已經得到工作了。那眼神讓他打了個寒顫，他不敢冒這個丟飯碗的風險。

108

冬天過去了。菲利普偶爾會回醫院去看看有沒有他的信，他總是很晚的時候才偷偷摸摸地進去，這樣比較不會有碰見熟人的機會。復活節的時候他收到伯父寫來的信，讓他有點訝異，因爲布萊克斯泰伯的那位牧師到目前爲止，這輩子寫給他的信不超過六封，而且都是爲了事務上的理由才會寫。

親愛的菲利普：

如果你近期內考慮要度假，而且願意回到這兒，我會很高興見到你的。去年冬天，我的支氣管炎發作得很厲害，威格朗醫生都覺得我捱不過去了。不過我體格強健，感謝上帝，我奇蹟似地康復了。

伯父　威廉・凱利示

這封信讓菲利普感到憤怒。他伯父究竟以爲他過的是什麼日子？他甚至連問都沒問一聲，他就算餓死了，那老傢伙也不會放在心上。但是他走回家的路上突然一念上心，停在一根路燈底下，把信又拿出來讀了一次。信上的字跡已經沒有過去他特有的那種工整有力，字變大了，而且歪斜顫抖，也許這場病比他自己願意承認的要嚴重得多，他想藉著這封形式化的短箋，表達他想見自己在世上唯一親人的渴望。菲利普回了信，說他七月會回布萊克斯泰伯待半個月。這個邀約來得正是時候，因爲他對於短暫的假期該怎麼過還毫無頭緒。阿瑟尼家九月要去採啤酒花，但那時候他排不出假來，因爲那個月要準備秋裝款式。林恩公司的規定是，不管你願不願意，每個人都必須休半個月的假；而在這半個月裡，如果沒地方可去，這個店員還是可以睡在自己寢室裡，但用餐就不行了。很多人在倫敦這一帶沒什麼朋友，對他們來說，這個假期是一段很不方便的時間，他們的食物花費必須從微薄的薪水中支出，整天無事可做，也沒錢可花。菲利普自從兩年前和米爾芮德去布萊頓之後就沒有離開過倫敦，非常渴望新鮮的空氣和大海的寧靜。整個五月和六月，他都熱切地盼著那一天到來，等到度假時間眞的來臨，他期待的心情反而有點退燒了。

度假前最後一天晚上，他和桑普森先生說起一兩件要交代的工作，這時他突然問他：

「你一直以來都拿多少薪水？」

「六先令。」

「我覺得太少了。等你度假回來，我會想想能不能替你加到十二先令。」

「眞是太感謝你了，」菲利普笑著說，「我正急需幾件新衣服呢。」

「如果你用心做好自己的工作，不像其他人那樣跟女孩子們鬼混，我會照應你的，凱利。提醒你一下，你還有很多東西要學，但你有前途，我要說，你是有前途的。等到時機成熟，我會考慮把你的薪水提到一週一鎊。」

菲利普想，這要等多久呢？兩年？

伯父的外貌變化讓他吃了一驚。最後一次看見他的時候，他還是個結實的男人，腰桿直挺，圓胖肉感的臉上鬍子刮得乾乾淨淨；但現在他整個人奇特地垮了下來，皮膚蠟黃，眼底下掛著兩個大眼袋，看上去佝僂而蒼老。自從上次大病之後，他就留起了鬍子，腳步也變得遲緩了。

「我今天狀況不太好，」菲利普才剛到，和他一起坐在飯廳時，他說，「這麼熱的天氣，讓我很不舒服。」

菲利普問了教區裡的一些情況之後，一邊看著他，心裡尋思著他究竟還能撐多久。一個炎熱的夏天就會要了他的命。菲利普注意到他的手現在有多削瘦，不僅如此，還抖個不停。他的死期對菲利普來說意義重大。倘若他夏天就死，冬季學期一開始，菲利普就能回醫院去了；想到不必再回林恩公司，他就高興得不得了。用餐的時候，牧師弓著身子坐在椅子上，那位自他妻子過世之後就住在這兒的管家說：

「肉讓菲利普先生切嗎，先生？」

這老人向來不願承認自己虛弱，本來已經準備自己切了，但似乎第一次樂意接受建議，放棄了切肉的打算。

「你胃口很好啊。」菲利普說。

「噢，是啊，我食量一直很不錯，但我現在比你在的那時候瘦了。能瘦下來我很高興，我不喜歡那麼胖。威格朗醫生也覺得我比以前瘦點是好事。」

用餐之後，管家給他送來一些藥。

「把處方拿給菲利普少爺看看，」他說，「他也是個醫生，我想讓他看看這處方有沒有問題。我跟威格朗醫生說，你現在正在學醫，他診療費應該少收點。我要付的診療費帳單簡直高得嚇人，過去兩個月他天天都來，來一次就要收我五先令，這可是好大一筆錢哪，對吧？現在他一星期還是會來兩次，我打算叫他不要再定期來了，如果我有需要，再通知他來就行。」

菲利普看處方的時候，他用急切的眼光看著他。那些藥都是麻醉劑，一共兩種，牧師解釋，其中一種只有在他的神經炎痛到受不了的時候才用。

「我很小心的，」他說，「我可不想染上鴉片癮。」

至於他這個姪子的事，他一個字都沒提，只不斷絮絮叨叨經濟壓力有多大，菲利普猜想這是為了提防他，免得他開口要錢。他花了這麼多錢看醫生，又花了更多錢買藥，生病期間，他們不得不天天在他臥房裡生火，現在每到星期天，他還得早晚都搭馬車上教堂。菲利普憤怒極了，很想告訴他不用怕成這樣，他一點也沒打算跟他借錢，但最後忍住了。在他看來，這老人除了口腹之慾和對金錢的貪婪之外，所有樂趣都已經蕩然無存。多麼可怕的晚年。

到了下午，威格朗醫生來了，他看完病之後，菲利普和他一起走到花園門口。

「你覺得他情況怎麼樣？」菲利普問。

比起鐵口直斷，威格朗醫生更擔心失口誤診；要是可以，他從來不肯冒險提出明確的意見。他在布萊克斯泰伯行醫三十五年了，擁有非常可靠的好名聲，他的許多病人也認為，比起聰明，一個可靠的醫生還是好得多。布萊克斯泰伯有一個新醫生，已經在鎮上住了十年，但鎮民們還是把他當外人看；據說這位醫生非常聰明，但有點身分的鎮民沒多少人會找他看病，因為沒人真的知道他的底細。

「噢，他身體跟想像的一樣好。」威格朗醫生回答。

「有什麼嚴重的毛病嗎？」

「這個嘛，菲利普，你伯父已經不是年輕人了。」這位醫生回答，謹慎地微微一笑，笑容像在暗示，這位布萊克斯泰伯的牧師其實也不算太老。

「他看上去心臟不太好。」

「我對他的心臟也不怎麼放心，」醫生終於冒險提出意見，「我覺得他應該要小心，非常小心。」

菲利普有個問題已經到了唇邊——他到底還能活多久？他擔心這個問題會讓醫生覺得震驚。對於這種事，生活禮節總是要求必須拐彎抹角，問得委婉；但他正想換個問題問的時候，一個念頭突然閃過他的腦際——這位醫生對於病人親屬的焦急想必已經習慣了，那些同情的表情底下藏著什麼，他一定也全都看穿了。菲利普對自己的僞善淡淡一笑，垂下了眼睛。

「我想，他沒有立即性的危險吧？」

這種問題是醫生最討厭的。要是你說某個病人活不過這個月，家屬把喪事都準備好了，結果到了那時病人還活著，這些人就會忿忿不平地跑來找醫護人員，因爲覺得自己提前受了不必要的折磨。反過來說，如果你說病人還有一年可活，他卻一星期之內就死了，那些親屬就會說你學藝不精；他們認爲，要是知道這個人這麼快就會死，他們就會慷慨地給死者所有的愛了。威格朗醫生搓了搓手。

「我不覺得有什麼重大的危險，只要他……能維持現狀，」他終於大膽地說，「但從另一方面來說，我們也不能忘記，他已經不年輕了。嗯，這部機器已經磨損得差不多，但如果他能熬過這麼炎熱的天氣，我看不出有什麼理由他不能度過舒服的秋天，撐到冬天；而接下來，如果冬天也沒讓他太難受，那，我也不覺得會出什麼事。」

菲利普回到飯廳，他伯父坐在那兒，戴著便帽，肩上披著針織披肩的他看起來有點怪。他眼睛一直盯著門，菲利普一進來，眼光便停在菲利普臉上。菲利普看得出來，他伯父一直焦急地等著他回來。

「那個，關於我的情況，他怎麼說？」

菲利普突然懂了，這個老人是怕死。菲利普有點尷尬，不自覺地移開了目光。面對人類本性中的懦弱，他總是覺得十分窘迫。

「他說，他覺得你好多了。」菲利普說。

他伯父的眼裡湧現一陣喜悅的光芒。

「我的體質好得驚人，」他說，「他還說了什麼？」他有點懷疑地加上一句。

菲利普笑了。

「他說，如果你好好照顧身體，活到一百歲不是問題。」

「我不知道能不能期待這種事，不過活過八十應該行。我媽媽活到八十四歲才過世呢。」

牧師的椅子旁邊有張小桌子，桌上放著一本《聖經》，和一本厚厚的《公禱書》，多年來，他一直習慣讀這本書的內容給家人聽。他顫巍巍地伸出手，拿起《聖經》。

「以前的主教們都是長命百歲，頤養天年的，對吧？」他說，同時古怪地笑了一聲，菲利普從這笑聲裡聽出了一種膽怯的懇求。

這個老人如此眷戀生命，又絕對相信宗教教導他的一切，對靈魂永生毫不懷疑，他覺得自己的品行已經夠好了，以他的資格來說，是非常可能上天堂的。在他漫長的職業生涯中，讓多少垂死之人獲得了宗教的慰藉啊！也許到了最後一刻，他也跟無法為自己開處方的醫生沒什麼兩樣。這份對於人世的戀棧，讓菲利普困惑，也讓他覺得震驚。他很想知道，在這個老人的內心深處，究竟藏著什麼無以名狀的恐懼。他想探入他伯父的靈魂，也許這樣他就能赤裸裸地看見，在他疑惑的未知之中，那令人悚然的巨大驚恐。

半個月很快地過了，菲利普回到倫敦。他在服裝部的屏風後面穿著襯衫猛畫圖，度過了一整個悶熱的八月。店員們一個接一個度假去了。菲利普晚上通常都會到海德公園聽樂隊演奏，他越來越適應自己的工作，也比較不覺得累了。他的思想也從長期的停滯狀態中逐漸甦醒，探求著新鮮的活力。他把所有的期待都寄託在他伯父過世這件事上。他老是做著同一個夢——某一天大清早，他收到一封電報，被告知伯父驟然離世的消息，他從此獲得了自由。醒來發現沒有這回事，只是一場夢時，總會讓他鬱鬱不樂。既然這件事隨時可能發生，他便忙著詳細規劃自己的未來。他至少還得花一年的時間才可能取得醫師資格，他很快就把這件事先拋到一邊，先盤算起自己心心念念的西班牙之旅。他讀了一些關於這個國家的書，都是從公共圖書館借來的，而他也已經從照片上知道了每個城市的樣子。他彷彿看見自己在哥多華橫跨瓜達幾維河那座橋上逗留，在托雷多彎彎曲曲的巷弄中穿行；他看見自己坐在教堂裡，從艾爾・葛雷柯這位令他感到神祕莫測的畫家那兒掘出他為他保留的奧祕。阿瑟尼也來插一腳，週日下午他們總是仔細計畫行程表，這樣菲利普就不會錯失掉值得一看的地方。為了不讓自己太心急，菲利普開始自學西班牙語，每天晚上都在哈林頓街那個空蕩蕩的起居室裡花一小時練習西班牙文，還對著一旁的英文譯本苦苦推敲《唐吉訶德》的美妙詞句。阿瑟尼每星期給他上一次課，菲利普學到了一些旅行中有用的句子。阿瑟尼太太總是笑他們。

「你們兩個老是在搞西班牙語！」她說，「怎麼不去做點有用的事？」

但莎莉有時候會站在旁邊，以她特有的嚴肅態度聽著她爸爸和菲利普用她不懂的語言對話。她漸漸長大了，今年聖誕節就要把頭髮盤上去了。她覺得自己的父親是古往今來最了不起的人，而且只透過父親讚揚菲利普的言詞中表達她對菲利普的看法。

「爸爸可看重你們菲利普叔叔了。」她對弟弟妹妹們說。

最大的男孩索普，年齡已經可以上林仙號巡洋艦[1]服役了，於是阿瑟尼便唯妙唯肖地描述著他穿著制服回來度假的樣子，把全家人逗得哈哈大笑。莎莉一滿十七歲，就要去裁縫那兒當學徒。阿瑟尼又用他咬文嚼字的說話方式，講著鳥兒翅膀硬了，一個個都要飛離父母身邊，還淚汪汪地告訴他們，只要他們還想回來，老家永遠都在。他們隨時可以回來打個地鋪吃頓飯，他這個爸爸的心門永遠為孩子們的苦惱敞開。

「看你說的，阿瑟尼，」他太太說，「只要他們夠穩重，我不知道他們還會有什麼苦惱；只要他們夠誠實，就

1林仙號輕巡洋艦（Arethusa）：艦名源於希臘神話中山林仙女阿瑞圖薩的名字，是英國皇家海軍的一級輕巡洋艦。

永遠不用擔心沒有工作做，我就是這麼想的。而且我可以肯定地說——就算到了最後一個孩子離家獨立謀生的那一天，我也不會覺得難過的。」

頻繁地生養孩子、辛勤工作和長年的擔憂開始影響了阿瑟尼太太的身體，有時候晚上她會背痛得不得不坐下休息。她最幸福的夢想藍圖就是請個女傭來負責粗重的工作，這樣她就不需要每天早上七點鐘以前起床了。阿瑟尼揮了揮他那隻漂亮白皙的手。

「啊，我親愛的貝蒂，我跟你兩個人可是為這個國家立了大功呢。我們養了九個健康的孩子，男孩們可以為國王陛下盡忠，女孩們可以在家做飯縫衣服，接棒生養健康的下一代。」他轉向莎莉，為了落差太大的這句對比，他誇張地加了一句話安慰她：「女孩們也可以為那些不事生產的人效勞。」

最近，阿瑟尼在他狂熱信奉的各種矛盾理論中又加上了社會主義，這時他說：

「貝蒂，在社會主義國家裡，你和我都可以領到優厚的養老金呢。」

「噢，別再跟我說你那些社會主義什麼的了，我都聽煩了，」她嚷著說，「那意思只不過是說，會有另外一大批遊手好閒的人從工人階級拿走一大堆好處而已。我最相信的一句話就是——少來管我，我不要別人干涉我。工作再苦，我都盡心盡力，這世界人人都得努力，誰落後誰遭殃。」

「難道你把生活當成苦工在做嗎？」阿瑟尼說，「絕對不是！我們的生活有過高山低谷，也有過艱困的日子。我們一直都不有錢，但一切都值得，沒錯，當我看著身邊這一群孩子，要我說一百次也行，值得。」

「你就說吧，阿瑟尼，」她看著他說，表情並不生氣，而是平靜中帶點不屑。「生這些孩子，愉快的部分你都占盡了，而我不但要懷要生還要養。我並不是說我不喜歡他們，現在他們都在，但如果我的人生可以重來一次的話，我寧願單身一輩子。為什麼呢？因為如果我沒結婚的話，說不定現在已經開了一家小店，銀行裡存了四五百鎊，還雇了個女傭幫我做粗活。無論如何，這種生活我都不想再過一次了。」

菲利普想著，對這數不清的芸芸眾生來說，生活不過是無止盡的勞動，不管是美是醜，就只是無差別地接受，就像接受四季遞嬗一樣。他怒不可遏，因爲這一切勞苦都毫無價值。他並不甘心相信人生沒有意義這種說法，但目前他所看見的每件事都在加強他的信念。不過，即使憤怒，這也是愉快的憤怒。如果人生沒有意義，也就不那麼可怕了，他面對著自己的人生，一股奇特的權力感油然而生。

109

秋去冬來。菲利普把自己住處的地址留給他伯父的管家佛斯特太太，這樣她就能聯絡他了，不過他還是一星期會去醫院一次，希望會有他的信。有天晚上他去拿信的時候，看見有封信上頭寫著他的名字，那筆跡是他這輩子再也不願意看見的。他有種古怪的不舒服，有一小陣子，他甚至不想伸手去拿信，過去種種令人厭惡的回憶全都被這封信勾起來了。但最後還是忍不住撕開了信封。

親愛的菲爾：

我可以盡快跟你見一面嗎？我情況很糟，不知道該怎麼辦好。不是錢的問題。

米爾芮德

寫於菲茲羅伊廣場威廉街七號

他把信撕得粉碎，走到外頭街上，把碎片撒進了沉沉的黑夜裡。

「見她的鬼。」他咕噥了一聲。

一想到要再見她，他就湧起一股噁心感。他才不管她是不是碰到了什麼困境，不管什麼事，她都是罪有應得。想到她，他便滿腔憎惡，過去對她的愛有多深，如今激起的恨就有多強烈。過去的回憶令他作嘔，越過泰晤士河的時候，他努力岔開自己的思緒，本能地不去想她。他躺在床上，卻怎麼也睡不著，想著不知道她發生了什麼事，擔心她病了或沒飯吃的想法一直在腦子裡繞。她要不是走投無路，是不會寫信給他的。他很氣自己意志不堅，但他知道，要是沒見到她，自己是不會安心的。隔天早上他寫了張明信片，在上班路上寄了出去，用字盡可能地生硬，只說他很遺憾她碰上了困難，他會在晚上七點鐘到她給的那個地址去。

那是棟位在骯髒街道的破落出租公寓，想到要跟她見面，他就覺得不舒服，當他開口問她在不在的時候，心裡其實萬分期待她已經離開這兒了。這裡看起來不像是常有人遷進遷出的地方，他沒想到要看一下她信上的郵戳，也不知道那封信在架子上放多少天了。來應門的女人並沒有回答他的問題，只是沉默地領著他走過走廊，敲了敲屋子後頭的一道門。

「米勒太太，有位紳士來找你。」她喊。

門輕輕地開了一道縫，米爾芮德猜疑地朝外看了一眼。

「噢，是你啊，」她說，「進來吧。」

他走進房間，她關上了門。這房間非常小，跟她以前住過的地方一樣亂成一團；地板上有雙鞋，東一隻西一隻地扔著，髒兮兮的；帶抽屜的櫃子上放著一頂帽子，旁邊放著幾綹假鬈髮，桌上還丟著一件上衣。菲利普想找個地方放帽子，門後的勾子上掛滿了裙子，他注意到那些裙子的下襬都沾了泥。

「你不坐下嗎？」她說，接著有點尷尬地笑了一聲，「我想，你又收到我的信，一定很驚訝。」

「你聲音啞得很厲害啊，」他回答，「喉嚨痛嗎？」

「是啊，痛了好一陣子了。」

他沒說什麼，等著她解釋爲什麼她想見他。房間裡的樣子已經足以讓他明白，她又回到之前他把她救出來的那種生活去了。他納悶著，不知道寶寶發生了什麼事。壁爐架上有張寶寶的照片，但房間裡完全沒有孩子生活過的痕跡。米爾芮德拿著手帕，把手帕揉成一個小球，右手遞到左手裡，又從左手傳回右手，他看得出她非常緊張。她盯著爐火，所以他可以看著她，卻不和她有視線接觸。她比離開他的時候瘦得多了，皮膚又黃又乾，緊緊地繃在顴骨上。頭髮染了，現在是亞麻色的，讓她看起來跟之前大不相同，也更俗氣了。

「說實話，收到你的回信，我眞是鬆了一口氣，」她終於開了口，「我想，你說不定已經離開醫院了。」

菲利普沒說話。

「我想你已經拿到醫師資格了，對吧？」

「沒有。」

「怎麼回事？」

「我離開醫院了，我不得不放棄學業，十八個月以前的事。」

「你就是心性不定，看起來你好像什麼都堅持不了太久。」

菲利普又沉默了一陣子，接著冷冰冰地再度說下去。

「我因爲一次不走運的投機買賣賠光了手頭上那點錢，負擔不起繼續學醫的花費。我必須盡全力賺錢養活自己。」

「那你現在在做什麼？」

「在一家商店做事。」

「噢！」

她很快地看了他一眼，又立刻移開了目光。他想她臉紅了。她不斷地用手帕緊張地揩著手掌心。

「你還沒把怎麼看病全部忘光吧？」她結結巴巴地說出這句話，口氣十分古怪。

「還沒全忘。」

「因爲，這就是我想見你的原因。」她的聲音壓得低低的，成了嘶啞的耳語，「我不知道我出了什麼毛病。」

「怎麼不去醫院？」

「我不喜歡去醫院，所有學生都盯著我看，而且我也擔心他們會要我住院。」

「你哪裡不舒服？」菲利普用門診固定用語冷冷地問。

「呃，我長了一大堆疹子，而且一直都不好。」

菲利普心裡感到一陣恐懼的劇痛，額頭冒出了汗珠。

「可以讓我看看你的喉嚨嗎？」

他把她帶到窗邊，盡可能地爲她做了檢查。突然他接觸到她的目光，那雙眼睛裡充滿了極度驚恐，令人望而生懼。她嚇壞了。她原本希望他能讓自己放心，她懇求地看著他，卻不敢開口要求他說幾句安慰的話，只能繃緊了神經等待他自己說出來，然而他卻沒有讓她寬心的答案能給她。

「恐怕你的病眞的很嚴重。」他說。

「你覺得是什麼病？」

他告訴了她，她瞬間面如死灰，連唇色都變得焦黃。她絕望地哭了起來，一開始只是靜靜地落淚，之後便泣不成聲。

「我很抱歉，」他終於開口，「但我必須跟你說實話。」

「我還不如去自殺，一了百了。」

他沒有理會她的狠話。

「你身上還有錢嗎？」他問。

「還有六七鎊。」

「這種生活不能再過了，你知道的。想過找什麼其他的工作嗎？我恐怕幫不了你多少，我一星期也只賺十二個先令。」

「我現在還有什麼能做啊？」她不耐煩地大叫起來。

「該死！你非找點事情做不可。」

他非常嚴肅地把她自己的危險和給別人造成的危險仔細地告訴她，她悶悶不樂地聽著。他想辦法安撫她，最後終於讓她不情願地答應遵守他的囑咐。他寫了一張處方箋，說他會去最近的一家藥房買藥給她，叮囑她千萬要按時吃藥。接著他起身要走，伸出手準備和她握手道別。

「不要這麼消沉，你的喉嚨很快就會好的。」

但當他轉身往外走的時候，她突然表情一變，臉都扭曲了，死死地抓住了他的外套。

「噢，不要離開我，」她嘶啞地喊著，「我好怕，不要留下我一個人，菲爾，求求你。我已經沒有別人可以找了，你是我唯一的朋友啊。」

1米爾芮德罹患的是梅毒。第一期梅毒的典型症狀為單一硬下疳，第二期梅毒會出現彌漫性皮疹，末期梅毒則可能造成心臟血管病變或神經性病變，導致癱瘓或精神錯亂。

他感受到她靈魂深處的恐懼，這份恐懼和他在伯父那害怕死亡的眼中看到的，有著奇特的相似。菲利普低頭移開了視線。這個女人兩次闖入他的生活，都把他弄得悲慘落魄，她根本無權要求他什麼。然而，不知道爲什麼，他卻覺得內心深處有個地方莫名地痛著，就是這份心痛，讓他收到信之後難以平靜，直到順從了她的召喚來見她爲止。

「我想我永遠也沒辦法眞的擺脫掉吧。」他對自己說。困擾他的是，他的身體感覺到一種奇特的厭惡感，只要一接近她，他就整個人不舒服。

「那你希望我做什麼呢？」他問。

「我們一起吃個飯吧，我請你。」

他遲疑了。在他以爲她已經永遠消失了的時候，卻覺得她又悄悄潛回了他的生活。她看著他，那急不可待的樣子眞是令人厭惡。

「噢，我知道以前我對你太壞了，但這會兒請不要丟下我。你也算是報仇雪恨了。要是你現在放我一個人，我眞不知道該怎麼辦好。」

「好吧，我不介意跟你吃飯，」他說，「但我們得找個便宜的地方，我這會兒可沒錢隨便糟蹋。」

她坐下穿鞋，接著換了裙子，戴上帽子，兩人一起走出門，最後在圖騰漢廳路上找到一家餐廳。菲利普已經不習慣在這個時間吃東西，而米爾芮德的喉嚨痛得厲害，也沒辦法吞嚥。他們點了一些冷火腿，菲利普喝了一杯啤酒。兩人面對面坐著，過去他們也經常這樣坐，他不知道她是不是還記得。他們之間實在無話可說，要是菲利普不逼自己說話，兩人便只剩沉默。餐廳裡燈火通明，裝滿了俗氣的鏡子，交映出無窮盡的影像，她坐在餐廳裡，看起來又老又憔悴。菲利普急著想知道孩子的事，又沒有勇氣問。最後她終於開口說：

「你知道，孩子去年夏天死了。」

「啊！」他說。

「你大概會說你很難過吧。」

「我不會，」他回答，「我很高興。」

她看了他一眼，明白了他這話的意思，便移開了目光。

「你還一度挺喜歡她的，不是嗎？你居然會那麼喜歡其他男人的孩子，我總是覺得好笑。」

吃過東西之後，他們就到藥房去拿菲利普開的藥，接著回到那個破落小房間，菲利普讓她吃了一劑。他們一直坐到菲利普該回哈林頓街宿舍的時間，這讓他厭煩透頂。

菲利普每天都去看她。她吃了他開的藥，也遵照他的指示調養，效果很快便十分顯著，她對菲利普的醫術也信心大增。身體好些之後，她情緒也不那麼低落了，說起話來也自在得多。

「只要我一找到工作，一切都沒問題了，」她說，「我也上了一課，也該從這件事學點教訓。以後我不再靠這種事賺錢了，我說眞的。」

之後菲利普每次見到她，都會問她找到工作沒有，她總是叫他別擔心，她只要想找，就會有事做，她還有好幾個備用方案在，目前最好什麼都不做，好好休息一兩個星期。她既然這麼說，他也不能說什麼，但隨著她所說的期限逼近，他的態度也越來越堅持。現在她心情比之前更好了，她取笑他，說他根本是個大驚小怪的老頭子。因爲她打算找餐廳的工作，便把之前跟幾家店的女經理面談時，人家怎麼說，她又怎麼答的細節全都講給他聽。總之目前一切都沒有定案，但她確定到了下週初，事情就會定下來。急也沒用，硬去將就不適合的工作反而不好。

「這樣說太荒唐了，」他不耐煩地說，「不管什麼工作，你找到就得接下來。我沒辦法幫你，你的錢也不是花不完的。」

「噢，反正我也還沒到山窮水盡的地步，再等等機會嘛。」

他眼神嚴厲地看著她。從他第一次來這裡，到現在已經三個星期了，當時她手頭上的錢不到七鎊。他起了疑心。他回想她說過的話，把內容一個個湊起來推敲。他不知道她是不是眞的打算找工作，也許她一直都在騙他。她那點錢可以撐這麼久，實在是太奇怪了。

「你這裡房租多少？」

「噢，房東太太人很好，跟別的房東不一樣。我什麼時候方便，就什麼時候付房租，她很願意的。」

他沉默了。他心裡懷疑的事實在太可怕，讓他不禁猶豫起來。問她沒有用，她什麼都不會承認的，如果他想知道眞相，就得自己去找出答案。他一向在晚上八點鐘離開，時鐘一敲，他便起身道別。但他並沒有回哈林頓街去，而是待在菲茲羅伊廣場的轉角，這樣不管是誰從威廉街走來他都看得見。他覺得自己等了好久，正想著自己猜錯了，打算要走，這時候七號的門開了，米爾芮德走了出來。他退回暗處，看著她朝他這兒走來。她戴著一頂插滿羽毛的帽子，那是他在她房裡見過的；他也認得她身上的衣服，穿上街太招搖了，而且也不合季節。他慢慢地跟著她，她走進圖騰漢廳路之後，放慢了腳步，然後在牛津街的路口停下來，四處張望了一下，便走到對面的雜耍劇場去。他趕上她，碰了碰她的手臂，他看見她臉上抹了胭脂，嘴唇也塗得紅紅的。

「你要去哪裡，米爾芮德？」

聽見他的聲音她大吃一驚，臉刷地紅了，就像她以前說謊被抓到的時候一樣；她本能地想用破口大罵來自衛，那眼中閃現的怒火菲利普太熟悉了。但那些罵詞到了嘴邊，又收了回去。

「噢，我只是想去看場表演。每天晚上都只有我一個人在，太悶了。」

他不再假裝相信她的話了。

「你不能這樣，天哪，我跟你說過多少次這樣有多危險，你必須立刻停止做這種事。」

「噢，給我閉嘴，」她粗魯地大喊，「不然你以爲我要怎麼過日子？」

他抓住她的手臂，下意識地想把她拖走。

「看在上帝的份上，走吧，我送你回家。你根本不知道自己在做什麼，這是犯罪。」

「我管他呢，就讓他們來碰運氣好了。男人從來沒對我好過，我又幹嘛要替他們操心。」

她推開他走向售票口，放下錢買了票。菲利普口袋裡只有三便士，沒辦法跟她進去。他轉過身，沿著牛津街慢慢走回來。

「我已經無能為力了。」他自言自語。

事情就這樣結束了，他再也沒有見到過她。

110

那年的聖誕節是星期四，店裡要關門四天。菲利普寫信給他伯父，問他方不方便回牧師宅邸過節。他收到佛斯特太太的回信，說凱利先生狀況不太好，沒辦法親自寫信，但他很希望見到自己的姪子，如果他能回來，他會很高興的。她在門口迎接菲利普，和他握手的時候，她說：

「先生，你會發現，他跟上次你來的時候差很多，但請裝作什麼都不知道，好嗎？他對自己情況很神經質。」

菲利普點點頭，她帶他進了飯廳。

「菲利普先生來了，先生。」

這位布萊克斯泰伯的牧師已經如風中殘燭，只要看那凹陷的雙頰和佝僂的身體就明白了。他蜷縮在扶手椅上，頭怪異地往後仰著，肩上圍著一條披肩。現在他已經無法不靠手杖行動，手抖得厲害，連自己吃飯都有困難了。

「他活不久了。」菲利普看著他，心裡這麼想。

「你覺得我看起來怎麼樣啊？」伯父問，「你覺得，跟你上次看到我比起來，我有什麼改變嗎？」

「我覺得你看起來比去年夏天要健壯一點。」

「那時候太熱了，天氣太熱總是讓我不舒服。」

過去幾個月，凱利先生有好幾個星期臥病在床，另外幾個星期都待在樓下。他手邊有個手搖鈴，一邊說著話，一邊便搖鈴把佛斯特太太叫來，問她他第一次離開房間是哪一天。她就坐在隔壁房間裡，以備他隨時呼喚。

「十一月七日，先生。」

牧師望著菲利普，想看他聽了這話有什麼反應。

「但我吃飯還是吃得不錯的，對吧，佛斯特太太？」

「是的，先生，您胃口眞的好極了。」

「就是吃了好像都不長肉。」

現在除了自己的健康之外，其餘的事他都沒有興趣。就算生活再乏味，就算不斷的疼痛讓他不用嗎啡不能入眠，他依然不屈不撓，一心只想著一件事，就是活下去，只要能活著就好。

「我花在看醫生上頭的錢哪，數字簡直大得嚇人。」他又搖了一次鈴，「佛斯特太太，讓菲利普少爺看看藥房的帳單。」

她非常有耐心地把帳單從壁爐架上拿下來，交給菲利普。

「這還只是一個月份的。我在想，要是你自己來幫我看病，不知道拿藥會不會便宜點。我想過直接跟藥店買這些藥，但這樣又要付郵資。」

雖然他很明顯對菲利普不感興趣，連他現在在做什麼都沒有費心一問，但有他在似乎還是很高興。他問他會在這裡待多久，菲利普告訴他，他星期二早上一定得離開，他表示希望他能多留幾天。他鉅細靡遺地把自己的症狀告訴他，還把醫生說的話重述了一遍。他話講到一半突然停下，搖了搖鈴，當佛斯特太太進來的時候，他說：

「噢，我不確定你是不是在，我搖鈴只是想知道你在不在而已。」

她走了之後，他對菲利普解釋，要是他不確定佛斯特太太就在聽得見鈴聲的地方，他就覺得心裡不安，萬一他發生了什麼事，她是最清楚該怎麼做的人。菲利普看她已經累壞了，眼皮也因爲睡眠不足重得睜不開，便暗示伯父，他讓她太操勞了。

「噢，胡說，」他伯父說，「她壯得像條牛似的。」當她進來給他送藥的時候，他對她說：

「菲利普少爺說你要做的事情太多了，佛斯特太太，其實你很想照顧我的，對吧？」

「噢，我不介意多做事，先生。只要我能力所及的事我都願意做。」

不久之後藥物生效，牧師沉沉睡去。菲利普走進廚房，問佛斯特太太這樣工作撐不撐得住，他看得出來，這幾個月她根本不得安寧。

「呃，先生，我能怎麼辦呢？」她回答，「這位可憐的老先生這麼依賴我，而且，雖然有時候他很麻煩，你就是忍不住要喜歡他，是吧？我來這兒已經這麼多年了，要是他走了，我還眞不知道該怎麼辦。」

菲利普看得出，她是眞的喜歡這個老人。她替他洗身，爲他穿衣，餵他吃東西，夜裡還要起來五六次，因爲她就住在他隔壁房間，他半夜不管什麼時候醒了，就會一直搖鈴搖到她過來爲止。他隨時可能會死，但也可能再活好幾個月。她竟然能這樣任勞任怨地照顧一個非親非故的人，眞是令人驚嘆；而這世上居然只剩下她一個人關心他，也眞是可悲可憐。

在菲利普看來，他伯父一生佈道的這個宗教，對他來說不過是一種例行公事而已。每個星期天，助理牧師都會來爲他主持聖餐禮，他也常常讀經，但很顯然，他還是抱著恐懼的心情看待死亡。他相信宗教是通往永生的入口，但他又不想跨過那扇門進入永生。他承受著無止盡的病痛，被禁錮在自己的椅子上，連到戶外見見天光的希望都破滅了；他就像個孩子，被抱在他花錢雇來的這個女人懷裡，死死地抓住他認識的這個世界，不肯放手。

菲利普心裡有個問題一直問不出口，因爲他知道他伯父除了一貫的老套答案之外不會有別的回應。他想知道，現在這部機器已經磨損得這麼厲害，當生命的最後一刻到來，這位教士是不是仍然相信所謂的不朽；也許在他內心深處，他根本不相信上帝存在，認爲人只要一死，便萬事皆空，但即使到了最緊急的時候，他也不會把這話說出來的。

聖誕節過後一天的傍晚，菲利普陪著伯父坐在飯廳裡。隔天一大早他就得動身，好在九點前後趕回店裡，他是來跟伯父道別的。他伯父正在打盹，菲利普坐在靠窗的沙發上，他任書本落在膝頭，漫不經心地打量著這個房間，心裡暗暗盤算著這些家具能賣多少錢。他已經在整棟房子裡轉過一圈，把他從小就熟悉的那些東西看了一次；有幾件瓷器也許能賣個好價錢，但把它們特地帶去倫敦不知道值不值得；家具都是維多利亞時代的老式樣，雖然都是紅木做的，很結實，但很難看，拍賣也賣不了幾個錢。還有三四千本藏書，不過誰都知道書的賣價有多低，全賣了也不會超過一百鎊。菲利普不知道他伯父會留下多少財產，但他對自己完成學業、取得資格加上獲得醫院委任職位前的生活費總數，已經不知道算過幾百次了。他看著那個睡得並不安穩的老人，那乾癟的臉上已經看不出人類的樣子了，那張面孔像是某種奇怪的動物。菲利普想，要結束這條毫無價值的生命，有多麼容易啊。每天晚上佛斯特太太爲伯父準備輕鬆入眠的藥物時，他都這麼想。藥有兩瓶，一瓶是他固定要吃的，另外一瓶是鴉片類麻醉劑，只在痛得受不了的時候才吃。這瓶藥平時會倒好放在他床邊，通常他會在凌晨三四點把藥吃掉。加倍劑量是很簡單的事，他會在半夜死去，誰都不會起疑，因爲早就預計他會這樣過世，這種死法不會有痛苦。想到自己有多需要這筆錢，他握緊了拳頭。這種悲慘的日子多幾個月或少幾個月，對那個老人來說都無關痛癢，但對他來說，幾個月卻是他的一切。他的忍耐已經到了極限，想到隔天早上要回去工作，他就怕得發抖。這個令他著魔的想法讓他心臟狂跳，他努力想把它拋到一邊去，卻怎麼樣也做不到。要結束他的性命實在太簡單了，簡直易如反掌。他對這個老頭毫無感情，他從來沒喜歡過他；他自私了一輩子，不但對那位敬愛他的妻子如此，對那個交託給他的男孩也漠不關心；他並不殘酷，只是愚蠢無情，有點耽溺於肉體享受。要下手太簡單，眞的太簡單了。但菲利普沒有這個膽量，他怕自己會後悔，要是拿到了錢，卻為自己做過的事悔恨終生，那也沒什麼好處。雖然他常常告訴自己，悔恨是沒有意義的，偶爾還是會有一些事在腦海裡一再想起，讓他心緒不寧。他不希望這些事引來良心的責備。

他伯父張開了眼睛，菲利普很高興，因為他這時看起來比較像人一點了。剛才冒出來的那個想法簡直令他毛骨悚然，他考慮的根本就是謀殺；他不知道別人是不是也有過這樣的想法，還是他比較反常和墮落。他覺得，就算事到臨頭，他也絕對下不了手，但那念頭還是在，而且一再出現，假如他沒有這麼做，那也只不過是因為害怕。這時候，他伯父說話了。

「你不是在盼著我死吧，菲利普？」

菲利普覺得心臟差點從胸口跳出來。

「天哪，當然不。」

「這樣才是好孩子，我不喜歡你這樣想。我死了以後，你會拿到一小筆錢，但是你千萬不能期待這個，這樣對你沒有好處的。」

他說話的聲音很低，語調中有種難以理解的焦慮。菲利普聽了心中一痛，他不知道是什麼奇特的洞察力，讓這個老人猜中了菲利普心中怪異的渴望。

「我希望您能再活二十年。」他說。

「噢，這我是不能奢望了，但如果我好好照顧自己，我想再活個三四年是沒有問題的。」

說完這話，他停了一會兒，菲利普也不知道該說什麼。接著這個老人像是把一切都想透徹了似的，又開口說：

「每個人都有權利能活多久就活多久。」

菲利普想分散一下他的注意力。

「順帶一提，我想您一直沒有威爾金森小姐的消息吧？」

「有啊，今年我才收到她的信。你知道嗎，她結婚了。」

「眞的？」

「是啊，她嫁給一個死了老婆的男人。我想他們應該過得不錯。」

III

第二天，菲利普又開始上班了，但他以爲幾週內就會成眞的那個結局並沒有出現。幾星期變成了幾個月，冬天過去了，公園裡的樹木冒出新芽，又長成了綠葉。極度的厭倦感籠罩著菲利普。時光的腳步雖然遲緩，卻仍然不停地流逝，他覺得自己的青春也跟著一去不復返，他很快就不再年輕，卻依然一事無成。如今他對工作好像更沒有目標了，反正他是打定主意不會留在這一行的。儘管他在服裝設計上並沒有什麼創作天賦，但把法國時尚迅速轉成英國市場能接受的東西倒是越來越得心應手了。有時候他覺得自己的設計圖畫得還不錯，但成品卻被笨手笨腳的裁縫搞砸了，他發現自己居然會因爲想法沒有被確實執行而勃然大怒，自己也覺得好笑。他必須處處留神。不管什麼時候，只要他提出什麼獨創的點子，都會被桑普森先生打回票——他們的顧客不需要出格的東西，他們屬於非常體面的商業階層，跟這樣的顧客打交道，這種放肆的作法是完全沒有必要的。有一兩次，他對菲利普說話說得很尖酸，他認爲這個年輕人開始有點眼高過頂，因爲菲利普的看法總是跟他不一致。

「你最好當心點，我的好小伙子，不然哪天你就會發現自己又流落街頭了。」

菲利普很想直接朝他鼻子來一拳，不過他克制住了。畢竟這種日子不會持續太久，到時候他就會永遠跟這些人說再見了。偶爾絕望到極點，反而生出一種滑稽感，他會大喊大叫，說他伯父的身體一定是鐵打的，也太強壯了吧！任何一個身體還不錯的人要是生了跟他一樣的病，早在一年前就該不行了。當伯父病危的消息傳來，菲利普心裡已經不再想這件事了，當下反而覺得驚訝。那時是七月，再過半個月他就要去度假。他接到佛斯特太太寫來的信，說醫生判定凱利先生日子不多了，如果菲利普想再見他一面，請務必立刻回來。菲利普去找桑普森先生，告訴他自己必須離開。桑普森先生是個正派的人，知道原委之後並沒有爲難他。菲利普去跟部門裡的人告辭，他要離開的原因在眾人之間傳得很誇張，大家都認爲他從此要變成有錢人了。霍奇斯太太跟他握手道別，眼裡含著淚。

「我想我們以後應該不會太常看見你了。」她說。

「我也很高興能離開林恩公司。」他回答。

說起來也奇怪，離開了這群他自認感到厭惡的人，心裡倒眞的難過了一陣，當車子駛離哈林頓街那棟房子，他竟毫無喜悅之情。他曾經無比期待，不知道自己眞的離開時心裡會有多激動，現在他卻一點感覺也沒有，完全無動於衷，好像他只是去度幾天假而已。

「我個性變壞了，」他暗想，「有些事情，我日思夜盼，而當它們成了眞，我卻總是覺得失望。」

他抵達布萊克斯泰伯時剛過中午。佛斯特太太到門口迎接他，從她的表情就看得出來，他伯父還活著。

「他今天稍微好一點了，」她說，「他體質好得驚人。」

她帶他進入他伯父的寢室，他躺在那兒，對菲利普微微一笑，笑容裡有種再度躲開死神之後，帶點滿足的狡猾神情。

「昨天我還以爲我要完蛋了，」他有氣無力地說，「他們也覺得我沒希望了，對不對，佛斯特太太？」

「您體質實在太好了，無可否認。」

「我這條老狗還命不該絕呢。」

佛斯特太太說牧師不能這樣一直說話，會累著他的。她以一種慈愛的專制對待他，像在待一個小孩；這個老人又再一次從所有人的預期中逃脫，心裡有種孩子般的得意。他突然想到菲利普是被叫回來的，他讓他這麼白跑了一趟，想想也挺好笑。只要他的心臟病不再發作，一兩週內他的身體就能恢復得差不多了。之前他的心臟病發作了好幾次，他總以爲自己就要死了，然而卻一直沒有死。他們都在談論他的體質，但沒人知道他的體質究竟強健到什麼地步。

「你打算待一天還是兩天？」他問菲利普，裝作相信他這一趟是回來度假的。

「我還在考慮。」菲利普口氣愉快地回答。

「呼吸一點海邊的空氣對你有好處。」

沒多久，威格朗醫生來了，他看過牧師的狀況之後，跟菲利普談了起來，態度恰如其分。

「恐怕這次他是不行了，」他說，「這對我們所有人來說都是個重大的損失，我認識他都三十五年了。」

「他現在看起來還不錯啊。」菲利普說。

「我用藥物維持他的生命跡象，但這撐不久的。這兩天情況眞是糟得嚇人，有五六次我都以爲他要死了。」

醫生沉默了一兩分鐘，走到門口時，突然開口對菲利普說：

「佛斯特太太跟你說過什麼嗎？」

「您的意思是？」

「他們很迷信的，這些人哪。她一直相信他有什麼心事未了，不把這樁心事解了，他是不會放心走的，但是他又不願意主動坦白這件事。」

菲利普沒有說話，醫生繼續說下去。

「當然這很荒謬。他這一生過得相當好，克盡職責，也一直是教區的好牧師，我確定我們都會懷念他的。他不會有什麼需要自責的事。我眞的很懷疑，他這麼適合我們，下一個牧師能不能有他一半好。」

接下來幾天，牧師的情況依舊。他不再有之前的好胃口，只能吃下一點點東西。爲了止住折磨他的神經炎疼痛，威格朗醫生現在下藥也沒有絲毫猶豫了，他痲痺的四肢不斷顫抖，漸漸耗光了他的體力，但他神智依然清醒。菲利普和佛斯特太太輪流看護他。幾個月來她事事留心，實在是累壞了，菲利普堅持要陪在病人身邊，好讓她在夜裡休息。他坐在一張扶手椅上度過漫漫長夜，免得自己睡得太熟，同時在昏暗的燭光下讀著《一千零一夜》。長大之後，他就沒有再讀過這本書，這次重看，彷彿又把他帶回了童年時光。偶爾他就只是坐著，傾聽深夜的寂靜。鴉片藥效一退，他伯父就開始煩躁不安，菲利普忙得幾乎沒有停下來的時間。

終於，某一天清晨，當鳥兒在樹叢間嘈雜地啁啾個不停時，他聽見有人喊他的名字。他趕緊跑到床邊，他伯父仰躺著，眼睛直直盯著天花板，沒有轉頭看菲利普。菲利普看見他額頭冒出汗珠，拿了一條毛巾替他擦了擦。

「是你嗎，菲利普？」老人問。

菲利普吃了一驚，因爲那聲音突然變了，沙啞而低沉，只有內心恐懼到了極點的人才會有這樣的聲音。

「是我，需要什麼嗎？」

他停了一會兒，那對視而不見的眼睛依舊凝視著天花板。接著他的臉抽搐了一下。

「我想我要死了。」他說。

「噢，別胡說了！」菲利普叫出來，「你還會活好幾年呢。」

兩滴淚水從老人的眼裡湧了出來，讓菲利普深受觸動。他伯父這一生，從來沒有對任何事物流露出特殊情感，如今看見他的淚水，反而令人覺得害怕，因爲那代表了一種難以形容的恐怖。

「去把西蒙斯先生叫來，」他說，「我要領聖餐。」

西蒙斯先生是助理牧師。

「現在嗎？」菲利普問。

「越快越好，不然就太遲了。」

菲利普跑去叫醒佛斯特太太，但現在時間比他想像的晚，她已經起床了。他要她叫園丁去送個口信，然後又回到他伯父的房間。

「你去叫西蒙斯先生了嗎？」

「叫了。」

房間裡一片靜寂。菲利普坐在床邊，不時揩掉他伯父額頭上的汗。

「讓我握著你的手，菲利普。」那老人最後說。

菲利普伸出手，他緊抓不放，彷彿抓著的是自己的性命，讓他在絕境中得到了極大的安慰。也許他這一輩子從來沒眞的愛過誰，如今卻本能地變成了一個有血有肉的人。他的手又濕又冷，無力而絕望地抓著菲利普的手。這個老人正在和死亡的恐懼搏鬥。菲利普想到，每個人都得經歷這件事，噢，這實在太可怕了，一個容許自己的子民承受這種殘酷折磨的上帝，人們居然還信祂！他從來沒有在乎過他伯父，這兩年甚至天天盼著他死，如今卻再也敵不過心中滿溢的同情。爲了異於禽獸，人類付出了多麼大的代價啊！

他們依然沉默著，他伯父只低低地問了一次：

「他還沒來嗎？」

管家終於輕手輕腳地進來，說西蒙斯先生到了。他帶了一個大袋子，裡面是他的白色法衣和頭巾。佛斯特太太端來聖餐盤，西蒙斯先生靜靜地和菲利普握了手，接著便以職業性的莊嚴態度走到病人身邊。菲利普和管家退出了房間。

菲利普在花園裡信步走著，清晨的花園裡一切都那麼清新，帶著露水沁人的氣味，鳥兒歡快地唱著歌。天空是蔚藍的，空氣雖然充滿鹽味，卻依然芬芳而涼爽。玫瑰正在盛開，樹木和草地的濃綠，綠得那麼生機盎然，那麼鮮亮。菲利普一邊走，一邊想著房間裡正在進行的宗教儀式，心中湧起一股無以名狀的感觸。不一會兒，佛斯特太太出來找他，說他伯父想見他。這時助理牧師已經把東西收進黑色袋子裡，病榻上的老人朝菲利普微微偏了偏頭，微笑著迎接他。菲利普很訝異，因爲這人變了，他身上發生了某種不尋常的變化；他眼裡已經不再是之前那種嚇壞了的眼神，臉上的愁苦也消散了，他看起來既幸福又安詳。

「我已經準備妥當了，」他說，說話的聲調全然不同，「當我主覺得是時候召喚我去了，我隨時都準備好將靈魂交到祂手裡。」

菲利普沒有說話。他看得出來，他伯父是眞誠的。這簡直是奇蹟，他得到了救主的肉身和寶血，給了他力量，現在他再也不懼怕走進黑夜的命定之路了。他很清楚自己即將死去，他順從了。只是他又說了一句：

「我就要和我摯愛的妻子相聚了。」

這話讓菲利普吃了一驚。他還記得他伯父待她如何無情自私，對她卑微奉獻的愛情如何麻木無感。助理牧師倒深受感動，他要走的時候，佛斯特太太一邊抹淚，一邊陪他走到門口。伯父精疲力盡，微微地打起盹來，菲利普在床邊坐下，等待最後一刻來臨。上午慢慢過去，老人的呼吸出現了鼾息聲。醫生來了，說他已經垂危，他失去了知覺，無力地咬著被單，整個人煩躁不安，還喊出聲來。威格朗醫生給他打了一針皮下注射。

「現在做什麼都沒有用了，他隨時可能斷氣。」

醫生看了看錶，又看了看病人。菲利普看見現在是一點鐘，威格朗醫生正在考慮午飯的事。

「你在這裡等著也沒什麼幫助，先走吧。」他對醫生說。

「確實已經沒有什麼我能做的了。」醫生說。

他走了之後，佛斯特太太問菲利普要不要去找木匠（他也兼做殯葬），請他叫個女人來裝殮遺體。

「你需要呼吸一點新鮮空氣，」她說，「對你有好處。」

那個殯葬師傅的住處離這裡八百公尺遠，當他把這個消息告訴師傅的時候，他說：

「那位可憐的老紳士是什麼時候過世的？」

菲利普猶豫了一下。他突然想到，他伯父人還活著，他就帶了個女人要去替他洗身體，這也太殘忍無情了。他很納悶為什麼佛斯特太太會叫他來，人家一定會覺得他是迫不及待要弄死那個老人吧。他覺得殯葬師傅看他的眼神很奇怪，他又問了一次，菲利普火大了，這根本不關他的事。

「牧師是什麼時候過世的？」

一開始，菲利普差點脫口而出說他剛剛死，但一想，要是病人多彌留幾個小時，到時候就更難解釋了。他紅了臉，尷尬地回答：

「噢，其實他還沒死。」

師傅一臉迷惑地看著他，他急急地解釋：

「佛斯特太太一個人在那兒，需要有個女人去幫她。你懂的，對嗎？說不定現在他已經死了。」

殯葬師傅點點頭。

「噢，好的，我懂。我立刻派個人過去。」

菲利普回到牧師宅邸，走進臥室，佛斯特太太從床邊的椅子上站了起來。

「他還是跟你出去那時一樣。」她說。

她下樓去給自己找點東西吃，菲利普好奇地注視著死亡的過程。現在，這個虛弱掙扎著的無知覺軀體已經絲毫沒有人的樣子了，那鬆弛的口中偶爾會冒出含混不清的聲音。酷熱的陽光從無雲的天空直射下來，但花園裡的樹林仍然涼爽宜人。這天天氣很好，一隻綠頭大蒼蠅嗡嗡地撞著窗玻璃。這時突然出現一陣響亮的咯咯聲，菲利普大吃一驚，那聲音恐怖至極，令人悚然；老人四肢一陣抽搐之後，便斷了氣。這架機器停止了運轉，而那隻發出嘈雜嗡嗡聲的綠頭大蒼蠅，還在窗玻璃上不住地撞著。

112

喬西亞・葛拉夫斯熟練地操辦了葬禮，場面得體，花費也不多。葬禮結束之後，他和菲利普一起回到牧師宅邸。遺囑是由他負責的，喝完一杯早茶之後，他以非常適合當下氣氛的態度向菲利普宣讀了遺囑。遺囑寫在半張紙上，牧師將所有財產交由他的姪子菲利普繼承，包括家具、銀行裡的八十鎊存款、ＡＢＣ連鎖咖啡館的二十股股份，另外在艾爾索普釀酒廠、牛津雜耍劇場和倫敦某家餐廳都有些持股，這都是在葛拉夫斯先生指點之下買的，他得意地告訴菲利普：

「你想想，人總是要吃喝玩樂嘛，把錢投資在一般大眾認為不可缺少的東西上頭，是絕對萬無一失的。」

他這番話，對於他看不起但可接受的世俗粗野，和上帝選民的高雅品味之間做出了微妙的區別。投資總數大約五百鎊，還得再加上銀行結餘和賣掉家具之後的錢，這對菲利普來說是筆財富。他並不為此高興，但確實大大地鬆了一口氣。

討論過必須盡早舉行的拍賣會之後，葛拉夫斯先生離開了。菲利普坐下整理死者的文件。他的伯父威廉・凱利牧師曾經自豪地表示他所有東西都保存得完完整整，這裡有好幾堆可以追溯到五十年前的往來信件，還有一紮又一紮的各式單據，上頭都整齊地貼著標籤。他不只留著別人寫給他的信，連自己寫的信也留著。有一捆泛黃的信件，是伯父在一八四〇年代寫給祖父的，當時他還在牛津念書，去了德國度長假。菲利普隨意地翻看著這些信，信裡呈現出一個和菲利普所知截然不同的威廉・凱利，但眼光敏銳的觀察者可以看得出，信中的大男孩已經隱隱有後來那位牧師的影子了。信都寫得很制式，然而稍嫌誇張。他努力把值得一看的景點都看了，還熱情洋溢地描述了萊茵河畔的城堡。沙夫豪森的瀑布使他「對全能造物主致上虔誠的謝意，祂的創造眞是又奇妙又美麗」，而且他不禁要認爲那些「住在能目睹造物主精妙作品之地的人們，必然也爲此深受感動從而過著無比聖潔的生活」。菲利普在一疊帳單裡發現了一張小小的肖像畫，是剛被任命聖職不久之後的威廉・凱利。畫裡是一個年輕的助理牧師，披著長長的自然鬈髮，黑色的大眼睛目光柔和，配上一張蒼白的禁慾面容。菲利普想起來，過去他伯父總是一邊格格笑著，一邊說著仰慕他的女士們爲他做了一大堆拖鞋的事。

那天下午加上一整個晚上，菲利普都在數不清的信件裡頭忙碌。他先看一眼信上的地址和簽名，然後把信撕成兩半扔到旁邊的垃圾箱裡。突然，一封署名「海倫」的信躍進了他的眼簾。那信的筆跡他沒見過，是修長、有稜有角且相當老派的字。信的開頭寫著「親愛的威廉」，信末自稱「您親愛的弟妹」。接著他突然意識到——這是他母親寫的。之前他從來沒看過她的信，她的筆跡對他來說好陌生。信上寫的，是關於他的事。

親愛的威廉：

史蒂芬曾給您去信，感謝您對於我們孩子出生的祝賀。感謝上帝，我們母子均安，我深深感謝上帝對我展現的偉大慈愛。如今我已經可以握筆，我想親自對您和親愛的露意莎表達眞誠的感激，自從我結婚以來，你們兩位一直對我那麼仁慈友愛。我想請您幫我一個大忙，史蒂芬和我都盼望您能當這個孩子的教父，希望您能同意。我知道我要求的不是件小事，因爲我確定您一定會認眞地負起這個責任，但我特別渴望您擔任這個工作的原因是，您不但是孩子的伯父，同時還是位教士。我非常希望這孩子能幸福，我日夜向上帝祈禱，希望他能成爲一個善良、誠實的基督徒。我希望有了您的引導，他能成爲信仰基督的戰士，並且終生卑微而虔誠地敬畏上帝。

您親愛的弟妹　海倫

菲利普把信推到一邊，身體往前一傾，把臉埋進雙手裡。這封信深深觸動了他，但同時也令他訝異。信中的宗教口吻讓他吃了一驚，在他看來，並不矯揉造作也不多愁善感。他對自己的母親一無所知，她過世至今二十年，他只知道她長得很美，如今得知她竟是這樣單純而虔誠的一個人，倒讓他覺得有點奇怪，他從來沒想過她有這一面。他把她提到他的部分又讀了一次，看著她對自己的期待和想法，結果他變成了一個和他母親的期望完全不同的人；他端詳了自己一會兒，覺得她過世了說不定也是好事。接著，他突然一陣衝動把信撕了；信中口吻的親切率直，讓這封信顯得特別私人，他有種古怪的感覺，覺得自己讀著這樣一封暴露他母親靈魂最柔軟之處的信似乎有失體統。他繼續和伯父那一大堆乏味的信件奮戰。

幾天之後，菲利普來到倫敦，這是他兩年來第一次在白天走進聖路加醫院大廳。他去找醫學院祕書，對方看見他非常驚訝，問菲利普這兩年都在做什麼。這段時間的經歷讓菲利普增添了幾分自信，看事情也有了不同的角度；這樣的問題放在以前，會讓他窘得無地自容，但現在他已經可以冷靜回答了。爲了避免祕書進一步追問，他從容而含糊地說，出於某些私人原因，他不得不中斷學業，現在他希望能盡快取得資格。他第一個能參加的是產科和婦科考試，於是他報名當婦科病房的見習醫師，因爲當時暑假人不多，他毫不費力就取得了產科見習醫師的職位，安排好從八月的最後一週到九月的前兩週擔任這份工作。見過祕書之後，菲利普走過醫學院，因爲夏季學期末的考試已經全部結束，校園裡多少顯得有些冷清。他沿著河邊的露臺漫步，覺得信心滿滿，如今他可以開始他的新生活了，他會把所有犯過的錯、做過的蠢事和以往的種種痛苦都拋到腦後。眼前奔流的河水讓人聯想起，一切都會過去的，永遠在流逝中，一刻不停，而且一切都無關緊要。未來在他眼前展開，充滿了無限可能。

他回到布萊克斯泰伯，開始忙著處理他伯父的遺產。拍賣會訂在八月中旬，因爲那時來度假的觀光客多，可以賣到比較好的價錢。拍賣清單已經列好了，也分送給了特坎伯里、梅德斯通和阿什福德的舊書商。

一天下午，菲利普突然心血來潮，跑到特坎伯里去看自己以前的學校。自從他如釋重負地離開學校，覺得終於可以自己作主那天起，他就沒有再回去過。走過特坎伯里窄窄的街道，這些街道多年來他一直那麼熟悉，感覺很奇特。老店鋪都還在，他看著那些店鋪，裡頭賣的東西和當年一模一樣；書店的櫥窗裡，一邊放著課本、宗教著作和最新出版的小說，另一邊放的是大教堂和城裡其他地方的照片；運動用品店裡擺著板球棒、釣魚用具、網球拍和足球；那家裁縫店，他從小到大的衣服都是他們做的；還有那家魚店，他伯父每次到特坎伯里都會去那兒買魚。他沿著那條破落街道慢慢走著，走到一座高牆前面，牆後的紅磚房是預校，再往前走，就是通往國王公學的大門。菲利普站在各式建築環繞的四方庭院裡，這時正好四點鐘，孩子們從學校裡蜂擁而出。他看見了身穿長袍、頭戴方帽的老師們，但一個也不認識。他離開學校超過十年了，這裡已經變了很多。他看見了校長，他慢慢地從校舍走回自己的辦公室，正在跟一個大男孩說話，菲利普估算這孩子大約六年級；校長沒怎麼變，還是菲利普記憶中那個高高的、有點憔悴但充滿浪漫想像的人，眼神也和從前一樣狂野不羈；但黑色的鬍子花白了，灰黃臉上的皺紋也更深了。菲利普有股衝動想上前去跟他說話，但又怕他已經把他忘了。解釋自己是誰這種事，他想到就討厭。

孩子們在校園裡逗留，彼此聊著天，不一會兒，幾個迅速換好衣服的孩子跑出來要打手球，其他人三三兩兩地走出校門，菲利普知道他們是要去板球場；還有些人進了球場打網球。菲利普這個陌生人站在他們之間，有一兩個學生冷淡地看他一眼，校內的諾曼式樓梯向來吸引不少人前來，所以遊客並不稀奇，也不怎麼引人注目。菲利普好奇地看著他們，想起自己和他們之間的距離，不禁有些鬱鬱。他苦澀地想著當初想做的事情是那麼多，而真正做到的事卻這麼少。在他看來，過去這些年，完全是白白虛度了，難再挽回。眼前這些活潑有朝氣的孩子們正做著他當年做過的事，他彷彿才離開學校不到一天，然而，在這個他曾經喊得出每一個名字的地方，現在卻一個認識的人也沒有了。幾年之後，會有其他人替代他們的位置，這些孩子也會跟站在這裡的他一樣，成為一個陌生人；但這個想法沒能安慰他，只是讓他更覺得人生虛無，一代又一代平凡地重複運行。他很想知道從前那些同學現在怎麼樣了，他們現在年近三十，有些說不定已經死了，但還活著的人應該已經結婚生子；他們可能從了軍，也可能成了牧師、醫生或律師；他們都即將把年少輕狂拋在背後，成為嚴肅穩重的男人。這些人當中，有誰跟他一樣把生活搞得一團糟的嗎？他想起了他曾經很用心交往的那個男孩，好笑的是，他居然連他的名字都忘了；他清楚記得他的樣子，他曾經是他最好的朋友，但他的名字他怎麼樣都想不起來。回憶起自己因為他而出現的嫉妒，他不禁啞然失笑。想不起他的名字眞是太讓人火大了。他眞希望自己能再當一次小孩，就像他在四方庭院看見的那些閒逛的男孩一樣，這樣一來，他就能避開當年犯過的錯，也許就可以重新開始，從生活中發掘更多東西。他突然覺得孤獨難忍，對過去兩年的貧困幾乎可以說是痛惜，那僅僅為了不餓肚子而絕望掙扎的兩年，讓他對生活中的痛苦變得麻木。「你必汗流滿面才得餬口」[1]，這句話並不是對人類的詛咒，而是一帖讓人類順服於生活的安慰劑。

但菲利普對於這樣的自己感到不耐。他想起那個「生活就是一幅圖案」的觀點來，他所承受的不幸，只不過是精美紋飾的一部份而已；他努力告訴自己，不管乏味或刺激、愉快或痛苦，他都必須愉快地接受，因為這所有的一切都是在為這幅人生圖案增添色彩。他一直有意識地尋求著美，他還記得，即使當年他還是個孩子，就已經非常喜歡那座哥德式大教堂，和從中庭望著它的那些人一樣。他走到那兒，看著多雲天幕下的灰色巨大建築，正中的塔樓朝天伸去，彷彿是世人對上帝的祈求。孩子們在中庭打著網球，他們那麼敏捷、那麼強壯、那麼活潑，他忍不住要細聽他們的叫聲和笑聲。青春的呼喊令人難以忽視，眼前的事物如此美好，但如今的他，也只能用眼睛看看而已了。

113

八月最後一週一開始，菲利普就開始了在婦產科的職務。工作並不輕鬆，平均每天要接生三個產婦。孕婦事先會在醫院領一張卡片，等到要分娩了，就派一個人（通常是個小女孩）把卡片交給醫院門房，接著門房會叫她過馬路到對面菲利普住的地方來叫他。假如時間是半夜，門房就會帶著鑰匙親自過來叫醒他。那個時間摸黑爬起來，走在倫敦南區的冷清街道上，感覺還是相當神祕。這種時候，拿卡片來的通常都是做丈夫的。如果之前已經生過了幾個孩子，丈夫拿卡片來的態度多半會有點粗魯冷淡；但如果是新婚不久的，丈夫不但緊張兮兮，有時候甚至還得灌醉自己以減輕焦慮。他常常必須走個一公里半或更長的路，路上便和前來報信的人聊工作和生活開銷，菲利普因此知道了泰晤士河對岸各種行業的狀況。從遇到的這些人裡，他漸漸建立了自信。在人家空氣污濁的房子裡，他一等就是好幾個小時，孕婦躺在幾乎占房間一半的大床上待產，她的母親對產婆和他說話的態度，自然得就像他們彼此在閒聊。過去兩年的生活，讓他知道了不少極度貧窮的人生活是怎麼回事，她們發現菲利普居然曉得這些，覺得很有意思。她們要的小伎倆都會被他一眼看穿，這也讓她們印象深刻。他態度和善，動作溫柔，而且從來不發脾氣。他最多只跟她們喝一杯茶，要是天亮了，大家都還在等，她們就會給他一片抹了烤肉油的麵包，他也不挑剔，現在他什麼都吃得津津有味，這點讓那些女人非常高興。他去過幾間房子，位在骯髒街道不遠的邋遢死巷裡，屋子擠成一團，不見天光也不透氣，除了髒亂之外沒有別的；但另外有些屋子雖然破舊，地板被蟲蛀了，屋頂也漏水，卻意外的有股貴氣；這些房子裡有精美的雕花橡木欄杆，牆上的鑲板也都還在。房子裡住得滿滿的，每個房間裡都塞了一家人，孩子們在庭院裡玩，整個白天喧鬧不斷。老牆壁裡害蟲孳生，空氣常常令人作嘔，菲利普被臭得不得不點起菸斗來。住在這裡的人，生活都僅只於餬口。嬰兒是不受歡迎的，男人們惱怒地迎接這些小生命，母親則是滿懷絕望，連要餵飽原來的家人都有點不夠了，如今又多了一張嘴要養。菲利普常常察覺到他們巴不得這孩子是個死胎，或者出生不久就夭折。他接生過一個懷雙胞胎的產婦（雙胞胎可是個能拿來打趣人的幽默源頭），當他告知她生的是雙胞胎時，她爆出一聲又長又悲痛的尖銳哭號。婦人的媽媽很直接地說：

「眞不知道他們要怎麼養這兩個孩子。」

「說不定上帝到時候會覺得，還是把他們帶走比較合適。」產婆說。

那對小嬰兒肩靠肩地躺著，產婦的丈夫看著他們，菲利普看見他殘忍憤怒的眼神，不覺大驚。他感覺到這一家人對那兩個不被期待出生的小東西有可怕的恨意，覺得要是他不放幾句狠話，就會有「意外」發生。意外是常有的，像是媽媽們給嬰兒蓋被子蓋過頭，或者餵錯了東西之類，當然這些事未必都是因爲粗心造成的。

「我每天都會過來一趟，」他說，「我警告你們，要是他們出了什麼事，你們就要接受調查了。」

那父親沒說話，只是惡狠狠地看了菲利普一眼。他腦子裡確實有謀殺的念頭。

「老天保佑他們的小寶貝，」孩子的外婆說，「他們哪裡會出什麼事呢？」

1原文出自《創世紀》第三章第十九節——「你必汗流滿面才得餬口，直到你歸了土，因為你是從土而出的。你本是塵土，仍要歸於塵土。」

讓產後的媽媽們在床上躺滿十天是非常困難的事，這是醫院看診堅持的最低要求。照顧一家子人是個大麻煩，要有人照看就得花錢，丈夫工作之後回到家又累又餓，發現下午茶沒備妥就會失控。菲利普雖然聽過窮困人家互相幫忙的事，但不只一個女人對他訴苦，說不花錢就沒人願意來打掃房子、做飯給孩子吃，而她根本就付不出這筆錢。從那些女人的閒聊，以及她們偶然提及、從而推斷出許多沒說出口的事裡，菲利普了解到，窮人和比他們高的階層之間幾乎毫無共通點。他們並不羨慕比他們富裕的人，因爲生活實在太不一樣了，他們自在隨意的生活方式，讓中產階級的生活顯得拘泥而古板；他們甚至有點看不起中產階級，認爲他們都頭腦簡單，無法自食其力。有自尊心的窮人們只希望不要被人管，但大多數窮人都把有錢人當成揩油的對象；他們清楚該說什麼樣的話，才能讓那些人善心大發，隨意散財，他們把這歸功於那些上等人的愚蠢和自己的精明，收下這些好處是他們應得的權利。他們對教區裡的助理牧師態度輕蔑冷淡，卻對教區的訪視員極度厭惡——她一進屋，不管人家願不願意，就先把窗戶全打開（「我可是有支氣管炎哪，這麼冷不把我凍死才怪！」）。她伸長了鼻子在房裡每個角落到處聞，就算嘴上沒明著說髒，也看得出來她心裡大概就是這麼想的（「她家如果有傭人，那最好。不然我還眞想看看她帶著四個孩子，還得燒飯、洗衣、洗小孩，還有什麼功夫整理房子。」）。

菲利普發現對這些人來說，生活中最大的悲劇並不是生離死別，生離死別不過是一種自然，是淚水就可以撫平的傷痛，最大的悲劇是失業。他見過一個男人，他回家那天下午，正是他妻子產後第三天。他告訴她，他被解雇了。他是個建築工人，當時這個行業很不景氣。說完這件事，他便坐下喝茶。

「噢，吉姆。」她說。

男人木然地吃著東西，那些食物是一直放在小鍋裡燉著等他回來吃的；他盯著面前的盤子，他妻子目光帶著驚恐，看了自己的丈夫兩三次，沉默片刻之後便哭了出來。這名建築工是個身材矮小的粗漢，有張飽經風霜的臉，額頭上有道長長的白色傷疤，還有雙長滿老繭的大手。一會兒之後，他推開了盤子，像是不得不放棄逼自己進食的努力，接著便轉頭凝視著窗外。這個房間在屋子頂層背陽處，除了陰鬱的烏雲之外什麼也看不到。屋裡的沉默因絕望而更顯沉重，菲利普不知道該說什麼，只好告辭。他幾乎一整夜沒合眼，疲憊地離開了那裡，心裡卻充滿了人世竟如此殘酷的憤怒。他知道找工作有多無望，而忍受這種淒涼比忍受飢餓更難熬。他眞感謝自己不需要再信上帝了，要不然眼前這種情況他根本無法忍受；一個人之所以還能苟且偷生，只不過是因爲生活本身毫無意義而已。

在菲利普看來，人們花時間幫助比自己貧窮的階層似乎是錯的，因爲這些幫助窮人的人想解決的其實是自己心裡的不舒服，彷彿忍受這些事情的人是他們自己，卻沒有想過窮人對這些事情已經習以爲常。窮人並不需要住在又大又通風的房子裡，他們怕冷，是因爲食物不夠營養，導致血液循環不好，房間太大反而讓他們覺得更冷，而且他們希望盡可能少燒煤；幾口人睡在同一個房間裡對他們來說並不是什麼苦差事，他們喜歡這樣，從他們出生到死從來也沒有單獨一個人生活過，孤獨感會壓得他們受不了；男女混雜的生活他們樂在其中，喧鬧吵雜的環境他們聽而不聞。他們覺得沒有必要經常洗澡，菲利普常聽到他們憤慨地說，要是進了醫院，就得洗澡了，這簡直是公然侮辱，太讓人不舒服了。他們只求沒人來管他們。要是一個男人有了固定工作，那日子就輕鬆得多，也不無樂趣——有一大堆時間可以聊八卦，一整天的工作之後，來杯啤酒更是一大快事；大街小巷永遠是娛樂的來源，如果你喜歡讀東西，有《雷諾斯週報》或《世界新聞》可以看。女人們說：「不過呢，你永遠也搞不清楚時間是怎麼溜掉的，這話絕不假，事實就是這樣，當你還是個未婚小姐，會讀東西就已經很難得了，但如今一會忙這一會忙那，根本連翻一下報紙的時間都沒有。」

按照慣例，分娩之後，醫生會去訪視三次。某個星期天午餐時間，菲利普去看一位產婦，那天她第一次下床。

「我是再也沒辦法在床上躺著了，眞的受不了。我這人閒不住，整天待在那兒什麼事都不做，簡直快把我憋死，所以我跟赫伯說——我這就起來給你做飯。」

赫伯坐在桌前，刀叉都拿在手裡了。他很年輕，有張開朗友善的臉和一對藍眼睛。收入很不錯，所以這對小夫妻生活算是輕鬆。他們才結婚幾個月，兩人對躺在床邊搖籃裡那個紅撲撲的男孩都很喜愛。屋裡充滿了牛排誘人的香味，菲利普眼光轉向爐子。

「我這就把菜盛出來。」女人說。

「你只管忙你的，」菲利普說，「我只是來看看這孩子，你們的繼承人，然後我就要走了。」

這對夫妻聽了菲利普的用詞，都笑了起來。赫伯站起身，和菲利普一起走到搖籃邊，一臉自豪地看著寶寶。

「他看起來沒什麼問題，是吧？」菲利普說。

他拿起帽子，這時赫伯的妻子已經把牛排裝好盤，另外還端上了一盤青豆。

「你們馬上要享用一頓大餐啦。」菲利普微笑著說。

「他只有星期天才會回來，所以我想給他做點特別的，這樣他在外頭工作的時候才會想家。」

「不知道您肯不肯委屈一下，坐下跟我們一起吃頓飯？」赫伯說。

「噢，赫伯。」他妻子口氣有點吃驚。

「只要你邀我，我就吃。」菲利普回答，臉上帶著他特有的迷人笑容。

「好，我就知道你夠朋友，一定不會見怪的，波莉，親愛的，再拿個盤子來。」

波莉有點慌張，她知道赫伯一向魯莽，不知道他接下來又要冒出什麼怪點子來，但她還是拿來一只盤子，用自己的圍裙迅速地抹了一下，然後又從衣櫃抽屜拿了一副新刀叉出來，她的頂級餐具都是跟最好的衣服收在一起的。桌上有一罐濃烈的黑啤酒，赫伯給菲利普倒了一杯。他還打算把大部分牛排都切給他，不過菲利普堅持平分。這是個採光很好的房間，有兩扇落地大窗，以前是棟房子的客廳，原屋主就算不是上流社會人士，至少也頗有身分。五十年前住在這裡的也許是個富商，也可能是個領半俸的官員。赫伯結婚前是個足球員，牆上掛著幾張球隊團體照，眾人頭髮梳得整齊服貼，表情靦腆，隊長坐在正中間，驕傲地捧著獎盃。另外還有一些細節，可以看出這個家庭很美滿，像是赫伯親人的照片和他妻子的盛裝照；壁爐架上有顆小石頭，上面精細地貼滿了貝殼，兩邊各放著一只茶杯，杯子上用哥德字體寫著「紹森德之旅留念」[1]，還畫著碼頭和閒逛的人群。赫伯個性有點拗，他沒有加入工會，而且對別人逼他加入工會非常反感。工會對他沒什麼好處，他找工作從來沒碰上過什麼困難，任何人只要肩膀上有個腦袋，不東挑西撿，有什麼工作就做什麼，薪水自然不會低到哪裡去。波莉膽子就小多了，如果是她，一定會加入工會的。上次罷工的時候，他每次出門，她都預期他會被救護車送回來。她轉向菲利普。

「他就是固執，拿他一點辦法也沒有。」

「關於這個嘛，我要說的是，這是個自由的國家，我可不想聽誰的指揮。」

「就算說這是個自由的國家也沒用，」波莉說，「要是他們抓到了機會，誰也擋不住他們砸破你的頭。」

吃過飯之後，菲利普把自己的菸草袋遞給赫伯，兩個人抽起菸來。抽完菸，菲利普起身告辭，因為說不定還有人在他住處等他出診，他們握手道別。他看得出來，因為他跟他們分享食物而且吃得很香，他們非常高興。

「那就再見了，醫生，」赫伯說，「希望下回我太太再有這種害羞事的時候，也能碰到一個跟你一樣好的醫生。」

「赫伯，你夠了，」她頂回來，「你怎麼知道還會有下一次？」

1 濱海紹森德（Southend-on-Sea）：位於倫敦以東六十四公里，地處泰晤士河口北部，是埃塞克斯郡濱海度假勝地。當地的紹森德碼頭，是世界上最長的休閒碼頭。

114

三個星期的實習接近尾聲，菲利普總共處理了六十二個病患，簡直累壞了。最後一個晚上回到家的時候已經快十點鐘，他萬分希望不要再出診了。過去十天，他沒有哪天可以安穩地睡過夜。剛剛照顧的那個產婦實在可怕，一個高大粗壯的男人把他叫了去，最糟的是這人還醉醺醺的；他帶他去了一個房間，在一個臭氣薰天的院落裡，他從來沒看過這麼髒的地方——那是個小閣樓，大部分空間都被一張木頭大床占光了，床頂上掛著一個骯髒的紅蚊帳，天花板低得菲利普用手指就碰得到；他藉著唯一一根蠟燭的微弱亮光走了過去，蠟燭上爬滿了小蟲，還不時發出燒焦的劈啪聲。

孕婦是個邋遢的中年女人，已經連續生了好幾個死胎。這種故事菲利普聽過不少，這女人的丈夫以前在印度當過兵，假正經的英國大眾強加在這個國家之上的法律，讓種種令人煩惱的疾病難以控制地蔓延開來，無辜的人也受了害。菲利普一邊打哈欠，一邊脫下衣服洗了澡，接著他抖了抖換下來的衣服，看著甩下來的小蟲在水面上蠕動。他正準備上床睡覺，傳來一陣敲門聲，醫院門房又帶了一張卡片來。

「該死啊，」菲利普說，「你是我今晚最不想見的人了。誰拿來的？」

「我想是她丈夫，先生，我是不是該叫他等一等？」

菲利普看了地址，發現這條街他很熟，便告訴門房他自己找得到路。他穿上衣服，五分鐘內就拎著黑提包走到街上。一個男人迎上前來，說他是孕婦的丈夫，剛才他站的地方太暗看不見他。

「我想我還是在這裡等著您比較好，先生，」他說，「我們的鄰居都很粗野，而且他們也不認識你。」

「你太貼心了，他們都認得醫生的，而且比維佛爾街更混亂的地方，我也不是沒去過。」

這話確實不假。那只黑提包就像他的通行證，讓他穿過破落巷道，走進惡臭逼人的院落，那是連警察都不敢冒險涉足的地方。有一兩次，菲利普經過的時候，一小群人好奇地打量著他，他聽見他們低聲議論著，然後其中一個人說：

「那是醫院的醫生。」

接著他走過他們身邊，有一兩個人還跟他打招呼：「晚安，先生。」

「先生，如果您不介意的話，我們得快一點，」陪著他的那個人說，「人家跟我說，再不快就來不及了。」

「那你爲什麼這麼晚才來？」菲利普問，一邊加快了腳步。

他們經過一根路燈柱，菲利普看了那個小伙子一眼。

「你看起來好年輕啊。」他說。

「我已經十八歲了，先生。」

他長相清秀，臉上連鬍子都沒長，看上去還是個未成年的男孩；身材雖然不高，倒是相當結實。

1 十九世紀，大英帝國在全世界擁有許多殖民地，當時為維持現役士兵戰力，不允許結婚，導致嫖妓成為常態，性病的發生率也節節高升。為遏止性病傳染，英國政府於一八六四年通過傳染疾病法案（Contagious Diseases Act），希望藉由消除娼妓賣淫，保護英國本土與殖民地駐軍。法案一出，賦予警察人員無上的權力，可逮捕任何疑似賣淫的女性，以及任何進行未經醫生准許的醫療檢驗的人，然而，嫖客卻不在檢查之列，成為潛在傳染源。被逮捕的妓女可申請進入妓女從良所，但這些機構卻只接受檢查後、證明健康無病的人，患病的妓女為了生計，只得暗中繼續賣淫。這項法案對女性的不公平待遇造成了許多傷害，激起眾多團體抗議，法案最後在一八八六年廢除。

「你這麼年輕就結婚啦。」菲利普說。

「我們不結不行。」

「你賺多少？」

「十六先令，先生。」

一星期十六先令的薪水是不夠養家的。從他們夫妻住的房間可以看出來，他們簡直窮到不堪的地步。房間大小很一般，但看上去卻大得出奇，因爲裡面幾乎沒有家具；地上沒有地毯，牆上也沒有畫；大部分家庭總會在牆上掛點東西，有的是照片，有的是從聖誕節畫報上剪下來的圖片，鑲在了廉價畫框裡。孕婦躺在一張小小的鐵架床上，還是最便宜的那種。菲利普發現她年紀非常輕，心下一驚。

「天哪，她最多不超過十六歲吧。」他對旁邊那位「來幫她度過難關」的婦人說。

她在卡片上登記的年齡是十八歲，但這些人要是太年輕，通常會給自己多報一兩歲。她長得很漂亮，在這個體質被劣質食物、糟糕空氣以及不健康職業摧殘的階層裡很少見；她五官細緻，有對藍色的大眼睛，濃密的深色頭髮梳成叫賣小女孩那種精緻髮式。小夫妻兩人都非常緊張。

「你最好在外面等著，如果需要的話好隨時叫你。」菲利普對他說。

菲利普現在把他看得更清楚了點，更因爲他的稚氣感到驚訝，覺得他應該在街上跟同伴們打鬧，而不是在這兒焦急地等待孩子誕生。時間一小時一小時過去，不到兩點鐘，孩子生下來了，一切似乎都很順利。那位丈夫被叫進來了，他笨拙而靦腆地吻了妻子一下，看見這一幕，菲利普心裡非常感動。他收拾好東西，要離開之前，他又摸了一下產婦的脈搏。

「唉呀！」他喊了一聲。

他很快地看了她一眼，知道出事了。一旦碰上緊急狀況，一定要請資深產科醫生來（他有醫生資格，而且這一整區也都歸他負責）。菲利普草草寫了一張便條交給那丈夫，告訴他帶著便條去醫院，用跑的，而且要快，因爲他太太的情況非常危急。那人趕緊去了，菲利普焦急地等著，他知道她正在大出血，很怕她撐不到資深醫師來。他做了所有能做的措施，萬分希望資深產科醫生沒被別的地方叫去。那幾分鐘像是永遠也過不完似的。資深醫生終於到了，他一邊檢查病人，一邊低聲問菲利普各種問題。菲利普從他的臉色看得出病人危在旦夕。他叫做錢德勒，高高的個子，沉默寡言，長著一個長鼻子，還有張以他年紀來說皺紋多了些的削瘦面孔。他搖了搖頭。

「這從一開始就沒救了。她先生在哪裡？」

「我叫他在樓梯間等著。」菲利普說。

「你還是把他帶進來吧。」

菲利普開門叫他，他黑漆漆地坐在通往上一層的樓梯第一階上。他走向床邊。

「怎麼了？」他問。

「噯，是內出血，沒辦法止住。」資深產科醫生遲疑了一下，因爲要說的是件悲痛的事，他逼自己把聲音變得生硬。「她要死了。」

那男人什麼話也沒說，靜靜地站在那兒，凝視著自己的妻子，她臉色蒼白地躺在床上，已經失去了知覺。產婆這時開口說：

「這兩位先生都盡力了，哈利，」她說，「我打一開始就知道要出事。」

「閉嘴。」錢德勒說。

窗戶上沒有窗簾，夜色漸漸淡去，雖然尚未黎明，但黎明已經不遠。錢德勒用盡一切力量想保住這個女人的命，但生命跡象正在消失，不久她便死了。那個瞬間成了鰥夫的男孩站在廉價鐵架床的床尾，雙手扶著欄杆；他還是沉默著，但看上去臉色慘白，錢德勒不安地看了他一兩次，以爲他就要暈過去了，他的嘴唇一絲血色也沒有。產婆大聲地抽泣起來，但他彷彿完全沒有注意到她。他的眼睛始終直直地望著他的妻子，眼神極度困惑，讓人想起一條不知道自己爲什麼被打的狗。錢德勒和菲利普把自己的東西收拾好之後，錢德勒轉向那個男孩。

「你最好躺一下，我想你快累垮了。」

「這裡沒有我可以躺的地方，先生。」他回答，聲音裡有種令人憂傷的卑微。

「這棟房子裡，你連個認識的、可以讓你打地鋪的人都沒有嗎？」

「沒有，先生。」

「他們上星期才搬來，」產婆說，「什麼人都還不認識呢。」

錢德勒有點尷尬，遲疑片刻之後，他走向他，說：

「發生了這樣的事，我很遺憾。」

他伸出手，而那個男孩本能地先看了看自己的手乾不乾淨，才跟他握了手。

「謝謝你，先生。」

菲利普也跟他握了手。錢德勒告訴產婆早上過來拿死亡證明。他們離開了那棟房子，兩人沉默地走著。

「一開始，碰到這種事總是很難受的，對吧？」錢德勒終於開口。

「有一點。」菲利普回答。

「如果你同意，我會告訴門房，今晚不要再叫你出診了。」

「不管怎麼樣，今天早上八點之後，我實習就結束了。」

「你照顧了幾個病患？」

「六十三個。」

「很好，那你可以拿到合格證書了。」

他們到了醫院，資深產科醫生進去看看有沒有人找他。菲利普繼續往前走。前一天一整天都很熱，即使現在天才剛亮，空氣裡也沒有寒意。街上寂靜無聲。菲利普一點也不想睡覺，實習已經結束，不需要再趕什麼了。他隨意地往前走去，新鮮的空氣和寧靜讓他覺得很高興，想走到橋上去欣賞河上的破曉。角落一位警察向他道了早安，他是從黑提包認出他的身分來的。

「這麼晚還出診啊，先生。」他說。

菲利普點了點頭，便走過去了。他靠在短牆上，面對晨曦，這一刻，這個偉大的城市恍如死城。天空萬里無雲，天就要亮了，星星漸漸地黯淡下去，河面上凝著一層輕霧，北岸的高樓大廈彷彿魔幻島嶼上的宮殿，一隊駁船停泊在河中，眼前的一切都籠罩著奇異的紫羅蘭色，莫名地亂人心緒，令人驚嘆；但很快地，景物變得蒼白、清冷、灰暗，接著太陽升起，金黃色的光線穿出天幕，天空色彩斑斕繽紛。菲利普沒有辦法把那個死去女孩的身影從眼前抹去，她憔悴蒼白地躺在床上，男孩站在床尾，彷彿一頭受盡折磨的困獸。那空無一物的骯髒房間，讓這場悲劇更顯得辛酸。她的生活才剛要開展，一個愚蠢的意外便奪去了她的生命，這是多麼殘忍的一件事；但就在他自言自語說到這兒的時候，他突然想起，等在她面前的生活是什麼呢？養兒育女，在貧困中苦苦掙扎，青春在辛勞中毀壞、流逝，成爲一個邋遢的中年女人。他看見她美麗的面容變得消瘦蒼白，頭髮日漸稀疏，漂亮細緻的雙手因爲勞務而粗糙，像是老獸的爪子。接著，男人過了身強力壯的年紀，找工作變得越來越難，不得不爲了微薄的工資賣命，最後的命運依舊是不可避免的赤貧。她也許很能幹，很節儉也很勤奮，也同樣救不了她，最後不是要進濟貧院，就是靠別人的施捨養活孩子。既然生活能給她的這麼少，她死了，又爲什麼需要同情呢？

但同情毫無意義，菲利普覺得，這些人要的並不是同情，他們也不同情自己。他們接受自己的命運，這就是事物的自然法則。否則，天哪！否則他們就會大批大批地蜂擁過河，衝到有高樓大廈、安全豪華的城市那端去，他們就會搶奪、放火、洗劫。這時，天已破曉，溫柔而黯淡的天色和霧氣漸漸退去，一切都罩著一層柔柔的光暈。泰晤士河面波光瀲灩，時而泛灰，時而玫紅，時而翠綠，那灰如同珍珠母貝，而綠就像黃玫瑰的嫩心。薩里那一段河岸擠滿了碼頭和倉庫，有種雜亂無章的美。眼前的景色如此動人，菲利普的心不禁狂跳起來。他被這世界的美征服了，除此之外，一切彷彿都微不足道。

115

冬季學期開始前的那幾週，菲利普都待在門診部，到了十月便定下心來投入正規課程。他離開學校太久，發現自己身邊的人大都不認識，不同年級的學生之間沒什麼交集，當初和他一起進來的人幾乎都已經拿到醫生資格。有些人畢業之後去了鄉村醫院當助手或醫生，有些留在聖路加醫院任職。他想，腦子閒了兩年沒用，也是種休養生息，現在他又有充沛的精力可以用功了。

阿瑟尼全家很高興他能時來運轉。菲利普拍賣他伯父遺物的時候留下了一些東西，給他們每個人都送了禮物。他送給莎莉一條露意莎伯母的金項鍊，她已經長大了，在裁縫那兒當學徒，每天早上八點就要出門到攝政街的裁縫店去，在那兒工作一整天。莎莉有雙坦白澄澈的藍眼睛，額頭寬寬的，頭髮閃亮濃密；她體態健美，臀部大，胸部也頗豐滿，她爸爸很愛把她的外表拿出來聊，總是警告她絕對不可以發胖。她的健康、性感和女性魅力相當吸引人，也引來了許多愛慕者，但她從來也沒動過心。她給人一種認為談情說愛很蠢的印象，年輕男士們認為她不易接近也就可以想像了。相對於她的年紀來說，莎莉顯得很老成，她常常幫媽媽做家事，照顧弟妹，於是也有了當家主事的姿態，她媽媽也說她實在有點專斷獨行。她話不多，但隨著年紀增長，似乎也養成了某種平靜的幽默感，有時候從她突然冒出的一句話，也能看出在她冷淡的外表之下，對同伴們的興趣正在悄悄地產生。菲利普發現，自己和阿瑟尼家的其他人都能建立起親密的關係，唯獨和她不行。她的漠然態度偶爾會讓他有點火，她藏著某個難解的謎。

菲利普送她項鍊的時候，阿瑟尼吵吵鬧鬧地堅持她非吻他一下不可，但莎莉紅了臉，一直往後退。

「不，我不要。」她說。

「這個忘恩負義的丫頭！」阿瑟尼大叫，「爲什麼不要？」

「我不喜歡男人吻我。」她說。

菲利普看著她尷尬的樣子，覺得很好笑，便把阿瑟尼的注意力引到別的地方去，這並不是什麼太困難的事。不過後來她媽媽顯然跟她談過，因爲下一次菲利普去的時候，她找了個只有兩人在的機會提了這件事。

「上星期我不肯吻你，你不會覺得我很難相處吧？」

「一點也不會。」他笑出來。

「我不吻，不表示我不感激你。」她微微紅著臉，說出了準備好的客套話，「我會永遠珍惜這條項鍊，謝謝你把它送給我。」

菲利普發現要跟她說話總有些困難。她把所有該做的事都打理得妥妥當當，似乎也不覺得有什麼對話的必要；然而她好像也不是那麼不愛交際。有次星期天下午，阿瑟尼夫婦都出門了，已經被當成家庭一份子的菲利普便坐在客廳讀書，莎莉隨即進了客廳，坐在窗邊做針線。女孩們的衣服都是自家做的，星期天閒著不做事莎莉也受不了。菲利普以爲她想說話，放下了手上的書。

「你繼續看書吧，」她說，「我只是看你一個人在這兒，所以來陪你坐坐。」

「你是我碰過最安靜的人了。」菲利普說。

「我們可不希望家裡再多一個話癆。」她說。

她話裡沒有一絲譏諷的意思，只是平靜地敘述事實。但菲利普意識到她指的是她的父親，啊呀，她爸爸已經不再是她孩提時心目中的英雄了，在她心裡，她父親風趣的談吐和常常使家庭陷入困境的揮霍是連在一起的。她把父親的夸夸其談和母親的務實態度拿來對比，雖然父親的活潑愉快讓她開心，也許偶爾還是有點小小的不耐煩吧。菲利普看著她低頭做事的樣子，她很健康、強壯、身心健全，要是在商店裡和那些胸部平坦、臉上沒什麼血色的女孩們站在一起，她看起來一定非常特別。米爾芮德就有貧血。

一段時間之後，莎莉好像有人追求了。她偶爾會跟工作地點的朋友們出去，就在這時認識了一個年輕人，那人在一家生意不錯的公司當電機工程師，可說是最適合的人選了。有一天她告訴母親，那人跟她求婚了。

「那你怎麼說？」她媽媽說。

「噢，我跟他說，我現在還不急著嫁人。」莎莉停頓了一下，這是她說話的習慣。「但是他打死不退，所以我說，星期天他可以來我們家喝個茶。」

這種場面阿瑟尼最感興趣了。他整個下午都在排練如何扮演一個開導年輕男士的莊重父親，弄得孩子們忍俊不禁。就在人家要來之前，阿瑟尼又翻出一頂埃及人戴的土耳其式圓頂帽，堅持要戴上。

「別胡鬧了，阿瑟尼，」他太太說。她身上穿著她最好的一件黑絲絨衣服，但因爲她一年比一年胖，所以衣服看起來很緊。「你會把這孩子的幸福給毀掉的。」

她想把他的帽子拿掉，但這個小個子男人敏捷地跳開了。

「你這女人，把手拿開，誰都不能讓我把這頂帽子摘下來。我得讓那個年輕人一眼就知道，他準備加入的這個家庭可是非同尋常。」

「就讓他戴著吧，媽媽，」莎莉以一貫的平穩冷淡說，「要是唐納森先生不能接受，他也可以走人，這樣倒是少了一件麻煩。」

菲利普覺得這個年輕人要面對的考驗眞是太嚴峻了，因爲阿瑟尼身穿棕色天鵝絨外套，繫著一條飄動的黑領帶，頭上還頂著鮮紅的土耳其帽，這位天眞的電機工程師見到他非大吃一驚不可。他人到的時候，阿瑟尼擺出一副西班牙大公的高傲禮儀接待他，阿瑟尼太太的態度倒是非常樸素自然。他們坐在舊熨衣桌邊的高背修道士椅子上，阿瑟尼太太拿著一只華麗的茶壺爲他倒茶，茶壺帶著英格蘭風格，有種鄉村節慶的味道。她還親手做了些小餅乾，桌上擺著自家製的果醬。這是一場有農舍風味的下午茶，對菲利普來說，配上這棟詹姆斯一世時期的房子，氣氛眞是古雅又迷人。阿瑟尼不知道出於什麼怪異的理由，突然心血來潮地說起了拜占庭歷史，他正在研讀《羅馬帝國衰亡史》的後幾卷，他誇張地伸出食指，滔滔不絕地對那位驚訝的求婚者說著狄奧多拉和伊琳娜的風流豔史[1]。他直接對客人展開吹牛轟炸，那位年輕人被弄得無言以對，不知如何是好，只得抓住阿瑟尼換氣的空檔拚命點頭，以表示自己對這個話題也非常有繼續研究的興趣。阿瑟尼太太則完全不管自己丈夫在說什麼，只是不時地打斷他的話，一會兒給那個年輕人添茶，一會兒又要他多吃點蛋糕和果醬。菲利普看著莎莉，她低眉斂目地坐著，平靜、沉默而規矩，長長的睫毛在頰上映出美麗的陰影，很難說她是覺得這樣的場景很有趣呢，還是很擔心那個年輕人，她看起來神祕莫測。但可以確定的是，這位電機工程師確實是個好看的小伙子，長得很俊秀，鬍子刮得乾乾淨淨，五官端

1《羅馬帝國衰亡史》（The History of the Decline and Fall of the Roman Empire）：英國歷史學家愛德華・吉本（Edward Gibbon, 1737~1794）的一部巨著，涵蓋了羅馬帝國的完整歷史，被認為是第一部「現代」歷史著作，共有六卷，分期出版。第一卷出版於一七七六年，第二、三卷出版於一七八一年，第四、五、六卷出版於一七八八年。
狄奧多拉（Theodora, 500~548）：拜占庭帝國查士丁尼王朝，皇帝查士丁尼大帝的妻子與皇后。
伊琳娜（Irene, 752~803）：拜占庭帝國伊蘇里亞王朝（或譯敘利亞王朝）皇帝利奧四世的皇后，皇帝君士坦丁六世的生母，是拜占庭帝國和歐洲歷史上第一位女皇。

正，很討人喜歡，那是張眞誠的臉，身材也高，體格很不錯。菲利普不禁覺得，讓他來配莎莉，眞可算是天賜良緣了，他想著他們未來幸福的樣子，覺得心裡掠過一陣嫉妒的疼痛。

過了一會兒，這位來求婚的先生要走了，莎莉站起來，一言不發地送他到門口。她一回來，她爸爸就大喊：

「好，莎莉，我們覺得你這位年輕朋友非常不錯，準備歡迎他進入我們家了。讓教堂發布結婚公告吧，我還會作一首結婚歌。」

莎莉默默地收拾茶具，什麼也沒說。突然，她很快地看了菲利普一眼。

「你覺得他怎麼樣，菲利普先生？」

她向來不肯跟其他孩子一樣喊他菲利普叔叔，也不直接喊他菲利普。

「我覺得你們是天造地設的一對。」

莎莉又迅速看了菲利普一眼，接著又繼續做事，頰上泛起了淡淡的紅暈。

「我覺得他說話很有禮貌，是個很好的小伙子，」阿瑟尼太太說，「而且我覺得，不管是哪個女孩子，跟他在一起都會很幸福的。」

莎莉有一兩分鐘沒說話，菲利普好奇地看著她。那樣子讓人覺得，也許她是在思考媽媽剛才的話，但也可能是想著那個男人想出了神。

「人家跟你說話，你怎麼不應聲，莎莉？」她媽媽說，有點不太高興。

「我覺得他是個傻瓜。」

「那你不打算接受他嗎？」

「是的，我不想。」

「我眞不知道你還想找多好的，」阿瑟尼太太這會兒顯然發火了，「他是個非常正派的年輕人，可以給你一個舒適安穩的家。少了你，我們大家就吃得飽飯了，有這樣一個好機會卻不抓住，實在太不像話。而且我敢說，嫁了他，你準能雇個女孩子幫你幹粗活。」

菲利普之前從沒聽過阿瑟尼太太如此直接地提到生活中的困難。他這才發現，每一個孩子都要她養，這是多麼沉重的一件事啊。

「媽媽，你再怎麼說也沒有用，」莎莉用她一貫的平靜態度說，「我不會嫁給他的。」

「你眞是太無情，太殘忍，太自私了。」

「如果你要我自食其力，媽媽，我隨時都可以去當傭人。」

「別傻了，你知道你爸爸絕對不會讓你做這種事的。」

菲利普無意中看見了莎莉的眼神，覺得裡頭閃著逗趣的光芒。他想不出剛才的對話裡究竟有什麼觸動了她的幽默感，她眞是個怪女孩。

116

菲利普在聖路加醫學院的最後一年必須加倍用功。他很滿意現在的生活。他發現心裡沒有牽掛的人，又有足夠的錢過日子，這種感覺眞是太愜意了。他也聽過有人談起金錢就極度不屑，他很想知道這些人有沒有體驗過沒錢是怎麼一回事。他很清楚，貧困會讓一個人變得心胸狹窄、吝嗇、貪婪，讓人性格扭曲，從庸俗的角度看整個世界；當你每一分錢都得斤斤計較的時候，金錢就變得格外重要，重要到荒謬的程度；一個人必須有足以溫飽的收入，才能恰如其分地評估金錢的價值，他一個人獨居，除了阿瑟尼一家人之外不跟其他人見面，但他並不覺得孤單；他忙著規劃自己的未來，偶爾也會想起過去。他不時想起過去的好朋友，但又不想費力氣去找他們。他很想知道諾拉・內斯比特的近況，如今她已經叫做諾拉什麼的了，但那個她要嫁的人姓什麼他完全想不起來。他很高興自己能認識她，她是個善良又堅強的人。有一天夜裡十一點半左右，他看見勞森在皮卡迪利圓環附近閒逛，身上穿著晚禮服，可能是剛從劇院出來要回家，菲利普一時情急，便迅速拐進一條小巷。他和勞森已經兩年沒見面，覺得那中斷的友誼是怎麼樣也接不回去了。他們之間再也沒有共同語言。菲利普對藝術失去了興趣，在他看來，自己其實比年少時更有能力欣賞美，然而藝術對他來說卻不再重要了。他一心想從混亂繁雜的生活中織出人生的圖案來，而這項工程所使用的素材，讓他曾經全心投入的顏料或文字都顯得相形失色。過去勞森很符合他的需求，菲利普和他之間的友誼，一直是某一塊精緻圖案的主題；他對這位畫家其實已經完全失去興趣，刻意忽視這件事，只是因為情感上難以割捨而已。

有時候，菲利普也會想起米爾芮德。他當心地避開可能碰見她的那幾條街，不過偶爾，也許因為好奇，也許因為某種更深的、他自己也不承認的感情，他會刻意選在她可能出現的時間，在皮卡迪利圓環和攝政街一帶徘徊。他也不知道自己究竟是希望還是害怕見到她。有一次，他看見一個讓他想起她的背影，有好一陣子，他覺得那就是她，他的感覺很奇怪——他覺得心上莫名地劃過一陣銳利的疼痛，當中又夾雜著懼怕和令人作嘔的驚慌；他趕上前去，發現自己弄錯了，當時那種心情究竟是大鬆一口氣還是失望，連他自己也弄不明白。

八月初，菲利普通過了外科考試，這是他最後一門科目，畢業文憑到手了。距離他第一次踏進聖路加醫院已經過了七年，他也快要三十歲了。他走下皇家外科學會的階梯，手裡握著他的醫師資格證書，一顆心滿足地蹦跳著。

「現在我的生活是真的要開始了。」他想。

隔天，他去祕書辦公室登記申請醫院職位。那位祕書是個活潑的小個子，留著黑色的鬍子，菲利普知道他向來非常親切。他先為他取得醫師資格道賀，接著說：

「我想，去南部沿海地帶當一個月的臨時代理醫生這種差事，你是不會肯去的吧？一星期三畿尼，附食宿。」

「我不介意啊。」菲利普說。

「地點是多塞特郡的法恩利，紹斯醫生那兒。你得立刻過去，他的助手得了流行性腮腺炎。我相信那兒一定是個非常愉快的地方。」

祕書的態度有種不知為何的異樣感，把菲利普弄糊塗了。這事有點可疑。

「那裡有難纏的人是吧？」

祕書遲疑了一下，安撫人似地哈哈一笑。

「這，事實上，我知道那個醫生是個暴躁、脾氣古怪的老傢伙，行政部門已經不肯再派人給他了。他講話太直，大家都不喜歡。」

「但是一個剛拿到資格的人，你覺得他會滿意嗎？畢竟我一點經驗都沒有。」

「有你這樣的助手，他應該會很高興的。」祕書圓滑地說。

菲利普想了一會兒。接下來幾星期他沒事可做，很高興有機會能賺點錢，他可以把這些錢存下來，當成去西班牙度假的旅費。他答應過自己，等到他得到聖路加醫院的職位，或者雖然沒拿到這兒的聘任、卻得到其他醫院的工作，就要去一趟西班牙度假。

「好，我去。」

「唯一的問題是，你今天下午就得走，你覺得可以嗎？如果可以，我立刻發電報。」

菲利普本來想給自己多留幾天空閒時間，但他前天晚上已經見過阿瑟尼一家人（他考試通過的好消息一出，就立刻跑去跟他們說了），確實也沒有不能立刻出發的理由。他沒有什麼行李需要收拾，當天晚上七點鐘剛過，他便步出了法恩利車站，叫了一部馬車到紹斯醫生的診所去。這是一棟寬闊低矮的灰泥房子，牆上爬滿了五葉地錦[1]。他被帶進了診察室，有個老人正在書桌前寫東西。女傭帶菲利普進來的時候，他抬起眼睛，並沒有起身，也沒說話，就只是盯著他看。菲利普吃了一驚。

「我想您正在等我，」他說，「聖路加醫院的祕書今天早上給您發過電報了。」

「我把晚飯延後了半小時。你想洗澡嗎？」

「想。」菲利普說。

紹斯醫生古怪的態度讓他覺得很有意思。這會兒他站起來了，菲利普可以看清他的樣子，他身高中等，很瘦，一頭銀髮剪得非常短，大大的嘴抿得死緊，看上去像是沒有嘴唇似的；臉刮得很乾淨，只留下一圈落腮鬍，修得方方正正，讓原本因爲寬下巴而顯得方的臉看起來更方了。他穿著一套棕色花呢西裝，戴著白色硬領圈，衣服垮垮的掛在身上，彷彿這套衣服本來是做給另一個身材大一號的人穿的。那個樣子，看起來就像個十九世紀中葉的正派農夫。他打開了門。

「那裡是飯廳，」他說，一邊指了指對面的門，「上了樓梯平臺，第一個門就是你房間。洗好了澡就下樓來吧。」

用餐過程中，菲利普知道紹斯醫生一直在觀察他，但是他幾乎不開口，菲利普覺得他並不希望聽見助手說話。

「你什麼時候拿到醫生資格的？」他突然開口問。

「昨天。」

「上過大學嗎？」

「沒有。」

「去年我助手去度假的時候，他們給我派了個大學生來。我跟他們說，以後別再幹這種事了，那種太紳士派的人我可受不了。」

接著又是一陣沉默。晚餐很簡單，但口味非常好。菲利普表面上不動聲色，心裡卻興奮得很，能得到代理醫生這個工作他實在太得意了，覺得自己成熟了好多。就算沒什麼特別理由，他也瘋狂地想放聲大笑，而且越想到這個職業應有的尊嚴，他就越忍不住想笑出聲。

但紹斯醫生的聲音突然打斷了他的思緒，「你幾歲？」

「快三十了。」

「怎麼會這時候才剛畢業？」

「我快二十三歲才開始學醫，當中還被迫中斷了兩年。」

「爲什麼？」

「因爲窮。」

紹斯醫生神情古怪地看了他一眼，又不說話了。用餐完畢，他從餐桌邊站了起來。

「你知道這裡看診是什麼情況嗎？」

「不知道。」菲利普回答。

「來看病的大部分都是漁民和他們的家人。工會和水手醫院的病人都是我看的。以前我是這裡唯一的醫生，但因爲他們想把這裡打造成時髦的海濱度假勝地，有個人就在海邊山崖上開了間診所，有錢人都到他那兒去了，就只剩那些負擔不起看診費的人會來找我看病。」

菲利普看得出來，這場競爭是這個老人心裡的一個痛點。

1五葉地錦（virginia creeper）：為葡萄科地錦屬的攀緣植物，別名五葉爬山虎。

「你知道，我完全沒有經驗。」菲利普說。

「你們這些人，什麼都不懂。」

接著他一句話也沒再說，直接走出了飯廳，留下菲利普一個人。女傭進來收拾東西，她告訴菲利普，紹斯醫生六點到七點看診，今晚的工作已經結束了。菲利普從房間裡拿了一本書，點上菸斗，便坐下讀起書來。能這樣讀書眞是太舒服了，因爲這幾個月來，他除了醫學書之外完全沒碰過別的書。到了十點鐘，紹斯醫生走進來，看著他。菲利普喜歡把腳抬高，所以拖了張椅子把腳放在上頭。

「看起來你挺懂得享受的啊。」紹斯醫生冷冰冰地說，要不是這會兒菲利普興致正好，聽到這種口氣眞要慌張起來。

菲利普眼裡閃著光，應了一句：

「您有什麼看不慣的嗎？」

紹斯醫生看了他一眼，沒有直接回答。

「你在讀什麼書？」

「《匹克爾傳》，斯摩萊特寫的[2]。」

「《匹克爾傳》是斯摩萊特寫的這件事我碰巧知道。」

「眞抱歉。我還以爲醫學界的人對文學都沒興趣，不是這樣嗎？」

菲利普把書放在桌上，紹斯醫生拿起書來。這本來是他伯父的書，薄薄的，包著褪了色的摩洛哥羊皮，扉頁是一幅銅版畫，書頁因爲年深月久，都發了霉，到處都染上了霉斑。紹斯醫生把書拿在手上的時候，菲利普無意識地身子往前傾了傾，眼睛裡微帶笑意，反應雖小，卻沒能逃過這位老醫生的眼睛。

「我讓你覺得好笑嗎？」他冷冰冰地問。

「我看得出來你很喜歡書。只要看一個人捧書的樣子，就知道這是什麼樣的人。」

紹斯醫生立刻放下了那本小說。

「早上八點半吃早餐。」他話說完，便離開了飯廳。

「眞是個有意思的老傢伙！」菲利普想。

他很快就發現了紹斯醫生的助手難以和他相處的原因。首先，他堅決反對最近三十年來所有的醫學新發現。有些風行一時的藥物曾經被認爲有神效，但短短幾年內就被摒棄了，這類藥物他用都不用；他存了很多混合藥劑，是他從以前的母校聖路加醫院帶來的，用了一輩子，而且發現這些藥就跟後來流行的藥物一樣有用。紹斯醫生對外科的無菌處理法抱持懷疑態度，這讓菲利普非常驚訝，這位醫生只是因爲尊重世界公認的意見，才勉強接受，但用起來也是處處謹慎，菲利普知道這是聖路加醫院堅持的一絲不苟，但當中還帶著某種高傲的容忍，像是一個成人在跟孩子們玩士兵作戰遊戲似的。

「我看著消毒劑出現，把在它之前的一切全部推翻，然後又看到無菌處理法出來取而代之，全是胡來！」

之前被派來給他的年輕人都只知道醫院實施的那一套；他們帶著對一般開業醫師的露骨蔑視來到這兒，那是他們在大醫院染上的習氣；但是他們只見過病房裡的複雜病例，腎上腺的疑難雜症他們知道怎麼處理，但碰上傷風感冒反而不知如何是好。他們的知識全是書上的理論，卻都自信滿滿。紹斯醫生總是抿緊了嘴唇看著他們，毫不留情地以出他們洋相爲樂，以顯示他們有多無知，他們的自負有多沒道理。在這裡爲漁民看診，醫療環境很窮困，醫生還得自己配藥。紹斯醫生曾經質問過他的助手，如果他給一個漁民開胃痛藥，裡頭居然包含五六種昂貴藥物，收支

2斯摩萊特（Tobias George Smollett, 1721～1771）：十八世紀蘇格蘭詩人、作家，以創作惡漢小說出名，代表作有《藍登傳》、《匹克爾傳》。其作品影響了一批小說家，其中包括查爾斯·狄更斯與喬治·歐威爾。

究竟要如何維持平衡。他還抱怨那些年輕醫生教育不足，他們只看《體育時報》和《英國醫學期刊》[3]，不但寫字潦草，連拼字都會拼錯。有兩三天時間，紹斯醫生一直在密切觀察他，一有機會就準備尖酸地挖苦他一番；菲利普意識到這一點，雖然還是平心靜氣地工作著，心裡卻暗自覺得好笑。對於職位改變，菲利普覺得很高興，他喜歡獨立自主的感覺，也喜歡承擔責任。診療室裡會見到各式各樣的人，他很高興自己似乎可以激起病人對抗疾病的信心，而且在這裡可以看見疾病治療的整個過程，也讓他覺得很快樂，因爲這在大醫院裡是難得一見的。出門巡診讓他有機會走進漁民的矮房子，那裡面堆滿了漁具和船帆，而且隨處可見各種遠洋航行帶回來的紀念品，像是日本的漆盒，美拉尼西亞的長矛和槳，或是來自伊斯坦堡市集的匕首；小屋裡空氣凝滯，卻有著浪漫的傳奇氣氛，而帶著鹽味的大海，又爲小屋帶來一絲含著苦味的清新。菲利普很喜歡跟那些漁民說話，他們發現他並不傲慢，便慢慢地把他們年輕時代遠航的冒險故事都講給他聽。

他有過一兩次誤診（以前他從來沒見過麻疹病例，就把疹子診斷成原因不明的皮膚病），另外還有一兩次，他的治療意見跟紹斯醫生相左。這種情況第一次發生的時候，紹斯醫生極其尖酸地諷刺他，但菲利普只是心平氣和地聽著；他在巧言善辯這方面相當有天分，回了一兩句話，就讓紹斯醫生瞬間住嘴，表情古怪地看著他。菲利普臉上一本正經，眼睛卻狡黠地閃著光。這位老紳士不禁覺得菲利普是在取笑他。過去他一直是助手討厭和害怕的對象，這回這種經驗是前所未有的。他眞想大發一頓脾氣，叫菲利普立刻打包行李搭下一班火車滾回去，以前他也這麼對付過別的助手。但是他又覺得很不安，要是他這麼做，菲利普一定會直接嘲笑他的。他突然覺得事情很有意思，嘴上忍不住泛出笑意，接著便轉身走了。沒多久，他也漸漸意識到菲利普是蓄意拿他尋開心，他先是吃了一驚，之後倒覺得有趣起來。

「這傢伙眞他媽的厚臉皮，」他暗笑出聲，「眞是厚臉皮。」

3英國醫學期刊（British Medical Journal，簡稱B.M.J）：一份在全世界廣受歡迎、帶有同行評審性質的綜合醫學期刊。

117

菲利普給阿瑟尼寫了信，說自己在多塞特郡當臨時代理醫師，一陣子之後便收到他的回信。信是用阿瑟尼特有的那種正經口氣寫的，綴滿了浮誇華麗的修飾詞，就像一頂鑲滿寶石的波斯王冠；再配上一手漂亮卻難以閱讀的黑體字，這正是他最自豪的。他建議菲利普到肯特郡啤酒花田來跟他們家相聚，那是他們每年都要去的地方。為了說服菲利普，他還以菲利普的心靈和彎彎曲曲的啤酒花卷鬚為主題，寫了一大堆美麗繁複的文字。菲利普立刻回了信，說他這裡的工作一結束就過去。雖然那裡並不是他的誕生地，但他對肯特郡的塞尼特島一直有種特殊的喜愛，想到自己即將在那裡度過半個月，那樣親近大地，只需要一片藍天，整個人便恍如置身阿卡迪[1]田園詩般的橄欖林之中，他心中瞬間燃起了熱情。

法恩利四週的工作時間很快就要過去了。懸崖上有個新城鎮正在發展，一座座的紅磚別墅外圍環繞著一個個高爾夫球場，爲了滿足夏季度假遊客的需求，有間大型旅館最近已經開業了，不過菲利普很少到那邊去。懸崖下的海港邊建滿了上個世紀的石頭小屋，雖然雜亂無章，卻顯得十分可愛，陡峭的窄巷古意盎然，令人浮想聯翩。臨海是

1阿卡迪（Arcady）：古希臘地名，常被用來比喻風光明媚的世外桃源。

整齊的房舍，屋子前面都有個精心修整過的小花園；住在這裡的要不是退休的商船船長，就是靠海爲生的男人們的母親或寡婦，這些房子看起來都十分古雅寧靜。小海港裡停泊著來自西班牙和中東黎凡特地區的不定期貨船，還有些噸位比較小的船隻，偶爾也會有浪漫的風吹來一艘大帆船。這讓菲利普想起布萊克斯泰伯那個停著運煤船的骯髒小港灣，想起他在那兒第一次產生了前往東方世界和熱帶陽光普照的島嶼的渴望，這份渴望至今仍然纏繞不去。但在這兒，會覺得和廣闊深邃的海洋距離更近，而在北海海邊，總是有種束縛感。面對這裡的寧靜浩瀚，你會忍不住深深吸一口長氣；那西風，那英格蘭帶著鹹味的溫和微風，讓你的心情無比振奮，同時又變得無比溫柔。

菲利普和紹斯醫生一起工作的最後一週，某天晚上，當老醫生和菲利普正在配藥的時候，有個孩子跑到診所門口來。那是個衣衫襤褸的小女孩，一張臉髒兮兮的，還光著腳丫子。菲利普開了門。

「拜託，先生，可以馬上來艾維巷的佛萊契太太家一趟嗎？」

「佛萊契太太怎麼了？」紹斯醫生用刺耳的聲音大喊。

那孩子完全不理他，還是對著菲利普說：

「拜託，先生，她的小兒子出事了，你可以馬上過去嗎？」

「跟佛萊契太太說，我立刻就去。」紹斯醫生喊。

那小女孩停了停，把一根髒髒的手指頭含在髒髒的嘴裡，靜靜地站在那兒看著菲利普。

「怎麼啦，小傢伙？」菲利普微笑著說。

「拜託，先生，佛萊契太太說，可不可以請那個新醫生來啊？」

藥房裡傳出聲響，紹斯醫生出現在走廊。

「佛萊契太太對我不滿意嗎？」他大吼，「我從佛萊契太太出生就開始照顧她了，怎麼我現在連給她的臭小子看病都不配了？」

那小女孩有好一陣看起來像快哭出來似的，但又決定不哭爲好；她故意對紹斯醫生吐舌頭做了個鬼臉，他還沒從驚訝中反應過來，她就一溜煙地跑了。菲利普看得出來，老先生是眞的火大了。

「你看起來很累，到艾維巷可是相當遠呢。」菲利普說，爲他找了個不親自過去的藉口。

紹斯醫生低吼：

「這點距離對一個雙腿健全的人來說，比起一個只有一條半腿的人可要近得多了。」

菲利普的臉倏地紅了，站在那兒好一陣子沒說話。

「你是要我去，還是你自己去？」最後，他冷冰冰地開了口。

「我去有什麼用？他們要的是你。」

菲利普拿起帽子出診。等到他回來，都快八點鐘了。紹斯醫生背對火爐，站在飯廳裡。

「你去了很久啊。」他說。

「我很抱歉。你爲什麼不先吃飯？」

「因爲我想等。你一直待在佛萊契太太家嗎？」

「沒有。我回程的時候停下來看夕陽，沒注意時間。」

紹斯醫生沒應聲，女傭送來一些烤西鯡魚，菲利普吃得非常香。這時紹斯醫生突然開口問：

「爲什麼你要看夕陽？」

菲利普嘴裡塞滿了食物，回答：

「因爲我心情好。」

紹斯醫生神情古怪地看了他一眼，衰老疲憊的臉上卻掠過一抹隱約的笑意。接下來他們都沒再說話，靜靜地吃完了飯。女傭端來葡萄酒，離開飯廳之後，老人把背往椅子上一靠，目光銳利地盯著菲利普。

「小伙子，我提到你那跛腳的時候，狠狠地刺傷你了吧？」他說。

「人們只要生我的氣，不管直接或拐著彎，總是會來這一招。」

「我想是因爲，大家都知道那是你的弱點吧。」

菲利普面向他，定定地看著他。

「發現這一點，你很高興嗎？」

醫生沒有回答，只是苦笑了一聲。他們就這麼坐了一會兒，注視著對方，接著紹斯醫生卻讓菲利普大吃一驚。

「你爲什麼不留下來呢？我可以把那個得了流行性腮腺炎的笨蛋趕走。」

「謝謝你的好意，不過我希望秋天時能在醫院裡謀個職位，要是能拿到的話，對我往後找其他工作幫助很大。」

「我是要找你當合夥人。」紹斯醫生氣呼呼地說。

「爲什麼？」菲利普訝異地問。

「這裡的人好像都很希望你留下。」

「我想這不是你贊成的唯一理由。」菲利普冷淡地說。

「你以爲我在這裡看診看了四十年，還會他媽的在乎別人比較喜歡我助手而不喜歡我嗎？不，我的朋友。我跟我的病人之間沒有情分，也不期待他們感激我，我只希望他們付我錢。好啦，你覺得怎麼樣？」

菲利普沒有答話，並不是因爲他正在考慮他的建議，而是因爲太驚訝了。對一個剛拿到醫師資格的人提出合夥要求，顯然非同尋常；而且他詫異地意識到，紹斯醫生喜歡上他了，雖然他無論如何也不會承認的。他想，當他把這件事告訴聖路加醫院的祕書的時候，那情景會多有意思啊。

「診所一年大約進帳七百鎊。我們可以算算將來你的持股能值多少錢，你可以慢慢把這筆買股的錢付清，等到我死了，你就可以接替我了。我想這比你在醫院混個兩三年，在自己開業前只能一直當助手要好吧。」

菲利普知道，這樣的機會，他這行的人大部分都會欣然接受；這個行業已經飽和了，即使這個診所規模不大，他認識的人裡，至少半數會千恩萬謝地答應下來。

「我眞的萬分抱歉，但我不能接受，」他說，「這表示我必須放棄我多年來追求的一切。無論如何，各種艱困的日子我都熬過，但我心裡永遠抱著一個希望，就是拿到醫師資格之後，我就可以雲遊四海了。現在我每天早上醒來，都覺得全身骨頭痛得我想逃，我不在乎去哪裡，只要能離開就行，我想去從來沒去過的地方。」

現在這個目標已經近在眼前了。明年年中，他在聖路加醫院的工作就會結束，接著他就要去西班牙；他的錢應該能在那兒待幾個月，在他心目中的浪漫國度四處漫遊，接著他就要上船往東方去。生活在他前方展開，要花多少時間他都不在乎。只要他想，他可以花好幾年的時間待在人跡罕至、生活方式奇特的地方，和陌生的人們爲伍。他不知道自己追尋的是什麼，也不知道這趟旅程會爲他帶來什麼，但他覺得，他一定會學到某些關於生活的新東西，獲得解開奧祕的新線索，那奧祕他才剛剛解開一點，唯有如此，才能解開更多的奧祕。就算最後他什麼也沒發現，至少也平息了那不斷煩擾著他的不安。然而這時紹斯醫生卻展現了絕大的善意，如果沒有足夠的理由就拒絕他的提議，似乎太忘恩負義了，所以他靦腆地盡可能以開誠布公的方式努力解釋，爲什麼執行這個他珍視多年的計畫有這麼重要。

紹斯醫生靜靜地聽著，那雙精明卻已衰老了的眼睛裡泛起一片溫柔。在菲利普看來，他沒有逼迫他接受自己的提議，無疑又多添了一分善意。善意常常是非常專斷的。他似乎覺得菲利普的理由很合情理。結束了這個話題之後，他開始說起自己的年輕時代；他曾經在皇家海軍服役，也正是因爲這段和海洋的長期關係，使他退役之後來到法恩利安身。他把自己過去在太平洋上的經歷和在中國各種不尋常的冒險故事說給菲利普聽，他參加過對抗婆羅洲獵頭族的遠征，知道了當時還是獨立國家的薩摩亞，還去過珊瑚島。菲利普聽得入迷。他慢慢地說起自己，紹斯醫生是個鰥夫，妻子三十年前就過世了，女兒嫁給了一個羅德西亞的農夫；他跟女婿吵了一架，女兒已經十年沒有回英國。他就像是從來沒有娶妻生子一樣。他非常孤獨，粗暴只不過是他抵禦外界的保護色，好隱藏他人生完全破滅的痛苦。菲利普看他就是在等死，與其說等不及，不如說他其實憎恨死，痛恨衰老，他不甘心向衰老帶來的種種限制低頭，然而又覺得死亡是解決他生活痛苦的唯一辦法，在菲利普看來，這眞是太悲慘了。菲利普突然和他不期而遇，他因爲長期和女兒分離而消失了的自然感情，便因此轉移到菲利普身上（在他和女婿的那場爭執中，他女兒選擇站在丈夫那一邊，從此他再也沒有見過他的外孫）。一開始，這種感覺讓他非常生氣，他告訴自己，他會這樣一定是老糊塗的徵兆。但是菲利普有種吸引他的特質，他發現自己不自覺地對他微笑，自己也不明白爲什麼。菲利普一點也不惹他討厭，有一兩次，菲利普還把手放在他肩上，這種幾近愛撫的動作，自從多年前他女兒離開英國之後，他從未得到過。菲利普要離開的時候，紹斯醫生陪著他一起去火車站，發現自己莫名地消沉。

「我在這裡度過了一段很美好的時光，」菲利普說，「您對我眞是太好了。」

「我想你要走了一定很高興吧？」

「我在這裡過得非常愉快。」

「但你還是想雲遊四海？噯，你還年輕嘛。」他停了停，又說，「我希望你記得，要是你改變心意，我的合夥提議永遠有效。」

「您人眞好。」

菲利普從車窗探出身子跟他握手道別，火車離開了車站。菲利普想到自己即將在啤酒花田裡度過半個月，很高興自己又要跟老朋友見面了。今天天氣眞不錯，他心情好極了。而紹斯醫生緩緩地走回自己空蕩蕩的屋子，覺得自己好衰老，好孤單。

118

菲利普抵達弗恩的時候已經很晚了。這裡是阿瑟尼太太的老家，她從小就習慣在田裡採啤酒花，有了丈夫孩子之後，她還是每年都回來。跟許多肯特郡家庭一樣，採啤酒花成了他們的例行公事，除了樂於賺點小錢之外，最主要還是把這年度出遊當成最盛大的節日，大家都期盼了好幾個月了。工作並不辛苦，大家在露天的田地裡一起採收，對孩子們來說就像一場又長又快樂的野餐。年輕男子在這裡遇見了未婚少女，工作結束後的漫長夜晚，他們就在小巷裡漫步，談情說愛，因此啤酒花季節結束之後，通常接著辦的就是婚禮。他們帶著鋪蓋、鍋碗瓢盆和桌椅，坐大馬車出發到田裡去，所以弗恩鎮上在採啤酒花的時節幾乎成了空城。他們非常排外，討厭外人闖進來，所謂「外人」，指的就是從倫敦來的人；他們看不起、也害怕這些人，覺得這些人都很粗魯，正派的本地人是不願意跟他們混在一起的。從前採啤酒花的人都睡在穀倉裡，不過十年前牧場邊蓋起了一排小屋，阿瑟尼家也就跟許多其他家庭一樣，每年來都住在同一間小屋裡。

阿瑟尼駕著跟小酒店借來的馬車到車站去接菲利普，他在小酒店替菲利普訂了一個房間，距離啤酒花田僅四百公尺遠。他們把行李放在小酒店，走路到牧場邊的小屋去。所謂小屋，不過是一排長長的矮棚子，隔成每間四坪大的小房間。每個小屋前方都有一個柴火堆，整家人圍在火邊，飢渴地望著正在煮的晚餐。海風和陽光已經把阿瑟尼家孩子們的臉都染成了褐色，阿瑟尼太太戴著遮陽帽，看起來完全成了另外一個人，讓人覺得，雖然她在城市裡住了這麼多年，她的本質卻沒有任何改變，還是那個土生土長的鄉村女子，看得出來，她置身鄉間的時候有多麼舒適自在。她一邊忙著煎培根，一邊盯著年紀比較小的幾個孩子，不過她還是熱烈地和菲利普握了手，臉上帶著愉快的微笑。阿瑟尼對這種鄉村生活帶來的樂趣狂熱得不得了。

「我們住在城市裡渴望著太陽和天光，這根本不是生活，而是漫長的囚禁。貝蒂，我們把財產都賣了，到鄉下開個農場吧。」

「你在鄉下會怎樣，我可是清楚得很，」她口氣友善地揶揄著，「他啊，冬天下起第一場雨，就會喊著要回倫敦了。」她轉向菲利普。「我們來這裡的時候他老愛這樣說。鄉村啊，我愛這裡！可是啊，他根本連蕪菁和甜菜都分不清。」

「爸爸今天偷懶，」珍還是一貫地坦率，「他連一籃都沒摘滿。」

「我還在練習嘛，孩子，明天我一定會摘得比你們加起來還多。」

「來吃晚飯了，孩子們，」阿瑟尼太太說，「莎莉在哪兒？」

「我在這裡，媽媽。」

她走出小屋，柴火堆的火焰跳動著，把她的臉映得紅豔豔的。最近，菲利普只見過她一身整潔連衣裙的樣子，自從去裁縫那兒學藝以來她一直那樣穿，而現在她穿著一件印花布裙裝，顯得十分迷人；衣服寬寬鬆鬆，方便工作，袖子捲得高高的，露出了健壯圓潤的手臂。她也戴著一頂遮陽帽。

「你看起來就像童話故事裡的擠奶姑娘。」菲利普邊跟她握手邊說。

「她可是啤酒花田裡的大美人，」阿瑟尼說，「我說啊，要是鄉紳老爺的兒子看見了你，一定立刻就會跟你求婚的。」

「那個鄉紳老爺沒有兒子，爸爸。」莎莉說。

她想找個地方坐下，菲利普就騰了一個位置讓她坐在自己旁邊。夜色裡，在火堆映照下，她看起來美極了，就像個田園女神，讓人想起老海瑞克[1]在精緻的詩歌中讚美過的那些健壯有活力的女子。晚餐很簡單，就是麵包抹奶油，配上煎得香脆的培根，孩子們喝茶，阿瑟尼夫婦和菲利普喝啤酒。阿瑟尼一邊狼吞虎嚥地吃，一邊大聲稱讚每一樣食物，同時還不忘嘲諷古羅馬執政官盧庫魯斯，把美食家薩瓦蘭[2]也痛罵了一頓。

「你只有一件事情值得人說，阿瑟尼，」他妻子說，「你吃東西眞的吃得很香，這點毫無疑問。」

「因爲都是你親手做出來的呀，我的貝蒂。」他伸出他表現力豐富的食指，誇張地說著。

菲利普覺得很舒服。他快樂地看著那一列篝火，人們圍在火堆邊，鮮紅的烈焰照亮了夜空。牧場盡頭是一排高大的榆樹，頭上的天空布滿繁星。孩子們說說笑笑，阿瑟尼在他們當中也像個孩子一樣，用各種惡作劇和怪點子弄得他們大呼小叫。

「這裡的人可看重阿瑟尼了，」他太太說，「布里居太太跟我說啊：『假如沒有阿瑟尼先生在，我還眞不知道怎麼辦才好。』她這麼說的。他一向很會搞怪，比起一家之主，他更像個小學生。」

莎莉靜靜地坐著，然而卻事事周到地注意著菲利普需要什麼，讓他覺得很開心。有她在身邊眞是太愉快了，他不時瞄瞄她那張被太陽曬黑了、看起來很健康的臉。有一次他們不小心四目相接，她靜靜地笑了。晚餐吃完，珍和一個小弟弟被派到牧場盡頭的小溪提一桶水洗東西。

「孩子們，帶你們菲利普叔叔去看看我們睡覺的地方，然後你們就得準備上床了。」

---

1 羅伯・海瑞克（Robert Herrick, 1591～1674）：十七世紀英國詩人，是「騎士派」詩人之一。「騎士派」詩主要寫宮廷中的調情作樂和好戰騎士為君殺敵的榮譽感，宣揚及時行樂。不過，海瑞克也寫有不少風格清新的田園抒情詩和愛情詩，如〈櫻桃熟了〉、〈快摘玫瑰花苞〉、〈致水仙〉、〈瘋姑娘之歌〉等詩篇，成為英國詩歌中的名作。

2 盧庫魯斯（Lucius Licinius Lucullus）：於西元前一五一年擔任羅馬執政官，因徵兵抽稅過於嚴苛而被保民官囚禁。布里亞・薩瓦蘭（Anthelme Brillat-Savarin, 1755～1826）：法國律師、政治家和美食家，著有《味覺生理學》。

一大堆小手抓住了菲利普，接著他就被拖著往小屋走。他進了小屋，劃了一根火柴。屋裡沒有家具，除了一只裝衣服的錫製衣箱之外，就只有床了；屋裡有三張床，各靠著一面牆。阿瑟尼跟在菲利普後面進去，驕傲地把床指給他看。

「這就是睡覺用的東西了，」他大聲地說，「沒有你那種彈簧床墊，也沒有天鵝絨被褥，但我在哪兒也沒有這裡睡得香甜。你就要裹在被單裡睡了，我親愛的老弟，我真是打心底爲你難過。」

那床是厚厚一層啤酒花藤蔓堆起來的，上面鋪了一層麥桿，再用毯子蓋起來。在大太陽底下工作了一整天之後，快樂的採收人就在啤酒花香氣中心滿意足地入睡。晚上九點鐘左右，牧場邊就已一片安靜，所有人都去睡了，只有一兩個男人還逗留在小酒店裡，不等到十點鐘關門，他們是不會回去的。阿瑟尼和菲利普一起走回小酒店，要回去之前，阿瑟尼太太對菲利普說：

「我們大約五點四十五分吃早餐，但我敢說你一點也不想那麼早起床。你看，我們六點鐘就準備上工了。」

「他當然非早起不可，」阿瑟尼大著嗓門說，「而且他也得跟我們一樣地工作，他的伙食費可得自己賺才行。我的小老弟啊，不工作，就沒得吃。」

「孩子們早飯前會先去游泳，回程的時候可以去叫你，他們會經過『快樂水手』酒店的。」

「如果他們先來叫我，我就跟他們一起去游泳。」菲利普說。

珍、哈洛德和愛德華滿心期待，興奮得大叫起來。隔天早上，菲利普睡得正熟，他們就闖進他房間把他搖醒。男孩子們在他床上蹦跳，他得拿拖鞋把他們趕下去才行。他穿上外套和長褲下了樓，天才剛破曉，空氣裡還透著一絲寒意，但天空萬里無雲，一片金黃色的陽光。莎莉牽著康妮站在路中央，手臂上掛著浴巾和泳衣。他現在才看出她的遮陽帽是薰衣草紫，那張曬成紅褐色的臉被淡紫色一襯，就像個蘋果一樣。她跟他打了招呼，臉上掛著她特有的那種平緩甜美的笑容，他突然注意到她的牙，很小、很整齊，而且非常白，他很納悶爲什麼之前從來沒有注意到這一點。

「我是想讓你繼續睡的，」她說，「但是他們就是要上樓叫醒你，我說你才不是眞的想來游泳呢。」

「噢，不，我是眞的想。」

他們先沿著大路走，接著穿過一片濕地，這樣走個一公里就會到海邊。海水看起來又冷又灰暗，菲利普一看就打了個寒顫，但孩子們脫了衣服就一邊大叫一邊往海裡跑。莎莉做什麼事都有點慢騰騰的，直到大家都開始圍著菲利普潑水了，她才走下水來。游泳是菲利普唯一擅長的事，一到水裡便覺得優遊自在；他一下子裝成一條海豚，一下子裝溺水，還扮演一個害怕打濕頭髮的胖貴婦，引得孩子們紛紛模仿。大家玩得興奮，又笑又鬧，莎莉不得不擺出非常嚴肅的樣子，才能把孩子們一個個都叫上岸。

「你跟這些孩子一樣調皮，」她正經八百、像個媽媽似的對菲利普這麼說，卻顯得很有喜感，同時也很動人。「你不在的時候，他們才不會這麼沒規矩。」

他們開始往回走，莎莉把閃亮的頭髮披在一邊肩膀上，遮陽帽拿在手裡，但是回到小屋的時候，阿瑟尼太太已經出發到田裡去了。阿瑟尼穿著一條舊到不能再舊的褲子，外套扣到最上面一顆扣子，顯然裡頭沒有穿襯衫，頭上戴著一頂寬邊軟帽，正在火堆上煎著燻鯡魚，一副自得其樂的樣子，看上去完全就是個土匪。他一看到大夥回來，就拉開嗓子，對著香噴噴的鯡魚唱起了《馬克白》[3]裡頭那段女巫合唱。

「你們吃早餐可不要再拖時間了，不然媽媽會生氣的。」他們過來的時候，他對大家說。

3《馬克白》（Macbeth）：此指由威爾第（Giuseppe Fortunino Francesco Verdi, 1813~1901）作曲，根據莎士比亞同名著作所創作的義大利文歌劇。威爾第的《馬克白》十分忠於莎士比亞原著，不過做了一些有趣的改動——他未依照原著以三個女巫入劇，而是以三組女合唱團扮演三個女巫，做三部合唱。

幾分鐘之內，哈洛德和珍手上就拿著一片抹了奶油的麵包，信步穿過牧場往啤酒花田去了。菲利普他們是最後離開小屋的。啤酒花田是和菲利普的童年相連的景色之一，啤酒花烘乾房[4]更是最具典型特色的肯特風光。菲利普跟著莎莉穿過一長列一長列的啤酒花，一點也沒有陌生的感覺，反而像是回到家一樣。天已經大亮，強烈的陽光映出輪廓鮮明的陰影。菲利普盡情欣賞著綠葉的豐富色彩，啤酒花已經開始變黃了，在他眼裡，它們蘊藏的美和熱情，和詩人們在西西里紫色的葡萄串裡看見的是一樣的。他們往前走著，菲利普覺得自己整個人都沉醉在這片豐饒的景色裡，肯特郡肥沃的泥土泛著甜美的味道，九月的微風裡飄著陣陣啤酒花的濃香。阿瑟斯坦一時興奮，拉開喉嚨大聲唱起歌來，那是十五歲男孩特有的破鑼嗓音，莎莉轉過頭去。

「你最好安靜點，阿瑟斯坦，你這麼打雷似的召喚，等等我們就要碰上暴雨了。」

走了一陣子之後，他們聽見了模糊的說話聲，又過了一會兒，便看見了採啤酒花的人們。大家都在努力工作，一邊採一邊說說笑笑。他們有的坐在椅子上，有的坐在高凳上，也有人坐在箱子上，每個人都帶著一個籃子，也有人就站在大袋子邊，採了啤酒花就直接往大袋子裡丟。這兒有不少孩子在，嬰兒也相當多，有些寶寶被放在臨時湊合的搖籃裡，有些就用毯子一裹放在鬆軟的乾地上。孩子們採得少玩得多，女人們則是忙得停不下手，她們從小就採啤酒花，速度比倫敦來的外地人要快一倍。她們吹噓著自己一天能採多少蒲式耳[5]，但也抱怨現在賺得沒有從前多了。當年採五蒲式耳啤酒花可以賺一先令，現在得採八甚至九蒲式耳才有。從前採啤酒花的老手賺一季可以吃一年，現在根本賺不到什麼錢了，頂多就是賺個免費度假，大概只是這樣。希爾太太光靠採啤酒花的工錢就買了一架鋼琴，她是這麼說的，但是她非常吝嗇，吝嗇程度超越所有人，所以這件事大部分的人都覺得不過是她的一面之辭。如果把眞相攤出來，也許大家就會發現，她其實是拿銀行裡存的錢添補了才買得起的。

採啤酒花的人每十個分一個大袋，孩子不計，阿瑟尼大聲自誇總有一天他會擁有一支全由他家人組成的十人小隊。每個小隊都有個管袋子的人，這個人的職責就是把一串串的啤酒花拉到小隊的袋子旁邊（這個大袋子掛在一個大約兩公尺高的木頭架子上，在一排排的啤酒花田隴間排成長列），阿瑟尼之所以殷殷期盼孩子大到能組隊的那一天，正是看上這個職位。當大家都在工作的同時，與其說他在努力，不如說他是來鼓勵別人努力的。他閒閒地逛到阿瑟尼太太旁邊，她這時已經忙了一個半小時，倒了一整籃啤酒花進大袋了。他嘴上叼著一支菸，動手摘了起來，一邊宣稱他今天會摘得比所有人都多，但是媽媽除外，當然了，誰都不可能摘得跟媽媽一樣多的。這讓他想起了阿芙蘿黛蒂施加在好奇的賽姬[6]身上的種種考驗，於是他開始對孩子們說起她和那位沒見過面的新郎之間的愛情故事，故事說得精彩無比，菲利普嘴角帶笑地聽著，覺得這個古老的傳說非常適合眼前的情景。這時的天色一片蔚藍，他想，就算在希臘，大概也不會有比這更美的天空了。孩子們一個個都是金髮，雙頰紅撲撲的，結實健壯，活力十足；啤酒花葉片濃綠逼人，生長的姿態彷彿一支支朝天吹響的喇叭；當你遠望田隴，那神奇的綠色小徑綴著採收人的各色遮陽帽，朝遠處越收越窄，最後縮成一個點；也許在這裡能找到的希臘精神，比起在學者的著作或博物館裡能找到的還要多。英格蘭這麼美，菲利普覺得滿心感激。他想起了蜿蜒的白色道路和樹籬、種著榆樹的綠色牧場、小山丘和山上灌木叢繪出的優美輪廓、一片平坦的濕地，還有氣氛憂鬱的北海。他很高興自己能感受這一切

4 啤酒花烘乾房（Oast House）：造型特殊，只在英格蘭肯特郡及薩塞克斯郡有。屋頂上有一個白色的煙囪罩，可隨風向不同而轉動。

5 蒲式耳（bushel）：英制的容量及重量單位，於英國及美國通用，主要用於量度乾貨，尤其是農產品的重量。通常，一蒲式耳等於八加侖（約卅六・三七公升），但不同的農產品對蒲式耳的定義，各有所不同。

6 阿芙蘿黛蒂（Aphrodite）：希臘神話中，代表愛情、美麗與性慾的女神。在羅馬神話中，與阿芙蘿黛蒂相對應的是維納斯（Venus）。但阿芙蘿黛蒂與維納斯不同的是，她不只是性愛女神，同時也是司管人間一切情誼的女神。賽姬（Psyche）：也譯作普敘赫、賽琪、普賽克、普緒喀，是希臘神話和羅馬神話中的人物。在希臘神話中，她是人類靈魂的化身（「賽姬」在希臘語，意為「靈魂」），常以帶有蝴蝶翅膀的少女形象出現。

美好。不過，阿瑟尼沒多久就煩躁起來了，說他要去看看羅伯特·坎普的媽媽怎麼樣了。這片田裡的每個人他都認識，而且都是用教名稱呼；他知道每個人的家族史，也知道他們從小到大發生過的每一件事。他虛榮，但不傷人，總在這些人之中扮演著紳士角色，他很親切，但這親切帶著某種居高臨下的味道。菲利普不想跟他一起去。

「我想賺我自己的飯錢。」他說。

「非常好，我的小老弟，」阿瑟尼回答，揮了揮手就信步走開了。「不工作，就沒得吃。」

119

菲利普沒有自己的籃子，只能跟莎莉坐在一起。珍覺得他不來幫她卻去幫她大姊，實在太過分了，他只好答應她，等莎莉這籃滿了一定過去幫她摘。莎莉摘啤酒花的速度幾乎跟她媽媽一樣快。

「摘啤酒花很傷手的，不會讓你做不了針線嗎？」

「噢，不會的，摘這個，手要夠靈活才行，這也是爲什麼女人摘得比男人好的理由。如果手不巧，手指頭因爲幹太多粗活僵硬了，那是怎麼樣也摘不好的。」

他很喜歡看她熟練的動作，她也不時用媽媽似的神情看著他，樣子很有趣，然而也很動人。一開始他笨手笨腳，她還會取笑他。她彎下腰示範怎麼樣對付一整串啤酒花時，兩人的手不小心碰到了，他看見她紅了臉，覺得非常驚訝，他很難讓自己接受她已經是個成年女子的事實，因爲他認識她的時候她還是個少女，他總是很自然地始終把她當孩子看，然而爲數眾多的愛慕者表明，她再也不是個孩子了。而且，雖然他們才在這兒待沒幾天，莎莉已經有位表兄迷上了她，她不得不忍受他沒完沒了的無聊笑話。他名叫彼得・甘恩，是阿瑟尼太太姊姊的兒子，阿瑟尼太太的姊姊嫁給了住在弗恩附近的農夫。彼得覺得他必須天天穿越那片啤酒花田，箇中緣由，每個人都心知肚明。

八點鐘，響起了一陣通知大家休息吃早飯的號角聲，雖然阿瑟尼太太說他們的工作量還不夠格吃這頓飯，但大家還是吃得心滿意足。吃完早飯後，他們會繼續工作到十二點，接著又是一陣號角，提醒大家吃午飯。計量人員趁著這個空檔一個袋子一個袋子巡視，他帶著一個登記員，這個登記員先在自己的本子上記下他們採了多少蒲式耳，接著又在採收人的本子上寫一次。袋子滿了之後，就會用蒲式耳籃一籃一籃地從袋裡盛出來，倒進一個稱爲「圓柱袋」的巨型袋子裡，接著計量人員和車夫就會把這些袋子一個個扛走，放上運貨馬車。阿瑟尼不時跑回來報導希爾太太摘了多少，瓊斯太太又摘了多少，希望他的家人可以擊敗她。他一直想創紀錄，偶爾也會熱情滿滿地摘上一個小時。但是他摘啤酒花最主要的樂趣還是在於展示他那雙美麗優雅的手，他對這雙手眞是無比自豪，修剪指甲也花了他好多時間。他一邊伸長了他纖細的手指，一邊告訴菲利普，西班牙的大公們睡覺時都要戴上抹了油的手套，以保持雙手細白。他用戲劇性的口吻說，扼住歐洲咽喉的那隻手，就跟女人的手一樣勻稱細緻；接著他一邊用優美的手勢採啤酒花，一邊欣賞著自己的手，發出滿意的嘆息。摘啤酒花摘累了，他就給自己捲一支菸，跟菲利普談起藝術和文學。到了下午，天氣變得非常熱，眾人工作就沒有早上那麼積極，也沒什麼人聊天了。上午滔滔不絕的談話聲，這時只剩零零落落的字句。莎莉的人中沁出小小的汗珠，她工作的時候，嘴會無意識地微微開著，整個人看起來就像一朵正在緩緩綻放的玫瑰。

收工時間是依照烘乾房的情況決定的。有時候烘乾房滿得早，到了下午三四點鐘，摘的啤酒花已經足夠烘一夜了，採收工作就會叫停，但通常最後一次計量是五點鐘開始。每個小隊的大袋子一計完量，大家就開始收東西，工作結束了，眾人又輕鬆地聊起天，漫步走出啤酒花田。女人們回到小屋清洗收拾，準備晚餐，這時一大堆男人都信步往小酒店逛過去了。工作一整天之後來杯啤酒，確實是很愜意的事。

阿瑟尼家那隊的袋子是最後一個計量的，計量人員走向阿瑟尼太太時，她才舒了一口氣站起來，伸展了一下手臂。她保持同一個姿勢在這裡坐了好幾個小時，人都僵掉了。

「好，那我們到『快樂水手』去吧，」阿瑟尼說，「每天該做的儀式不按時做好可不行，上酒店是這當中最神聖的一個了。」

「阿瑟尼，帶個罐子去，」他太太說，「回來的時候帶一品脫半啤酒，晚餐的時候喝。」

她一個銅幣一個銅幣地把錢算給他。小酒吧的大廳裡已經擠滿了人，那裡的地板打磨得很亮，周圍擺著長凳，牆上貼著許多維多利亞時代職業拳擊手的圖片，都已經泛黃了。酒店老闆喊得出每個顧客的名字，他身體靠在吧檯上，對兩個朝地板上木桿投圈圈的年輕人溫和地微笑；這兩個人一直都套不中，引得和他們同行的一群人大肆取笑。一有新客人進來，大家就挪出一個位置來給他。菲利普發現自己的一側坐著一位穿著燈芯絨長褲的老工人，膝下打著綁腿；另一邊是個油光滿面的十七歲小伙子，曬紅了的前額上整齊地貼著一綹鬈髮。阿瑟尼堅持要去套圈圈試試手氣，賭了半品脫啤酒，結果贏了。他舉杯爲輸家的健康祝福的時候，說：

「小老弟，我贏了你這場，比贏了德比賽馬大會還過癮。」

阿瑟尼戴著一頂寬邊帽，鬍子尖尖翹翹的，在這群鄉下佬當中樣子有點怪異，大家也覺得他怪，這點一望即知；但他興致高昂，熱情極富感染力，又讓人沒辦法不喜歡他。大家輕鬆地聊開了，用薩尼特島粗獷緩慢的口音互相打趣，愛說俏皮話的當地人妙語如珠，引得眾人哄堂大笑。多麼愉快的聚會啊！身處在這群人裡，也只有鐵石心腸的人才感受不到那種如沐春風的滿足感吧。菲利普隨意地望向窗外，天色還很亮，陽光普照；窗上的白色小窗簾就跟農舍的窗簾一樣，用一根紅色的絲帶繫著，窗臺上擺著天竺葵盆栽。時間差不多了，這群閒散的人們一個個起身晃蕩回牧場，那裡家家戶戶正忙著做晚餐。

「我想你準備要睡覺了，」阿瑟尼太太對菲利普說，「你還不習慣大清早五點鐘就起床，在野地裡待一整天的日子吧。」

「菲利普叔叔，你會跟我們一起去游泳的，對不對？」男孩們喊著。

「沒錯。」

他很累，然而很快樂。吃過晚餐之後，他坐在一張沒有靠背的椅子上，身體抵著牆，讓自己保持平衡，然後一邊抽菸斗，一邊欣賞夜色。莎莉很忙，在小屋裡走進走出，他便懶懶地看著她有條有理地做家事。她走路的姿態引起了他的注意，雖然樣子並不特別優雅，卻閒適而有自信；她走路是從臀部帶動整條腿，雙腳看起來非常堅定地踏在地上。阿瑟尼跑去跟鄰居聊八卦了，沒過多久，菲利普就聽見他太太在喃喃自語。

「噯，家裡的茶葉用完了，我得叫阿瑟尼去布萊克太太那兒買點才行。」接著她停了一下，又揚起聲音喊：「莎莉，去布萊克太太那裡幫我買半磅茶葉，好嗎？我茶葉都用光了。」

「好的，媽媽。」

布萊克太太的農舍離這裡大約八百公尺遠，她開了一家雜貨店，兼作女郵政局長辦公室。莎莉走出小屋，一邊把捲著的袖子放下來。

「莎莉，我跟你一起去好嗎？」菲利普問。

「別麻煩了，我不怕一個人走。」

「我知道你不怕，只是快到我睡覺時間了，想在臨睡前讓腿伸展一下。」

---

1 德比賽馬大會（The DERBY）：德比是英國中部的一座城市，以舉行英國大賽馬會而著稱。此項賽馬會於一七八〇年由十二世德比伯爵（Edward Smith-Stanley, 12th Earl of Derby PC, 1752~1834）創立，每年六月的第一個星期三，在倫敦附近的EPSOM舉行賽馬，是英國非常有名的賽馬大會之一。

莎莉沒說什麼，他們便一起出發了。白白的路上靜悄悄的，夏夜裡沒有一絲聲響，他們也沒有多做交談。

「就算這麼晚了，還是很熱啊，是吧？」菲利普說。

「我倒覺得，對一年裡的這個時節來說，這樣的天氣再好不過了。」

但他們兩人不說話也不顯得尷尬，他們發現，光是並肩走著就很愉快，不覺得有開口說話的必要。他們走到一個灌木樹籬包圍的臺階前，突然聽見低低的耳語聲，黑暗中隱約看見兩個人的輪廓，彼此靠得緊緊的，菲利普和莎莉經過的時候，他們連動也沒動一下。

「我在想那兩個人是誰。」莎莉說。

「他們看起來很幸福啊，不是嗎？」

「我想他們也把我們當成一對戀人了吧。」

他們看見前方農舍透出來的光，不到一分鐘他們就走進了那家小店。店裡強烈的燈光亮得他們一時睜不開眼。

「你們這麼晚才來啊，」布萊克太太說，「我都準備要打烊了呢。」她看了看鐘。「都快九點了。」

莎莉要了半磅茶葉（阿瑟尼太太買茶葉一次從來不超過半磅），接著又上路走回來。耳邊不時傳來夜行動物短促刺耳的叫聲，卻只讓這無聲的夜晚顯得更加寂靜。

「我相信如果你靜靜地站著，一定能聽見海的聲音。」莎莉說。

他們豎起了耳朵，想像讓他們彷彿真的聽見了海浪輕拍沙灘的細微聲響。他們再度經過那個臺階，那對情侶還在，不過已經不再說話了，他們彼此緊緊相擁，男人的嘴唇貼在女孩的唇上。

「他們看起來很忙啊。」莎莉說。

他們拐了個彎，一陣暖暖的微風吹拂在他們臉上，大地散發出清新的氣息，這敏感不安的夜裡，似乎有某種異樣的、也不明白是什麼的東西在等待著他們，寂靜突然變得意味深長。菲利普有種古怪的感覺，他覺得一顆心漲得滿滿的，又彷彿要化了似的（這些陳腔濫調倒是把這種奇特的感覺表達得很精確），他覺得很快樂、很焦慮，同時又滿懷期待。菲利普想起了潔西卡和羅倫佐[2]向對方低聲說出的美妙字句，雖然是在互相比拚文采，但他們熾烈的愛情卻透過有趣的巧喻顯得更加閃亮，更加明白。他不知道空氣裡有什麼讓他的感官異樣地敏銳起來，他的心靈彷彿澄澈無比，享受著大地的香氣、聲音和滋味，這種對美的精妙感受力是他從未有過的。他很怕莎莉會突然開口說話，打破了這片魔幻情境，但她什麼也沒說，他卻又希望聽見她的聲音。那低沉渾厚的聲音，正是屬於這個鄉村之夜的聲音。

他們抵達牧場，莎莉必須穿過牧場回小屋去。菲利普替她撐住了牧場大門。

「好了，我想我們就在這裡說晚安吧。」

「謝謝你全程陪著我。」

她伸出手，他握住的時候說：

「如果你很乖的話，就應該跟你們家其他人一樣跟我吻別才是。」

「我不介意啊。」她說。

菲利普本來是開玩笑，只是想親親她，因爲他很高興，很喜歡她，而且這夜晚實在是太美好了。

「那麼，晚安。」他說，接著輕輕一笑，把她拉近自己。

她的唇迎向他，那麼溫暖、那麼豐潤，又那麼柔軟，那唇彷彿花朵一般，他有點戀戀不捨；接著，也不知道爲什麼，他腦子裡並沒有任何意圖，卻突然伸出雙臂抱住她。她靜靜地順從了他，沒有一絲抵抗。她的身體結實而健

---

2 潔西卡（Jessica）和羅倫佐（Lorenzo）：這是莎士比亞劇作《威尼斯商人》（The Merchant of Venice）中的兩個角色。潔西卡是劇中放高利貸的猶太人夏洛克的女兒，捲走了父親的財產，與羅倫佐私奔。

壯，他感覺到她緊貼著他時的心跳。他突然昏了頭，理智像是被洪水吞沒了。他把她拉進了灌木圍籬更暗的陰影處。

120

菲利普睡得死死的，突然驚醒時，發現哈洛德拿著一根羽毛，正在搔他的臉。他一睜眼，房間裡便爆出歡叫聲，他整個人還迷迷糊糊，沒完全清醒。

「快起來，懶鬼，」珍說，「莎莉說，你要是不快點，她就不等你了。」

他想起了昨晚發生的事，心猛地一沉，下床下到一半，又停住了。他不知道該怎麼面對她，他突然陷入深深的自責中，對自己做的事感到萬分後悔。這個早上，她會對他說什麼呢？他害怕見到她，不斷責問自己怎麼會幹出這種蠢事來。但孩子們完全不給他時間多想，愛德華拿起他的泳褲和浴巾，阿瑟斯坦掀掉了他的被單，三分鐘內他就被吵吵嚷嚷地拉下樓走到路上。莎莉對他微笑，笑容一如往常，還是那麼甜美無邪。

「你穿衣服眞花時間，」她說，「我還以爲你不會來了呢。」

她的態度沒有一絲不同，他以爲或多或少會有一點改變的，他本來想像她待他的態度會變得羞澀，或者會生他的氣，也許多添了幾分親暱，但她什麼改變也沒有，完全和以前一樣。他們一起往海邊走去，一路說笑；莎莉安安靜靜的，但她一直都是這麼沉靜溫柔，菲利普還沒見過她不是這樣的時候。她不主動和他搭話，但也不躲避。菲利普很驚訝，他原以爲經過昨晚的事情之後，她應該會產生某些巨大的變化，但現在就像什麼也沒發生過似的，也許這眞的是場夢吧。他往前走著，一個小女孩抓著他一隻手，一個小男孩抓著另一隻，閒聊時他盡可能裝出一副漫不經心的樣子，他想爲莎莉的態度找出一個解釋。他不知道莎莉是不是打算把這件事忘掉，也許她當時就跟他一樣失去了理智，於是把發生的事當成不尋常情況下的一樁意外事件，說不定她已經決定把這件事從腦海裡抹掉。這只能歸因於和她的年齡個性都不相稱的思維能力和早熟的智慧。但他也意識到自己完全不了解她，在她身上，總有某個難解的謎團在。

他們在水裡玩跳背遊戲，跟前一天一樣吵吵鬧鬧的游泳。莎莉像個媽媽似的照顧著他們，緊盯著每一個人，要是游得太遠了她就會把他們喊回來。其他人玩鬧的時候，她就慢慢地游來游去，偶爾還仰面躺在水上漂浮。不久之後她上了岸，開始擦乾身子，接著便稍帶強制地把孩子們一個個叫起來，最後只剩菲利普一個還留在水裡。他抓緊這個機會好好游了幾趟。第二天下水，他比前一天更適應這冰冷的水溫，海水帶鹽味的清新氣息令他陶醉，他在水裡自在地揮動四肢，覺得非常高興，他用堅定有力的動作不斷在水裡划著，但莎莉圍著浴巾走到水邊，說：

「菲利普，你馬上給我上來。」她喊，好像他是個歸她照管的小男孩。

菲利普被她那命令式的口氣逗笑了，他朝她游過來，她數落他：

「你太頑皮了，在水裡待這麼久，嘴唇都凍紫了啊，看看你的牙，都冷得在打架了。」

「好啦，我馬上出來。」

她從來沒有用這種口氣跟他說過話，彷彿那件事給了她某種指揮他的權利似的，她完全把他當成她照顧的孩子看了。幾分鐘內他們就穿好衣服往回走，莎莉注意到他的手。

「看哪，你連手都發青了。」

「噢，沒關係的，只是血液循環不好而已，很快就會恢復的。」

「把手給我。」

她用雙手把他的手包住，努力地搓暖它，搓完一隻手又換另一隻，直到雙手都恢復血色爲止。菲利普看著她，覺得很感動，也很困惑。因爲孩子們都在，他不能對她說什麼，也不能直視她的眼睛，但他很確定她並沒有刻意避開他的視線，只是碰巧沒對上而已。那一整天，從她的行爲表現完全看不出他們之間有過什麼，也許只是比平時健談了一點點。大家又一起坐在啤酒花田工作的時候，她跟媽媽說菲利普有多淘氣，人都凍紫了還不肯從水裡上來。說起來令人難以置信，前一晚發生的那件事似乎只喚醒了她對他的保護慾，她出現了想照顧他的本能渴望，就像照顧她的弟弟妹妹一樣。

直到傍晚，他才找到和她單獨相處的機會。她在做晚飯，菲利普坐在火邊的草地上。阿瑟尼太太去村裡買東西，孩子們三三兩兩玩著他們自己的追逐遊戲。菲利普猶豫著，不知道該不該說話，緊張得不得了。莎莉沉靜而俐落地忙著手上的事，安詳地接受這一片沉默，這無言的場景對菲利普卻是尷尬萬分。他不知道要怎麼開口，莎莉平時話就不多，除非有人跟她搭話，或者她有什麼特別的事要說。憋到最後，他再也忍不住了。

「你沒生我的氣吧，莎莉？」他突然冒出這一句。

她靜靜地抬起眼看著他，臉上沒有一絲情緒。

「我？沒有啊，我爲什麼要生氣？」

他吃了一驚，沒有接話。她掀開鍋蓋攪了攪，又把鍋蓋蓋上，一陣食物香氣飄了出來。她又看了他一眼，浮起淡淡的笑容，那笑幾乎連她的唇上都看不出來，只有眼裡笑意盈盈。

「我一直都很喜歡你。」她說。

他的心猛地一跳，覺得血液上衝，把臉都漲紅了。他勉強笑了笑。

「我一點都不知道。」

「因爲你是個傻瓜呀。」

「我不懂，爲什麼你會喜歡我。」

「我也不懂。」她往火裡多添了一點木柴，「從你露宿街頭沒有東西吃，後來到我們家的那天起，我就知道我喜歡上你了，你還記得嗎？那天是我和媽媽兩個人替你鋪好索普的床。」

他的臉又紅了，因爲他不知道她明白實情。一想起當時，他就覺得又恐懼又羞愧。

「這就是我不肯跟其他人有瓜葛的原因。你還記得媽媽要我嫁的那個年輕人嗎？我讓他來我們家喝茶，只是因爲他太煩人了，但我很清楚，我是不會答應他的。」

菲利普太驚訝了，完全不知道該說什麼。他心裡有種奇怪的感覺，應該就是幸福吧，不然他也不知道那是什麼了。莎莉又攪了一下鍋子。

「希望孩子們快點回來，眞不知道他們跑到哪裡去了，晚飯已經好了。」

「要不要我去找他們？」菲利普說。

能夠聊實際的話題眞是讓人鬆一口氣。

「嗯，這樣也不錯，我得說……啊，媽媽回來了。」

他從草地上站起來，她看著他，眼神沒有一絲尷尬。

「今晚我把孩子們哄睡之後，可以跟你一起散散步嗎？」

「好。」

「嗯，你就在臺階那裡等我，我事情做完就過去。」

滿天星斗下，菲利普坐在臺階上等著她，兩邊是結滿成熟黑莓的高高樹籬，泥土蒸散出夜晚特有的豐富氣息，微風柔和寧靜。他的心瘋狂地跳著，在他身上發生的這一切他完全無法理解。他認知中的愛情，是和哭叫、眼淚、狂熱聯想在一起的，這些在莎莉身上都看不到；但他還是弄不懂，除了愛情之外，還有什麼理由會讓她獻身。可是，愛他？要是她墜入情網的對象是她的表哥彼得·甘恩，他一點都不會覺得意外，那人身材修長挺拔，臉被陽光曬得黑黑的，走起路來步伐又大又自在。菲利普很納悶她到底看上自己哪一點，也不知道她對他的愛是不是他所認知的愛情。不然，還有什麼別的嗎？他確信她的純潔。他模模糊糊地覺得，因爲有好多事混在一起，像是令人沉醉的微風、啤酒花，和那樣的夜晚，加上女性天生的健康本能、滿溢的溫柔，和一種揉合了母愛與姊妹情誼的感情，莎莉並沒有意識到這些，卻感覺到了，她心裡充滿了溫暖的愛，所以把所有的一切都奉獻給他。

他聽見路上傳來腳步聲，夜色中漸漸浮現一個人影。

「莎莉。」他低聲喊。

她停下腳步，走向臺階，一陣甜美潔淨的鄉村氣息隨之而來。她身上彷彿有著新割的乾草味、熟透的啤酒花香，還有嫩草青翠的清新氣味。她柔軟豐潤的嘴唇貼在他的唇上，她美麗健康的身體緊緊地倚在他懷裡。

「奶與蜜，」他說，「你就像那美好的奶與蜜。」

他合上她的眼，吻著她的眼瞼，先吻一邊，再吻另一邊。她的手臂非常健壯，肌肉結實，手肘以下是裸露的，他伸手摸著她的手臂，對這手臂的健美感到驚嘆；它在黑暗中白得發光，她的肌膚就像魯本斯筆下的人物，呈現驚人的白皙透明，還長著細細的金色汗毛，這是屬於盎格魯薩克遜女神的手臂，但是沒有哪位神靈擁有這樣細緻而樸素的自然感。菲利普想到每個男人心底都有的一座鄉村花園，裡頭鮮花盛放，有蜀葵，還有一種紅白相間的玫瑰，名叫「約克與蘭開斯特」，有稱爲「霧中之愛」的黑種草，有別名「甜蜜威廉」的洋石竹，還有忍冬，飛燕草，和「倫敦的驕傲」虎耳草。

「你怎麼會喜歡上我呢？」他說，「我這麼無足輕重，不但是個跛子，又平凡，長得也不好看。」

她雙手捧住他的臉，在他唇上吻了一下。

「你就是個大傻瓜，超級大傻瓜。」她說。

121

啤酒花採收完，菲利普口袋裡放著一張聖路加醫院聘他爲助理住院醫師的通知，和阿瑟尼一家人一起回到倫敦。他在西敏市租了一套樸素的房間，十月初便投入在醫院的工作。這個工作既有趣又多樣，每天都能學到新的東西，他覺得自己開始有些舉足輕重了，也常常和莎莉見面，發現生活非常愉快。除了輪到門診那幾天之外，通常他六點鐘左右就下班了，接著他就會到莎莉工作那家店外等她出來。那裡還有幾個年輕人，有些在貨物出入口對面晃蕩，有些在遠些的第一個拐角處閒逛；女孩子們有的兩兩結伴，有的成群結隊，認出那些等待的小伙子時便彼此用手肘推推，一邊格格笑著。莎莉穿著素淨的黑色衣裙，看起來和那個跟他並肩採啤酒花的鄉村少女判若兩人。她很快地從店裡走出來，接近他時卻放慢了速度，用她一貫的平靜微笑跟他打了招呼。他們一起走過熱鬧的街道，他跟她聊醫院裡的工作狀況，她也跟他說這一天在店裡做了些什麼事。他漸漸知道了跟她一起工作的那些女孩們叫什麼名字。他發現莎莉對滑稽的事擁有非常節制但敏銳的感受力，她描述店裡那些女孩子和爲她們站崗的小伙子們時，用字遣詞意外的詼諧，把菲利普逗得樂不可支。她敘述事情的方式很特別，看上去一本正經，好像整件事完全沒有哪裡好笑，然而敘事觀點又十分獨到，字字珠璣，讓他忍不住哈哈大笑。接著她會用帶笑的眼睛輕輕瞥他一眼，表示她對自己的幽默也不是毫無所覺。他們見面時總會正式地握手，道別時也是行禮如儀。有一次菲利普邀她去自己住處喝茶，但她拒絕了。

「不，我不會去的，那樣看起來太奇怪了。」

他們之間沒有說過一個愛字。除了和他一起散步之外，她似乎也不渴求更多。然而菲利普確信她是喜歡他的，他還是像一開始那樣對她捉摸不透，對她的表現也沒能眞的理解，但他多了解她一點，便多喜歡她一分；莎莉既能幹又自制，她的正直個性更是迷人，讓人覺得無論在什麼情況下都可以依靠她。

「你這人眞是太好了。」有一次，他沒來由地對她冒出這麼一句。

「我想我只是跟其他人一樣而已。」她回答。

他知道自己並不愛她，只是對她有種強烈的感情，喜歡有她在身邊，只要有她在，就有一種奇特的安心感。對於她，他似乎覺得對一個十九歲的縫紉女工有什麼幻想太過荒唐，他對她心存敬意。她健美的體格令他讚嘆，那身體沒有一絲缺點，美妙無比，那完美的體態總讓他充滿敬畏之情，覺得自己配不上她。

接著，他們回倫敦大約三週後的某一天，兩人正一起散步，他注意到她沉默得不太尋常，眉間微微的紋路破壞了她向來安詳的表情，那眉頭，眼看著就要皺起來了。

「怎麼啦，莎莉？」他問。

她沒有看他，只是直直地望著前方，然後臉色一暗。

「我也不知道。」

他立刻明白了她的意思，一顆心突然狂跳起來，覺得自己的臉瞬間沒了血色。

「你的意思是？你是在害怕……？」

他停住了，他說不下去，他腦子裡從來沒想過發生這種事的可能。然後他看見她的嘴唇在發抖，忍著不讓自己哭出來。

「我還不那麼確定，說不定沒事。」

他們默默地走著，到了法院巷的拐角才停下來，他一向都是在這裡跟她道別的。她伸出手，臉上帶著微笑。

「還不到擔心的時候，我們先往好處想吧。」

他離開了，腦子裡亂成一團。他眞是個傻瓜！這是他冒出來的第一個念頭，他這個糟糕透頂、可悲的傻瓜，他怒不可遏地痛罵了自己十幾遍。他鄙視自己，怎麼會把事情弄到這種混亂的地步呢？但在責備自己的同時，各種念頭卻一個接一個地冒出來，橫七豎八地堆在一起，令人絕望，像一堆惡夢中看見的散亂拼圖。他問自己接下來該怎麼辦。本來他面前每一件事都很清楚明白，他長久以來追求的一切終於觸手可得，現在他難以置信的愚蠢又爲這件事立起了新的障礙。他始終渴望著按部就班、井井有條的生活，但這之中卻有一個弱點，他必須承認他從來也沒能克服，就是他對未來生活的熱愛；他醫院的工作一安定下來，就立刻忙著安排接下來的旅行。過去他常常盡量不把未來的計畫想得太周密，因爲那樣只會讓人失望，但現在目標已經近在眼前，他看不出放心地期待一下會有什麼害處，何況這種期待實在太令人難以抗拒了。旅途的第一站，他打算去西班牙，那是他嚮往的國度，它的精神、它的浪漫，還有它的色彩、歷史和壯麗，深深地浸透了他。他覺得這個國家對他有一種特別的意義，是其他國家沒有辦法給他的。哥多華、塞維亞、托雷多、萊昂、塔拉哥納、布爾戈斯，那些優美的古老城市他都已經很熟悉了，彷彿他從小就是在那些蜿蜒的街道上跑大的。那些西班牙的偉大畫家才是碰觸他靈魂的畫家，他想像自己站在那些畫作前面時的狂喜，忍不住心跳加速，那些畫對他飽受折磨的不安心靈來說，比任何人的畫都來得意義重大。他讀過那些偉大詩人的作品，他們的詩篇比其他國家的詩人更富有民族特色，因爲他們似乎完全不跟隨世界文學潮流，而是直接從他們國家酷熱卻芳香的平原和荒涼的山脈汲取靈感。只要再過短短幾個月，他就會置身在似乎最適合表達靈魂莊嚴和熱情的語言中，就能親耳聽見它了。他敏銳的感受力讓他隱約覺得安達魯西亞太柔和、太賞心悅目，甚至有點庸俗，無法滿足他的熱情；他的想像力更嚮往大風呼嘯、遙遠的卡斯提亞，以及山石嶙峋、雄偉的亞拉岡和萊昂。他並不清楚接觸這些未知世界會給自己帶來什麼，但他覺得，他會從當中得到某種力量、某種決心，讓他更能面對和領略那更遠、更陌生之地的種種令人驚嘆的奇景。

這只是一個開始，他已經跟會帶隨船醫生的船公司聯繫上了，對他們的航行路線一清二楚，也從那些在船上待過的人口中知道了每條航線的優缺點。他把東方航運公司和半島東方輪船公司，先放在一邊，要在這兩家公司的船上謀個職位太難了，加上他們是客輪，隨船醫生沒有多少自由；但還有別的公司會派不定期大型貨輪遠航東方，時間掐得不那麼緊，每個港口都停，停留時間從一兩天到半個月不等，這麼一來時間充裕，就常常有機會深入內陸來一場旅行。這種船薪水很低，食物也不太夠，所以應徵這個職位的人不多，一個擁有倫敦醫生學歷的人只要申請，是絕對能應徵上的。因爲這種船除了一兩個零星散客之外幾乎沒有旅客，就只是在偏遠的港口間做商業性的航行，船上的生活友好而愉快。菲利普把那些船會經過的地點都記得爛熟，每個地方都激起了他的幻想，那熱帶的陽光、魔幻般的色彩，以及某種熱鬧、神祕而熱烈的生活。生活！那正是他缺少的東西，他終於漸漸靠近了它。說不定，他可以從東京或上海換乘另一條航線，直奔南太平洋小島而去。當一個醫生，到哪兒都有用武之地。他也許有機會前往緬甸的鄉村，而蘇門答臘和婆羅洲的茂密叢林，他又爲什麼不去看看呢？他還年輕，還有大把的時間，他在英國沒有牽累，也沒有朋友，他可以花幾年時間走遍世界，了解它的美、它的奇景，和它多采多姿的生活。

而就在這種時候，發生了這件事。他完全排除了莎莉弄錯的可能性，說起來奇怪，他很確定她是對的，畢竟，這種事太可能了，誰都看得出她天生就是一個要生兒育女的母親。他很清楚自己該怎麼做，他不應該任由這個意外打偏自己設定的路線，一絲一毫都不行。他想起了格里菲斯，他完全可以想像，要是聽到這種消息的人是他，他的態度會有多冷淡；他會把它當成一個天大的麻煩，然後很明智地拔腿就跑，他會撇下那個女孩，讓她盡力解決自己的難題。菲利普告訴自己，要是事情眞的這樣發展，那也是情理之內。莎莉是個知人事、懂得生活常識的女孩子，她明知後果，卻執意冒險，他沒有理由比她承受更多譴責。讓這種意外打亂他整個人生藍圖簡直是瘋了。人生短暫，必須把握機會充分利用，能敏銳意識到這一點的人並不多，他就是其中的一個。他會對莎莉盡一切所能，會給她一大筆錢。一個男子漢絕不會允許自己改變既定的目標。

菲利普對自己說了這麼一大篇，但他知道，他做不出這種事。他就是做不到，他了解自己。

「我實在他媽的太軟弱了。」他絕望地喃喃自語。

她那麼信任他，對他又那麼體貼，就算他有再多理由，他也不能對她做出這麼可怕的事。他知道，在旅途中想起她的悲慘處境，他內心會不安的。再說，還有她的父母在，他們一直待他極好，再怎麼樣也不能恩將仇報。如今他能做的，就是盡快和莎莉結婚。他會寫信給紹斯醫生，把他馬上要結婚的消息告訴他，並且問他之前的合夥提議是不是還有效，他願意接受。給窮困人看診是他唯一可行的路，他的身體缺陷在這裡不算什麼，他們也不會嘲笑他妻子樸實的舉止。真怪啊，他把她當成自己的妻子了，他心裡湧起一股奇特的溫柔；當他想到自己的孩子，更是覺得一陣暖流布滿全身。紹斯醫生一定很高興他去的，這他一點都不懷疑。他在心裡描繪著他和莎莉未來在那個漁村的生活，他們會有一棟看得見大海的小房子，他會看著海上的船，也許它們會航向他永遠也無緣認識的地方。說不定這樣做才是最明智的。克朗蕭曾經對他說過，生活的現實對他無關緊要，他憑自己的想像力，便已在空間與時間兩大領域中永存。這是真的。你將永遠熱戀如初，而她的芳華永不凋零[2]！

---

1 東方航運公司（The Orient Steam Navigation Company）：別名東方航線（The Orient Line），是英國一家船運公司，成立時間可追溯自十八世紀末。一九一一年，半島東方輪船公司持有它五十一％的股份，至一九六六年完全併入該公司。

半島東方輪船公司（Peninsular and Oriental Steam Navigation Company, London）：又名鐵行輪船公司或大英輪船公司，簡稱P＆O，是一家總部位於英國倫敦的航運公司，成立於一八三七年。該公司已於二〇〇六年，為杜拜環球港務購併。

2 語出濟慈（John Keats）的〈希臘古甕頌〉，描述希臘古甕上將吻未吻的一對男女。濟慈認為，聽見的樂聲再美妙，都比不上沒聽見的樂聲。而定格在甕上的男子雖永遠也吻不到心儀的女子，也毋須覺得悲哀，得不到的她將永遠美麗，你也將永遠熱戀下去。

他要把他所有的遠大希望當成結婚禮物，送給他的妻子。自我犧牲！菲利普因爲它蘊含的美激動不已，整個晚上都在想這件事。他興奮得連書都看不下去了，像是被趕出房間似的走到街上，在鳥籠道[3]上走來走去，快樂得心臟怦怦跳。他等不及了，他好想看看自己求婚時莎莉臉上幸福的表情，要不是現在已經太晚，他一定當下就跑去找她了。他想像著未來無數個夜晚，他都會和莎莉一起待在一個舒服的起居室裡，窗簾是拉開的，這樣他們就能看見外面的海；他看著書，她低頭做針線，燈罩透出來的柔和光線下，她甜美的臉顯得更加動人。他們聊著成長中的孩子，一次又一次，當她轉過頭望著他，她的眼裡充滿了愛情的光。他診治過的漁民和他們的妻子，會越來越喜歡他們，而他們也會和這些人分享平凡生活中的悲喜。

他的思緒又回到他和她那未出世的兒子身上，現在他已經覺得自己好愛好愛他了。他想像自己伸出手，撫摸著他小小的、完美無缺的四肢，知道他一定會很漂亮，他會把自己對豐富多彩生活的一切夢想全部轉交給他。他反覆想著過去漫長的生活歷程，欣喜地接受了。他接受了讓他的生活變得艱辛無比的殘疾，他知道殘疾扭曲了他的個性，但現在他明白，也正是因爲它，他才擁有了內省的力量，這能力給了他太多樂趣。要是沒有它，他永遠也不會對美有這麼敏銳的鑑賞力，對藝術文學有這麼高昂的熱情，也不會對生活中的各種奇景有這麼濃厚的興趣。過去他常常遭受他人嘲笑和輕視，使他的心智向內發展，卻催開了對他而言永遠不會失去芳香的花朵。接著他也發現，所謂的正常，在世界上其實極爲罕見，每個人都或多或少有點缺陷，不管是在身體或心理上。他想起所有認識的人（這整個世界就像個病態的大屋子，完全莫名其妙，沒有道理可言），他看見眼前排了長長的一列，身體殘缺的，心靈扭曲的；有些是肉體疾病，像是心臟或肺臟衰弱；有些是精神疾病，像是意志消沉或酗酒成癮。這一刻，菲利普感到對他們每個人都產生了某種神聖的憐憫，他們都是被盲目機緣所操縱的工具，身不由己。他可以寬恕格里菲斯的背叛，和米爾芮德在他身上造成的痛苦了，他們自己也無能爲力。只有接受人們的善意，容忍他們的過失，才是唯一合理的事。這時，救世主臨死前呼喊的那句話又閃過他的腦際——

赦免他們，因爲他們不知道自己在做什麼[4]。

3 鳥籠道（Bidrcage Walk）：位於聖詹姆斯公園南側，白金漢宮禁衛軍交接時，會從這條路往皇宮方向前進。

4 語出《聖經・路加福音》第廿三章第卅四節。

122

他和莎莉約了星期六在國家美術館碰面，她下班之後會盡快過去，也答應跟他一起吃午餐。上次跟她見面是兩天前的事，這兩天裡，他內心的歡欣雀躍一刻也沒有停過，正因爲沉浸在這股興奮裡，他才忍住沒去找她。他把要對她說的話一字不差地重複練習了好多次，連語氣神態都想好了，現在他完全等不及了。他寫了信給紹斯醫生，現在口袋裡裝著他今天早上發來的電報——「腮腺炎笨蛋擬解雇，你何時來？」菲利普沿國會街往前走，這天天氣很好，白亮的陽光彷彿在街道上翩翩起舞，街上擠滿了人，遠處一層淡淡的薄霧，讓建築物雄偉莊嚴的輪廓顯得細緻柔和起來。他穿過特拉法加廣場[1]，突然，他的心像被什麼擰了一下，他看見前方有個女人，他覺得那就是米爾芮

1 特拉法加廣場（Trafalgar Square）：位在英國大倫敦「西敏市」這個倫敦自治市裡的一個著名廣場，也是旅遊景點，建於一八〇五年。兩百多年來，一直是倫敦、乃至全英人民聚集慶祝除夕夜、聖誕節及其他節日與舉行政治示威的場所。

德。她有著和她一樣的身材，走路也跟她一樣微微拖著腳。他不假思索加快腳步，心怦怦直跳，直到和她並肩，那女人轉過臉來，他才發現那是個完全不認識的人。那張臉比米爾芮德老得多，滿是皺紋，皮膚蠟黃。他放慢了腳步，整個人鬆了一口氣，但他感覺自己不只是鬆了口氣，還伴隨著失望。對自己的恐懼瞬間攫住了他，難道他永遠也擺脫不了這段感情？即使發生過那麼多事情，但在他內心深處，對那個粗俗的女人始終有種奇特而絕望的渴求，縈繞不去。他知道，那段讓他受盡折磨的愛情，他將永生永世無法逃離，能沖淡這份渴望的，唯有死亡。

但是他猛力把心中的痛苦丟開，他想到了莎莉，還有她善良的藍眼睛，他的嘴角不覺浮出一絲微笑。他走上國家美術館的臺階，坐在第一展覽廳裡，這樣她一進來他就會看見她。置身畫作之間總是讓他覺得舒服。他並不特別注意哪一幅畫，只是讓那些絕妙的色彩和美麗的線條陶冶他的心靈。他不斷地想著莎莉。把她帶離倫敦會是件不錯的事，在這裡，她顯得那麼與眾不同，就像花店裡的蘭花和杜鵑之間的一朵矢車菊。在肯特郡的啤酒花田裡，他就明白她不屬於城市，他很確定在多塞特柔和的天空下，她會開成一朵絕美的花。這時她進來了，他起身迎上前去。她一襲黑衣，手腕處袖口有白色滾邊，領口鑲著細麻布領圈。他們握了握手。

「等很久了？」

「不久，十分鐘左右。餓了嗎？」

「還好。」

「那我們在這裡坐一會兒，好嗎？」

「聽你的。」

他們靜靜地並肩坐著，誰也沒說話。菲利普非常享受有她在身邊的感覺，她洋溢著健康活力，讓他感到溫暖，生命的光輝就像一個光環，在她周身放著光。

「那個，你最近怎麼樣？」他終於開口問，臉上帶著淺淺的微笑。

「噢，沒事，只是一場虛驚。」

「眞的？」

「你不高興嗎？」

他整個人充滿了一種異樣的感覺。他一直確定莎莉的懷疑是有根據的，一點也沒想過有弄錯的可能。他所有的計畫瞬間被推翻了，那樣精心籌劃的生活，不過是一場永遠不會實現的夢而已。他再一次自由了。自由！他不需要放棄他的遠大理想了，生活依舊掌握在他手中，他可以去做一切他想做的事。但他一點也沒有振奮的感覺，只有滿滿的失望。他的心沉了下去，在他前方無限延展的未來是那麼虛無，那麼荒涼，彷彿他在一片茫茫大海中航行了好多年，歷經各種險阻匱乏，終於要駛進一座美好的避風港，正要進港時，卻突然颳起一陣逆風，把他又吹向了外海。因爲曾經那樣沉醉地想著陸上的柔軟草地、令人心曠神怡的森林，重新回到荒漠般的大海讓他痛苦萬分，他再也沒有辦法面對孤獨和風暴的折磨了。莎莉用清澈的眼睛看著他。

「你不高興嗎？」她又問了一次，「我還以爲你會高興得跳起來呢。」

他沮喪地迎向她的目光，喃喃地說：「我也說不清楚。」

「你眞怪，大部分男人聽到這種消息都會高興的。」

他意識到，其實他在自欺欺人，他考慮結婚，根本不是爲了什麼自我犧牲，而是他渴望有一個妻子、一個家，還有愛；眼看這一切都要從他手中溜走，他陷入了深深的絕望。他對這一切的期待遠超過世界任何東西。西班牙，還有那裡的城市，什麼哥多華、托雷多、萊昂，他何曾眞的在乎；而緬甸的佛塔、南海小島的潟湖，究竟又算得了什麼？美洲新大陸就在眼前啊。在他看來，他所有的生活都是遵循著其他人的理想，這個理想經由他們的話或著作灌輸進他的腦子裡，他從來也沒有順從過自己內心的渴望。過去他的生命歷程，總是被「他認爲應該做什麼」，而不是「他眞心想做什麼」所左右。如今，他一個不耐煩的手勢，把一切都扔到一邊去。他一直活在對未來的憧憬裡，而「現在」卻一次又一次地從他手裡溜走。那他的理想是什麼呢？他想起自己的願望，他想從數不清的、毫無意義的生活瑣事中編織出繁複精巧的圖案來。他不是也看過那最簡單的圖案嗎？一個男人出生、工作、結婚、生兒育女，然後死去，這樣的圖案不也是最完美的嗎？也許對幸福投降就是自承失敗，但這失敗卻比千百次成功還強得多。

他很快地瞄了莎莉一眼，不知道她在想什麼，接著又移開了目光。

「我本來打算跟你求婚的。」他說。

「我想也是，但是我不想礙事。」

「你不會礙事的。」

「那你想去西班牙，想去好多地方，那些旅行怎麼辦？」

「你怎麼知道我想去旅行？」

「我應該多少知道一點。我聽過你和爸爸談這些事，激動得面紅耳赤。」

「那些事我他媽的全都不在乎。」他停了停，接著用嘶啞的聲音低低地說，「我不想離開你！我沒有辦法離開你。」

她沒有說話，他也摸不清楚她的想法。

「我不知道你願不願意嫁給我，莎莉。」

她動也不動，臉上看不出一絲情緒變化，但她回答了，答話時並沒有看他。

「聽你的。」

「你不願意嗎？」

「噢，我當然也希望有個自己的家，而且我也到了該安定下來的年紀了。」

他輕輕地笑了。現在他已經很了解她，她的態度他一點也不驚訝。

「你想結婚，但你並不想嫁給我？」
「我想嫁的，再沒有別人了。」
「那就這麼定了。」
「媽媽和爸爸一定會大吃一驚的，對吧？」
「我好高興。」
「我想吃午飯了。」她說。
「親愛的！」
他微笑牽起她的手，緊緊握住。他們站起來，走出美術館，在欄杆前站了一會兒，看著面前的特拉法加廣場。出租馬車和公車在廣場上快速地來回穿梭，人群熙來攘往，向四面八方匆匆奔去，而這一刻的陽光，是如此明亮閃耀。

（全書完）

毛姆自序

一九五三年刪節版[1]

這本書是三十五年前出版的，之後更以諸多版本面世。但受限於本書的篇幅，要以所有人都能負擔的價錢出版這本書實在不可能。身為作者，自然希望盡可能讓更多讀者讀到它。當我知道，只有刪減內容才能讓我的小說配合這個書系的書一起出版，我一分鐘都沒有猶豫就同意了。舉例來說，小說不像賦格，要是從中間拿掉，嗯，二十個小節好了，音樂就會失去意義；小說也不像圖畫，需要靠各部分互相平衡才能完成構圖。小說是非常鬆散的藝術形式。你幾乎可以想怎麼寫就怎麼寫。小說也是非常不完美的藝術形式。我已經在別的地方花了相當篇幅去解釋原因，這裡我只是想簡短地提一下這點。

小說家希望靠這份工作謀生，就不得不順應他寫作那個年代的出版方式，這種事很常見。像狄更斯簽下小說合約時，就定好要分二十四次刊登，每一次的稿子頁數固定，所以有時會發現自己插入一些片段只不過是為了打斷敘事方向，有時為了交出足夠的稿量而不知羞恥地填塞內容。許多評論者都同意，如果適當地刪掉一些章節，他的小說可讀性會更高。再說巴爾扎克，儘管他的稿費這麼高，但錢永遠不夠用，雖然身為最偉大的小說家，他也能寫出跟他要說的故事一點關聯也沒有的段落來。有一次，他插入了一段詳細介紹義大利藝術的章節，我覺得那根本毫無理由，除非他是故意的。也許因為在那個時代，人們有很多時間可以虛擲，所以願意忍受那種離題的文字。我覺得現在的人是無法忍受的，也許因為生活步調變快了，但也可能是因為他們本能地要求小說應該有更簡練的形式，這就必須嚴密地緊扣故事主題才能達成。

但是一部小說的作者不僅要承受出版商和社會大眾的苛求，還被寫作當時社會廣泛的風氣左右。流行趨勢對作者造成了影響。浪漫時代引入對某種敘事手法的特殊喜好，讓小說家用繁冗細膩的文字描寫風景，而這是我們現今大多數作家都樂於跳過的。他們很久之後才發現，就描述風景而言，一行文字說不定比一整頁長篇大論更能給讀者生動的畫面。在《人性枷鎖》寫作當時，許多小說家也許對賽繆爾・巴特勒《眾生之路》遭到冷落的印象太深[2]，對寫半自傳體小說有點排斥。我之所以說「半自傳體」，是因為這畢竟是小說創作，作者在處理事件時，有權依照自己的喜好更動事實。《人性枷鎖》就是這樣一本書。在

---

1 這篇作者序，原收錄於一九五三年由美國出版社Pocket Books推出的《人性枷鎖》刪節版（abridged edition）。《人性枷鎖》最初出版於一九一五年，毛姆在文中第一句提到「這本書是三十五年前出版的」，極可能表示此文寫就於一九五〇年。必須特別說明的是，好讀版本的《人性枷鎖》為全譯本，非刪節後的版本。之所以收錄此「刪節版」作者序純屬以饗讀者，正如本書上冊亦收錄了「插圖版」作者序，用意相同。

2 賽繆爾・巴特勒（Samuel Butler, 1835~1902）：英國維多利亞時期的反傳統作家，著有《艾瑞荒》和《眾生之路》。《眾生之路》於一九〇三年發表時並未引起關注，之後因蕭伯納為此書鳴不平，這部小說才終於進入評論界的視野。

我下定決心動筆時，我是個很受歡迎的劇作家，許多人都希望看到我的作品。我從劇場引退了好幾年，因爲我很清楚，寫這本書會勾起許多不斷折磨我的不愉快回憶。事實也的確如此。

但很顯然，以此爲目的寫小說有其風險。作者寫作的目的，是爲了擺脫自身的痛苦回憶，他並不關心讀者，只關心自己的解脫。作者必須和讀者有所聯繫，但這時只能碰運氣了。也許他會爲某些其實並不重要的特定事件增添重要性，但這件事只對他自己重要，畢竟事情發生在他身上。在《人性枷鎖》中，可能有些段落或故事本身太過個人，偏離了一般人的興趣，或者因爲年代久遠或是潮流改變，故事的本身已經沒有多大意義。我不知道。這部分我很願意交給別人評斷。要是一個作家認爲他寫下的每個字都神聖不可侵犯，或者覺得漏了一個逗號或錯放了一個分號，自己的作品就毀了，那麼這個作家就是個笨蛋。小說並不是科學著作，也不是教化人心的工具。就讀者來說，小說就是用來娛樂心智。如果這本刪節版小說能讓新的讀者從中找到樂趣，單是如此，我也就心滿意足了。

生活的意義到底是什麼？
除非由你自己發現意義何在，
否則這答案就不是真正的答案。

國家圖書館出版品預行編目資料

人性枷鎖・下／威廉・薩默塞特・毛姆（William Somerset Maugham）著；王聖棻、魏婉琪譯
——初版——臺中市：好讀，2017.07
面；公分，——（典藏經典；105）
譯自：Of Human Bondage
ISBN 978-986-178-437-3（平裝）
873.57　　106009493

好讀出版

典藏經典 105

人性枷鎖・下

Of Human Bondage

作　　者／威廉・薩默塞特・毛姆 William Somerset Maugham
譯　　者／王聖棻、魏婉琪
總 編 輯／鄧茵茵
文字編輯／簡伊婕
內頁編排／王廷芬
行銷企畫／劉恩綺
發 行 所／好讀出版有限公司
臺中市 407 西屯區何厝里 19 鄰大有街 13 號
TEL:04-23157795　FAX:04-23144188
http://howdo.morningstar.com.tw
（如對本書編輯或內容有意見，請來電或上網告訴我們）
法律顧問／陳思成律師

戶名：知己圖書股份有限公司
劃撥帳號：15060393
服務專線：04-23595819 轉 230
傳真專線：04-23597123
E-mail：service@morningstar.com.tw
如需詳細出版書目、訂書，歡迎洽詢
晨星網路書店 http://www.morningstar.com.tw

印　　刷／上好印刷股份有限公司 TEL:04-23150280
初　　版／西元 2017 年 7 月 1 日
定　　價／450 元
如有破損或裝訂錯誤，請寄回臺中市 407 工業區 30 路 1 號更換（好讀倉儲部收）

Published by How Do Publishing Co., Ltd.
2017 Printed in Taiwan

ISBN 978-986-178-437-3

讀者回函

只要寄回本回函，就能不定時收到晨星出版集團最新電子報及相關優惠活動訊息，並有機會參加抽獎，獲得贈書。因此有電子信箱的讀者，千萬別吝於寫上你的信箱地址

書名：人性枷鎖．下

姓名：______________ 性別：□男 □女　生日：____年____月____日

教育程度：________________________

職業：□學生 □教師 □一般職員 □企業主管

□家庭主婦 □自由業 □醫護 □軍警 □其他______________________

電子郵件信箱（e-mail）：_______________________ 電話：________________

聯絡地址：□□□ ____

你怎麼發現這本書的？

□書店 □網路書店（哪一個？）__________________ □朋友推薦 □學校選書

□報章雜誌報導 □其他____

買這本書的原因是：____

□內容題材深得我心 □價格便宜 □封面與內頁設計很優 □其他____________

你對這本書還有其他意見嗎？請通通告訴我們：

____

你買過幾本好讀的書？（不包括現在這一本）

□沒買過 □ 1 ～ 5 本 □ 6 ～ 10 本 □ 11 ～ 20 本 □太多了

你希望能如何得到更多好讀的出版訊息？

□常寄電子報 □網站常常更新 □常在報章雜誌上看到好讀新書消息

□我有更棒的想法____

最後請推薦五個閱讀同好的姓名與 E-mail，讓他們也能收到好讀的近期書訊：

1. ____

2. ____

3. ____

4. ____

5. ____

我們確實接收到你對好讀的心意了，再次感謝你抽空填寫這份回函

請有空時上網或來信與我們交換意見，好讀出版有限公司編輯部同仁感謝你！

好讀的部落格：http://howdo.morningstar.com.tw/

好讀的臉書粉絲團：http://www.facebook.com/howdobooks

請填妥後對折黏貼，直接投郵即可，無須貼郵票。

好讀出版有限公司　編輯部收

407 台中市西屯區何厝里大有街 13 號
電話：04-23157795-6　傳眞：04-23144188

沿虛線對折

購買好讀出版書籍的方法：

一、先請你上晨星網路書店http://www.morningstar.com.tw檢索書目或直接在網上購買

二、以郵政劃撥購書：帳號15060393 戶名：知己圖書股份有限公司並在通信欄中註明你想買的書名與數量

三、大量訂購者可直接以客服專線洽詢，有專人爲您服務：客服專線：04-23595819轉230 傳眞：04-23597123

四、客服信箱：service@morningstar.com.tw